열린 생각 열린 책읽기

열린 생각 열린 책읽기

열린 생각 열린 책읽기　예술

지은이 ｜ 권오성 외 62명
펴낸이 ｜ 손상목
펴낸곳 ｜ 도서출판 인디북
편　집 ｜ 김연순 신선균 조혜민
디자인 ｜ 디자인 텔
기　획 ｜ 안승철
마케팅 ｜ 최영태 박현수 정현철
웹 기획전략 ｜ 박연조
관　리 ｜ 김봉환 길은자

초판 1쇄 인쇄 ｜ 2004. 8. 25
초판 1쇄 발행 ｜ 2004. 8. 31

등록일자 ｜ 2000.6.22
등록번호 ｜ 제10-1993호
주　소 ｜ 서울시 마포구 현석동 105-56 3층
전　화 ｜ 02-3273-6895,6 팩　스 ｜ 02-3273-6897
홈페이지 ｜ www.indebook.com

ISBN 89-5856-028-2 04800
　　　　89-5856-022-3 (세트)

잘못 만들어진 책은 구입처나 본사에서 교환해 드립니다.

열린 생각 열린 책읽기

예술

권오성 외 62명 지음

사고력과 상상력을 키우는 가장 오래된 미디어 '책' 과 '책읽기'

인디북

독서의 의미

머리말

　독서의 중요성은 아무리 강조해도 부족함이 없다. 독서를 통해서 다양한 경험을 쌓고 폭넓은 지식을 얻을 뿐만 아니라 이러한 것을 계기로 해서 삶 그 자체를 풍요롭게 할 수 있기 때문이다. 독서는 여행과 비슷하다. 잘 알려져 있는 바와 같이 여행을 통해서도 우리는 낯선 고장에서 낯선 풍물을 만나고 낯선 사람들과 어울리는 동안 경험과 인식의 지평을 넓히고 삶과 존재에 새로운 의미를 부여하게 되는 것이다. 그러나 놀라웁게도 독서는 비록 간접적인 경험을 통해서 일구어내는 성과임에도 불구하고 그 폭과 깊이에 있어서, 그리고 그 수준과 지속성에 있어서 여행을 훨씬 넘어선다는 점이 다르다. 여행은 주로 지각적 경험에 의존하지만 독서는 기본적으로 우리의 상상력에 호소하기 때문이다. 그렇다면 독서는 우리에게 무엇이며 또 무엇이어야 하는가?

　우선 독서는 일종의 만남을 의미한다. 이미 언급한 바와 같이 독서를 통해서 우리는 여행에서처럼 낯선 고장의 낯선 풍습과 낯선 사람들을 만난다. 그리하여 그들의 이질적인 사고방식과 생활태도를 접하게 되고 그것을 이해하고 또 거기에 적응하려고 애쓴다.

우리는 에밀리 브론테의 『폭풍의 언덕』에서 '히스클리프'의 사랑과 출세와 몰락을 만나고, 셰익스피어의 '햄릿'이 지닌 고뇌에서 인간의 역설적인 상황을 배운다. 우리는 그들이 당면한 특수한 상황과 시대적인 배경, 문화적인 이질성을 함께 겪음으로써 오히려 그것을 극복하려는 노력을 기울이고 이러한 노력을 통해서 문화적 보편성과 인간성의 본질을 만나게 되는 것이다.

그러나 독서는 이러한 만남을 만남 그 자체로 머물러 있게 하지 않는다. 그러한 만남을 통해서 독서는 우리를 창조의 세계로 인도한다. 석가나 예수, 공자나 소크라테스와 같은 성현들이 남긴 지혜를 통해서 많은 것을 깨닫기도 하지만 동시에 그러한 것을 우리의 현실에 맞게 해석하고 적용함으로써 우리는 새로운 시대와 문화를 창조한다. 만약 독서의 방법이 아니라면 어떻게 우리가 그렇게 먼 옛날의 깊은 가르침을 만날 수 있으며, 그것을 근거로 해서 새롭게 의미 있는 삶을 설계할 수 있을 것인가. 이것은 여행이 호기심을 자극하여 또 하나의 여행을 계획하게 하듯이 독서가 인간의 내면적 세계를 끝없이 방황하게 하는 가장 큰 매력이기도 하다. 이와 같이 독서는 내면의 황무지를 끊임없이 개척하여 마침내 새로운 옥토를 창조하는 것이다.

그러나 이러한 창조가 동시에 인류문화의 진보를 의미하지 않으면 안 된다. 만약 우리가 창조한 것이 단순히 과거의 유산이나 다른 문화의 내용과 차별화되는 것에 그치고 좀 더 진전되는 것이 아니라면 구태여 독서의 중요성을 강조할 필요가 어디 있는가? 그러므로 가령 우리는 단군신화로부터 우리의 정체성을 확인할 뿐 아니라 분단의 시대에 어떠한 방식으로 새롭게 민족적 활로를 개척해야 하는지 가늠해야 하고 또한 우리의 민족과 조상에 자랑할 만한 조국을 실제로 보여 주어야 하는 것이다.

그렇게 하기 위해서는 독서의 의미를 좀 더 차분하게 음미하고 그것을 화초처럼 정성껏 가꿀 마음을 먹어야 한다. 독서는 어느 특정한 개인의 지적 작업이며, 그렇기 때문에 각자 자기에게 필요하고 유익한 서적을 선택해야 하고 그것에 접근하는 적합한 방법이 요구되는 것이다. 그렇게 할 때 독서는 비로소 하나의 만남일 뿐 아니라 창조이고 진보의 의미를 지니게 될 것이다.

이번 『열린 생각 열린 책읽기』의 출간은 이러한 독서의 의미를 확인하고 그것을 더욱 심도 있게 하는 계기가 될 것이다. 서평을 쓴다는 것은 프란시스 베이컨이 말했듯이 '씹는 자세로' 독서해야 가능한 것이며 그러한 비판 정신을 다시 읽는다는 것은 만남과 창조와 진보의 의미를 한층 심화하는 작업이 될 것이기 때문이다. 아무쪼록 이 출판물이 널리 읽히기를 바랄 뿐이다.

서평위원회 위원장
엄정식

차 례

태양이 꽃을 물들이듯 예술은 여러 가지 빛깔로 인생을 장식한다.

—존 래복크

민족음악의 위상과 방향에 대한 문제점 제기

권오성 한양대 한국음악학 교수

『民族音樂論』
노동은 · 이건용 지음 / 1991 / 한길사

 책은 80년대 말 민족음악에 대한 많은 논의가 일어나면서 이를 주도해 오다시피 했던 노동은 · 이건용 양 씨가 이미 여러 지상에 발표하였던 글들을 모아 놓은 책이다.

전부 4부로 나뉘어져 '민족음악은 왜 어떻게 하는 것인가', '80년대 음악론의 전개 과정' 등은 이건용 씨가, '한국음악인들의 현실 인식과 수행', '개화기의 음악 연구 상황', '북한의 민족음악' 등은 노동은 씨가 집필하였다.

전체적으로 봐서 한국음악론, 노래운동론, 민족음악론과 직 · 간접으로 관련된 논의들을 그 핵심을 찌르면서 심도 있게 다루고 있으며, 특히 '분단음악 인식의 극복과 민족음악 인식의 회복'의 시각에서 앞으로 통일될 한반도의 민족음악의 앞날을 위해서 대화하고 논의되어야 할 많은 문제들을 잘 정리하였다고 생각된다. 또한 많은 부분에서 공감을 불러일으키고 있으며 새로운 세대들에게 도움이 될 학술 정보와 아울러 앞으로의 한국 민족음악에 대한 새로운 지평(地平)을 열어 주고 있다고 생각된다. 특히 개항기에 자주적 근대화를 위해 민족운동에 뛰어든 음악인이었던 평민 출신의 이은돌(李殷乭)에 대한 재조명이 노동은 씨에 의해 처음으로 이루어진 것은 큰 수확 중의 하나였다고 생각된다.

또한 '북한의 민족음악'은 북한음악의 실상을 잘 알아볼 수 있게 하는 새로운 자료들이 많아 앞으로의 북한음악의 이해와 연구에 많은 도움이 될 것으로 여겨진다. 그밖에 많은 부분에서 새로운 시각으로 논리적 기술이 되어 있지만 지면 관계상 몇 가지 점에서 앞으로 좀 더 심층 있는 논의가 될 부분에 한해 평자의 단견을 피력해 보고자 한다.

'80년대 음악론의 전개 과정'에서 한국음악론, 노래운동론, 민족음악론으로 구분하여 논의하였는 바, 우선 한국음악론에서 "왜 전통음악은 그 자체로써 오늘의 한국음악이 될 수 없는가" 하는 문제의 해명에서 "살아 있는 음악문화는 전통의 정체성과 전통에 대립하는 힘의 변화성이 균형을 이뤄 만들어지는데, 전통음악을 한국음악의 상으로 삼는다는 것은 역동성을 포기한다는 말이 되므로 앞으로 올 음악문화를 위하여 바람직하지 않을 뿐만 아니라, 100여 년에 걸쳐 서양음악에 동화된 역사를 무시하고 과거에 오늘을 일치시키려는 것은 무모한 일이다……"(23쪽)라고 기술하고 있다.

여기서 문제가 되는 것은 문화의 전통성을 보는 시각의 차이가 있을 수 있다는 점이다. 전통성이 무엇인가를 단적으로 정의하기는 어렵지만, 각 민족의 음악적 전통은 어느 시점에서 그 전통성이 단절되는 것이 아니라 계속해서 낡은 전통에서 새로운 전통을 창조해 간다고 할 수 있다. 다만, 한국음악의 경우 구한말과 일제시대 및 해방 이후 6·25 동란을 겪는 동안 정치·경제·사회의 격동기 속에서 제대로 된 문화 전통이 그 전통적 양식 속에서 자연스럽게 확대되지 못하였던 특수 상황이 있었던 것은 주지의 사실이다. 그러므로 현시점에서 보는 음악을 일방적으로 정체성으로 인식하는 것에는 다소 무리가 있다고 할 수 있다.

오히려 옛 전통을 거울삼아 새로운 전통을 수립하는 데 있어서 얼마만큼 그 사회·문화적 여건이 조성되었으며 또한 앞으로 어떻게 그 방향과 방법을 모색토록 하여야 할 것인가를 진지하게 논의하여야 할 것이다. 왜냐하면 전통문화의 원형소는 장구한 시기 동안에도 별로 변하지 않으며 그러한 원형소의 다름에 의해서 각 민족음악이 구별되기 때문이라 생각되기 때문이다. 그것이 새로운 한국음악에 대한 비전을 제시해 줄 수 있을지도 모를 일이기 때문이다.

또한 지금 현재 우리 민족의 모든 음악이 100년 동안에 서양음악에 동화되었다고 할 수 있을는지 의문이다.

노래운동론에 있어서 그것이 현대의 민요운동론과는 어떻게 연관되어져야 할 것인가가 좀 더 활발히 논의되어야 할 것이며, 민족음악론에 있어서도 노동은 씨는 우리나라의 민족음악사를 새로움과 관련하여 크게 세 단계로 구분할 것을 논의하였는 바, 1630년 이전에는 음악사적으로 새로움과 관련된 부분이 없었던 것인가를 다시 논의해 봐야 할 것이다. 저자의 지적대로 앞으로의 민족음악론을 전개해 나갈 것인가는 90년대로 미루어야 할 것이다.

'한국음악인들의 현실 인식과 수행'에서 "……악학자들은 악을 시 분야인 문장시부(악부) 쪽으로 분화되어 기울어진 구조적인 모순성을 '과거'에서 찾고…… '영원한 현재'의 음악인 고악(古樂)을 밝혀 나가는 등으로 음악 현실을 비판하고 본래의 악을 수행하여 나갔다"(169쪽)라고 기술하였다. 이 부분은 노동은의 다른 논문 〈조선후기 음악연구Ⅰ〉에서 피력한 것이다. 정다산이 그의 악론에서 고악이 금악(今樂)이라고 한 것은 그의 다른 글 『악서고존(樂書孤存)』에서 잘 설명되어져 있다. 이때의 고악의 의미는 보통 옛날 음악이란 의미가 아니라 중국 전적에 의하면 선진시대(先秦時代)의 삼대지악(三代之樂)이나 『주례(周禮)』에 기록된 악률체계(樂律体系)를 중심으로 한 고악을 의미하는 것이었다. 즉 『여씨춘추(呂氏春秋)』의 고악편 이후 중국의 유학자들이 그 이전의 악률체계를 왜곡하였기 때문에 고악이 망하였다는 것이며 고악의 체계로 악률을 설명하여야 한다는 뜻이지 음악 현실을 비판하고 본래의 악을 수행해 나갔다는 구체적인 예는 발견하기 어렵다. 이 점은 다시 심층적으로 논의를 요한다.

또한 "양금(Dulcimer) 등을 통하여 서양음악의 실제와 그 이론을 조선음악에 재통합시킨 것은 자주적인 음·악관이 튼튼하였기 때문이다"(173쪽)라고 했는데 중국을 통하여 양금(구라철사금)을 수입하였으나 서양의 실재 음악을 조선음악과 재통합시킨 구체적 예가 없으며, 다만 서양음악의 극히 초보적인 악전의 용어를 간단히 소개하였고 양금을 이용하여 종래 거문고보로만 전승되어 오던 여러 악곡을 양금보로 기보하던 것이 한 유행같이 되어 현재에도 많은 양금보가 남아 있다. 이들 양금보에는 현재와 같이 신국악곡 같은 것은 거의 없으며 종래의 영산회상에나 기타 악곡들이 기보되어 있기 때문에 서양음악을 적극적으로 재통합시킨 사실을 발견하기 어렵다.

또한 "그중에서 중요한 사실은 서양음악의 장점을 일본의 전통음악에 절충시킨 새로운 일본 국민음악, 곧 국악창성론을 제창한 것이다. 말하자면 국악은 한국음악의 준말이 아니라 '일본 국민음악'에서 줄인 일본 용어이다. 이 사실은 우리에게 매우 중요하다. 즉, 일본의 창가는 그 정신이 국악에 있었고 창가가 미국을 통한 서양음악의 장점을 섭취한 일본음악이기 때문에 그 당시 한국에서 보기에는 '새것의 음악으로 보였다……'. 바로 그가 이러한 '국악－창가'에서 '국악'을 뽑아 1907년 한국 정부의 직제를 개정(궁내부 관제 개정)하는 과정에서 국악사장, 국악사와 같은 용어로 적용시켰다는 사실을 우리는 주목해야 한다"(181쪽)고 기술하고 있다. 그리고 그 문헌 근거로서 1907년 11월 29일자 관보(官報)를 들고 있다. 또 거기에 첨부하여 "그렇다고 하여 '국악'이란 명칭이 이때에 비로소 등장한 용어는 아니다. 예컨대 18세기 전반에 활동한 정상기(1678~1752)의 『농포문답』 중 정아악(正雅樂)편에 '역취어락원 후기품식교지국악(亦聚於樂院 厚其稟食敎之國樂)'이라 하여, 장악원에 모아서 급료를 많이 주면서 '국악'을 가르치는 것이 마땅하다와 같은 곳에서 이 용어가 쓰인 것을 보면 알 수 있다……"라고 인용하고 있다.

여기서 문제는 실제로 국악사장이나 국악사란 명칭을 일본사람이 붙였다고 하더라도 노동은 씨가 밝혔듯이 그 이전에 이미 국악이란 용어를 쓴 기록이 있고 또한 국악이란 말은 국사, 국어란 용어와 같이 일반적으로 한국역사, 한국언어, 한국음악이란 말을 줄여서 쓰는 예가 있기 때문에, 마치 '국악'이란 말이 '일본 국민음악'이란 말이기 때문에 잘못 쓰이는 것이란 주장은 좀 수긍키 어렵다.

국악이란 말은 과거 지향적이고, 한국음악하면 미래 지향적이란 말과 같이 마치 언어의 유희 같은 명칭상의 구별로써 그 개념을 달리하려는 것은 별 의미가 없는 것이다. 오히려 한국음악이란 말을 씀으로써 그 속에 서양음악 어법으로 쓰인 우리나라 작곡가의 비율이 각 50%라고 현행 중·고등학교 교재를 합리화하는 데에 한국음악이란 말이 적합하고, 국악이란 말이 적합하지 않다고 한다면 모르거니와, 이미 사회 통념화된 국악이란 용어를 전면 부정하는 것은 또 다른 오류와 혼동만을 가중시킨다는 점에서 별로 바람직스럽지 못하다 할 것이다.

이상 몇 가지 앞으로 논의하여야 할 문제들을 필자 나름대로 지적하였다.

그럼에도 불구하고 처음에 지적하였듯이 80년대 말부터 본격적으로 논의되기 시작한 한국음악론이나 민족음악론에 새로운 전기를 마련한 『민족음악론』은 앞으로 90년대의 민족음악 논의를 위해서 반드시 읽어야 할 가치 있는 역저로 평가되어야 할 것이다.

더욱이 앞으로의 통일문화에 대비하여 분단 음악의 현 상황을 극복하고 음악을 통한 민족동질성의 회복을 위한 양측의 현재 음악 상황을 점검하여, 남북 양쪽의 음악문화의 이질성을 극복하는 점에서 이러한 논의는 계속되어야 하겠으며 양 씨의 이러한 논의가 좀 더 심층 있게 전개되기를 바라는 마음 간절하다 하겠다.

다만 역사적인 관점에서 통시적(通時的)인 민족음악론을 펴자면 원전 자료의 폭넓은 섭렵과 정확한 해석을 전제로 하여야 할 것이며 조선조 후기만 아니라 조선조 전기는 물론 고려시대, 남북조시대, 열국시대 등으로 소급해서 자국(自國)의 음악문화와 외래(外來)음악문화의 접촉 과정에 벌어진 각 시대별 자립의식 속에서의 민족음악의 새로운 정립 방향을 모색하는 것이 바람직스러울 것이다.

더 이상의 번역서가 필요 없는 에이젠쉬쩨인에 대한 연구

주진숙 중앙대 강사

『에이젠쉬쩨인 — 이미지의 모험』 에이젠쉬쩨인 지음 / 전양준 편역 / 1990 / 열린책들
『몽타주이론』 에이젠슈테인 지음 / 이정하 옮김 / 예건사
『영화의 형식과 몽타주』 에이젠슈테인 지음 / 정일몽 옮김 / 영화진흥공사
『영화연출강의』 V. 니즈니 기록 / 이경운 옮김 / 예건사

(참고 : 아래에서 평할 네 권의 책에서 영어로 Eisenstein이라고 표기되는 것의 러시아어 표기는 전혀 찾아볼 수가 없었다. 『이미지의 모험』에서는 Eisenstein을 '에이젠쉬쩨인' 이라고 표기하고 있고 나머지 세 권의 책은 '에이젠슈테인' 이라고 표기하고 있다. 그러나 소련에서 발음되는 대로 표기하자면 '에이젠쉬쩨인' 이 정확한 것이라고 한다.)

소련 태생의 영화이론가이며 영화감독인 세르게이 미하일로비치 에이젠쉬쩨인(Sergei Mikhailovich Eisenstein)의 영화는 우리나라에서 단 한 편도 공식적으로 상영된 적이 없다.

그러나 대학가나 영화 공부를 하는 사람들 주변에는 그의 영화가 그리 귀한 것만은 아니다. 비디오라는 편리한 매체 덕분에 영화학에

관심을 갖는 사람들은 최소한 그의 대표작인 〈전함 뽀쫌긴〉 정도는 다 보았을 정도이다. 특히 영화를 사회 변혁의 수단으로 이용하고 그 기능에 매혹되는 사람들에겐 에이젠쉬쩨인의 영화는 필수적이다.

영화 역사상 가장 중요한 인물 중에 하나인 에이젠쉬쩨인의 영화이론과 작품의 면모를 볼 수 있는 번역서 혹은 편역서가 지난해 후반기에 무려 4권이나 출간되었다. 이경운이 옮긴 『에이젠슈테인선집 Ⅰ : 영화연출강의』, 전양준 편역의 『이미지의 모험 : 에이젠쉬쩨인』, 이정하가 옮긴 『에이젠슈테인선집 : 몽타주이론』 그리고 정일몽이 옮긴 『영화의 형식과 몽타주』가 그것이다.

에이젠쉬쩨인은 영화 미학의 가장 훌륭한 예로서 인정되는 〈전함 뽀쫌긴〉의 감독이며 영화이론에 엄청난 영향을 끼친 몽타주 개념을 발전시킨 이론가이다. 그는 절충적인 몽타주이론, 즉, 일본의 표의문자와 문화, 프로이드, 메이어홀드, 파블로프 그리고 마르크스 등의 다양한 원천으로부터 차용한 관념들의 융합인 이론을 구축했으며, 1920년대 소련을 특징짓는 혁명의 분위기에서 작업 활동을 했다.

소련 영화인으로는 지가 베르토프(Dziga Vertov)와 레브 쿨레쇼프(Lev Kuleshow)가 에이젠쉬쩨인에게 막대한 영향을 미쳤다. 베르토프는 '키노 아이(Kino Eye)'라는 기록영화 집단을 만들어 기록영화를 통해 표현적인 편집 기법을 실험했으며, 쿨레쇼프는 편집과 연기에 대한 많은 실험을 했다. 게다가 미국 무성영화의 거장 그리피스(D. W. Griffith)의 〈인톨러런스(Intolerance)〉에 나타난 복잡하게 교차되는 이야기 구성은 반자본주의적이고 친노동계급적이라는 점에서 그를 비롯한 20년대 소련의 영화감독들에게 지대한 영향을 끼쳤다.

에이젠쉬쩨인은 '플로레컬트 극단(Prolekult Theater)'을 통해서 영화에 입문했다. 그 극단에서 그는 전통적인 인물 위주의 연극을 혐오하고, 대중이 집단적인 주인공이 되고 사회적 문제들이 탐구되는 프롤레타리아의 연극을 추구했다. 그는 대사가 지배적인 요소이며 그외의 요소들―세트 디자인, 조명, 의상―은 그것을 보조할 뿐이라는 관념을 반박하고, 그가 '인력(Attraction)'이라고 칭한 모든 요소가 동등하게 기능해야 한다는 것, 그리고 연출가는 이러한 인력들을 그의 형식적 모형에 따라 구성해야 한다고 주장했다.

에이젠쉬쩨인의 '인력의 몽타주'―의미를 창출하기 위해 인력들을 조합하는 것―는 일본의 표의문자와 마르크스 변증법으로부터 파생된 것이다. 그는 개별적인 쇼트는 영화를 구성하는 기본적 단위이며 쇼트의 병치를 통해 의미가 창출된다는 개념의 몽타주이론을 영화에 적용시켰다. 서술을 위한 쇼트들의 연결이 몽타주라고 주장한 그의 동료 푸도프킨(Pudovkin)과는 달리 에이젠쉬쩨인은 관객들에게 충격을 주고 그들을 선동하기 위해 대립되는 쇼트들을 충돌시키는 것을 선호했다. 그가 정립한 몽타주 방법은 다섯 가지이다. 쇼트 길이에 따른 운율의 몽타주, 쇼트 내의 움직임이 주는 리듬의 몽타주, 시각적인 음조의 몽타주, 배음의 몽타주 그리고 두 종류의 시각적 은유를 병치하는 지적인 몽타주가 그것이다.

에이젠쉬쩨인의 초기 영화들―〈파업〉, 〈10월〉, 〈전함 뽀쫌긴〉 등―은 인물마다 그 역할에 적절한 신체적 모습을 가진 비전문 배우에게 역을 주는, 즉 전형성(Typage)에 근거한 배역을 하고 현장 촬영을 함으로써 기록영화적인 느낌을 준다. 플로레컬트 극단에서 했듯이 그는 집단적인 주인공을 선호하고 개인적인 주인공을 피했다. 더구나 그의 대부분의 작품에서 촬영을 맡았던 에드워드 티쎄(Edward Tisse)의 신중하게 고려된 쇼트와 에이젠쉬쩨인의 역동적인 몽타주 편집은 관객으로 하여금 집단적인 주인공과 동일시하게 했고 극적인 효과를 점증시켰다.

가난한 러시아의 농촌이 번영하는 집단농장으로 성장하는 것을 추적한 그의 마지막 무성영화인 〈낡은 것과 새로운 것〉에서 에이젠쉬쩨인은 처음으로 개인적 주인공을 썼다. 또한 그는 심도 깊은 구성과 색채의 표현적인 묘사를 실험했다. 게다가 〈낡은 것과 새로운 것〉을 편집하면서 그는 '영화적인 4차원', 즉 개별적인 화면에서는 나타나지 않으나 영사된 영화에서 나타나는 운율, 리듬 그리고 음조의 몽타주를 종합한 배음의 몽타주를 발견했다.

에이젠쉬쩨인의 무성영화들은 이념적 내용보다 미학적 형식을 선호한 '형식주의'라는 이유로 공산당 내의 정적으로부터 비난받기는 했어도, 소련과 외국 관객들 그리고 비평가들로부터는 호평을 받았다. 그의 초기 영화들은 세계의 관심을 소련영화와 에이젠쉬쩨인 자신에게 돌리는 데 기여했으며, 스탈린 정부는 마지못해 그를 지원했다.

〈낡은 것과 새로운 것〉을 완성한 1929년에 에이젠쉬쩨인은 새로운 음향기술을 배우기 위해 서유럽과 미국으로 향했다. 할리우드에서 그는 여러 작품을 기획했으나, 제작사 수뇌들과의 이념적인 차이로 인해 아무것도 완성하지 못했다. 예를 들어 제작사 측은 〈아메리카의 비극(An American Tragedy)〉이란 작품을 단순한 삼각 치정살인 이야기로 만들기를 원한 반면에, 에이젠쉬쩨인은 미국 사회에 대한 비판적 안목으로 그 작품을 해석했던 것이다. 할리우드에서 그는 멕시코로 가서 멕시코의 문화와 혁명정신을 다룬 〈멕시코 만세!(Que Viva Mexico)〉를 만들려고 했다. 그러나 그 작품도 예산 초과로 1932년 중도에 취소되고 그는 다시 소련으로 돌아왔다.

할리우드와 멕시코에서의 실패에도 불구하고 에이젠쉬쩨인은 유성영화라는 새로운 매체에 그의 이론을 적용시키고자 했다.

그러나 그의 형식주의적 경향을 인정해 오지 않았던 스탈린 정부는 그의 독자적 활동에 제동을 걸기 시작했다. 스탈린 정부는 언론을 통해 그를 비난하는 공격을 가했으며 그후 6년간 에이젠쉬쩨인은 아무런 작품도 완성하지 못했다.

드디어 에이젠쉬쩨인은 13세기 러시아의 영웅에 대한 서사극인 〈알렉산더 네브스키〉를 영화화하는 허가를 받았다. 그의 초기 영화와는 달리 〈알렉산더 네브스키〉는 전문적인 배우가 맡은 주인공에 초점을 두었으며 심도 깊은 구성을 통해 영상의 조형성을 강조했다. 프로코피에프가 맡은 음악은 영상의 시각적 리듬과 대조되었으며, 그 음향의 대위법은 초기 몽타주이론의 논리적인 확장을 보였다. 〈알렉산더 네브스키〉는 세계적으로 성공했으며 비평가들로부터도 호평을 받았다. 그 작품으로 에이젠쉬쩨인은 일시적으로나마 소런 영화에서의 그의 중요성을 다시 획득했다.

그의 마지막 두 작품은 16세기 황제인 이반에 대한 삼부작의 일부이다. 〈폭군 이반 1부(Ivan the Terrible, Part Ⅰ)〉와 〈폭군 이반 2부(Ivan the Terrible, Part Ⅱ)〉에서 에이젠쉬쩨인은 주요 인물에 전문배우들을 기용했고, 프로코피에프가 작곡한 곡을 대위법적으로 사용했으며, 무성영화에서의 몽타주 편집보다는 장식적인 회화적 구성을 보여 주었다. 특히 〈폭군 이반 2부〉의 무도회 장면에서는 색채를 표현주의적으로 사용했다. 〈폭군 이반 1부〉는 소련 내에서나 국외에서 성공적이었으나 〈폭군 이반 2부〉는 스탈린이 이반의 비밀경찰에 대한 부정적인 묘사를 싫어한 이유로 상영 금지되었다. 그는 결국 〈폭군 이반 3부〉를 만들지 못했으며, 1946년의 심장마비로 인한 오랜 투병 끝에 1948년에 죽었다.

에이젠쉬쩨인은 초기 영화들에서 보여 준 역동적인 편집으로 가장 잘 알려졌으나 몽타주이론을 흑백 무성영화에서 쇼트들의 병치에만 제한시킨 것은 아니다. 그는 몽타주 기법을 문학, 연극 그리고 다른 예술 형식들에 적용한 것을 비롯하여, 심도 깊은 구성을 통한 화면 내에서의 몽타주, 음향, 색채 그리고 영상의 대위법적 묘사에까지 몽타주 기법을 적용시켰다.

그러면 최근에 우리말로 소개된 네 권의 책들은 이러한 에이젠쉬쩨인을 어떻게 제시하고 있는가? 이경운이 옮긴 『영화연출강의』는 에이젠쉬쩨인이 1928년 5월부터 20여 년간 소련 국립영화기술학교의 연출과 교수로서 강의한 내용이다. 그의 제자에다 조교였고 후에는 그 학교의 교수로 활동한 블라디미르 니즈니(Vladimir Nizhny)가 그의 강의 내용을 기록한 후 그 정수만을 발췌한 것이다. 첫 장 '연출적 해결'에서는 발자크의 작품 중 한 사건을 예로 들어 그것을 표현하는 데에 있어서 다양한 측면을 고찰해 보고 있다. 약간 진부한 면도 보이나 귀중한 연습으로 보이며 불변의 접근 방식은 어떠해야 한다는 것을 보여 주는 장이다.

두 번째 장인 '미장센'에서는 18세기의 하이티섬에서의 반란 사건을 분석하며 행위를 나열하고 구성하는 데 있어서 무엇이 가장 표현적인가를 도출해 내고 있다. 세 번째 장인 '쇼트의 분할'에서는 특유하게 영화적인 것, 즉 앞 장에서 논의된 미장센의 표상에 대해 논하고 있다. 이 장에서 에이젠쉬쩨인은 편집 단위인 '하나의 개념'을 전개시킨다. 위의 두 장에서는 연습 과정에서 열기가 고조되고, 독자들은 강의의 절정에 가서는 환성을 지르고 싶은 충동과 함께 무언가를 얻었다는 느낌을 갖게 된다. 네 번째 장인 '쇼트의 연출'에서는 도스토예프스키의 『죄와 벌』에서의 살인 장면을 예로 들어, 편집한 영화의 독특한 과정이 아니라 영화적인 쇼트 자체에 잠재해 있는 원리의 확장일 뿐이라는 것을 보여 준다. 그리고 마지막 장인 '구성의 문제'에서는 네크라소프의 작품을 예로 소재에 잠재해 있는 구조의 중요성과 구조에 대한 이해, 해석 그리고 배치의 중요성을 강조한다.

이 책은 에이젠쉬쩨인이 훌륭한 영화이론가이자 연출가인 것 외에 연출을 가르치는 데에 있어서 얼마나 과학적이고, 창조적이며, 비권위적인지를 알 수 있게 한다. 일방적인 교수법이기보다는 학생들의 다양한 의견들을 묵살하지 않으면서 창조적인 생각을 끌어내는, 진리를 향한 학생과 교수 간의 공동의 탐사로 보여지는 그의 탐구적인 교수법에는 누구나 경탄을 하게 된다. 이 번역에서 아쉬운 점은 직역에 충실한 나머지 원문(필자에게는 영어본)에서 느껴지는 살아 있는 듯한 대화체의 문장들이 그 맛을 잃고 있다는 점이다. 또 역자는 이 번역을 1979년 영어판과 1981년의 일본어판을 중심으로 번역했다고 하나, 1979년 영어판에서 삭제된 유트케비치의 서문과 다섯 번째 장인 '구성의 문제'가 포함되어 있는 대신, 영어판의 드와이르 맥도날드와 이고르 몬타그의 서문, 영어판 번역자의 후기 그리고 부록으로 나와 있는 에이젠쉬쩨인의 '영화 연출을 위한 교과 과정'이 빠져 있다. 그에 대한 역자의 해명이 아쉽다.

정일몽이 옮긴 『영화의 형식과 몽타주』는 에이젠쉬쩨인의 이론서로 가장 많이 알려져 있는 『Film Form : Essays in Film Theory』에서 한 장을 뺀 주요 논문들과 그 후속 이론서인 『Film Sense : Essays in Film Theory』에서 발췌한 짤막한 수필, 시나리오의 머리말, 시나리오의 요약, 영화 〈파업〉에서의 주요 몽타주 장면 등을 부록으로 싣고 있다.

에이젠쉬쩨인의 개인적인 배경이나 시대, 사회적 배경보다 오직 몽타주이론으로 짤막하게 묘사되는 그의 이론의 깊이를 파악하는 데 있어서 중요한 책이다. 〈연극에서 영화로〉, 〈예측치 못했던 일〉, 〈영화의 원리와 표의문자〉, 〈영화 형식의 변증법적 고찰〉, 〈영화의 제4차원〉, 〈몽타주의 방법〉, 〈영화 언어〉, 〈영화 형식 ─ 새로운 문제점〉,

〈영화의 구조〉, 〈성취〉 그리고 〈디킨즈, 그리피스 그리고 우리들〉 등의 논문이 다소 거친 번역으로 소개되어 있다. 그리고 논문들에 언급되는 영화 작품들을 일반적으로 잘 알려진 영어로 표기하고 있지 않으며, 때로는 인명이 영어 표기만 되어 있는 편집의 실수들이 엿보인다.

전양준 편역의 『이미지의 모험』은 에이젠쉬쩨인의 영화이론이 작품에서 어떻게 구체화되어 있는지를 탐구하는 순서로 편집되어 있다. 독특한 것은 에이젠쉬쩨인의 이론과 주요 부분인 2부는 앞의 두 책에서 소개된 논문들이 다수 포함되어 있다. 그러나 이 책의 특별한 점은 1부에서 에이젠쉬쩨인의 회고록을 중심으로 그의 이론과 작품에 영향을 미친 여러 가지 요인들을 발견할 수 있다는 점이다. 즉, 예술적 혁신과 정치적 혁명의 시기가 작품을 이해하는 데 필수적인 그 시대를, 그의 활동 그리고 그의 다양한 단상들 혹은 회고들과 병행해서 책머리에 자세하게 소개하고 있는 점이다. 또한 그의 이론들과 작품이 연대기적으로 배열되고 있다. 우선 1923년에 쓰인 '친화의 몽타주' 이론과 이를 검증할 수 있는 주요 무성영화들 — 〈파업〉, 〈전함 뽀쬼낀〉, 〈10월〉 그리고 〈낡은 것과 새로운 것〉 — 을 소개하고 있다. 영화들마다 상세한 작품에 관한 정보 — 배역, 상영 일자, 촬영 기간 등등 — , 작품에 대한 개요, 주요 장면들의 사진들 그리고 작품에 대한 짧은 평이 실려 있다.

두 번째 단락에서는 유성영화 시대에 들어서면서 에이젠쉬쩨인이 1928년부터 1930년까지 발표한 〈사운드 영화 선언〉, 〈영화의 원리와 표의문자〉, 〈영화 형식의 변증법적 접근〉, 〈전망〉, 〈영화에 있어서의 제4차원〉 그리고 〈몽타주 방법론〉 등을 게재하고, 그가 할리우드와 멕시코에서 작업한 미완성의 〈아메리카의 비극〉, 〈멕시코 만세!〉에서 그 이론이 어떻게 표현되고 있는가를 에이젠쉬쩨인의 스케치와 장면 사진을 통해 보여 주고 있다. 그 시기에 그가 기획했으나 착수하지 못한 작품들 그리고 그 시기의 에이젠쉬쩨인의 상황도 곁들였다. 그리고 1930년 중반에 쓰인 논문 〈영화 언어〉와 〈영화 형식〉이 에이젠쉬쩨인의 후기 영화들 〈알렉산더 네브스키〉와 〈폭군 이반 1, 2부〉가 함께 소개되고 있다. 이 책의 후반부는 에이젠쉬쩨인의 미학, 그와의 작업 그리고 그의 저작물 목록을 싣고 있다.

전체적으로 이 책은 에이젠쉬쩨인의 이론과 실제를 비교, 검토하기에 흥미 있게 — 어떻게 보면 영화적으로 다양한 칼럼을 이용하여 — 구성된 편역서이다. 그러나 한편으로는 편역서가 가질 수 있는 흠을 많이 내보인 책이라고 하겠다. 소개된 영어마다 작품 개요와 함께 영어권 비평가에 의한 평을 싣고 있다. 그러나 때로는 누가 쓴 것인지 전혀 알 수 없는 평을 싣고 있다. 게다가 후반부의 '에이젠쉬쩨인의 미학'은 필자가 누구인지 밝히지 않고 있다. 번역체의 문장으로 보아서 편역자의 글이 아닌 듯한데 그렇다면 책 앞에서 참고한 서적들에서 우리는 그저 원전을 추측해야만 할까. 아니면 그저 원전을 모르는 채로 읽어 버려야 할까. 참고한 서적의 나열로만 그치지 않고 본문 앞이나 뒤에 필자를 꼭 밝혀 주어야 하는 것이 편역서가 해야 할 가장 중요한 기능이 아닐까. 또 하나의 흠을 덧붙이자면 에이젠쉬쩨인에 관한 네 권의 책 중 유일하게 색인이 없다는 것이다.

마지막으로 이정하의 『몽타주이론』은 책의 제목이 시사하듯이 에이젠쉬쩨인의 이론을 그의 삶과 사상적 기반 그리고 연출 체계와 관련하여 종합적으로 다루고 있다. 이 책의 주요 부분인 2부는 앞의 두 책에서 소개된 논문들이 다수 포함되어 있다. 그러나 이 책의 특별한 점은 1부에서 에이젠쉬쩨인의 회고록을 중심으로 그의 이론과 작품에 영향을 미친 여러 가지 요인들을 발견할 수 있다는 점이다. 즉 예술적 혁신과 정치적 혁명의 시기가 어떻게 조응하는지를, 마르크스-레닌주의와 변증법적인 유물론의 기반이 그의 이론과 작품에 얼마나 견고하게 자리 잡고 있는지를 알 수 있다는 점이다.

3부에서는 다른 책에서는 소개되지 않은 다양한 1930년대의 논문들, 〈미국의 비난〉과 〈내적 독백〉, 〈계급적 동지의 기습〉, 〈소비에트 영화 언어의 새로운 문제〉, 〈작품의 구조에 대하여 Ⅰ〉 그리고 〈수직의 몽타주 Ⅰ〉이 실려 있다. 이 글들은 유성영화 시대에 들어서서 그의 몽타주이론이 어떻게 발전되고 있는지, 즉 음향과 영상과의 대위법적인 결합 문제를 깊이 다루고 있다.

『몽타주이론』의 편역자는 각 논문 앞에 원전을 밝히고 그에 대한 상세한 배경과 해설을 첨부하고 있어 일반 독자의 이해를 돕고 있다. 그러나 원전만은 친절하게 밝히고 있는 반면에 일반 영화학도들이 쉽게 이용하는 영어 번역본은 밝히질 않고 있어서 과연 편역자가 러시아어의 원전을 번역했는지 ─ 사실 편역자는 영어 번역본과 일본에서 출판된 책을 편역했다고 밝히고 있다 ─ 의구심을 가지게 된다.

『이미지의 모험』만큼 시각 자료를 다양하게 이용하고 있지는 않지만 편역자의 친절한 주석과 성실한 번역이 돋보이는 책이라고 하겠다.

이제까지 간단히 평해 본 네 권의 책들은 그야말로 더 이상의 에이젠쉬쩨인에 대한 연구가 소개될 필요가 없을 풍성함을 보여 준다. 그에 대한 연구가 번역하여 국내에 소개할 만한 것이 아직도 많다고 하지만, 『영화연출강의』를 제외한 세 권의 책들에서 중복되어 소개되는 주요 논문들을 보자면 이제는 에이젠쉬쩨인의 이론과 작품에서의 용어통일 문제가 더 시급해 보인다. 그리고 주요 논문들이 소개된 만큼 이제는 그의 이론과 작품들에 대한 현시대에서의 의의에 대한 우리나라 영화학자들의 독자적인 연구가 필요할 때인 듯하다.

특히 편역서에서 아쉬운 점은 편역자들의 에이젠쉬쩨인에 대한 독자적인 해석이 결핍되어 있다는 것이다. 현대의 광고 이미지나 파편화된 실험적 영상들에서 그의 이론의 흔적은 무수히 발견될 수 있지만 에이젠쉬쩨인의 영화이론이 그 자체로 완벽한 것은 아니다. 영화이론가들에 의해 적지 않은 비판도 받는 이론일 뿐이다. 예를 들어 몽타주가 과연 관객의 창조적인 몰입과 해석을 유도하는 것인지, 몽타주를 통해서 관객에게 해석할 자유를 오히려 박탈하는 것은 아닌지는 사실주의 영화이론가들에 의해 자주 지적되는 점이기도 하다.

전반적인 영화이론에 관한 서적이 부족한 우리나라에서 네 권의 번역서가 한꺼번에 등장하여 서점의 진열대에 나란히 꽂혀 있는 것을 보면서 어쩌면 영화학에 처음 발을 들여놓는 학생은 에이젠쉬쩨인이 영화학의 유일한 이론가, 영화 예술의 천재라고 오해할지도 모른다. 그러나 독자들에게 이미 출판된, 영화의 사실주의에 대한 번역서인 안병섭 역의 『존재론과 영화 언어』(영화진흥공사, 1987)와 전반적인 영화이론의 문맥에서 에이젠쉬쩨인의 이론이 연구된 조희문 역의 『현대영화이론』(한길사, 1988)을 권하고 싶다. 그래서 에이젠쉬쩨인의 이론과 영화가 전반적인 영화 역사와 이론에서 어떠한 위치를 차지하는지를 탐색해 보기를 바란다.

타 문화와의 비교를 통한
한국인의 의식과 예술

송미숙 성신여대 서양화과 교수

『한국인의 조형의식』

김영기 지음 / 1991 / 창지사

평자는 『한국인의 조형의식』이란 이화여대 미술대학의 김영기 교수의 저서에 대한 서평을, 처음에는 전공 분야가 달라 사양하다가 유사한 제목의 책 중의 하나로 비교적 가볍게 생각하고 받아들였다. 그것이 경솔한 처사였다는 것이 막상 책을 대하고 보니 상당한 분량―거의 400페이지―에다가 저자는 대체로 크고 야심적인 여러 주제들과 개념을 다루고 있었기 때문이었다. 이 책은 김영기 교수가 20여 년간의 문헌 연구와 실제 답사를 통해 얻은 결과를 동·서양의 고전서들―이들 중 상당수를 평자는 아직 읽을 기회를 갖지 못했다―과 비교, 고찰해 방대한 정보를 갖고 있다. 따라서 이 서평에서는 각론이나 세부에 대한 논쟁은 삼가고 저서의 소개와 일반적인 문제만 지적하고 있음을 밝혀 둔다.

이 책은 제목과는 달리, 다시 말해 한국조형예술에 나타나 있는 한국인들의 특수한 조형의식을 저자의 독자적인 관점에서 접근하고 있는 것이 아니라 타 문화, 주로 서양문화의 사고와 세계관을 지배해 온 시각과 개념을 차용해 한국조형예술과 그 창조자인 한국인의 의식 구조의 다각적인 국면—조형 형태상의 특징뿐 아니라 한국 자연의 지형학, 생물학적 사실(Fact)의 영향, 역사 및 타 문화 또는 조형예술과의 비교—을 해제하려 하고 있다. 즉 저자는 '한국인의 조형의식'이라는 주제를 통해 '폭넓은' 문제들을 다루고 있는 것이다.

'조형의식의 오늘'과 '영원한 현재 속의 조형의식'의 2부로 대별하고 1부에서는 다시 '조형의식과 지각', '조형의식과 과거', '조형의식과 사고'로 구분하고 있는데 여기서 저자는 오늘에 이르기까지 조형의식의 변천을 역사적으로 고찰해, 그 과정에서 유추되는 성질을 파악하기보다는 '오늘날 우리의 조형의식을 비판적인 시각에서 분석'하는 것에 관심을 두고 있다. 이러한 비판적 분석을 위해 저자는 고대 철학자 플라톤과 아리스토텔레스부터 시작해 한때 구미를 풍미했던 지각심리학(Gestalt)의 대가들—루돌프 아른하임, 레번, 곰브릭 등, 구조주의 언어학의 원조 소쉬르, 구조주의 인류학자 레비 스트로스, 현상학의 원조인 훗설, 분석철학의 거봉 비트겐슈타인, 고고인류학자이며 역사 비평가인 토인비, 미술사가 뵐플린, 부르크할트, 하우저, 근대물리학자들—상대성이론의 아인슈타인, 불확정성 논리를 주장한 하이젠베르크, 정신분석학의 시조 프로이트와 정신철학자 융, '의식의 흐름'의 대부인 미국 철학자 윌리엄 제임스 등의 이론과 개념들에 비추어 전개하고 있다.

'조형의식과 지각'은 다시 세분해 1. 지각장(知覺場)과 행동 2. 지각장과 문화 3. 조형의식과 문화로, '조형의식과 과거'는 1. 현재 속의 과거 2. 장기 기억과 우리의 의식 3. 과거와 조형의식으로, '조형의식과 사고'는 1. 조형과 사고 2. 시각과 사고 3. 조형과 명제로 세 항목으로 묶어서, 이들 세 항목을 다시 10~15페이지에 이르는 소제목들—가령 1. 지각장과 인간 2. 지각장과 심리적 균형 3. 지각장과 기(氣)—로 나뉘어 해제되고 있다. 이러한 분류 방식은 책 전반에 걸쳐 적용된다. 2부의 '영원한(?) 현재 속의 조형의식'은 우선 조형의식을 세 분야—풍토, 건축, 공예—로 분류한 다음 '풍토에 담겨진 조형의식'은 1. 지형 2. 기후와 조형의식, '건축과 조형의식'은 1. 풍토 건축 2. 한옥과 초가의 조형적 분석으로, '공예와 조형의식'은 1. 실내 공간과 조형의식의 분석 2. 가구 공예에 나타난 조형의식 3. 도자기에 나타난 조형의식으로 소별된다. 결론에는 다시 새로운 명제를 주제로 삼아 1. 아름다움이란 무엇인가 2. 약한 것이 아름답다 란 제목으로 한국의 조형의식의 특징적 요소를 규명해 보려는 시도를 담고 있다.

이렇게 다소 산만할 정도로 세별한 명제의 항목들은 각기 독립돼 있으면서도 서로가 유기적인 연관성을 갖도록, 그러나 일관된 서열 체계에 의해 전개된다. 가령 '조형의식과 지각'의 첫 항목에서의 '지각장과 행동'은 문화의 형태로 발전되며 그것은 조형의식과 문화적 특징으로 나타난다는 논리를 근간으로 하고 있는 것 같다.

책의 포맷은 위에 기술한 내용적 체계에 따라 구성되었고, 각 페이지는 2단으로 나뉘어 조판되었으나 중요한 인용 구절은 한 줄로 글자체를 바꾸어 쓰고 있어 즉각 독자의 시선이 머물도록 배려하고 있다(이런 구절들은 그러나 결과적으로 전체적인 2단 구성의 흐름을 절단해 시각적인 장애 요인도 된다). 저자는 아울러 거론되고 있는 석학들의 인명이나 학설에 대해서는 일일이 각주를 달아 해설을 곁들여 일반 독자의 이해를 도와주고 있다. 뿐만 아니라 적시적소에 도판과 드로잉을 삽입하는 친절도 베풀고 있다.

저자가 그의 연구 목표로 삼고 있는 주제, 이른바 오늘의 한국을 사는 예술가들의 조형의식 저변에 잠재하고 있는 본질을 규명하고자 하는 시도는 그 주제 자체가 거창한 만큼 상당한 경험과 탐구의 축적 및 여과가 요구된다고 할 수 있다. 그러나 그렇다고 해서 우리가 간과하고 넘어갈 문제도 아닌 것이 현실이기도 하다. 저자가 피력하고 있듯이 한국의 불행했던 근세사 — 혹자는 근세사뿐 아니라 우리의 비극은 상고사로 거슬러 올라가야 한다고 하며 또한 혹자는 우리의 역사의 비극은 우리나라의 특수한 지형적 여건과 무관하지 않아 한국은 역사적으로 지형학상으로 비극의 나라라고 정의한다 — 는 우리 사회의 문화를 혼탁케 했고 그 과정 속에서 우리의 고유한 전통문화는 각종 외래문화와 그 문자들 속에 내재해 있는 사고의식의 영향으로 이제는 그 근원조차 규명하기 어려운 혼란한 지경에 빠져 있다.

이러한 혼란 양상은 조형예술과 예술가들의 의식에도 나타나 있다. 이러한 질곡의 역사의 혼돈 속에 빠져 희석화된 한국성, 한국적 정체성(Identity)과 동질성 및 근원적 의식을 회복하고자 하는 움직임은 저자뿐 아니라 최근 이 나라의 지성인들과 예술가들이 누구나가 공감하고 있는 공통된 관심사다.

여기서 문제는 접근 방법인데 그 첫째로는 현실 또는 사회 비판적인 학설 및 방법론을 채택하여 문화 현장에 직접 투신해 문제에 접근하려는 문화행동주의자적 시각 — 일련의 민중, 또는 민족주의 문화예술 운동이 이에 속한다 — 이 한 방법이었다. 현실에 적극적으로 참여할 것을 주장하는 이들 행동파들은 일반적으로 마르크시즘 또는 네오·마르크시즘적 사회주의 이론으로 무장, 자유주의 보수 집단과 중상류 계급층을 이적시하는 배타적이고 편협한 시각이 흠이라 할 수 있다. 이들 행동주의자들과 시각은 유사하나 문제의 초점을 문화 현상과 이데올로기에 두지 않고 구체적인 조형사료(史料)들로 돌려 우리의 기층 서민문화와 습속에 깊숙이 자리 잡고 있는 생활 기물들과 민속품, 민화, 불화(탱화), 한화들에서 소재와 형식을 채택해 재구성을 시도하는 방법도 근자에 자주 찾아볼 수 있다. 이 방법은 첫 시도보다 훨씬 파급력이 커 상당수 예술가들의 공감과 호응을 얻고 있다. 이제까지의 한국 현대예술이 지나치게 서구미술 위주로 편향되어 개진돼 왔음을 단적으로 증명해 주는 예증이라 볼 수 있다. 그와 함께 추상 일변도, 양식 일변도의 한국 현대미술사는 새로운 내용과 문맥, 소재와 주제에 대한 관심으로 방향을 전환하고 있다.

위의 두 가지 경향에 저자는 또 하나의 대안을 첨가하고 있다고 생각할 수 있는데, 저자는 우리 조형의식의 정체를 우리 문화의 고유한 물증과 의식 저간을 바탕으로 한 주체적인 시각이 아니라 서구인들의 세계관과 (조형)의식을 지배해 온 지식론의 체계에 입각, 타 문화와의 비교(대조?) 고찰을 통한 분석에 의존하고 있다. 따라서 저자가 제시하고 있는 본질 규명에 관한 대안은 나름대로의 당위성은 지닌다고 간주할 수 있겠으나, '한국인'이라는 특수자(特殊者)의 의식 구조에 잠재해 있는 본질 규명을 단지 '본질'이라는 명제 때문에 구태여 서구인의 시각과 논지로 접근했는가에 대한 의구심을 떨쳐 버릴 수가 없다. 아울러 인용되고 있는 대부분의 전거들이 시지각학 혹은 게스탈트 심리학을 주도했던 거봉들의 연구이며 이 형태심리학은 사실 19세기 말에 대두된 순수지각설에 기초, 뵐플린에 의해 원칙화되어 20세기에 발전 계승된 학설이다. 이 학설은 인간을 에워싸고 있는 제반 환경적 요소—역사, 문화, 국가 및 가족과 같은—를 부정하기 때문에 간헐적으로 제시되고 있는 마르크시즘 사관(史觀)과 방법론을 주장하는 하우저와 마르쿠제와 배치될 뿐 아니라 훗설의 현상학 또는 퇴계 이황의 성리학과도 요원한 관계다. 오히려 한국인의 의식과 본질을 탐구하는 데는 저자가 인용하고 있는 정신철학자 칼·융의 직관론과 '동류의식(Collective Consciousness)'이 더 적절하다고 사료되며 그런 관점에서 그의 분석의 방향을 베르그송, 도교 또는 엘리아데(Eliade) 쪽으로 돌렸더라면 하는 아쉬움이 남는다. 아니면 타 문화, 타인들의 지식론을 차용하지 않고라도 그의 연구는 자신의 지각심리학적 경험을 토대로 한 것으로 충분했으리라는 생각도 해 본다.

바꾸어 말해 김영기 교수는 아른하임을 직접 인용하지 않더라도 그가 그의 지각심리학적으로 문제에 접근하고 있다는 사실을 독자는 충분히 추론해 낼 수 있으리라 생각한다. 그런 의미에서 인용 구절에 의해 덜 방해를 받아 비교적 부드럽게 읽혀지는 2부가 1부보다 더욱 빛이 난다.

여하간 20여 년에 걸친 김 교수의 연구에 충심으로 경의를 표하며 『한국인의 조형의식』에 관심 있는 독자들에게 일독을 권하고 싶다.

낡은 초상화처럼 남아 있는 초가(草家)

김원 한국건축가협회 이사

『草家』

김홍식 외 글 / 황헌만 사진 / 1991 / 열화당

한때 우리에게 경제 입국을 제일주의로 하는 대통령이 있었다. 그는 보릿고개를 추방하고 국민을 배불리 먹이기 위해서는 어떤 수단과 방법도 가리지 않는다는 신념과 철학이 있었고, 그것을 위해 온갖 독재적인 방법도 사양하지 않았다.

그는 민주주의를 몰랐을 뿐만 아니라 문화를 이해하지 못한 반문화적인 성향의 인물이어서 초가와 돌담이 문화가 된다는 사실들에 무지했다. 고도성장과 개발우선정책의 부작용이 어떻게 올 것인지 예견할 통찰력이 없었고 민족문화의 오랜 전통이 어떻게 존중되고 계승되어야 하는지, 그 바탕이 무엇에서 출발하는지, 그 민중의 정서가 어디서 유래하는지 몰랐다. 그에게는 영웅과 호걸이 있을 뿐이어서 문화에는 스타가 있고 건축에는 모뉴멘탈리티만이 있는 것으로 알았다.

한때를 풍미하던 새마을운동과 농가개량사업의 결과는 시멘트 파동, 페인트 부족을 가져와 일부 기업들을 살찌게 했을 뿐, 우리의 농촌과 초가 마을은 시멘트 덩어리와 슬레이트 판에 울긋불긋 페인트 칠하는 저질의 문화를 남발하였다.

그에게 있어서 초가는 공적 일호(公敵 一號)였다. 가난과 빈농들과 비위생의 상징이었다. 그는 개인적으로 초가 콤플렉스를 갖고 있었다. 언필칭 자신은 빈농의 아들이었으나 빈농에 대해, 그의 그런 과거에 대한 적개심을 갖고 있었다. 그 치하에서 국민은 배금주의에 물들었고 사유(思惟)의 기능을 마비시켰고 전통적 가치관은 몰락하였다. 그리고 그 폐해는 수대(數代)를 지나도 치유될 수 없는 상처가 되었다. 초가에 관한 한 완벽한 파괴가 자행되었다. 그런 점에서 그는 한 나라 지도자로서의 경륜이 부족했고 자질은 미달이었다. 그야말로 사람이 빵만으로 살 수 있다고 믿은 사람이었다.

초가를 허물고 돌담길을 넓히는 것이 먼 장래에 어떤 의미를 갖는지, 사람들은 생각해 볼 겨를이 없었다. 그리하여 우리에게는 경제 성장과 문화 후퇴가 함께 왔다. 초가집이 왜 그런 모습이었는지, 뒷산과의 관계가 어떠했는지에 우리 모두는 관심이 없었다. 부끄러운 일이다.

건축은 근본적으로 자생적(自生的)이며, 건축은 거기 사는 사람들의 창작이며 인류학 그 자체다. 건축은 사람들의 참여에서 이루어지며, 결과는 그들 안목의 구현이며 궁극적으로 정신문화의(물질문명 아닌) 산물이어서 세기말에 사는 우리에게는 초가의 정신이 두려운 교훈이 된다. 더구나 초가는 무지랭이 민중의 작품들이다. 그들은 동물적 본능으로 그것들을 만들었다. 훈련에 의하지 않고 수준 높은 본능을 갖춘 민중이 문화의 원동력이며 국력이 된다. 그때 우리는 국부(國富)가 국력인 것으로 착각하고 있었던 셈이다. 초가는 가장 원초적인 자연의 재료이며 가장 섬세한 기후 조절재(調節材)였고 가장 뛰어난 Recycle의 모범이었다.

우리가 일본처럼 그것들을 보전하지 못한 것은 우리 문화의 비극이며 민족의 수치였다. 그것들은 농민들의 힘으로 보전되고 그들의 수익 증대에 따라 개량되고 활용되어야 했다. 특히 이 High Technology 시대에 우리의 생활이 나아질수록 Fast Food보다는 자연식을, 인공섬유보다는 마직, 면직을 선호하듯 건축에서 짚과 목재와 흙벽돌은 향수(鄕愁) 이상의 것이 되었다. 북극권 오존층의 파괴를 걱정하는 시대에 초가는 '나물 먹고 팔베개 베는' 이상향(理想鄕)이어야 하는 것이다.

초가의 뛰어난 문화가 이미 보존 또는 재생 불가능해진 상황에서 사진과 기록으로나마 그것들을 보는 것은 조금은 다행한 일이다.

황헌만 씨의 사진들은 아름답다. 특히 초가 마을의 전경을 담은 앞 장의 사진들은 한국인의 유순한 자연관을 유감없이 보여 준다. 거기에는 뒷산 능선과의 관련이 그려져 있고 마을의 조직과 위계(位

階)가 나타나 있다. 특히 집과 집 사이의 공간들 그리고 돌담과 대숲, 앞내와 뒷산의 관계들은 건축적으로 극명하게 포착되었다.

'삶'의 장(章)과 '신(神)들'의 장에서는 우리의 잊혀진 정서의 원류가 따스한 정감으로 그려져 있다. 다른 사진들은 때로는 지나치게 설명적이거나 기록적인 느낌을 준다. 이것이 초가의 재현을 위한 기록과 학술 논문이 아닌 바에야 마음 아프게 정감에 호소하는 사진들이 더 마음에 든다.

한 가지 불만으로, 사진들이 찍힌 연대가 부기되었더라면 싶다. 작가는 후기에 '60, 70년대'라고만 밝히고 있는데 기왕 사라진 것들이라면 언제 이런 경치가 있었던가라도 알았으면 해서다. 유일하게 1960년대라고 밝혀진 208쪽의 송영학 사진은 1960년대 MOMA (Museum of Modern Art, New York)가 주최했던 유명한 〈Architecture without Architect〉라는 전시회와 그 사진집을 떠올려 준다. 비슷한 연대의 그 사진집과 우리 것의 다른 점은 우리 것들이 사라져 버렸음에 비해 그들 것은 아직 잘 보존되어 있는 점이다. 건축가들이 몸으로 막지 못한 문화의 파괴를 작가는 카메라의 눈을 통해 고발하고 있다. 그래서 이 책은 아름다운 사진집이며 우리에게는 미래의 경고장이기도 하다. 그 사진들이 아름다운 것들일수록 작가의 말대로 "낡은 초상화처럼 남아 있는" 그 사진 찍는 일이 작가에게 보람과 긍지가 될지는 모르되 우리 모두에게는 서글픔으로 남는다.

우리 연극의 기원에 대한 탐구

이상일 성균관대 독문과 교수

『서낭굿 탈놀이』

서연호 지음 / 1991 / 열화당

서 교수의 '한국의 탈놀이' 시리즈 가운데 『서낭굿 탈놀이』는 다섯 번째 저서이자 그의 가면극 연구의 대미(大尾)를 장식한다.

서평 청탁을 받고서 이 시리즈물(物)이 지닌 교양 수준을 생각한 나는 약간 찜찜한 마음을 금할 수 없었던 점을 고백하지 않을 수 없다. 대체로 화보를 곁들인 교양물 시리즈들은 실제로 서평을 받을 만한 가치 있는 것들이 드물다. 대중 취향이며 표피적이고 시각적인 레이아웃에다 호화 장정으로 외화내빈(外華內賓)의 전형을 보는 듯한 교양 시리즈물의 비교양성(非敎養性)은 출판문화의 상업주의적인 치부일 수도 있는 것이다.

　그런 점에서 나는 서 교수의 탈놀이 시리즈도 그 정도로 생각했고 한국 가면극에 대한 연극적 접근도 교양 정도의 수준으로 여겼던 것이 사실이다.

　그것은 분명히 나의 잘못된 선입견(先入見) 탓이라는 것을 나도 모르지는 않는다. 내 자신이 70년대 십년과 80년대 중반까지 무속(巫俗)에 대한 연극학적 접근이라는 목표를 설정하여 전국 방방곡곡으로 현지조사를 해 본 결과, 한국 민속학이라는 학문 체계에 대한 한계를 절감하면서 나의 한계를 학문 분야의 한계로 스위치시켜 전승연회(傳承演戱)의 문화인류학적, 해석학적 방법론에 이르지 못하는 연극의 기원론(起源論)에 대하여 내 나름의 회의가 짙어 갔던 것이 사실이었다.

　송석하 선생의 선구적인 논설, 일본인 아키바(秋葉 隆)의 조사 보고서, 최상수 선생의 가면극론, 이두현 교수의 연극사 체계화 속의 한국 가면과 가면극론 등에서 내가 한계를 느낀 것은 그 체계화의 통사론적(通史論的) 안목과 현지조사의 경직성 등이 주된 요인이었다.

　그리하여 나의 한국 민속극에 대한 편견은 이두현 교수의 『한국의 가면』으로 그 분야의 연구는 끝났다는 것이었다. 그런 까닭에 김열규 교수나 조동일 교수의 저술들과 80년대의 민속문화 부흥 운동의 한계도 한국 민속극의 통사론적 중단 내지 인멸, 그리고 그 역사를 보완시켜 나갈 자료의 부족에 있고, 따라서 마당극 운동 같은 민중 이데올로기도 결국은 자료 부족에서 오는 관념의 과잉이 그 원인이라고 믿게 되었던 것이다.

서연호 교수의 '한국의 탈놀이' 시리즈 출간은 내가 민속극의 한계라고 생각한 그 지점, 그리고 그 시점에서 시작된 셈이다.

민속학자들이나 우리의 문화인류학자들이 실증적인 현지조사 작업에서 더 이상 얻을 것이 없다고 착각한 바로 그 지점에서 제3세대로서 서 교수의 한국 가면극 연구를 위한 현지조사 작업이 시작되었다. 그리고 그 시점, 곧 1970년대 후반의 국수주의적 민족주의 및 근대화 · 산업화가 바야흐로 민족 이데올로기와 민중 이데올로기 및 기층문화원(基層文化圈)에 대한 인식을 새롭게 확대시켜 나간 시기에서 교수는 선학(先學)들이 이루어 놓은 학문 업적을 재검토하기에 이른 것이다. 그만큼 조건이 갖추어진 지점과 시기에 다른 사람들이 내버린 영역에 그는 재도전을 시도한 것이다. 1930년대의 송석하 선생, 1950~60년대의 최상수, 이두현 선생들의 민속학적 연극학적 업적들이 일단락된, 그리고 아직 재도약의 단계에 진입하기 전에 서 교수의 민속극 일반에 대한 재검토는 의의 있는 출발이 아닐 수 없다. 1977년 처음 하회마을 답사를 통해 별신굿 탈놀이의 현지조사와 연구에 착수한 이래 서 교수가 '한국의 탈놀이' 시리즈로 『산대탈놀이』(1987), 『황해도 탈놀이』(1988), 『야류 · 오광대탈놀이』(1989) 그리고 『꼭두각시놀이』(1990) 등을 완성시킨 것은 재검과 보완의 의미가 크다. 마침내 한국 탈놀이의 완결편으로 『서낭굿 탈놀이』(1991)를 내게 됨으로써 어쩌면 이 저서가 서 교수로 하여금 마침내 한국 연극의 기원에 대한 탐구로 돌아가게 한 것이고, 이로부터 한국 연극의 통사가 그 기원에서 어느 정도 가닥을 잡게 된 인상을 주는 것은 그만큼 한국 연극사에서 발생사의 민속학적 접근이 미약했음을 뜻한다 할 것이다.

내가 보기에 앞서 출간된 4권의 저서는 우리 시대의 민속극 재평가 작업 이상일 수 없고 다섯 번째의 『서낭굿 탈놀이』에서 비로소 서 교수는 선학들이 빠뜨렸던 부분들을 채워 나간다. 더 이상 진전될 여지가 없어 보이는 한국 가면극의 현황을 원점에서 재조명하면서 자료의 재검토 및 다른 자료의 보충과 첨가를 통해 시대의식을 기원론으로 소급해 들어간 접근 방식은 분명히 선학들의 작업 방식과 다르다 할 것이다. 학문의 객관성을 현지조사를 통해 확립시키면서 민중 이데올로기적인 동시대인(同時代人)의 주관이 들어가는 한국 연극 기원 탐구는 연극의 제의발생설을 유희발생설로 확대시키고 있다는 점에서 이두현 교수가 미처 마무리 짓지 못했던 〈굿의 제의와 예술〉 론에서 예술의 기원인 놀이차용설을 다분히 지지하는 듯하다.

『서낭굿 탈놀이』는 제명(題名)이 가리키는 것처럼 서낭당에서 베풀어지는 굿에서의 탈놀이에 중점을 두고 있다. 서낭당이라는 우리 조상의 전래의 성역에서 굿이 아니고 탈춤이 아닌 '놀이' 라는 세속적 짓거리로 우리 민족의 신명을 풀어 나간 이 굿놀이는 바로 연극의 기원을 뜻하는 것이다.

그러므로 한국 연극학에서 주목할 것은 굿의 제의와 신앙이 아니라 그 놀이의 양상이며 예술로서의 연극 형태이다.

적어도 『서낭굿 탈놀이』에서는 선학들, 특히 이두현 교수가 분류·체계화시켜 놓은 도시적인 산대도감(山臺都監) 계통극과 구별되는 원초적 풍요·계절 제의의 요소가 확대·조명된다. 이미 서낭당이라는 성역(聖域)의 확정이 암시하는 원초적 고대심성(古代心性)에 탈놀이라는 유희 개념이 상관하는 과정에서 생기는 중층(重層)적 다양성은 이미 논증할 만한 자료의 일실로 가정(假定)이라는 형식을 빌릴 수밖에 없는 정황이고, 따라서 남아 있는 빈약한 자료를 통한 재현도 해석의 가능성을 제한할 수밖에 없다는 점을 감안한다면 서 교수의 논지들은 '해석' 그 자체보다 '실증' 자체에 비중을 둔다는 의미에서 한국 민속학을 원용한 국문학자의 영역을 벗어나지 않는다.

이 『서낭굿 탈놀이』는 그런 서 교수의 입지를 증명하는 '하회별신굿 탈놀이', '하회별신굿 탈놀이의 연극적 구조', '서낭굿 탈놀이의 성립과 전승' 그리고 '무극(巫劇)의 원리와 유형' 등 서로 독립된 논문 4편과 몇 편의 문헌 자료로 구성되어 있으며 서낭굿 탈놀이라는 보편적 명칭의 대표 격으로 하회가면극이 지칭되고 있음을 우리는 쉽사리 인지할 수 있다. 그런 까닭에 혹자는 결국 서낭굿 탈놀이라는 이름으로 하회가면극에 대한 총론을 되풀이하는 것 아니냐고 반문할 수도 있을 것이다. 아무리 훑어보았자 선학들이 정리해 놓은 것에서 크게 발전, 기대할 만한 여지가 없고 민속 조사조차 이미 선학들이 해 놓은 것을 후학으로서의 서 교수가 현장에서 확인하는 정도의 탈놀이 교양 강좌나 해설 정도로 지적 욕구가 채워지지 않는다는 불만도 있을 것이다.

그런 경우에 나는 한국 연극의 기원으로서의 가면극·민속극을

'탈놀이'로 유연하게 둘러대면서 탈놀이라는 이름 아래 우어ㆍ드라마(Ur-Drama)라는 인류 문화의 원초적 형태와 결부시킨 발상 그 자체도 일종의 학문적 발전이라고 두둔하고 싶다. 그냥 민속극ㆍ가면극 하면서 전승연희 체계를 경직된 상태로 내버려 두기보다 이름 그 자체의 유연성을 얻는 것도, 일종의 정명(正名)이며 명분 확보의 지름길이 아니겠는가.

서 교수는 이로써 우리 연극의 기원, 혹은 연희(演戱)의 기원을 서낭굿이라는 아득한 원초의 제의에서 끌어내면서도 그것을 그냥 제의의 신앙이나 절차에서 연유한다기보다 놀이의 본능에 귀착시킴으로써 하회가면극의 1차원적인 접근 방식에서 벗어났으며, 동시에 그런 제의가 지닌 무극의 구성 요소들을 연극학도로서 연극평론가적 안목에서 접근함으로써 무속의 일면성도 어느 정도 극복했다고 볼 수 있다.

그러나 '무극의 원리와 유형'에서 그가 도출하려고 한 한국적 원리나 유형도 결국은 김열규, 조동일 등 국문학자들의 해석학적 관념론에 머물고 있어서 이 점보다는 구체적 체계화가 앞으로 서 교수의 과제라 할 것이다.

한정식 중앙대 사진학과 교수

사진기술에 대한 충실한 안내서

『사진, 어떻게 찍을 것인가』
유경선 지음 / 1992 / 미진사

예술이 뛰어난 장인들만의 전유물이었던 시대에는 기술의 숙련도가 작품의 완성도를 결정하는 중요한 조건이었다. 아무리 날카로운 통찰력과 심오한 지혜를 지녔다 할지라도 그것을 표현하고 전달할 수 있는 기술이 뒷받침되지 못하면 예술가로 인정받기 어려웠다.

따라서 예술가들은 기술 연마에 많은 시간을 할애할 수밖에 없었고, 그 시간과 노력에 대한 보상으로 그들에게는 약간의 경제적 부와 명성이 주어졌다. 장인적인 기질이 예술가의 철학이나 감성보다 중요하게 인정되던 시기의 예술은 기술적인 숙련도가 작품을 평가하는 중요한 기준이었고, 이것이 당시 예술의 한계였다.

사진이 오늘날과 같이 대중적인 예술 매체로 자리 잡게 된 데에는 자기표현에 필요한 기술 연마에 소요되는 시간이 비약적으로 단축되었다는 점에 크게 힘입고 있다. 비단 예술로서의 사진뿐 아니라 일상에서 간단히 찍어 대는 기념사진이나 행사사진에서도 볼 수 있듯이, 사진은 삶의 동반자로서 우리에게 이미 친숙한 매체가 되었다. 사진은 다른 매체들에 비해 사람들이 원하는 이미지를 너무도 쉽게 제공해 주기 때문에 사진에 약간의 관심만 갖고 있는 사람이라면 셔터를 누르는 행위에 아무런 부담을 느끼지 않는다.

그러나 사진을 찍어 본 사람이면 누구나 경험해 보았을 실패들은 사진 찍기가 그렇게 쉬운 작업이 아님을 입증해 준다. 그러한 실패의 대부분은 사진기술에 대한 과소평가에서 비롯된다고 볼 수 있다. 어떤 점에서 사진기술은 생각보다 어렵고 복잡한데, 이러한 문제는 사진술의 기본 원리에 대한 이해와 체계적인 학습을 통해서 해결될 수 있을 것이다. 수학문제를 풀 때 공식을 암기하기보다 원리에 대한 이해가 중요하듯, 사진 또한 기계의 원리와 이미지 형성의 원리를 파악하는 것이 필수적이다. 사진은 철저하게 과학적 원리에 따라 결과된 산물이기 때문이다.

사진에 대한 일반의 이해가 대부분 단편적인 경험을 통해서 이루어졌던 종래의 상황에서 볼 때, 유경선 교수의 저서 『사진, 어떻게 찍을 것인가』의 출간은 무척 반가운 일이다. 물론, 사진기술 관계 서적들이 상당수 발간되어 있지만, 하루가 무섭게 달라져 가는 사진 메커니즘의 변화 속도를 따라잡기에 그 대부분의 책들은 역부족이라고 생각된다.

중앙대학교 사진학과 교수로 재직 중인 저자는 현장에서 활동하고 있는 사진작가라는 점에서, 발전하는 사진기술에 대한 소재의 필요를 절실하게 느꼈을 것이다. 오랜 기간의 교육 경험과 사진가로서의 감각을 기본으로 집필하였기 때문에 이 책은 이론적 이해와 실제 작업시의 효과를 동시에 도달할 수 있게 해 준다.

이 책을, 사진 전반의 메커니즘과 실제 촬영 테크닉, 암실, 부록으로 구분한 사실에서, 기본 원리에 대한 이해를 충분히 한 다음 실제 촬영에 임해야 한다는 저자의 의도를 엿볼 수 있다. 촬영의 실제 상황에서 사진 테크닉을 익히려 했을 때는 변화된 상황에 대한 대응력을 체득할 수가 없다.

찍으려고 하는 상황이 똑같은 장소와 시간에서도 수십, 수백 가지로 달라질 수 있기 때문에 근본 원리를 모르면 수백 가지의 테크닉을 익히더라도 아무 쓸모가 없는 것이다. 기본 개념을 습득한 후 실제 촬영에 적응할 수 있게 구체적인 예를 든 이 책의 구성은 책의 제목이 말해 주듯 어떻게 찍을 것인가에 대한 저자의 해답이다.

'메커니즘'의 장은 카메라의 이해에서부터 렌즈, 필름, 액세서리, 노출에 이르기까지 기본적 사진술을 초보자들도 쉽게 이해할 수 있도록 구성했다.

여기에 다양한 도판까지 곁들여 놓아 이해의 폭을 넓히려 한 저자의 배려가 잘 드러나고 있다. 또한 각각의 메커니즘이 가지고 있는 특성이 실제 촬영에 어떻게 반영되는지, 그것을 효과적으로 이용하는 방법은 무엇인지가 상세히 설명되어 있다. 거기에, 현재 일반화되어 가고 있는 AE(자동 노출), AF(자동 초점) 시스템에 대한 설명은 변화하는 추세에 독자들이 쉽게 적응할 수 있는 융통성을 제공해 준다. 이 장의 폭넓은 정보는 때로 쓸데없는 것까지 수록하고 있다는 느낌마저 줄 정도로 광범위하지만, 이는 사진기술에 심도 있게 접근하고자 하는 독자들에게는 오히려 큰 도움이 될 것이다.

'촬영 테크닉'의 장은 실제 촬영에 들어갔을 때의 상황과 대응 유형 등을 상세하게 기술하고 있다. 저자의 풍부한 촬영 경험이 잘 드러나는 이 장은 제1장에서의 지식들을 적용하는 다양한 사례들을 사진 도판과 함께 보여 준다. 주요 촬영 포인트는 무엇인지, 실수의 원인은 무엇인지 등을 날카롭게 지적하여 실제 촬영 현장에 있는 것처럼 느껴질 정도로 생생하게 유형 분석을 하고 있다. 또한, 여기에 실린 도판들은 근래 우리나라의 전문 사진가들의 작품이어서, 현실적이며 생동감이 있어 호감이 간다.

'암실과 부록' 편은 사진 전공 학생들을 염두로 하여 쓴 것이지만, 사진을 전문적으로 연구하고자 하는 일반 독자들에게도 중요한 장이라 생각된다. 자신이 찍은 사진을 직접 만들어 보고 싶어하는 사람들은 이 장을 참고하면 많은 도움이 될 것이다. 물론 암실 작업은 실제 작업 과정이 수반되어야 하는 어려움이 따르지만, 실제 작업이나 사후 검토에 불가결한 이론적 근거를 확실하게 밝혀 놓았다는 점에서 퍽 중요한 항목이라 생각된다.

또한, 사진 교육에 대한 초보적인 이해를 주기 위해 마련된 마지

막 장은 본격적으로 사진을 공부하고자 하는 이들에게 마땅한 통로
가 없는 우리의 상황에서 볼 때 상당히 유용한 정보가 아닌가 한다.

저자가 밝히고 있듯이 이 책은 프로 사진가를 지향하는 이들을 위
해 쓴 기술 전문서적이다. 광범위한 정보량이나 미세한 부분까지 더
듬고 있는 섬세한 손길이 그 성실한 의도를 성취시켜 주고 있는데,
결과는 그것을 넘어서고 있다.

간단한 개념들에서 시작하여 체계적으로 복잡한 지식으로 넘어가
는 치밀한 구성과 방대한 분량의 도판은 초보자들에게도 유용한 사
진 개설서로서의 구실도 하고 있다. 때로는 복잡하고 낯선 용어가 혼
란을 주기도 하지만, 이해를 방해할 정도는 아니다.

기술에 대한 지나친 평가 절하가 낳을 수 있는 방만(전문가들에게)
과, 과대평가가 야기할지도 모를 맹신(아마추어들에게)을 모두 견제
할 수 있는 기술적 지침서로서의 성격을 이 책은 가지고 있다.

사진이 우리 사회에서 차지하고 있는 문학적 비중이 갈수록 증가
하고 있는 상황에서 사진 관련 서적의 출판은 무척 반가운 일이다.
더구나 사진이 전문가만의 전유물에서 떠나 일반인 모두의 생활 용
구로 자리를 잡아 가고 있는 요즈음, 거기에 알맞은 내용으로 풍부한
용례와 설명을 곁들인 양서와의 만남은 그 기쁨을 배가시켜 준다.

기술 부족 때문에 사진 찍기에 실패를 되풀이하는 사람의 안타까
움이 이 책을 통해서 말끔히 제거될 것으로 믿어 의심치 않는다.

김병종 서울대 동양화과 교수

한국화의 바른 길잡이

『**한국화 감상법**』
박용숙 지음 / 1992 / 대원사

오늘날 한국화의 시대는 갔다느니 한국화의 침제니 하는 말을 종종 듣게 된다. 이것은 역으로 한국화의 한국화다운 참다운 미의식이 불분명해졌다거나 혼란 속에 함몰되었다는 말도 될 것이다.

한국화의 상실이나 한국화의 침체는 곧 한국화 정신의 상실이나 혼란을 이르는 것이기도 하기 때문이다. 그렇다면 한국화의 고유한 정신이나 본령은 무엇이라고 정의할 수 있겠는가? 이것은 대단히 포괄적이면서도 어려운 질문이다.

한국화의 미의식이나 정신세계라고 하는 것이 그만큼 넓고 깊은 까닭이다. 단순히 그림의 양식사 그 자체만 가지고 정의될 수 없는 것은 물론 철학이나 역사, 혹은 문학이나 사상과 같은 방계 학문과 관련 양상을 맺으면서 그 특이한 예술 정신을 이루어 온 것이기 때문이다.

박용숙 교수의 『한국화 감상법』은 그토록 넓고 깊고 때로는 모호하기까지 한 한국화에 대한 물음에 알기 쉽고 일목요연하게 답하고 있다.

뿐만 아니라 짧은 시간에 독자로 하여금 한국화의 연원에서부터 그 정신사뿐 아니라 현대작가에 이르기까지 이해할 수 있도록 독특한 조감법으로 한국화를 설명하고 있다.

지금까지 동양화 혹은 한국화에 대한 이론 서적은 거의가 소수의 전문가를 위한 서적인 경우가 많았다. 모처럼 이 분야에 관심을 둔 사람이 그 세계를 알고 싶어도 난삽한 한문 용어와 전문 술어로 기술되어 있어 여간 이해의 벽이 높지 않았다.

그에 비해 이 책은 알기 쉽게, 그러나 중요한 사항을 빠뜨리지 않고 기술하고 있어서 많은 사람이 친근감을 가지고 한국화에 접할 수 있게 함으로써 미술 인구, 보다 좁혀서는 한국화 인구의 저변 확대에도 기여하고 있는 것이다.

다분히 관념적이고 전통 지향적이기 쉬운 한국화의 세계를 다양한 도판을 삽입함으로써 실증적으로 이해할 수 있게 한 것도 이 책의 돋보이는 점이다. 참고 도판들은 모두 작가의 저술 관점에 맞추어 직접 선택되어진 것들로서 내용과 유리되지 않고 눈으로 보고 마음으로 느끼는 효과를 가져오게 한다. 저자는 이미 이 분야에서 여러 권의 명저를 낸 바 있고 한국화의 세계에 대한 민속적, 설화적, 철학적 탐색으로 한국화의 정신사적 궤적을 그려 내었다. 이러한 연구 업적을 바탕으로 본 서는 보다 알기 쉽고 명료하게 한국화의 세계를 집약해 내고 있는 것이다.

이 책의 체제는 크게 감상을 위한 전달계의 설명과 장르에 관한 내용 그리고 근·현대 한국 화가들의 작품을 통한 이해와 감상의 순서로 짜여져 있다.

'한국화란 무엇인가'에서는 '서양화'나 '일본화', '중국화'와 다른 한국화의 위상을 살펴보고 있고 '한국화의 역사적 전개'에서는 현대 한국화에 이르기까지의 사적(史的) 단계들을 도해하고 있다.

여기서 저자는 1910년대부터 50년대까지를 현대 한국화의 1차 과도기로, 그리고 1950년대부터 70년대까지를 2차 과도기로 보고, 1차 과도기가 서양문화를 일본을 통해 받아들였던 시기로, 2차 과도기를 서양문화를 직접 받아들였던 시기로 봄으로써 한국화의 대외(對外) 문화 영향을 역사적으로 분류하였다.

'문인화와 수묵정신'에서는 한국화의 독특한 영역인 문인화의 세계와 수묵의 정신을 경학과 재료의 측면에서 살펴보고 있고, 이에 대비되는 양식으로는 채색화를 '장이 그림과 채색화 정신'에서 설명하고 있다.

특히 '수묵화와 채색화' 식의 양식상의 단순 비교가 아닌, 보다 뿌리 깊은 연원 즉 철학 논쟁과 선비들의 문치 이념으로부터 본질적으로 이 양자의 세계가 나뉘고 있음을 언급함으로써 초심자 혹은 감상자로 하여금 수묵과 채색에 본질적 이해를 돕고 있는 것이다.

현대 한국화에 대한 한 향방(向方)을 작가는 '문인화가 한국화로 거듭나자면'에서 설득력 있고 날카롭게 제시하고 있다.

이 부분이야말로 문인화나 수묵화가 미술사적 과거 양식에 머무르지 않고 어떻게 오늘날에 살아 움직이며 그 의미를 가질 수 있는가에 대한 해답이 되고 있는 것이다.

그런 면에서 '기운생동의 현대적 의미' 풀이에 의해 '현대 한국화의 수묵 작업'들이 그 방향을 찾아야 한다는 것은 바람직한 귀결점으로 보인다.

이 책이 문인화적 사관(史觀)에 편중되어 있지 않다는 것은 '현대 한국화, 채묵 작업'에서 명료하게 드러난다.

오늘날 행해지는 한국화의 여러 경향들을 저자는 동방 현대 회화의 바람직한 다양성이라고 보고 친절히 풀이하여 수용해 주고 있는 것이다.

요컨대 채색이나 추상 작업들이 한국화의 본령에서 벗어난다고 보지 않고 그 추상성이 동양 회화에 내재된 사의성(寫意性)에 근거한다는 점과 채색 성향이 전통 불화나 벽화에 그 사적 바탕을 이루고 있음을 밝힘으로써 크게 한국화의 다양한 표현이라는 맥락으로 풀이하고 있는 것이다.

특히 저자는 한국화의 특징을 여러 경향의 작자들 작품에 의해 설명해 나감으로써 독자의 이해를 원활하게 하였다.

중요한 현대 한국 화가들의 작품을 거의 망라하여 설명해 나감으로써 자칫 한국화를 고루하고 관념적인 미술 세계로 잘못 이해하거나 선입견을 가진 독자들도 바르게 이해할 수 있는 틀을 제시해 주고 있는 것이다.

오늘날 지나치게 서양 일변도의 생활 방식과 의식 편향 속에서 살아가고 있는 현대인들이 동양은 과연 서양과 어떻게 다르고 한국은 과연 그 동양 속에서 또 어떻게 다른가 하는 문제, 우리 것의 좋은 점은 무엇이고 재해석하여 새롭게 창조해야 할 가치는 무엇인가의 문제를 이 작은 책자는 환기시켜 주고 있다.

우리의 삶과 의식 속에 내재되어 전통이나 문화라는 이름으로 오늘날까지 흘러오고 있는 것 중에서도 한국화야말로 아름다움에 대한 우리의 인식적 틀을 제공해 준 근거가 된다고 할 수 있다.

서양화가 밀려오고 어느새 우리의 미의식도 서양적인 것으로 바뀌어 가고 있지만, 아직도 한국화의 세계는 마음의 고향처럼 가슴으로 다가오고 있는 것이다.

이 책은 그러한 한국화의 세계로 감상자들을 상세하고 친절하게 안내하는 길잡이가 되어 주고 있는 것이다.

생명의 서(書) 실천의 서
— 체험의 미술사

김은경 서울시립미술관 연구원

『美의 巡禮』

강우방 지음 / 1993 / 예경

1

미술사학은 이론으로만 연구하는 학문이 아니다. 경우에 따라서는 전 세계 구석구석 연구 대상이 아닌 것이 없을 수도 있기 때문에 미술사학자들에게 있어서 답사를 통한 다양한 체험은 학문의 깊이를 더해 줄 수 있는 매우 중요한 요소가 된다.

지적인 체험, 즉 인접 학문과의 유기적이고 복합적인 관련 속에서 쌓이는 학문적인 체험뿐만 아니라, 신체적인 체험 — 피부로 느끼고 호흡하면서 몸에 배인 삶의 경험이 미술사 연구의 중요한 바탕이 된다는 것이다.

예술을 대상으로 하는 학문은 반드시 이성적, 합리적으로만 설명될 수 없는 주관적이고도 감성적인 성격을 많이 수용하고 있어서 미술사학도 충분한 객관성과 논리 정연한 이지적인 사고를 전개시키는 것에는 한계가 있다. 컴퓨터 같은 두뇌를 지닌 것보다는 시인의 마음을 지닌 사람이 미술사학자로서 더 적격이 될 수 있다.

『美(미)의 巡禮(순례)』는 전체적으로 볼 때 학술적인 논문도 아니지만, 논문에 가까운 논조의 글들과 수필, 잡기, 칼럼 등의 형식을 빌려 지난 20여 년 생활의 체험을 담고 있는 글들 속에서 미술사학자로서 박물관의 연구원으로서 저자의 학문 세계를 더 진실되게 보여 주는 것도 미술사가 지닌 그러한 학문적 성격 때문일 것이다.

나는 늘 예술과 학문과 종교는 결코 일상생활에서 분리할 수 없는 관계에 있음을 통감해 왔다. 나의 삶을 떠난 예술과 학문과 종교는 존재할 수 없는 것이다. 여기에 수록된 글들은 그러한 나의 인생관과 예술관 및 종교관을 자유스럽게 기술한 것이므로, 논문보다 더 직접적이며 확신에 차 있는 것으로서 내 생의 핵심을 그대로 반영한 것이라 할 수 있다. ……이 글들은 나 자신의 모든 것을 드러낸 것이므로 나의 분신과도 같아서 자전적 성격을 띠고 있다. 어떤 것은 논문보다도 더 진통을 겪은 것도 있다. 이 책은 이론의 서(書)가 아니라 실천의 서이며 생명의 서이다.

전국 곳곳에 산재해 있는 수많은 절들, 그 가운데에 있는 불상, 석탑, 부도, 기타 공예품, 석상들, 마애불 등 불교 미술에 관련된 것들만 해도 전국의 산이 모두 불교 미술품들로 이루어져 있을 정도로 그 대상물들이 많다. 그들 중에서 미술사적으로 가치 있는 대상들을 선별하고 연구하는 것은 전 생애를 바쳐도 부족하다. 원래 사(史)를 하다 보면 어느 정도 기간이 되면 사적 가치는 생기게 마련인데, 그 엄청난 대상물들 가운데에서 한국 미술의 특색, 전통을 체계적으로 설명할 수 있는 대상을 선별하는 것은 쉬운 일이 아닐 뿐 아니라 이론적으로만 될 수 있는 것도 아니다. 미술사학자들은 바로 안목에 의해서 한국 미술의 특색을 발견하기도 하며, 뭔가 말로 설명할 수 없는 가운데에 생기는 확신에 의해서 그 뜻을 나타내기도 한다. '익산의 왕궁리석탑 앞에서'의 글에는 감성과 이성에 대한 예를 간단하게 설명하고 있어 흥미로운데, 너무 간략하고 생략적이어서 아쉽기도 하며 한국 미술에 있어서 이러한 부분에 대한 깊이 있는 연구를 기대해 본다. 흔히, 통설이니 가설이니 하면서 학자들 간에 분분한 의견이 세워지는 것을 볼 때 '과거의 언제, 누가, 왜, 어떻게'가 명기되어 있지 않은 유물, 유적은 신비롭고 감동적인 관심을 불러일으킨다.

2

'미술사 방법론'에 대한 저자의 견해는 체험의 미술사를 통해 드러나고 있다.

　우리는 같은 사물을 볼 때마다 우리 자신이 달라져 있다는 사실을 또한 체험해야 한다. 사람은 늘 노력하므로 변한다. 그렇게 자신이 변하므로 같은 사물이라도 늘 다르게 보이는 것이다. 사람은 매일매일 변하므로, 가급적이면 자주, 그리고 자세히 보는 동안에 안목과 지혜가 축적되는 것이다. 그렇게 축적되는 정도에 따라 사물이 좀 더 잘 보이고 다르게 보이기도 하므로 그러한 체험을 맛본 사람은 작품의 관찰과 기록에 여념이 없는 것이다. 이러한 것이 얼마나 생을 풍부히 하고 넓히는지 모른다.

　자신을 작품에 투입하여 작품과 하나가 되었다가 거기에서 다시 보면 새롭게, 또 다르게 보인다. 그러나 오랜 노력을 하지 않으면 그러한 체험을 할 수 없다. 그런 까닭에 나의 미술사학 방법론은 '체험적'이라 할 수 있다. 미술사학은 취미일 수 없다. 과학실험실에서처럼 진지하고 성실해야 하며, 늘 새로워야 하는 것이다. 그런데 새로운 해석은 논증적으로 제시해야 역사적으로 남는다.

그는 또 미술사 연구 방법론을 다음과 같이 피력하고 있다.

첫째, 미술사가는 창작인으로서의 소질을 어느 정도 타고난 사람으로서 뛰어난 안목과 예술을 사랑하는 마음과 작품 세계에 몰입할 수 있는 감수성을 지녀야 한다.

둘째, 예술 전반 및 인접 분야에 대한 관심과 이해가 있어야 한다.

셋째, 조형미술을 이해하기 위해서는 미술작품의 창작 과정을 알아야 한다.

넷째, 작품을 만든 작가의 의도, 즉 기법과 사상을 읽어야 한다.

다섯째, 형식과 양식, 기법과 사상의 기술이 미술사 연구의 출발점이자 궁극적 목표가 되므로 작품의 정확한 기술을 시도해야 한다.

여섯째, 위 단계를 거치면 역사적, 사상적, 종교적, 예술적 해석을 시도해 봐야 한다.

일곱째, 미술사 연구가 생활화되어야 한다.

여덟째, 우리나라의 미술을 이해하기 위해서는 우리나라 사람들의 생활양식과 심성 그리고 우리나라의 자연을 체험해야 한다.

사랑은 관심에서 출발하지만, 근본적으로 예술에 대한 사랑, 우리나라에 대한 사랑이 없이는 생명 없는 껍데기만의 미술사이다. 자기 직업에 대한 열정과 전문가로서의 프로의식을 지닌 미술사가들에 의해 한국 미술의 참다움이 재발견되고 널리 소개되어야 한다.

얼마 전, 프랑스 국립도서관 여직원 2명이 보여 준 태도는 우리의 가슴을 뜨끔하게 해 주었다. 비록 우리나라에서 빼앗아 간 물건이었지만 100여 년간 남의 나라에서 자기의 보물인 양 보관되던 것을 다시 되돌려 줘야 한다는 것을 끝까지 거부하고 사직까지 했던 프랑스인의 모습은 진한 교훈으로 와 닿는다.

저자 강우방 씨는 자신의 임은 미술사라고 했다. 따뜻한 감정으로 유물을 만나고, 대화하면서도 학적 이론을 전개시킬 때는 서구의 합리적 · 논리적 사고에 접근하여 객관성과 이성적인 눈으로 관찰하고자 하는 자세에서 한 미술사가의 당위성을 읽을 수 있다.

다양한 분야에 대한 관심과 해박한 지식, 끈질긴 집중력, 시인의 마음을 지니고 구도의 길을 떠나듯 미의 순례길에 몸을 실은 미술사학자의 새로운 여정이 소개되기를 기대해 본다.

왜, 예술활동을 지원해야 하나

이종인 문예진흥원 문화발전연구소장

『예술경제란 무엇인가?』
유진룡 · 박양우 외 지음 / 1993 / 신구미디어

1

　　세계는 지금 경제 전쟁의 시대로 돌입하고 있다. 그리고 세계 거의 모든 국가의 최우선 정책 목표도 경제이며, 정부 정책의 평가도 경제에 의해서 이루어지고 있다. 우리나라의 경우도 예외는 아니어서 경제제일주의 정책이 더욱 강화되는 느낌이다. 이러한 현상은 국가나 국가간의 경쟁뿐만 아니라 일반 시민의 인식 속에도 뿌리 깊이 박혀 있다. '인간다운 삶'에 관한 모든 가치와 중요성은 돈과 물질로 환산되고 평가된다. 문화예술에 대한 투자는 항상 뒷전으로 밀리고,

예술활동에 투자하는 것은 낭비로 치부되는 인식이 팽배해 왔다. 문화예술의 중요성과 문화 투자를 갈망하는 뜻있는 문화예술인과 문화예술 행정인들의 부르짖음은 외면당하고 마는 일이 비일비재하다.

이러한 상황 아래서 최근 우리나라의 문화예술계 일부, 특히 젊은 문화행정 전문인들을 중심으로 예술경제에 대한 관심이 높아지고, 예술의 경제적 접근이 조심스레 이루어지면서 예술경제이론의 도입을 시도하게 되었다. 즉 이들은 일반 시민들의 경제에 대한 사고와 정부의 경제제일주의 정책 아래서 문화예술에 대한 정부와 민간의 투자 확대를 이끌어 내기 위해서, 그리고 예술행정의 과학화와 객관화에 기여하고, 예술정책 수립과 집행에 효율성을 기하며, 예술행정가와 예술인 및 예술단체들에게 경제의 중요성을 인식시키고자 하는 노력의 결과로써 나타난 것이 최근에 출간된 『예술경제란 무엇인가?』라는 책자이다. 그것도 전문학자도 아닌 일선 문화행정가(문화체육부 중견 간부들)들이 이루어 냈다는 점은 매우 놀라운 일이며, 이들의 진지하고 성실한 자세에 찬사를 보내도 아깝지 않다.

2

1960년대부터 미국의 보몰(Baumol)과 보웬(Bowen) 등 일부 경제학자를 중심으로 연구되기 시작한 예술경제학의 출발 동기는 첫째, 현대에 들어와서 사회복지정책이 국가 주요정책 목표의 하나로 부각되면서, 예술정책(보조금의 지원 등)의 중요성이 증가하게 되자 국가 재정정책의 하나로서 예술이라는 공공재에 대한 분석이 필요하게 되었고, 둘째, 경제학자들이 경제학의 새로운 영역으로 예술이라는 특수 분야에 대한 경제적 방법으로 분석해 보려는 관심, 셋째 예술행정가들이 개별 예술 영역인 공연예술 분야에서 재정적 위기를 타개하기 위해 경제적 이론과 기법을 도입한 것 등으로 요약된다. 이것은 예술경제학의 분석 영역과도 거의 일치한다고 볼 수 있다.

물론 우리나라에서도 예술경제에 관련된 단편적인 논문 몇 편과 유사한 제명의 책자가 출판되기는 하였으나 예술경제학이라고 말하기에는 체계적이지 못하기 때문에, 이번에 발간된 『예술경제란 무엇인가?』는 우리나라 최초의 예술경제학에 관한 기초적인 소개서라는 점에서 그 의의가 있다고 하겠다. 더욱이 이 책에도 언급되고 있듯이 외국에서도 아직 예술경제학이 학문으로서 체계화되지 못하고, 이에 관한 체계화된 개론서도 변변치 못한 형편에서 이와 같은 책을 엮어 냈다는 것은 매우 힘든 작업이었을 것으로 짐작된다.

이 책은(책에서 밝히지는 않았지만) 제1장 제1절의 '예술경제란 무엇인가?' 는 편역자가 직접 집필한 글이고, 나머지 부분은 보몰과 보웬을 비롯한 마크 블라우(Mark Blaug), 시토프스키(T. Scitovsky), 피콕(A. Peacock), 윌리엄 핸던(William S. Hendon) 등이 미국과 영국에서 발간된 보고서와 책자에서 필요한 부분을 번역하여 재구성하는 형식으로 엮었으며, 독자의 이해를 돕기 위해 각 논문(절) 앞부분에 편역자의 말을 삽입하고 있다. 이와 같이 편역자들이 이 책을 엮기 위해서 예술경제학 분야에서 가장 앞서 가고 있는 미국과 영국의 주요 성과들을 거의 망라하여 섭렵하였다는 점에서, 우리는 이 책 한 권으로 기존의 예술경제학의 주요 연구 성과를 개략적으로나마 훑어볼 수 있다는 것이 이 책의 또 하나의 가치라고 평가할 수 있다.

3

이 책의 내용은 크게 네 가지로 구성되어 있다. 제1장 '경제학의 눈으로 바라본 예술'에서는 예술과 경제학의 관련성에 대한 일반적인 이론과 문제를 제기하여 특히 예술에 대한 공공 지원의 논리와 필요성 및 효과 등을 다루었다. 제2장 '시장경제와 예술'에서는 예술 작품과 예술가에 대한 수요와 공급에 관하여, 제3장 '공공 지원과 예술'에서는 공공 지원의 방법과 지원 분야에 관해서, 제4장 '예술의 경제적 기여'에서는 예술과 지역사회 발전에 관한 문제와 경제 발전과 예술의 역할을 다루고 있다. 이렇게 본다면 이 책은 편역자들의 직무(현직)에 따른 관심 영역에 역점을 두고 있다는 것이 나타난다. 즉 예술에 대한 공공 지원과 예술과 지역사회 발전에 관한 부분에 비중이 두어지고 있다. 예술경제학의 한 영역이라고 할 수 있는 예술 단체의 경영관리 문제는 취급되지 않고 있는데 이것은 편역자들의 탓은 아니라고 하겠다. 편역자들의 관심 영역인 예술에 대한 공공 지원의 확대와 이를 위해 예술이 경제에 미치는 효과를 설명하고 증명해 보이려는 의도를 잘 드러내고 있다고 할 수 있다. 아마도 예술 단체의 경영관리 문제는 예술 단체에 종사하는 전문적인 예술행정가들의 몫이고, 예술경영학에서 다루어야 할 문제일 것이다. 여하튼 이 책은 예술에 대한 경제학적 관점의 사례와 이론 이외에도 경제학적 관점의 한계까지 함께 지적, 소개하고 있어서 우리의 현실에 대해서 많은 시사점을 던져 주고 있다.

그러나 이 책의 문제점을 지적한다면, 어찌된 일인지 모르지만 편역서로서 의당 수록되었어야 할 텍스트가 누락되고 있다. 또한 이 책의 성격과 구성 의도 및 한계 등에 관해서 명확하게 서문으로 밝히는 것이 마땅하였으리라고 생각된다. 몇몇 전문용어와 기구 명칭이 정확하지 못한 점이 있고, 극히 일부이긴 하지만 용어의 혼란(문화와 예술, 문화경제학과 예술경제학 등)이 눈에 띈다. 각 논문(절)에 대한 앞부분의 설명이 충분하지 못하여 그것이 어느 나라에 관한 것인지 혼란이 있다는 점이다. 이러한 문제점들은 이 책이 편역서라는 점과 여러 사람들의 공동작업 결과라는 점에서 이해하면 된다고 생각한다.

4

서구 여러 나라에서 예술활동에 대한 지원은 역사적 예술활동이 삶의 질을 향상시키는 유익한 일이라는 인식에서 공공 단체나 기업 또는 개인들의 기부금이나 시설 지원을 통해 이루어져 왔다. 이러한 것이 현대에 들어와서는 과거 민간 부문이 주로 담당해 온 예술활동에 대한 지원을 공공기관과 행정기관들(국가나 지방 정부 등)이 부담할 것을 요구하는 추세가 증가되었고, 정책 입안자들도 그 필요성을 인식하게 되어 왔다.

이에 따라서 예술활동이 단순히 유익한 일이기 때문에 지원해야 하는가, 아니면 실질적으로 사회 발전에 기여하기 때문에 계획적으로 지원하여 예술과 경제 발전을 함께 추구할 필요가 있는가에 대한 연구가 요청되었던 것이다. 연구 결과 예술경제학적 측면에서 볼 때 예술활동은 일반 상품과는 달리 시장에서 소비자의 수요와 공급에 따라 가격이 결정되지 않으며, 가격에 의해 저절로 공급 소비되는 시장경제의 원리에 적합하지 않기 때문에 공공기관이나 정부가 지원해야 한다는 견해를 갖게 되었다고 한다.

우리의 경우도 물론 이러한 점들을 보다 더 심도 있게 연구하여야 함은 물론이려니와 한 걸음 더 나아가서 예술활동이 사회경제 발전에 어떠한 영향을 주고 있으며 또 예술의 기능이 어떠해야 하겠는가 하는 상관관계를 살펴봄으로써 예술활동에 대한 지원의 필요성을 다시 인식해 보는 기회로 삼아야 될 것이다.

이러한 점에서 문화행정의 일선에서 일하고 있는 젊은 관료들이 전문학자들보다도 앞서서 이에 대한 관심과 열의를 가지고 이 책을 엮어 냈다는 데 다시 한 번 찬사를 보낸다. 이들의 진지한 노력이 계속되고 이러한 분위기가 모든 문화예술 행정가와 예술인들에게 널리 전파되기를 바라며 특히 이 책을 계기로 전문학자들의 전문적인 연구가 촉발되기를 바라는 마음 간절하다. 그리하여 우리에게는 아주 생소한 예술경제학의 체계화와 발전은 물론 예술 진흥과 사회 발전에 기여하기를 기대해 본다.

흔히들 정부 관리들을 비전문가라고 비판하는 풍토에서, 공부하는 관리들을 찾아보게 되었다는 점 흐뭇하다.

20세기 미술의 '전문적' 개설서

이일 홍익대 예술학과 교수

『**현대미술의 개념**』
니코스 스탠코스 지음 / 성완경 · 김안례 옮김 / 1994 / 문예

니코스 스탠코스의 편저(編著)에 의한 이 저서는 원제(原題)에 따르자면 『현대(또는 근대)미술의 개념(Concepts of Modern Art)』이다. 그러나 내용상으로 볼 때 그 '현대'는 바로 20세기를 가리키고 있으며 따라서 실질적으로는 '20세기 미술론'이라고 할 만한 내용의 것이다. 일종의 20세기 미술 개설서인 셈이다.

편저라고는 했으나 보다 정확하게는 앤솔로지 형식의 저서이다. 우선 한 사람의 저자에 의한 저서가 아니라 여러 집필자에 의한 평문(評文)들의 '모음집'이라는 의미에서 그러하다. 또 두 번째로는 그 평문들이 각기 독립된 항목으로 다루어지고 있다는 의미에서이며,

그 항목들이 다루고 있는 대상이 곧 20세기의 주요 미술 운동 내지는 사조이다. 구체적으로 말해서 20세기 초두의 야수주의·표현주의로부터 시작하여 1970년대의 개념 예술까지를 포괄하고 있는 것이다.

따라서 일단은 20세기 미술의 포괄적인 개설서라는 성격(또는 의도)의 저서이기도 하다. 그러나 개설서라고는 하되 그것이 단순한 '입문서'와는 그 성격을 달리 하고 있다. 다시 말해서 오히려 '전문적'이라 할 수 있으리 만큼 각기 독자적인 시각에 의한 문제 접근이 돋보이는 평문들이다. 어쩌면 이는 20세기 미술 자체가 그와 같은 시각을 요구하고 있는 것인지도 모른다. 왜냐하면 20세기 미술은 다 같이 "근원적으로 혁명적인 미술"(허버트 리드)이기 때문이다. 그리하여 20세기 미술을 논한다는 것 자체가 바로 그 혁명의 실체를 규명하는 일이기도 한 것이다.

여기에서 역시 이 책을 펴낸 니코스 스탠코스의 편저 의도를 간략하게나마 살펴보는 것이 순서가 아닐까 싶다.

우선 그는 이 저서의 목적을 '1900년부터 오늘에 이르기까지 미술의 주요 개념과 그 전개 과정을 일반 독자들에게 소개하는 일'이라고 밝히고 있다. 그리고 여기에 수록된 평문들은 모두가 본 저서를 위해 쓰인 것이며 그것이 하나의 전체로서 앞서 이야기한 바 20세기 미술론을 이루고 있는 것이다.

그리고 문제를 다루는 데 있어 그것을 '콜라주식', 다시 말해서 앤솔로지 형식으로 다루게 된 것은 문제 접근에 있어 이들 미술 운동에 대한 '역사적·비평적' 고찰이 아직도 시기상조라 여겨지기 때문이다. 이는 두 가지 관점에서 그러하거니와 그 하나는 우리는 아직도 20세기라는 현재진행형의 시대에 살고 있다는 사실이요, 또 다른 하나는(이 점이 보다 중요한 의미를 지니고 있는 것으로 여겨진다) 많은 이념과 미술 운동이 '역사적으로 동시에 발생되고 있다' 는 사실이다. 그리고 이와 같은 사실이 역사에 의한 직선적 접근에 유보적일 수밖에 없는 것이다. 뿐만 아니라 여기에 또 다른 사실이 문제를 더욱 복잡하게 하고 있다. 우리의 이 시대가 '엄청나게 풍요롭고 복합적이며 다양한 관념의 동시적 공존' 으로 특징지워지고 있다는 사실이 그것이다.

스탠코스는 다시 현대미술(20세기 미술)의 특징, 더 나아가서는 모든 예술 분야의 상황을 '과거의 전통 또는 적어도 그 전통에 대한 맹목적인 집착에 대한 도전' 으로 파악하고 있다. 그리고 그 도전 그 자체가 예술가에게 있어서는 일종의 도취감을 안겨 준다는 것이다. 그리고 그것이 궁극적으로는 진정한 하나의 혁명으로 나타난다는 것이다.

현대미술에 대한 이와 같은 인식과 함께 또 한 가지 흥미 있는 사실은 스탠코스 자신이 오늘날에 있어서는 '운동' 이라고 하는 관념 자체가 그 의미를 상실하고 동시적으로 태어난 복합적인 관념만이 존재하고 있음을 인정하고 있다는 점이다. 그리고 거기에서 도출되는 결론은 '순전히 개개인 예술가와 작품 하나하나에 대해 생각하는 외에 어떤 다른 방법으로 미술에 대해 생각하기가 힘들다' 는 사실이다.

　편저자의 그와 같은 고백은 사실상 이 저서의 경우처럼 '운동'을 중심으로 한 문제 접근의 한계를 드러내고 있거니와 그것이 또한 운동 내지는 '유파'를 앞세운 20세기 미술 개관이 안고 있는 문제점이기도 하다. 문제의 편저자 서문에서 역시 지적하고 있듯이 피카소는 어느 특정 운동·유파에도 묶을 수 없는 이를테면 '초(超)유파적' 존재이다. 또 페르낭 레제와 같은 화가가 거론되지 않고 있다는 언급이 있기는 하나, 이는 비단 레제의 경우뿐만도 아니다. 한 예로서 20세기 회화의 한 '전형적' 화가로 평가되는 파울 클레의 이름 역시 본 저서에서는 탈락되고 있는 것이다. 이는 바꾸어 말해서 고금을 막론하고 독창적인 예술가일수록 어느 유파에도 속하지 않고 거기에 초연하다는 사실을 말해 주는 것이기도 하다.

　문제는 이에 그치지 않는다. 스탠코스의 지적처럼 20세기 미술이 풍요롭고도 복합적이요, 다양한 관념의 동시적 공존으로 특징지워지고 있다는 것이 사실이라면, 그럴수록 요망되는 것이 그 못지않게 종합적인 시각에서의 문제 접근이다. 20세기 미술의 전개 양상이 직선적·단선적(單線的)인 것이 아니라 동시 공존적인 것이라고 했을 때, 그와 같은 양상을 해명하는 데 있어 필수적인 것이 각 미술 운동 상호간의 연계성의 규명이며 또한 이들 운동의 역사적·시대적 배경에 대한 조명이다. 그리고 역사적 배경이라고 했을 때, 거기에는 미술사적 맥락이라고 하는 것이 중요한 비중을 차지하고 있음은 물론이다.

그와 같은 상호 연계성 또는 미술사적 맥락의 도외시에서 결과한, 본 저서에 있어서의 한 가지 단적인 예는 아마도 러시아 아방가르드의 선봉장이랄 수 있는 '절대주의'가 아닌가 싶다. 절대주의 형성의 시대적 배경도 배경이려니와 추상을 포함한 모더니즘, 더 나아가서는 이념적인 차원에서의 미니멀리즘에 이르기까지 그것이 차지하는 비중과 영향은 지대한 것이다. 그러한 미술 운동이 여기에서는 도판을 포함하여 단 5페이지 정도의 분량으로 처리되고 있는 것이다. 또 여기에 곁들여 한 가지를 더 덧붙이자면 '추상표현주의'를 다루는 데 있어 이를 보다 넓은 의미에서 받아들임 없이 같은 시기의 프랑스에 있어서의 '앵토르멜 미술'이 전적으로 배제되었다는 사실, 또 더 나아가서는 미국의 팝아트에 상응하는 프랑스의 '누보 리얼리즘(新現實主義)'에 대한 언급도 전무하다는 사실을 아울러 지적하지 않을 수 없다.

본 저서가 앞서도 말했듯이, 앤솔로지 형식의 개설서이고 보면 그 속성상 그와 같은 일련의 결함은 아쉬운 대로 어쩌면 불가피한 것일지도 모른다. 그리고 그 아쉬움은 요컨대 20세기 주요 미술 운동에 대한 전체적인 맥락에 대한 명확한 시각 설정의 결여로 해서 단순히 나열식으로 그치고 있다는 점이다. 아마도 그 아쉬움에 대한 보상은 또 다른 저서에서 찾아볼 수밖에 없지 않나 하는 생각이다.

이 서평의 허두에서 언급한 바 있기는 하나, 현대미술(또는 20세기 미술)의 특징적 양상 중의 하나로서 '난해성'을 들 수 있지 않을까 싶다. 특히 새로운 개념의 등장에 따른 갖가지 외래 전문용어의 문제

가 그것이거니와 그것을 우리말로 옮긴다고 했을 때, 그 용어 개념의
정확한 파악이 선행되어야 함은 물론이다. 하기는 ‘현대미술’이라고
했을 때 본 저서가 내세운 Modern Art와 흔히 말하는 Contemporary
Art의 한계도 사실은 애매하다. 그리고 우리의 경우, 이 두 용어의 정
확한 개념이 아직까지도 우리 스스로의 용어 개념으로 정착하지 못
하고 있는 실정이다. 뿐만 아니라, 외래 용어를 그대로 우리말 표기
로 옮겨 놓을 때(예컨대 ‘미니멀리즘’, 멀리는 ‘오르피즘’ 등) 문제는 수
월할 수도 있겠으나, 그것을 굳이 우리 말뜻으로 옮길 때에는 문제가
그렇게 간단하지만은 않다. 더욱이나 숱한 신조어(新造語)가 난립하
고 있는 판국이다. 역자(譯者)의 고충도 따라서 그만큼 크리라 생각
되며 이에 대해서 공역자들은 매우 신중을 기하고 있는 듯이 보인다.
　이와는 좀 차원이 다른 문제일지는 모르겠으나 관례적인 용어의
문제로서 약간의 혼란이 있지 않나 싶다. 예컨대 야수파(야수주의),
입체파(입체주의), 소용돌이파(소용돌이주의)라는 호칭이 있는가 하
면 또 한편에서는 같은 범주의 유화인데도 ‘○○주의’라는 호칭으로
쓰이고 있는 것이다(미래주의·순수주의·표현주의 등등). 일반적인
통념으로 볼 때 ‘~ism’은 ‘○○주의’로 옮기는 것이 타당한 것으로
보이며 ‘○○파(派)’라고 했을 때, 그것은 ‘○○파 작가(~ist)’라는
수식어의 의미를 지니고 있는 것으로 여겨진다(인상파 화가, 야수파
화가, 입체파 화가 등등).
　어떻게 보면 이와 같은 지적은 지극히 지엽적인 문제일지도 모른
다. 편저자 스탠코스가 역시 그의 서문 말미에서 말한 그대로 이른바

포스트모더니즘의 등장과 함께 '모더니즘의 죽음'이 선고되고 있는 오늘날, 우리에게 주어진 절실한 과제는 바로 그 포스트모던 출현까지 그 이전의 20세기 미술의 발자취를 정확하게 파악하는 일이다. 특히 우리나라 현대미술의 경우, 유행성에 너무 민감하다는 허물을 면치 못하고 있으며, 바로 그와 같은 사실로 미루어 보더라도 우리에게는 적어도 70년대까지의 현대미술의 동향에 대한 올바른 인식이 우리 스스로의 아이덴티티를 정립하기 위해서도 절실하게 요망되는 것이다. 그리고 바로 그러한 의미에서도 성완경·김안례 공역의 『현대미술의 개념』은 우리 미술계 각층의 필독 저서로서 추천해 마지않는 바이다. 아울러 이 저서를 우리말로 옮긴 두 역자에게 현대미술에 관심을 두고 있는 미술계의 한 사람으로서 그 노고에 감사의 뜻을 전하는 바이다.

이홍우 시인

그리운 시대,
한국의 미(美) 산책의 전형(典刑)

『**무량수전 배흘림기둥에 기대서서**』
최순우 지음 / 1994 / 학고재

혜곡(兮谷) 최순우(崔淳雨·美術史) 선생은 1916년 개성에서 태어나, 1984년 12월 서울에서 현직 국립중앙박물관장으로 별세했다. 1935년 송도고보(松都高普)를 졸업하고 43년 개성박물관(고유섭高裕燮 관장)에 들어가 84년 작고할 때까지 40여 년간을 오로지 박물관(45년 국립중앙박물관 학예관, 미술과장, 학예연구실장·74년 관장)에 근무하며, 한국 미술사를 연구했다. 학예관 시절에는 문화재 해외 전시 관리관으로 국보를 유럽, 미국 등 순회 전시를 주관했었다.

한국 미술사의 개척자인 우현(又玄) 고유섭이 개성박물관장으로 취임한 것은 1933년이었는데, 44년 우현이 작고할 때까지 혜곡은 황수영, 진홍섭 교수 등과 함께 우현의 각별한 가르침을 받았다. 혜곡은 학생 시절부터 '청록파' 등을 배출한 문예 잡지 《문장(文章)》을 애독했었다. 그 아름답고 전아한 문장력은 이미 그때부터 싹트며 다져졌다고 할 수 있다.

1960년대 어느 해에, 한 잡지에 한국의 아름다움에 대한 원색 사진판을 곁들인 짧은 글을 연재했었는데, 그때 분청사기를 다루며 '삭석은 흙'이라는 말을 쓴 일이 있었다. 그러나 "편집자가 '썩은'으로 고쳤더라"는 말을 아쉬운 듯 웃으며 했었다. 나는 그때 처음으로 '석다'라는 한국말을 배웠다. '석다'는 '썩다'라는 말뜻도 있으나 술이나 식혜 등이 익을 때 거품이 속으로 스며 사라진다는 뜻도 있고, 쌓인 눈이 안에서부터 녹는다는 뜻도 있다. 지난여름 알프스에 가서 바로 '눈석은' 물들이 쏟아지는 폭포와 세찬 계류를 보면서 혜곡의 '산석은'이라는 말을 다시 생각했다.

그 전아한 문장 이전에, 혜곡은 아름다움에 대한 빼어난 감성을 천부적으로 가졌다. 거기에 우현이라는 좋은 스승을 만났고, 40년간의 박물관 근무를 하며, 수많은 여러 국내·외 현장에서의 체험과 사색을 쌓아 가며 연구를 축적했다. 그런 생활의 연공을 따라서 거듭 깊어지는 한국미, 한국의 정신에 대한 지견(知見)과 애정이 더욱 깊이를 더해 갔다고 할 수 있을 것이다.

혜곡은 그런 체험과 지견과 사색을 바탕으로 일찍이 한국의 아름다움을 "순리의 아름다움, 담조(淡調)의 아름다움, 익살의 아름다움, 고요의 아름다움, 분수에 맞는 아름다움"이라고 말했다.

어쨌든 수다스럽지 않다, 조용하다, 담담하다, 편안하다, 대범하다, 객기가 없다, 과장이 없다, 거드름이 없다, 아첨이 없다, 욕심이 없다, 자연스럽다 등등으로 우리 미술의 아름다움을 설명하지만 다시 한마디로 요약하자면 한국 미술의 아름다움은 바라보기 위한 아름다움이라는 점이다. ……바라보아서 나타나는 아름다움이기 때문에 지나친 잔재주를 부릴 필요도, 분에 안 맞는 과분한 재질도, 필요 없는 수고도 저절로 생략될 수가 있다. 특히 우리 미술의 단순미·간소미라는 점에서 이 말이 뒷받침이 된다. 예를 들어서 중국 공예나 서양 공예, 특히 가구·조도품(調度品)·건축 장식 같은 예를 보면 우리의 그 특질이 너무나 뚜렷하다…….

그렇다고 한국 미술이 세계에서 제일가는 미술이라는 뜻도 아니며, 한국인이 세계에서 으뜸가는 미의 창조자라는 말도 아니다. 그러나 한국인의 특이한 조형기질과 표현애(愛)는 미의 본질적인 면에서 그 독자적인 감각을 이룩했고, 또 거기에 한국의 자연의 분수를 잘 맞춘 분명한 우리의 풍토양식이 곁들여져서 가장 정직한 아름다움, 속임수 없는 미 본연의 아름다움을 분명하게 제 것으로 가꾸어 지니고 있는 세계 유수의 미술의 하나라는 점, 그리고 이것은 우리 문화의 앞날을 더욱 복되게 키울 수 있는 터전이기도 하지만 한 걸음 더 나아가서 다른 민족들의 미적 안목을 한층 풍요롭게 가꾸어 주는 데 좋은 이바지를 할 수 있을 것임이 분명하다.

이것은 1992년 발간된 『최순우전집』(학고재) 제1권의 머리에 실린 글(韓國美術의 흐름 / 序說)에서 발췌한 것인데, 한국의 아름다움에 대한 특질이 혜곡의 혜안과 사색에 따라 하나의 전형처럼 빼어나게 요약·정리된 예이다.

『최순우전집』5권은 1. 한국미술사 총설·도자기 2. 공예·조각·건축 3. 회화 4. 문화시평 / 우리미술 우리문화 5. 한국미 산책 / 단상·수필까지로 편찬되었다. 전집 편찬 과정에서, 그리고 전집을 펴내고 나서 학술적인 논문이나 보고 형태의 글 이외에, 더 일반적으로 읽기 쉽고, 재미있으며, 그런 글의 맛을 통해서 한국 문화, 한국의 아름다움에 대한 소양을 쌓을 수 있는 글들을 따로 골라 책으로 냈으면 하는 것이 전집 편찬 관계자들의 소망이었는데, 어느 사이 일반 독자들과 식자들 간의 여망이 되기도 했다.

『무량수전 배흘림기둥에 기대서서』는 그 하나의 결실로서, 모두 20장(章), 1백 41개 항목의 글들을 골라 모은 것이다. 건축(14), 불상(12), 석탑(3), 금속공예(8), 목칠·민속공예(7), 신라토기(2), 청자(13), 분청사기(6), 백자(16), 조선시대의 회화(전, 후, 말기 등을 다시 세분 7장 34개 항목, 겸제謙齊 5, 단원壇園 5, 혜원蕙園 11 등은 더 집중적으로 다루어졌다), 초상·불화·민화(6), 일반론·수필(3장 20개 항목)들로 분류되었다. 책 이름은 '부석사 무량수전' 배흘림기둥(엔터시스)에 기대서서 그 주변의 분위기를 그려 간 문장의 한 대목에서 정양모(국립중앙박물관) 관장이 골라낸 것이다.

소백산 기슭 부석사의 한낮, 스님도 마을 사람도 인기척이 끊어진 마당에는 오색 낙엽이 그림처럼 깔려 초겨울 안개비에 촉촉이 젖고 있다.

무량수전, 안양문, 조사당, 응향각들이 마치 그리움에 지친 듯 해쓱한 얼굴로 나를 반기고, 호젓하고도 스산스러운 희한한 아름다움은 말로 표현하기가 어렵다. 나는 무량수전 배흘림기둥에 기대서서 사무치는 고마움으로 이 아름다움의 뜻을 몇 번이고 자문자답했다.(14쪽)

남다른 애정과 특출한 미적 감각이 전아하고 치밀한 문장으로 표현된 이런 예는 무량수전과 같은 건축뿐 아니라 조각, 공예, 도자기, 회화에 걸쳐 이 책의 갈피갈피마다에서 찾아볼 수 있는 한국미에 대한 혜곡의 접근 방식이며 표현의 스타일이다.

무엇을 표현하고자 한 것이며 석공은 무슨 기쁨을 품고서 이것을 새긴 것인지 그 천진스러운 선의 율동과 점철을 보고 있으면 마치 현대 추상미의 본바탕을 이런 데서 보는구나 싶은 느낌을 갖게 된다.”(석탑 — ‘삼척 비석머리’ 89쪽)

어느 해 겨울 눈이 강산처럼 쌓인 달 밝은 하룻밤을 오대산 상원사에서 지낸 일이 있었다. 새소리, 물소리도 그치고 바람도 일지 않는 한밤 내내, 나는 산소리도 바람소리도 아닌 고요의 소리에 귓전을 씻으면서 새벽 종소리를 기다렸다. 웅장한 소리 같으면서도 맑고 고운 첫 울림이 오대산 깊은 골짜기와 숲 속의 적막을 깨뜨리자 길고 긴 여운이 뒤를 이었다.(금속공예 — ‘상원사 동종’ 100쪽)

'이 가락진 멋과 그 싱싱한 아름다움을 네가 알아본다면 좋고 모른다면 그만이지' 하는 생각이 아마도 이러한 병을 주물러 낸 도공들이 지녔던 익살 반 진실 반의 조형의식이었던 것 같다.('분청사기추상문편병' 193쪽)

고려청자 배병을 바라보고 있으면 고요의 아름다움 속에 한 가닥 부푼 정이 엷은 즐거움마저 풍겨 준다. 부드럽고 홈홈한 병 어깨의 곡선이 허리로 흘러서 다시 굽다리로 벌어진 안정된 자세도 빈틈이 없지만, 그 위에 기품 있게 마감된 작은 입의 조형 효과는 이 병의 아름다움을 거의 지배하고 있다는 생각을 갖게 한다.('청자복사문매병' 220쪽)

피리를 부는 말뚝벙거지의 사나이는 입김에 양 볼이 부풀어 있으며, 양손에 북방망이를 들고 뒤를 돌아보며 북을 울리는 사나이의 얼굴과, 긴 대금을 불며 비스듬히 옆으로 돌아앉은 자세 등은 이 흥겨운 장면의 묘사를 비범한 구도와 포치로써 이루어 놓았음을 알 수 있다.(단원—'무학도' 297쪽)

오늘날 점점 더 직설적, 건조적으로 변해 가는 문장의 추세로 볼 때, 이런 윤기 있는 문장은 이미 하나의 고전이 되어 간다고 할 수도 있을 것이다. 그러나 그리운 시대의 한국미 산책의 한 전형적인 가치를 이 책은 항상 다시 확인하게 하며 더 오래 간직해 갈 것이다. 120여 항목에 걸쳐 부분 확대까지 곁들이며 사진들이 고루 사용되었다.

진지하게 생각하면서 읽어 볼 만한 책
― 대중사회 · 대중문화 · 대중예술의 연관적 이해를 위해

김대환 이화여대 명예교수

『대중예술의 이론들』
박성봉 편역 / 1994 / 동연

대중이 부상하고 있는 현대사회

대중이 역사의 진운 과정에서 오늘날처럼 크게 부각된 시대란 일찍이 없었다. 대중사회 · 대중문화 · 대중민주주의 · 대중경제 · 대중오락 · 대중스포츠 · 대중소비 등등 '대중'을 접두사(接頭辭)로 하는 낱말은 이처럼 허다하다. 대중이라는 말이 이같이 널리 회자(膾炙)되고 있는 까닭은 그만큼 양적으로 대중이 갖는 존재 의미와 역할이 크다는 것을 뜻한다 할 수 있다. 그것과 함께 대중화라는 말도 병행되어 널리 통용되고 있다. 교육의 대중화 · 소비의 대중화는 물론 유행의 대중화도 바로 그것을 반증하는 것이라 할 수 있다.

　이렇듯 대중 또는 대중화가 보편화되고 일반화됨에 따라 대중예술 또한 그 예외일 수는 없다. 문학·음악·미술·영화·무용·체육·연극 등이 대중적 관심과 취미 및 기호(嗜好)의 대상이 됨은 물론 수용과 참여를 유발케 함은 당연한 귀결이라 할 수 있다. 왜냐하면 인간은 태어나면서 죽을 때까지 끊임없이 경제적·문화적으로 생산하고 창조하면서 그것을 소비하고 향락하는 과정에서 생활해야 하기 때문이다. 이같은 현상은 이데올로기나 정치·경제·사회·문화 체제와 관계없이 공통적이다. 다만 자유주의 국가에서는 대중을 매스(Mass)라 하고 있고, 사회주의 진영에서는 그것을 인민(People)이라고 호칭하면서 역점을 둔 차이가 있을 뿐이다.

　어쨌든 대중이 부각되는 대중사회는 산업혁명 이후 산업사회의 등장과 함께 그 맥락을 함께 하고 있으며, 그것은 산업사회 발전 과정이 만들어 낸 당연한 산출이라 할 수 있다. 그같은 대중사회의 등장과 함께 거기에 따른 문화·예술이 자생케 되는 것도 필연적이며 그것은 과거와 같이 일부 소수의 특권층이나 지배 계급 또는 선택된 교양 집단만을 대상으로 하는 것이 아니라, 광범한 영역의 다수의 개인과 집단을 위한 것으로 자리 잡게 되었다. 그뿐 아니라 산업 자본주의의 발전과 더불어 생산되고 창조된 대중예술은 상품화되고 소모품화됨으로써 그 시장성을 확보해야만 했고, 거기에 예술과 상업주의는 불가분의 연관성을 맺으면서 오늘에 이르렀다.

대중예술이란 무엇인가?

솔직히 말해서 우리는 대중문화와 대중예술 속에서 살아가고 있다. 그럼에도 불구하고 대중문화와 예술이 너무나 보편화되고 일반화되어 있기에 우리는 그 본질에 대한 인식이나 이해는 물론 그것이 갖는 긍정적인 면과 아울러 부정적인 측면에 관해 제대로 된 파악과 평가조차 못하고 있는 것이 실상이다.

그런 시각에서 볼 때 박성봉 편역의 『대중예술의 이론들』이라는 이 책은 매우 시의적절(時宜適切)한 출간이라 할 수 있다. 제1장 '대중예술 비평을 위하여'라는 편역자의 대중예술관과 함께 입문적인 소개와 해설을 비롯하여 대중문화·대중음악·대중미술·대중연극·대중영화는 물론 대중만화에 이르기까지 대중예술에 포함시킬 수 있는 대상과 영역뿐 아니라 그와 같은 대중예술의 전달 매체라 할 수 있는 TV·신문·라디오 등의 대중매체가 하는 역할과 기능 그리고 그것들과 대중예술과의 연관 관계 등을 체계적으로 다루고 있다. 이것은 각 분야별 주제에 관련되는 사회학자, 언론학자, 문예비평가 등의 대표적인 논문을 선택하여 그들의 이론과 사례를 통해 귀납적(歸納的)으로 대중예술의 내용과 본질, 구성과 작동(作動)을 밝히려 노력한 책이다.

우리 사회에는 대중문화나 대중예술에 대해 무조건 비판적이고 부정적인 시각과 안목을 갖고 있는 비평론자가 있는가 하면, 반대로 마치 대중문화나 대중예술이 이른바 고급문화나 순수예술을 제쳐 놓고 절대적인 존재 가치를 갖는 양 무조건적인 추종을 하는 대중문화, 대중예술가에의 애호가 및 동조자도 있다. 그같은 양극적(兩極的)인 관점이 맞서 있기에 서로를 융화시키고 절충시키는 가교(架橋)가 없는 것 또한 현실이었다 할 수 있다.

여기서 엮은 글은 대중예술의 여러 표현 형식에 관해 대체로 70년대와 80년대에 쓴 것이며, 이 글들이 저마다 자신의 관점으로 전개하는 논의는 대중예술의 전 영역에 걸쳐 보편적으로 확대·적용될 수 있는 성격의 것들이다. 뿐만 아니라 각각의 주제는 실제로 그것들이 쓰인 때와 장소에 관계없이 우리나라의 문화 상황에도 적절히 적용되고 논의될 수 있는 성격의 것이다. 비록 본 편역자의 견문과 공부가 부족하여 다른 나라 사람들의 글을 엮을 수밖에 없었지만 근본적인 의도는 우리나라 대중문화의 현실에 있음을 강조하고 싶다고 한 대목에서도 미루어 볼 수 있듯이, 비교적 다양하고 연관성 있게 체계적으로 편역된 책임이 분명하다.

생각하면서 깊이 새겨 읽어야 할 책

대체로 예술이란 독창적이며 순수하고 상업적인 것에 영합되지 않으며 가치 지향적인 그러면서 그 형식과 내용에 있어 참다움과 거짓, 아름다움과 추악한 것, 착한 것과 그릇된 것 그리고 거룩한 것과 통속적인 것을 엄격히 구분하는 장르(Genre)를 갖고 있다. 그러나 산업사회가 도시화·대중화·전문화됨에 따라 대량 생산·대량 전달·대량 소비의 상업주의가 팽창되고 있다. 그 과정에서 소비 대중으로서의 대중은 피곤하고 권태롭고 소외됨을 느끼고 있다. 그런 나머지 그들은 그같은 심리적 공허감(空虛感)과 불안과 절박함을 벗어나기 위해 도피처나 발산구, 위락 장소를 구하게 되고, 경우에 따라서는 신화나 꿈의 나라에 대한 환상 속에 빠져 들기를 원하게 된다. 이와 같은 생활환경과 조건 속에서 일반 대중은 인간적인 본능적 충동에 의해 쉽고 값싸게 어디에서나 자유롭게 그 대상과 수단 및 방법을 찾으려 든다. 거기에 자본주의의 상업주의가 그 기회를 외면할 까닭은 결코 없다. 문고판 대중소설, 뮤지컬, 엽전소설, 만화, 서부극, 재즈음악, 대중음악, 상업미술, 할리우드 영화, 라디오, TV의 멜로드라마 등등이 대중의 기호와 수용에 부응하기 위해 대중 매체를 통해 무작정 공급하면서 수요에 응하게 된다. 그뿐 아니라 단순히 수요에만 응하는 데 그치지 않고 보다 큰 대중적 수요를 창출하고 조작하게 된다.

그같은 대중예술의 성향과 추세에 대한 순수 고급예술론자들은 대중예술을 무조건 저질이고, 통속적이고 상업주의적이고 감각적이고 관능적이고 오락적이며, 일과성에 불과하다고 비판하면서, 그것은 미학(美學)적 가치나 아카데믹한 속성을 갖고 있지 못하다고 평가하게 된다. 우리는 그같은 시비(是非)의 논쟁에 독자들이 말려들 까닭이 없음을 알고 있다. 그러나 그 시비와는 관계없이, 또한 스스로의 시비의 입장과는 무관하게 대중사회 속에서의 대중문화 및 대중예술의 본질에 대한 올바른 이해를 자기정립할 필요가 있다고 생각한다. 그 점에서 어빙다이가 쓴『예술의 관점에서 본 대중문화』, 『대중예술의 미학의 필요성』(데이빗 매든), G. G. 카웰티의『대중문학 이론』등은 독자들에게 시사되는 바가 클 것으로 믿어진다.

이 책을 읽고서 완전히 이해하기에는 약간은 난해할 것이다. 그러나 깊이 생각하면서 정성 들여 읽는 독자에게는 많은 것을 느끼고 깨닫게 해 주는 책이 될 것이다. 따라서 대중사회 · 대중문화 · 대중예술에 대해 깊은 관심을 가지고 있는 학자 · 전문가 · 학생 · 예술가 또는 매스미디어의 종사자들은 한번쯤 스스로의 생각과 논리를 정리하기 위해서라도 꼭 읽어 보기를 권하고 싶다. 특히 한 번 읽고 내용에 대한 이해와 파악이 잘 되면 되풀이 반복해서 읽는 것도 좋을 듯하다.

끝으로 지적하고 싶은 것은 오늘의 현 실태를 감안할 때 우리 사회는 무절제, 개인적인 인간성의 분열과 파괴 등등 우려할 현상이 미만하고 있음이 사실이다. 거기에 대해 그같은 사회 병리적 현실을 노정시키고 있는 원인 진단에 있어서 대중문화 · 대중예술 그리고 대중매체에 그 책임을 물어야 한다는 소리가 높다는 점은 상기해 볼 일이라 믿어진다.

그런 의미에서 이같은 종류의 책을 통해 우리의 대중문화 · 예술 · 매체에 대한 냉엄한 자기성찰과 함께 위상의 재정립은 절실히 요청되는 과제라 할 수 있다. 편역자의 의도 있는 노력을 평가하면서 앞으로 이 편역을 토대로 하여 한국 사회와 문화 및 예술에 대한 지속적인 노력이 있기를 기대하는 마음 간절하다. 이 책은 주관식 논술 고사를 준비하고 있는 학생들도 깊이 생각하고 음미하면서 읽기를 아울러 권고하고 싶다.

속적인 노력이 있기를 기대하는 마음 간절하다. 이 책은 주관식 논술 고사를 준비하고 있는 학생들도 깊이 생각하고 음미하면서 읽기를 아울러 권고하고 싶다.

한국 석조미술 연구의 길잡이

정영호 한국교원대 교수

『한국의 석조미술』
진홍섭 지음 / 1995 / 문예

1

오늘날 남아 있는 한국의 고대 유적 유물은 그 수효가 석조물(石造物)이 단연 으뜸이다. 이것은 이웃의 어느 나라보다도 한국에는 화강암이나 납석, 수성암 등 여러 종류의 석재가 풍부하기 때문이다. 뿐만 아니라 전(全) 역사(歷史)를 통해서 수많은 내외 환란을 당했던 우리로서는 목조물(木造物), 지물(紙物), 직물(織物), 토제유물(土製遺物) 등은 재난을 겪을 때마다 모두 소실, 파괴되어 그 흔적조차도 없어지고 남은 것이라고는 견고한 석조물뿐이라는 점에서도 또한 원인을 생각할 수 있을 것이다. 그런데 석조물에 있어서 납석이나 수성암, 점판암, 대리석 등으로 조성된 것도 있으나 이들보다는 화강암으로 이루어진 석조 미술품이 훨씬 더 많다. 이러한 현상은 화강암이 다른 암석보다 풍부하였기 때문이며, 특히 암질(岩質)에 있어서 다른 석재들보다 채석하는 데 빠르고 치석하기에 손쉬워서 여러 가지 조각과 건조물 조성에 적합하여 그의 주재료로 선택되었기 때문이라 하겠다. 그리하여 예부터 고분이나 석비 등 여러 가지 석조물이 만들어질 때 손쉽게 다량으로 채취되는 것이 화강암이 대부분이었고, 4세기 후반 불교가 수용된 이후부터는 불교적인 조형 미술품 전반에 걸쳐서 화강암이 그 조성 재료로 사용되었던 것이다. 더욱이 불교의 융성은 그 장엄에 따르는 여러 조형물의 조성을 서두르게 되었는데, 이때 다량으로 필요했을 화강암 등의 석재가 어렵지 않게 충당되어 전국 방방곡곡에는 많은 석조물이 건조되기에 이르렀던 것이다. 그러므로 석탑, 석불과 같이 예배의 대상이 되는 봉안물이 건조되었고 부도, 탑비와 같이 조상 숭배에서 경영된 석조 건축물이 있으며 석등, 당간지주, 석비, 노주, 석표처럼 각 사찰에서 사용 혹은 홍법에 이용하기 위한 석조물이 세워지고 불교적인 건축물 이외에 석교, 석빙고, 석수(石獸) 등이 조성되었다. 실로 한국 고대미술의 주류는 불교미술이며 그 중심은 석조미술이라 하겠다.

그동안 이와 같은 석조 미술품들에 대해서 각 분야별로 조사 연구가 진행되어 석탑, 석불, 부도, 석비, 석등, 당간지주 등에 관한 논문이나 조사 보고가 단편적으로 있었으나 분야에 따라서는 몇 권의 저술도 발행된 바 있다. 그러나 석조 미술품 전반에 대한 계통적인 조사 연구는 아직 집성된 바가 없었다. 석조미술을 연구하는 여러 학자들이 언젠가는 석조미술의 각 분야를 총망라한 체계적인 집성 작업을 진행해야 되겠다고 항상 역설하면서도 그 실천을 보지 못하였던 것이다.

이번에 진홍섭 박사의 저서『한국의 석조미술』출간은 이러한 점에서 우선 그 출판의 의의가 매우 크다고 하겠다.

2

이 책은 크게 3편으로 나뉘어져 있는데 Ⅰ편은 '총론'이고 Ⅱ편은 '석조유물의 각명(刻銘)'이며 Ⅲ편은 '석조 미술품의 작례(作例)'이다.

제Ⅰ편 '총론'에서는 석조미술 전반에 관한 내용을 언급하였는데 석조미술의 연혁과 연구, 분포를 살펴본 뒤 석재의 종류와 석공(石工)에 관하여 서술하고 있다. 여기에 주목되는 것은 석조미술의 연혁에서 고대로부터의 각 문헌 중 석조미술에 관한 기록을 찾아내어 그 원문(原文)을 게재하고 해설까지 첨가한 점이다. 이것은 조형물에만 집착하는 입장은 물론 일반사를 연구하는 학자들에게도 귀중한 문헌적 근거를 제시해 주고 있다. 그리고 석조미술을 연구하려는 학도들에게도 석조미술의 역사를 쉽게 이해할 수 있는 길잡이가 될 것이다. 석재의 종류와 석공에 대한 언급은 처음 시도된 내용으로 또한 주의를 끈다. 즉 우리나라 석조미술은 중심 석재가 화강암인데 이밖에 다른 석재를 사용하여 조성한 석조 미술품을 하나하나 열거하여 고찰하고 있다. 석공에 대해서도 금석문(金石文)과 기록에 보이는 공장(工匠)을 찾아내어 이들의 역할을 살피며 비록 이름은 남기지 못하고 있으나 그들의 장인정신을 추측케 하고 있다.

제Ⅱ편 '석조유물의 각명'에서는 석탑, 석불, 부도, 석등, 석비, 석조, 당간지주에 새겨진 명문을 소개하고 있다. 조형미술과 역사 연구에 금석문이 얼마나 귀중한 사료(史料)와 자료로 주목되고 있는가는 누구나 다 잘 아는 바이다. 이러한 점에서 본다면 여기에 보이는 각 석조 미술품의 명문은 대단히 귀중한 내용이라 하겠다. 이 명문을 보면 석조물의 조성 배경과 사실, 조성 연대와 관계자의 이름 등을 알 수 있으므로 당시의 역사 혹은 사회상, 특히 절대 연대를 명시할 수 있는 것이다. 이러한 점에서 여기에 수록된 금석문들은 석조미술의 이해뿐만이 아니라 한국사 연구 전반에 귀중한 자료가 되는 내용이라 하겠다.

제Ⅲ편 '석조 미술품의 작례'는 이 책의 황금편이라 하겠다. 즉 석조 미술품 하나하나에 대한 고찰로 각론편에 해당된다. 석탑, 석불, 부도, 석비, 석등, 당간지주, 석조의 순서로 살피고 끝으로 이밖의 몇 가지 석조물을 기타 부분으로 다루었다.

석탑에서는 우선 석탑 건립의 역사를 살피고 석탑의 형태별로 고찰하였는데, 시원형에서 비롯하여 전형 양식, 모전석탑, 다각석탑, 이형석탑, 마애탑순으로 소개하고 있다. 이 내용을 읽어 보면 한국의 석탑이 어디서 시발하여 어떠한 단계를 거쳐 전형 양식으로 발전, 정착되었는가를 쉽게 알 수 있는데 열거하는 석탑마다 사진이 있어 이해를 돕고 있다. 모전석탑과 다각석탑, 이형석탑들을 살피노라면 한국의 석탑이 실로 다양하고 세부의 양식이 다채로움을 실감하게 되어 '석탑의 나라'임을 재삼 느끼게 한다. 말미에 북한 지역의 석탑까지 소개하였는 바, 이들 자료는 이 방면 연구자에게 다시없는 귀중한 자료가 될 것이다.

석불에서는 석불 조성의 역사와 내용을 살핀 뒤 석굴에 안치한 석불들을 살피되 조성 연대의 고증을 분명히 하고 있다. 석불에 대한 고찰은 원각불, 마애불, 감불의 순서로 진행하였는데 여기에도 불상마다 사진을 게재하여 서술의 내용을 쉽게 알도록 하였다. 불대좌에 대해서도 언급이 있어 비록 불상은 없어졌으나 불상 대좌의 형식을 고찰하는 중요한 자료를 제공해 주고 있다. 역시 석불에 있어서도 북한 지역의 석불을 소개하고 있는데 이 방면 연구 학도에게 좋은 길잡이가 될 것이다.

부도에 있어서는 부도의 의의와 건립의 연혁에 대하여 살펴보고 부도의 형태를 8각원당형, 특수형, 석종형으로 나누어 고찰하였다. 여기에도 각 부도에 사진을 게재하되 표면의 장엄 조각이 우수하고 특수한 것은 부분 사진까지 제시하여 화려한 석조미술의 조형을 실감케 하고 있다. 역시 말미에 북한 지역의 부도를 소개하였는 바, 대단히 귀중한 자료인 것이다.

석비에 있어서는 고대로부터 건립된 실례를 들며 그 역사를 살펴본 뒤 석비의 종류를 능묘비, 탑비, 사적비로 분류하여 고찰하고 있다. 그러므로 여기에서는 불교적인 탑비를 쉽게 알 수 있는 바, 석비 하나하나에 대한 사진이 게재되어 있어 내용의 이해를 돕고 있다. 북한 지역의 석비를 말미에 소개하고 있어 또한 귀중한 자료로 주의를 끈다.

석등에 있어서는 형식을 소상히 살펴본 뒤 그 형태를 8각간주형, 고복간주형, 쌍사자간주형으로 구분하여 살피고 이에 속하지 않는 석등은 별도로 고찰하였다. 즉 석등은 평면이 8각이나 간주의 형태가 다양하므로 이렇게 분류한 것으로 짐작된다. 여기에도 많은 사진을 제시하여 내용을 쉽게 이해할 수 있다. 말미에는 역시 북한 지역의 석등을 소개하여 귀중한 자료로 삼도록 하였다.

당간지주에서는 현재 국가에서 지정한 국보, 보물들을 중심으로 하여 소개하였는데, 시대순으로 되어 있어 각 시대의 특징을 잘 알게 한다. 전체적인 사진과 부분의 조각도 제시되어 있어 별다른 조각이 없으리라는 당간지주의 개념을 달리 하게 한다.

석조는 실례가 그리 많지 않아 국가 지정의 국보, 보물만을 소개하였다. 그러나 모두 사진이 게재되어 있어 각 시대에 따른 형태와 그 특징을 쉽게 알 수 있다.

기타 부문에서는 이상의 석조 미술품이 아닌 다른 조형물들을 종합하여 노주, 석교, 석인(石人), 석수, 첨성대 등을 소개하고 있다. 한국의 석조 미술품을 하나도 빠짐없이 집성한 배려를 곧 알 수 있는 바, 한편 이들의 사진을 보면서 우리의 석조미술이 실로 다양 다채로움을 알게 한다.

3

이와 같이 이 책의 내용을 대체적으로 살펴보았다. 서두에서 말하였던 바, 우리나라 석조미술을 총망라한 역작임에 틀림없다. 저자는 한국 미술사 연구의 외길로 평생을 바치고 있다. 때로는 깊은 산속에서 석탑과 석불을 실측 조사하며 석조미술 하나하나의 검토에 심혈을 기울였다. 삼복의 무더위에도 넓은 들판에 서 있는 석비와 당간지주 등을 살펴보며 부도와 석등 조사에서는 바람에 날리는 화선지를 어렵게 붙여 탑영을 진행하여 섬세한 조각 수법을 고찰하기도 하였다. 이렇게 하기를 50년간, 저자의 굽힐 줄 몰랐던 학문적 집착과 그 연구의 축적이 바로 오늘의 이 대작을 낳게 한 것이 아닌가 한다.

저자가 서두에서 "한국의 석조 미술품은 한국 미술작품 전체에서 상당한 양(量)을 차지하여 다양한 내용이 포함되어 있을 뿐 아니라 가장 특색 있는 분야이기도 하다. 그러한 점에서 아름답게 표현된 석조물들은 모두 거론하였다고 생각한다"라고 하였듯이 이 저서에 비로소 한국의 석조미술이 총망라되어 언급되고 있다. 이 저서는 한국 석조미술뿐만 아니라 한국 미술사 연구에 다시없는 길잡이가 될 것으로 믿어 마지않는 바이다.

문화의 고정관념을 깬 짚풀문화

조유전 국립민속박물관장

『우리가 정말 알아야 할 우리 짚풀문화』

인병선 지음 / 1995 / 현암사

이런 내용으로도 책이 될 수 있을까. 과연 이러한 것에도 문화란 이름을 붙일 수 있을까 하는 의문점과 기존의 관념을 과감히 깬 책이 바로 인병선의 『우리가 정말 알아야 할 우리 짚풀문화』가 아닌가 여겨진다. 이러한 책이 이제까지 소개된 적이 없을 뿐만 아니라 앞으로도 당분간 이같은 유의 발간은 어려울 것이다. 그것은 짚풀이 그만큼 우리에게는 일상적인 소재였고 짚 나부랭이처럼 하찮은 존재로 여겼기 때문일 것이다. 저자는 누구나 한낱 지푸라기 또는 잡초라 여겼을 짚풀에 대하여 한 올 한 올 새끼를 엮어 나가듯 생명력을 불어넣었다. 그래서 이 책이 더욱 값지고 빛이 나는지 모르겠다.

짚과 풀, 어쩌면 그것은 너무도 하찮고 흔해 빠져서 그런지 그 어느 누구에게도 관심의 대상조차 되지 못했다. 요람에서 무덤까지라는 말은 짚과 관련된 우리의 생활상을 한마디로 요약한 말이라 해도 과언이 아니다. 얼마 전까지만 해도 한국 사람이 어머니의 배 속에서 나와 제일 먼저 떨어지는 곳이 볏짚 위였다. 이를 삼신짚이라 하여 볏짚을 깔아 놓고 아이를 받게 되면 곡령(穀靈)이 순산을 도와주고, 아이의 성장을 지켜 줄 것이라고 믿었다.

이렇게 볏짚 위에서 태어난 우리들은 여름에는 시원하고 겨울에는 따뜻한 초가집에서, 벼 곡식을 먹고, 짚신을 신고, 멍석·망태기·가마니 등과 같은 볏짚으로 엮은 생활용구들을 사용하면서, 지푸라기 같은 인생을 살다가, 끝내는 거적에 싸여 한 줌의 흙으로 돌아가거나 짚으로 엮은 초분에 안치되었다.

또한 짚풀은 땔감으로, 썩어 문드러지면 밑거름이 되어 생산적인 죽음으로 수천 년 동안이나 소리 없이 한국인의 삶 속에 밀접하게 공존하여 왔다. 이처럼 짚은 우리 생활 구석구석까지 미치지 않은 곳이 없을 정도로 그 쓰임새가 다양하였다. 그러나 최후의 순간까지 공해라고는 털끝만큼도 남기지 않는 우리의 짚풀문화는 갑작스러운 문명의 이기에 밀려 시골 농가에서조차 자취를 감춰 버린 지 오래다.

이 책에는 마치 새끼를 한 올 한 올 꼬듯 저자 자신의 인생 역정이 담겨져 있음을 엿볼 수 있다. 어쩌면 평범한 주부로서 일생을 마감할 뻔 했던 저자가 남이 거들떠보지도 않던 짚풀에 대하여 애정을 갖기 시작한 것은 그의 삶과도 무관하지가 않다. 이 책의 본질을 보다 잘 이해하기 위해서 우리는 잠시 저자의 주변을 엿볼 필요가 있다.

이제까지 저자 인병선은 민족시인 신동엽(申東曄 : 1930~1969)의 미망인으로 더 잘 알려져 있다. 1935년 평남 용강에서 태어난 지은이는 서울대 철학과를 다녔으며, 22살 되던 해인 1956년에 민족시인 신동엽과 결혼하였다. 부군 신동엽은 충남 부여 출신으로 그의 시작 경향은 광복 후 구미 문학의 영향을 보였던 '1950년대 모더니즘'을 거치지 않고 우리의 토착 정서에 역사의식을 담은 민족적 리얼리즘을 추구한 시인으로 알려져 있다.

이러한 부군의 토착적 민족 정서에 영향을 입은 저자는 일찍부터 민초들의 삶 일부를 지탱해 왔던 짚풀문화에 대한 열정을 키워 왔는지도 모른다. 1969년 부군이 사망하자 10여 년 동안 우리 것, 즉 토착적인 것에 대한 열정으로 방황의 고뇌를 하게 된다. 그러다가 1982년부터 그 흔한 이론 무장조차 없이 그야말로 맨몸에 짚새기 하나 달랑 걸치고 천릿길을 가듯 무모하게 달려들었다. 저자는 그동안의 심정을 이 책의 서문에서 잘 밝혔다.

짚풀문화에 대한 관심을 가져온 지도 13년이나 되었다. 돌이켜 보면 마치 맨발에 짚신을 신고 터벅터벅 걸어온 듯한 느낌이다. 관심을 가지고 답사, 수집, 정리, 연구를 하는 동안 나는 수없이 많은 비애와 고독과 고통을 체험했다. 비애는 우리 조상들의 삶의 역사가 너무 연민스러워서였고, 고독은 아무도 따라와 주지 않는 길이 삭막하고 쓸쓸해서였고, 고통은 일이 너무나 벅차고 버거워서였다.

그러나 이 길을 들어선 것에 대하여 저자는 고독이나 고통이 컸던 만큼 환희와 보람도 컸다고 한다. 1983년 늦은 가을, 기행 모임의 일원으로 농촌 답사에 나섰던 저자에게 있어 가을걷이가 막 끝나고 햇짚으로 단장한 초가지붕, 낟가리, 벌통을 씌운 주저리 등 햇짚이 갖는 싱그러움은 마치 새색시인 듯 황홀하기만 하다고 밝히고 있다. 또한 일개 부녀자의 작은 가슴에 한 생각이 스쳐 지나갔다면서 "아아, 이것도 예술이요, 문화가 아닌가." 다시 말해 그것은 말없는 기층 서민들의 예술이요, 단순한 생산자가 아닌 창조자로서의 농민문화의 바탕이었음을 절실히 깨달았음을 토로하고 있는 것이다. 이것은 마침내 평소 저자의 마음 깊숙이 자리 잡고 있던 우리의 토착문화에 대한 열정이 꿈틀대기 시작한 것이며 또한 이것은 그가 긴 고난의 여정에 들어서게 된 계기요, 또 한편으로 그동안 단순히 민족시인의 미망인이란 굴레에서 벗어나 짚풀문화의 전문가로 자리 매김되는 출발점이기도 한 것이다. 저자는 1993년 짚풀 생활사 박물관을 설립하여 어려운 여건 속에서도 전통문화 보전 및 계승 발전에 남은 생애를 불태우고 있다.

이 책의 특징은 저자가 10여 년 이상 전국의 농촌 구석구석을 다니면서 짚풀로 엮은 생활품을 직접 보고, 듣고, 만들며, 채집한 것을 기록 정리한, 그야말로 총체적인 현장 보고서로 저자의 기층민들에 대한 애정과 정서가 듬뿍 담긴 산문집이라 할 수 있다. 또한 지역적으로는 경기도·충청도·강원도·전라도·경상도·제주도 등 6개 도를 두루 망라하였다. 내용면에 있어서는 어느 논문집이나 저서와는 달리 기행문의 성격을 살려 날짜순으로 배열하되 총체적인 이해를 돕기 위해 도별로 분류하고 해당 분야의 사진은 화보로 묶어 본문 앞에 실어 현장감을 살렸다. 특히나 여기에 실린 사진 자료들은 저자가 현장을 방문하여 찍은 것들로서 마치 사진작가가 촬영한 것처럼 아마추어의 수준을 훨씬 넘어서고 있다. 그것은 저자가 300여 군데의 지역 답사를 하면서 얻은 노하우인 동시에, 학계에서도 얻기 어려운 것들로서 자료적 가치 또한 크다 하지 않을 수 없다.

명칭에 대해서는 표준어와 함께 그 지역의 방언을, 그렇지 않을 경우는 그 지역민들이 현장에서 쓰고 있는 방언을 그대로 살려 서로 비교 고찰할 수 있도록 하였다.

제1편에 해당되는 경기도 지역에 대해서는 자오랫맷방석을 비롯하여 짚등우리 · 초가집 · 낫꽂이 · 씨오쟁이 · 터주가리 · 똬리와 풀각시 등 32개 주제로 나누어 서술하였다. 제2편의 충청도 지역은 제석가리 · 망월보기 등 13개 주제로 나누었다. 제3편의 강원도 지역은 다른 지역과는 달리 내용면에서는 적지만 벳집 · 삿자리 · 피나무껍질 등 주리 나무와 풀 종류의 제품이 많다는 것을 세밀하게 관찰하였다. 제4편의 전라도 지역은 평야 지대라 당연히 짚 제품의 사용과 빈도가 많음을 간과하지 않고 이의 특징과 기능, 신앙과의 관련성을 살폈다. 저자가 지적하였듯이 전라도는 짚이 많아 짚에 묻혀 사는 고장임을 이 책을 통해 살펴볼 수 있다. 제5편의 경상도 지역은 억새지붕 · 삼신바가지 · 댕댕이바구니 등 19개 주제로 나누어 풀을 찾아 산과 들로 헤매는 촌로들의 생생한 삶의 현장을 기록하였다. 특히 저

자가 함양의 백무동을 찾아서는 여순반란사건 때의 한 맺힌 촌로의 절규를 여과 없이 그대로 기록하여 당시의 시대적 아픔을 되새겨 보기도 하였다. 제5편 제주도 지역의 짚풀 자료는 모두 22개 주제로 섬 지방 특유의 특성을 살펴 내륙 지방의 차이점을 비교할 수 있도록 하였다.

저자는 아울러 책 말미에 짚풀로 만든 생활품의 성격상 수명이 짧고, 지금은 사용되지 않는다는 점에 착안하여 단순히 현장 보고의 기록 성격을 벗어나 제작 방법을 그림으로 나타내 100년, 200년 뒤에도 멍석·맷방석·등구미·짚신 따위가 누구에 의해서나 쉽게 재현될 수 있도록 하였다. 그것이 바로 짚풀 제품의 짧은 수명을 수백 년, 아니 영구히 보전시키는 방법이라 할 수 있다. 이는 기존의 민속 관련 보고서들의 기능론적 범주를 넘어선 것으로서, 생활 민속품을 새로운 시각에서 볼 수 있게 했다는 점에서 중요한 시사가 아닐 수 없다.

저자는 전국의 방방곡곡을 누비며 짚풀 관련 주제를 113개로 나누어 고찰하였다. 저자는 민족에 대한 전문 연구가도 아니다. 오히려 저자는 비전문가로서 전문가들의 고정적인 틀 속에 얽매인 편협된 사고를 과감히 탈피하여 현장을 보았다. 현장에 대한 횡적·종적 자료를 제시함으로써 편협된 기존의 사고를 깨는 데 크게 기여하였다. 우리는 이 책을 통해 기존의 학자들이 편의상 규정해 놓은 틀이 얼마나 편협하고 무리한 것이었는가를 느낄 수 있을 것이다.

이 책은 첫머리에서부터 나타나는 우리 민초들의 삶과 애환이 듬

뿍 담긴 짚풀 생활용구에 대한 방대한 자료의 모음, 지은이의 예리한 관찰력, 문학성 등이 복합되어 생활용품의 유래, 기능, 용도 및 관련된 신앙 등을 빠뜨리지 않고 쉽게 기록하여 읽는 재미를 한껏 느낄 수 있게 하였다. 뿐만 아니라 이 책은 책 제목에서 느껴지는 바와 같이 전문서적으로의 기능과 함께 살아 있는 민속자료의 보고(寶庫)이기도 하다. 따라서 일반인들은 물론 민속학 연구자들에게도 민속 연구에 많은 도움을 주리라 기대된다.

야사(野史)적인 미술의
감상법과 해석

정영목 서울대 서양화과 교수

『역사의 들길에서 내가 만난 화가들』(상, 하)
이석우 지음 / 1995 / 소나무

『예술혼을 사르다 간 사람들』 이후 경희대 사학과의 이석우 교수가 나름대로의 감상과 해석으로 본 화가와 조각가들, 또한 그들의 작품에 관한 글을 모아 두 권의 책을 펴냈다. 딱히 비평서라 할 수도 없고 그렇다고 앤솔로지도 아니고, 오히려 미술의 수필에 가까운 문학적 색채가 농후한 개인의 자전적 감상법에 따른 솔직한, 거기에 의식이 깃든 수상집과도 같은 책이다. 책을 읽은 후, 미술의 감상과 해석에 관한 전문인으로서 느낀 첫 소감은 비전문인이 쓴 미술에 관한 글치고는 감상과 해석의 상당한 경지와 진지함을 엿볼 수 있어 좋았다. 작가론과 작품론에 관한 저자 나름대로의 정서를 토대로 기술된 내용들은 성실하게 수집한 여러 자료들의 예를 통하여, 또한 그것들의 해석이 곁들여 있어 좋았다.

저자가 그동안 선택하여 글을 쓴 작가들 역시 작품성에 관한 정도와 경우는 다르지만 각기 그들대로의 독특함을 소유한 색깔 있는 작가로서의 인생 여정을 걸었거나 걷고 있는, 인간성의 냄새가 물씬 나는 그런 사람들이다. 이러한 측면에서 저자는 비평과 해석에 관한 자신의 관념적인 소신의 테두리 내에서 각각의 작가들을 선택했다기보다는 감상의 차원에서 작품과 그 작품을 제작한, 작가라는 인간이 빚어낸 역사의 한 부분으로서의 질곡, 가령 끈끈한 삶의 실체를 표현하려 하였거나 아니면 남들과 달리 열정적인 삶을 살다 간 그런 작가들을 세상에 드러내고 나아가 문화라는 이름으로 그들을 우리의 역사에 띄우고자 한 것이다.

예를 들어 이쾌대, 김욱규, 홍윤표 등 어떠한 극적인(드라마틱한) 요소를 작가의 일생에서 확연히 들여다볼 수 있는, 바꾸어 말하면 인간미의 매력을 그들의 작품과 실제의 삶에서 느낄 수 있는 그런 작가들을 저자가 선호한다는 이야기이다. 때문에 저자가 지닌 비평의 초점은 흔히 이야기하는 미술의 순수한 조형성에 있는 것이 아니라 오히려 그들의 인간 됨됨이에서 풍기는 매력 ─ 가령, 작가의 역사에 대한 의식이라든지 혹은 그들의 기질적인 측면과 밀접한 삶에 대한 성실성 등과 같은 ─ 에 있다. 때문에 저자는 작품의 조형 능력보다는 ─ 즉, 형식(Style)보다는 ─ 주제의식 또는 작품의 내용에 더욱 높은 비평의 우선순위를 부여하는 것 같다. 저자가 임옥상, 손장섭, 강요배, 신경호 등의 소위 민중미술의 작가들에게서 조형성의 문제보다는 먼저 삶의 의식에 관한 문제를 간파하려는 것도 이러한 측면일 것이다.

어떻게 보면 역사에서 야사(野史)로서의 매력에 보내는 갈채처럼 저자가 가지고 있는 이러한 감상관을 필자는 그렇게 나쁘게 생각하지는 않는다. 왜냐하면, 궁극적으로 인간이 되어야 작품도 된다는 평범한 진리를 필자도 따르므로, 결국 삶에 관한 보편적인 진실과 의식이 담겨 있지 않은 작품이 조형성만 뛰어날 수 없으며, 그럴진대 삶과 작가와 작품의 삼위일체라는 관점에서 비평과 감상의 첫걸음이 옮겨져야 한다는 사실은 너무나 자명한 것이다.

물론 매사에 정도가 있듯 지나치게 순수한 조형에 관한 문제를 전문인이 아니라고 해서 혹은 자신의 취향이 그렇다고 해서, 소홀히 취급하는 것 또한 문제임은 말할 나위도 없다. 경우에 따라서 미술에서의 작품은 문학과 다른, 즉 읽어 내려가면서 내용에 따라 느끼는 속성보다는 보면서 순간적으로 한눈에 들어오는(느끼는) 속성이 있으므로 미술을 너무 읽으려 해서는 안 된다. 그러나 재현(再現)적인 이미지에 길들여진 우리의 눈은 그림이나 조각을 보되 거기에서 자꾸 어떠한 상징으로서의 의미나 내용을 읽으려 한다. 미술에서의 작품은 먼저 읽히기 이전에 선과 색 그 자체대로의 조합과 구성에서 파생되는 순수한 조형으로서의 느낌이 선행되어야 같은 예술이라 하더라도 문학이나 음악과 다른 미술 고유의 영역을 감상할 수 있을 것이다.

또한 미술작품의 해석에 있어서도 어떠한 형태나 이미지를 창출해 내는 작가의 사고나 행위는 전혀 작가 자신의 의도와 상관없이 직관적이거나 즉흥적으로, 때로는 실수로 얻어질 수도 있기 때문에 그러한 조형성의 결과는 경우에 따라서 전혀 작가의 삶이나 사상, 철학 등과 무관할 수 있다. 그러므로 그림이나 조각에서 지나치게 내용을 읽으려 할 경우 작가의 의도와는 전혀 상관없는 엉뚱한, 구름 잡는 이야기로 작품이 치장될 수도 있기 때문에, 소위 해석의 방법론적인 입장에서 작품을 벗어난 그 이외 — 가령, 작가론, 시대 상황, 철학, 역사, 문학, 종교 등 — 의 주제나 내용을 뒷받침해 주는 정신사로서의 해석에 치우쳐서는 안 된다. 물론, 지나친 양식(형식)사적인 측면의 해석 역시 작품과 작가의 주제의식이나 내용을 소홀히 취급할 위험의 소지도 있다.

『역사의 들길에서 내가 만난 화가들』은 어쨌든 한국 현대미술의 한 흐름을 조명하거나 어느 작가를 집중적으로 추적한 미술이론이나 미술사로서의 전문서적은 아니다. 아마도 '들길'이라 이름 붙인 저자의 책 제목에서도 느낄 수 있는 것처럼 미술을 주제로 한 수상집 정도로 많은 대중성을 확보할 수는 있겠으나, 좀 더 구체적이고 본격적인 미술 전문서적이 시급한 이 시대에 비전문인으로서 미술에 관한 이만한 정도의 성실성과 식견을 표현해 낸 저자에게 전문인으로서 지면을 통하여 감사의 마음을 전하며, 아울러 그만한 성실성과 식견의 전문인으로서 책을 펴내지 못한 필자 자신의 부끄러움도 이런 기회를 통하여 반성해 본다.

한국 고대 불교조각의 교리 배경과 양식 전개

— 한국 불교조각사 개설의 시도

김춘실 충북대 고고미술사학과 교수

『한국 불교조각의 흐름』
강우방 지음 / 1995 / 대원사

1

우리나라의 미술사 연구는 그 역사가 짧다. 따라서 그동안 한국 미술 전반에 걸쳐서 많은 새로운 자료의 발굴과 개별적인 연구가 축적되어 왔음에도 불구하고, 아직도 체계적이고 내용이 충실한 개론서의 출간은 만족할 만한 단계에 와 있다고 볼 수 없다. 한국 고대 불교조각사를 중점적으로 연구해 온 저자 역시 이 문제에 대해서 그동안 비관적인 견해를 밝혀 왔다. 특히 그는 한국 조각사의 경우 서술의 근간을 이루는 개별 조각작품의 편년에 아직도 해결되지 않은 많은 문제점이 있고, 아울러 이 개별의 사실들을 통사적으로 엮어 내는 방법론이 미약한 점 등을 그 이유로 들고 있다.

『한국 불교조각의 흐름』은 저자가 서문에서 밝히고 있듯이 본격적인 개론서를 위한 서설적인 성격의 책이다. 즉 저자는 비로소 이 책에서 20여 년간에 걸친 한국 불교조각 연구의 총결산으로 한국 불교조각사의 개론을 시도하고 있는 것이다.

2

저자인 강우방 선생은 우리나라 초창기의 미술사학자들이 대부분 그러하듯이 대학에서 정규의 미술사학을 공부하지 않았고 거의 독학으로 미술사를 공부해 왔다고 할 수 있다. 그러나 그는 선천적으로 조형미술에 대한 뛰어난 심미안을 갖고 있으며, 또한 한국의 고대 미술작품들을 많이 접할 수 있는 박물관에서의 오랜 연구생활을 통해서 특히 불교미술 분야에 있어서 독자적인 연구방법을 확립해 오고 있다. 그의 글들은 다른 연구자들의 연구 결과나 특히 외국의 미술이론 등에 바탕을 두기보다는 자신이 직접 한국의 고대 미술품들을 조사하면서 형성하여 온 그만의 독자적인 방법론을 강조하고 있기 때문에 매우 실증적이고 생명력이 넘쳐흐르며 한편 자의식으로 가득 차 있기도 하다. 특히 그는 미술사 연구의 출발을 작품에서 시작하고 작품을 통해서 모든 것을 이해하고자 하는 방법론을 강조하고 있으며 다분히 예술론적인 경향이 강하다. 이는 미술사 연구가 역사 연구의 보조 수단이 되는 것에 대한 강한 반발이며, 나아가 미술사학 나름의 독자성을 제시하고 있는 것이기도 하다.

그동안의 연구의 일단은 『원융과 조화―한국 고대 조각사의 원리』, 『한국불교의 사리장엄』, 『감로탱』 등의 저서를 통해서 발표되었다. 특히 『원융과 조화―한국 고대 조각사의 원리』는 한국 고대 불교조각에 관한 그의 논문 모음집으로, 바로 『한국 불교조각의 흐름』이 쓰일 수 있는 바탕이 되었던 책이다.

3

『한국 불교조각의 흐름』은 3부로 구성되어 있다. 제1부 '종교미술론―나의 불상미학과 불신관', 제2부 '우리나라 불교조각의 흐름―고구려, 백제, 신라, 통일신라', 제3부 '삼국시대와 통일신라시대의 불교조각론' 등이다.

제1부는 이 책의 서론에 해당하는 글로서, '나의 불상미학과 불신관' 이란 부제에서도 알 수 있듯이 저자의 불교미술 연구방법론의 일단이 잘 피력되고 있다. 앞서 쓰였던 『원융과 조화―한국 고대 조각사의 원리』 중의 '한국미술사 방법론 서설' 에 뒤이은 글이지만, 불교예배상으로서 불교조각의 조형의 원리가 보다 체계적으로 제시되고 있다는 점에서 좀 더 진전된 구성을 보인다. 한편 내용 중에 "이 글

은 한국 불상의 도상과 양식 변화의 이해를 돕기 위하여 쓰인 것인데, 여기에는 물론 어떤 개인의 의견이나 보편적으로 인정된 내용이 없는 것은 아니나, 작품을 연구하고 체험하여 온 내 개인적인 것이 뼈대가 되어 강력히 반영되어 있다"고 한 구절에서는 저자의 강한 주체의식을 볼 수 있다.

내용은 먼저 불교의 교조 석가모니의 일생과 그의 전생 이야기, 석가모니가 깨달은 내용의 핵심인 연기의 법칙 그리고 대승불교의 전개로 인한 다양한 불타관의 등장 등 불교의 기본적인 교리와 그 의미하는 바가 서술되고 있다. 다음 이 관념의 교리 내용이 대중과의 관련 속에서 어떻게 조형미술로 형상화되어 가는가 하는 불상 탄생의 과정, 아울러 인도와 중국 불교조각사의 흐름, 불상의 도상과 미학 등의 주제가 이어져 단계적인 서술을 보인다. 특히 이 부분은 자칫 어렵고 관념적인 설명으로 흐를 수 있는데, 매우 평이하면서도 핵심적으로 밝히고 있어 흥미로우면서도 이 책의 가치를 높여 주고 있다. 이는 저자가 불상의 예술적 고찰과 더불어 그 사상 배경이 되는 불교를 오랫동안 연구해 온 결과일 것이다.

제2부는 본론에 해당되는 것으로 삼국시대의 고구려, 백제, 신라로부터 통일신라시대까지 각 시대마다의 대표적인 불상작품을, 총 약 60여 구 선정하여 도판과 더불어 각기 개별적인 작품 설명을 하고 있다. 특히 이 불상들은 저자의 편년관에 의해 각 시대마다 불상 양식의 특징과 변화 과정이 잘 드러나도록 선택되고 배열된 것이다. 각 불상에 대한 설명은 길지 않은 분량이지만 내용이 밀도 있고 압축

적이다. 이는 이미 앞서 쓰인 그의 논문들에서 양식과 조각사적인 의의 등이 자세히 밝혀졌던 불상들이 많기 때문이다.

한편 각론의 구성은 불상의 양식 고찰에 앞서서 먼저 각 시대마다 역사와 불교 관계 기록들이 적절히 배분되어 서술되고 있는데, 그 내용이 풍부하고 역사적인 실재감을 느끼도록 의도되어 있다. 또한 각 불상들의 양식 고찰도 각 시대마다 양식의 변화 과정과 특징, 미감 등이 잘 드러나도록 유기적인 관련 속에 서술되고 있다.

이로써 마지막 작품의 설명이 끝남과 동시에 우리는 한국 고대 불교조각의 흐름에 대한 전체적인 모습을 머리에 그릴 수 있게 된다. 특히 불상의 양식 고찰은 매우 교과서적이어서 불교미술을 공부하는 학생들에게 많은 도움을 줄 수 있다고 생각된다. 그러나 이 글의 양식론과 시대 구분은 저자의 연구방법론의 결과인 만큼 가변적인 면도 있음을 인식해야 할 것이다.

이 각론의 글에서 문제가 되는 점은 먼저 이 글이 처음에 일본 독자를 대상으로 쓰였기 때문인지 서술의 발단이 일본과 관련지어져서 시작되는 부분이 많다는 점이다. 또한 『한국 불교조각의 흐름』이라는 책 제목과 달리 고려시대와 조선시대의 불상이 이곳에서는 전혀 언급되고 있지 않는데, 이 점은 이 글에서 중요하게 지적될 점이다. 앞으로 연구 보충되어 보다 완벽한 한국 불교조각사의 서술을 기대해 본다.

제3부 삼국시대와 통일신라 조각론을 문제점 중심으로 서술하여 각기 시대가 갖고 있는 불교조각사의 특징을 드러내고 있다. 그러나

이 부분은 저자의 연구노트 같은 성격이 강해서 구성이 산만하고 논의의 전개가 다소 소략한 감이 있다.

4

　이상의 내용 검토로 알 수 있듯이 『한국 불교조각의 흐름』은 한국 불교조각사의 개론서로서는 아직 체제나 내용면에서 부족한 감이 있다. 그러나 성실하고 끊임없이 연구해 온 저자의 불교미술 연구방법의 일단을 이곳에서 종합적으로 살펴볼 수 있고, 또 한국 고대 불교조각을 바라보는 그의 미감과 애정들을 느껴 볼 수 있다는 점에서 중요하다. 특히 이 책은 한국의 불교미술을 전문적으로 공부하고자 하는 학생들에게 훌륭한 지침서가 될 것으로 기대되어서 그 출간을 매우 반기는 바이다.

제국주의를 넘어서
― 야나기의 조선예술론의 경우

이인범 홍익대 미대 강사 · 미학

『조선을 생각한다』
야나기 무네요시 지음 / 심우성 옮김 / 1996 / 학고재

약육강식과 적자생존의 진화론적 행동양식이 지배하는 제국주의적 현실 속에선 그 누구도 힘의 논리로부터 자유로울 수 없다. 강약을 가릴 것도 없이 그것을 부수기 위한 시도들마저도 권력이나 헤게모니 쟁탈에 관심이 쏠리게 됨을 어쩌겠는가. 그런 상황에서 예술이란 무슨 의미를 갖는가. 칼 마르크스가 철학, 종교, 예술을 이데올로기적 허구로 규정지어 프롤레타리아 혁명만을 유일한 대안으로 생각하거나, 단재 신채호가 독립을 위해 힘의 배양을 주창하다가 그것이 다름 아닌 제국주의의 승인과 다를 바 없음을 깨닫고 결국 아나키스트로 향했던 일, 그리고 영국의 존 러스킨이 삭막한 산업사회 현실

을 넘어서기 위해 고딕건축과 예술을 이야기하다가 결국은 사회운동의 현장으로 돌아갔던 일들은 그들을 둘러쌌던 현실이 얼마나 다급하고 가파른 것이었나를 잘 말해 준다. 부르주아지에 의한 프롤레타리아 착취, 제국주의에 의한 약소국 지배, 산업화를 바탕으로 한 서구의 동양 침탈 등 무자비한 힘들이 난무하던 때에 더더구나 당한 자들의 입장에서 도대체 문화예술은 어떤 가능성으로 읽혔겠는가.

3·1운동 이후 우리의 독립운동이 무장항쟁에서 문화운동으로 옮겨진 사실이 두고두고 논란거리가 되는 것은 근거 없는 것만은 아니다. 그런 점에서 무자비한 한민족 탄압에 대해 분개하여 일본 제국주의를 호되게 비판했던 보기 드문 일본인이며 동시에 독립운동에서 무력 배제와 문화운동으로의 전환에 일정한 역할을 담당했던 야나기 무네요시(柳宗悅 : 1889~1961)의 입장은 적지 않게 생각할 거리를 안겨 준다. 그는 대부분의 일인학자들이 조선문화의 정체성(停滯性)을 주장했을 때 그와 달리 조선예술이 지닌 독자적인 가치를 인식하고 바로 거기서 식민지 조선의 독립 가능성을 찾았던 사람이다. 하지만 그에겐 잔학한 탄압과 착취, 그에 대한 저항이 첨예하게 부딪치던 현실 속에서 그가 힘주어 말하고자 했던 조선의 예술과 문화의 독자성이란 도대체 어떤 의미를 지니는가, 무력을 배제시키고 문화를 논했던 야나기 무네요시의 입장은 과연 얼마나 진정성을 지니는가, 그의 우리 예술에 대한 평가는 온당한 것이긴 했는가 하는 질문들이 끊임없이 따라다닌다. 야나기가 험난한 시대에 한가하게 예술과 문화를 논한 사람이라는 사실을 떠나서 그가 가해국 일본 사람이었다는

사실은 더더욱 그런 질문을 간단치 않은 것으로 만들어 왔다. 그만큼 그에 대한 우리의 평가는 자유롭지만은 않았다.

지금까지 우리의 야나기 논의는 주로 1922년 간행되었던 『조선과 그 예술』에 근거한다. 그가 조선에 대해 글을 쓰기 시작한 최초의 3년간의 주요 단편들이 묶여 간행되었던 이 책은 이미 여러 명의 번역자에 의해 한글판으로 출간되어 숱한 독자들의 손에 들려졌었다. 그 가운데 조선총독부의 광화문 철거 계획에 반대하는 글인 〈사라지려는 한 조선건축을 위하여〉는 한동안 국어교과서에도 수록되어 너나 할 것 없이 읽었던 글이다. 어떤 의미에서든 이미 그는 우리의 근대 정신사의 문맥 깊숙이 안쪽에 들어와 있다. 옳든 그르든 박종홍의 철학, 고유섭의 미학미술사학 그리고 최순우, 김원룡의 미술사학 그리고 이후의 숱한 사람들의 의식 속에서 야나기의 사상은 하나의 모티브가 되었다. 그러나 최근 새로 번역 출간된 야나기의 『조선을 생각한다』를 새삼스럽게 평하는 필자의 입장은 여간 쑥스런 일이 아니다.

『조선을 생각한다』는 야나기가 3·1운동 탄압을 고발하려 《요미우리신문》에 기고했고 《동아일보》에 번역 연재되다 중단되었던 〈조선인을 생각한다〉에서부터 30년대 초 《공예》지에 실렸던 조선공예 도판들에 관한 해설에 이르기까지 15년 동안의 야나기의 조선 관계 글들을 모두 망라하고 있다. 이 글들 가운데 주요 단편들은 『조선과 그 예술』에 수록된 것이어서 낯익은 것들이다. 하지만 그에 덧붙여진 여러 편의 글들은 야나기의 이해에서 중대한 의의를 지닌다. 무엇보다도 『조선과 그 예술』이 발간되었던 1922년 이후 조선에 대한 야나기 무네요시의 관점이 어떻게 변화되고 있는지를 잘 드러내 준다. 뿐만 아니라 '조선민족미술관' 건립 운동과 같은 일에 관련된 자료들에서는 당대의 문화현장에 보였던 진솔하고도 실천적인 열정과 성과를 확인시켜 주는 것들이라는 점에서 주의를 끈다. 게다가 그가 편집인으로 참여했던 문학잡지로서 1910년대와 1920년대 초에 걸쳐 일본 문화계를 대표하는 《시라카바》지, 그가 평생에 걸쳐 벌였던 민예운동의 기관지였던 《공예》지 등에 실렸던 편집자 후기나 또는 신문 칼럼에 실렸던 작은 에세이들은 그가 조선에 대해 지녔던 관심들을 그의 인간적인 체취를 통해 보다 가까이서 느낄 수 있게 해 준다.

지금까지 『조선과 그 예술』의 번역본을 중심으로 부분적으로 야나기를 거론해 왔던 한국 독자들에게 이러한 것들은 더없이 귀중한 것들이다. 그리고 그것은 야나기의 조선관을 총체적으로 조명하기 위해 1984년 다카사키 소우지(高崎宗司)가 주관하여 간행한 야나기의 조선 관계 글 모음집을 원본으로 한 이 번역본만이 지니는 최대의 가치이기도 하다. 그 의의는 심정적인 차원에서 식민사관과의 막연한 연계 속에 다루어져 오던 야나기의 조선예술관에 대한 평가에 중대한 변화가 일고 있는 최근 몇 년의 학계의 동향이 이 책의 발간과 무관하지 않다는 점에서도 여실히 확인된다. 예컨대, 조선미 교수는 '비애의 미' 론을 중심으로 한 야나기의 초기 조선예술관이 후에 '자연미', '불이미(不二美)'로 옮겨지고 있음에 유의해야 한다고 지적하고 있다.

사실 우리가 야나기의 글을 제대로 읽어 왔는지는 다시 생각해 봐야 할 문제이다. 야나기에 대한 우리의 관심은 그의 다채로운 경력에도 불구하고 그가 식민화된 조선의 문화적 독자성을 정의했고, 그것을 통해 일제의 식민통치의 부당성을 역설했다는 사실에 놓여 있다. 그래서 독자들이나 연구가들 할 것 없이 야나기를 읽는 문맥은 주체성을 상실했던 조선과 침탈자 일제라고 하는 정치적 관계 사이이고, 주된 목표는 어떤 의미에서든 식민화로 상처받은 자기 정체성(正體性)의 회복이라는 문제로 연결된다. 훼손된 자화상의 복원이야말로 지금까지 야나기 독서가 안겨 주는 하나의 희열이었다고 해도 지나치지 않다. 자신의 얼굴을 타자라는 거울, 그것도 우리를 무력화시켰던 당사자인 일본 제국민의 한 사람이었던 야나기를 통해 확인하는 것은 우리에게 얼마나 신바람나는 일이었겠는가. 사실 그에 대한 평가는 텍스트 자체와 관련되기보다는 오히려 일그러졌던 민족의 자화상에 대한 나르시스적 자기 연민에서 비롯된 것이다. 식민지배를 합리화시키기 위해 끊임없이 조선 민족의 아이덴티티를 부정하고자 기도했던 무릇 일인들 가운데서 적의 투항같이도 여겨지는 야나기의 조선예술론은 애물단지와도 같아서 때때로 극단적인 예찬과 극단적인 힐난 그 사이를 오간다. 그 달콤함은 종교적 열정에 가까운 신앙으로, 어색함은 제국주의자의 자기 은폐나 가해자로부터 듣는 고해성사 정도로 받아들여진다.

어떤 경우든 얻어지는 효과는 정서적 카타르시스이지 학문적 인식이나 자각은 아니다. 그런 점에서 그의 조선예술론을 우리는 상당한 정도에서 정치학적으로 읽고 있는 셈이다. 무력적인 힘만이 난무했던 시대에 펼쳐졌던 야나기의 조선예술론을 정치와 무관하게 해석할 수는 없는 일이다. 야나기 무네요시 역시 분명히 여러 자리에서 문화나 예술을 정치적 의미로 읽어 내고 있다. 하지만 그가 서 있는 정치적 입장을 가해국 일본과 피해자 한국이라고 하는 대립항 속에 가둬 이해한다거나 그의 문화론을 파렴치하게 분장된 식민통치 이데올로기 가운데 하나로 보는 것은 지나치게 편협하고 수준 낮은 정치학이다. 조선예술을 제국주의의 반인륜적이고 무력적 힘에 대항하는 문화적 가치로서 인식하고 정치적으로 고난에 찬 조선의 독립성을 문화의 독자성을 통해 끊임없이 찾고 있는 모습은 이 책의 첫 쪽에서 마지막 쪽을 넘길 때까지 확인되는 야나기의 크나큰 미덕이기 때문이다. 그는 분명히 여기저기에서 일본 제국주의가 가고 있는 위험천만한 잘못된 길을, 그 식민지로 전락했던 조선의 예술론을 통해 역설적으로 질타하고 비판하고 있다. 저급한 정치적 현실로부터 그가 옹호하고자 했던 것은 진정한 의미의 인류이었음을 확인하기란 어렵지 않다.

'조선민족미술관' 건립 운동은 야나기 무네요시 일화에서 단지 삽화같이 등장하는 것이지만, 단지 이론가가 아니라 그가 제국주의에 맞서는 명쾌한 전략을 갖고 있었던 실천적 지식인이었다는 사실을 확인하는 것도 이 책을 읽는 재미이다. 제국주의적 약탈을 통해 박물관을 꾸리는 것이 일반화되었던 시절에 야나기는 "사라지려는 민족예술을 지속시키고 새로이 부활하게 하는 동인이 되기를" 기원하며

"조선의 작품은 영원히 조선 사람들 속에 두지 않으면 안 된다"는 입
장에서 서울에 '조선민족박물관' 설립을 추진하였다. 잡지에 기고와
광고를 하고 성악가인 부인의 독창회를 개최하는 등 4년에 걸쳐 집
요하게 기금 모금운동을 벌여 1924년에 설립한 이 미술관은 문화가
민족의 아이덴티티를 확인할 수 있는 확실한 근거라는 점을 눈으로
입증시켜 준 보기 좋은 사례이다. 문화를 민족의 삶의 문맥에 위치시
키고자 했던 그의 실천적인 노력들은 예술을 정치적 권력의 동일성
이상으로 민족의 동일성을 이루는 하나의 실체로서 인식시켰다. 그
이후 우리의 박물관운동은 국왕의 국가가 아니라 민족국가로서의 근
대화 차원에서 자각되고 독립운동의 주요한 방법으로 채택되었다.

사실 야나기 무네요시의 개인사 속에서 조선예술론은 불가항력적
인, 억압적인 힘들에 대한 비판의 힘을 키워 내고 삶에 대한 진정한
인식을 가능케 했던 계기가 되고 있다. 서구의 엘리트주의적 예술 경
향에 대항해 전개시켜 가는 민예운동(민중예술운동)과 압도적인 서구
충격에 대해 동양적 삶의 진정성을 확인하고 지켜 내는 과정에서 세
웠던 불교 미학론은 분명히 조선예술에 대한 관찰과 발견에서 비롯되
고 있는 것들이다. 청년기에 서양의 미학에 크게 영향을 받아 그가 처
음에 조선예술의 특질로 언급했던 '비애의 미' 그리고 이후 조선예술
에 대한 직관을 통해 발견해 내고 있는 '자연미', '불이미'의 개념들
은 그의 미학사상에서 핵심적인 지위로 자리 잡는 개념들이다.

그래서 『조선을 생각한다』를 읽는 우리의 기쁨은 나르시스적 자기
도취에서 오히려 문화론이 어떻게 제국주의적 현실 속에서 그것을

타개하는 하나의 현실적 힘으로 가능한가를 따져 보는 또 하나의 가능성으로 열린다. 야나기가 가해자였던 일본사람인가 아닌가는 문제도 되지 않는다. 군국화로 치닫던 일본 제국주의의 한가운데에서 그가 우리 예술을 제대로 봤는가 아닌가는 오히려 지엽적인 문제이다. 눌린 자와 누르는 자, 제국주의와 피해당사자, 전체주의와 개인의 삶, 문화와 무력에 근거한 권력, 동양적 삶과 서구문화, 전통과 근대주의의 갈등들같이 주변을 에워싸고 있는 숱한 이율배반을 그가 어떻게 받아들이고 대응하며, 궁극적으로 그가 제국주의를 어떻게 뛰어넘어 이상으로 삼고 있는 인류을 지켜 내고 있는가를 질문하는 것이 『조선을 생각한다』에 값하는 것은 아닐까. 나날이 식민화의 위험에 직면하게 되는 일상생활 속에서 우리의 적은 나날의 생활을 무릎 꿇게 하려고 기도하는 제국주의적 완력, 전제주의적 획일화아닌가.

고려불화에 나타난
한국의 불교미술

유마리 국립문화재연구소 학예연구관

『**한국 불교미술사**』

김영주 지음 / 1996 / 솔

1

이 책의 저자 김영주 씨는 자신의 석사 논문을 수정, 보완한 저서인 『조선시대 불화연구』(지식산업사, 1986)에서 보다시피 불화 전공자로서 『한국 불교미술사』도 대부분 고려불화를 중심으로 전개하고 있다. 따라서 한국 불교미술사라고는 하지만 고려시대까지로 설정하고 있는데, 이는 아마도 조선시대 이전의 미술까지가 불교미술이 주류를 이루었다고 생각했거나 또는 자신의 저서인 『조선시대 불화연구』를 감안하여 고려불화까지 서술했는지도 모르겠다.

일반적인 한국 불교미술사는 일반적으로 불교회화(불화), 불교조각(불상), 불교건축, 불교공예로 구분된다. 그러나 이 책에서는 불교를 국가이념으로 하였던 고려시대 불교미술품 가운데 불화를 중심으로 한국 불교미술사를 전반적으로 다루고자 하였기 때문에 '고려불화에 나타난 한국의 불교미술'이 서평의 주(主)가 된다고 하겠다. 한편 『한국조각사』 또는 『한국회화사』 등 최근의 '미술사'에 관한 전문서적들은 각 시대의 기준작을 형성하는 많은 작품들을 중심으로 양식적인 특징에 의한 편년을 설정하면서 논의하는 반면, 이 책은 각 시대를 대표하는 몇 개 작품이 조성배경에 중점을 두고 보다 중요한 작품설명은 도상의 형식이나 감상에 치우친 감이 있다. 이는 '저자의 말'에서 언급했듯이 한국 불교미술사 강좌를 수강하는 대학생들을 위한 교양 교재용에 목적을 둔 것으로 보다 쉽게 한국 불교미술사를 풀이하려고 한 것 같다.

2

3부로 구성된 『한국 불교미술사』의 제1부는 불교의 초전(初傳)부터 통일신라시대까지이며, 제2, 3부는 고려시대로 한정되어 있다.

제1부

1. 실크로드, 불교가 들어온 길

『한국 불교미술사』를 장(章) 별로 짧게 요약해 본다면 제1부는 불교의 동점(東漸)부터 통일신라시대까지로 총 76면인데 불상의 기원 및 전파에 관해 19면, 삼국시대 불상에 33면, 통일신라시대 불상에

24면을 배분하고 있다. 우리나라 초기 불교 전래와 미륵반가사유상(제4장)은 삼국시대의 대표작인 미륵반가사유상 및 일본의 한국 불교미술품을 중심으로 삼국시대 불교미술에 관해 설명하고 있다. 이 가운데 일본 법륭사 소장의 옥충주자(玉蟲廚子)가 부각된 것은 그 회화적인 표현보다도 석가가 현세에 태어나기 이전 여러 가지 공덕을 세운 전생설화의 내용 때문인 듯하다. 통일신라시대 절정기의 작품인 불국사와 석굴암(제5장)에서 불국사의 조성배경을 언급한 후 '법화경'과 '유마경'에 의거한 석굴암 불상의 배치와 각 도상을 해설하고 있다. 통일신라 하대(下代)에 유행한 9세기 비로자나불상의 하나인 불국사의 비로자나불(제6장)을 통해 한국에는 지권인의 손모양을 한 비로자나불상만이 있음을 특징으로 들고 있다.

113면에 이르는 제2, 3부는 고려불화에 관한 내용으로서 제2부는 주로 아미타계 불화에 관해 언급하고 있다. 제1장의 고려 불교화는 구도, 형태, 채색, 필선에 관한 것이며 제2~5장은 아미타계 불화에 관한 것으로서 그 조성배경과 도상형식에 편중함을 피하기 위해 작품 감상을 위한 '그림 해설' 난을 간략하게 마련하고 있다. 제6~7장은 지옥계 불화에 관한 지장보살도로서 아미타계 불화와 같은 서술 방식을 따르고 있다. 제3부는 고려불화를 통해 본 고려시대 예술정신이다. 비극적인 전쟁에 따른 비참한 현실과 불행한 삶에서 비롯된 비애(悲哀)와 우수, 우울의 비애미(美)는 고려불화와 청자뿐만이 아니라 고려 미술 전체에 반영되었다고 강조하고 있다.

3

　이상 살펴본『한국 불교미술사』의 내용 분석을 통한 서평을 한다면, 저자의 저술의도가 학문적이기보다는 한국 불교미술사를 보다 쉽게 대중들에게 소개하는 데 그 목적이 있다고 하겠다. 그렇다 하더라도『한국 불교미술사』란 제목을 고려한다면 전체적인 흐름이 고려불화로 치우쳐 있거나 또는 한국 불교미술사의 큰 흐름을 형성하는 통일신라시대의 중요한 작품들이 결여된 것을 알 수 있다. 따라서 각 시대의 단편적인 몇 개의 작품만으로 ‘미술사(美術史)’란 명칭을 붙이는 것은 무리이기 때문에『한국 불교미술사』라고 명명된 이 책의 제목은 수정되어야 한다.

　둘째, 각 시대에 따른 미의식의 변화를 강조하고 있는 바, 특히 제3부의 고려불화를 통해 본 고려시대 예술정신은 ‘비애미’로서 “매우 호화롭고 정교하여 청자와 마찬가지로 ‘귀족적 아취(雅趣)’를 잘 나타내 준다”는 일반적인 고려불화의 미의식과는 상반된다. 이 ‘비애의 미’는 잘 알려진 일본인 학자 야나기 무네요시(柳宗悅 : 1889~1961)가 한국미술을 ‘비애의 미’로 보고 그 특징은 선(線)에 있으며, 이러한 미의 세계가 형성될 수밖에 없었던 것은 한국의 반도라는 지리적 환경과 눈물로 얼룩진 비참한 역사에 있다고 한 견해와 유사하게 느껴진다. 안휘준 교수는 “어느 누가 찬란한 신라의 금속공예와 세련의 극치를 이룬 통일신라의 석굴암 조각, 극도로 화려하고 정교한 고려시대 불화와 청자 그리고 깔끔한 조선시대 백자에서 솟구치는 눈물을 볼 수 있을 것인가! 야나기는 이러한 한국미술의 밝은 정수들을 외면한 채 조선시대 시골의 지방 가마에서 나온 찌든 민예적 식기(食器)들만을 보았던 것이다. 그러므로 그의 한국 미에 대한 설(說)은 본의이든 아니든 결과적으로 공정성과 객관성을 잃은, 동정심 많은 한 종교철학자의 감상주의에 불과한 것으로 볼 수밖에 없다"고 했는데, 우리는 이 말을 경청할 필요가 있다.(안휘준 저, 『韓國繪畵의 傳統』, 1990, 문예출판사, 38~41쪽)

셋째, 조선시대 자수화 및 민화의 채색, 궁중예복의 화려함을 고려불화의 미의식과 연결하는 것은 바람직하지 않다.(188쪽) 넷째, 이외에도 내용 속에 잠재한 오류를 든다면, "극락의 부처, 보살, 국토를 다 생각한다"는 관무량수불경의 12관(보관)은 "관상자(觀想者) 자신이 극락에 왕생하는 모습을 상상한다"로 해석하는 것이 옳다.(141쪽) 또한 일본 서복사(西覆寺) 소장 관경16관변상도의 그림 해설 중 "제1관 일상관 상단에 석가를 중심으로 십대제자, 불, 보살, 성중들이 묘사되었다"는 장면은 아미타극락회(阿彌陀極樂會)로서 아미타불이 보살, 제자 등의 청문중(聽聞衆)을 거느리고 법회(法會)를 여는 모습이라고 하겠다.(142쪽) 그리고 일본 동광사(東光寺) 소장 수월관음도(흑백도판)는 관음보살도로 정정되어야 한다.(165쪽)

『문화재 다루기』는 온 인류의 필수과목

이난영 동아대 고고미술사학과 교수

『문화재 다루기』
이내옥 지음 / 1996 / 열화당

얌전한 색시가 그릇을 잘 깨고, 왈그락덜그락 하는 색시가 의외로 차분하다고 평가받는 경우가 적지 않다. 박물관에서도 박물관 자료 다루기를 안심하고 맡길 수 있는 사람과 없는 사람이 있다. 또 박물관에서 자료 다루기를 싫어하는 경우와 꼼꼼히 볼 수 있는 좋은 기회라며 기쁘게 일하는 사람도 있다. 그러나 대학에서 강의하기를 싫어하거나 박물관에서 자료 다루기를 싫어하는 것은 스스로의 일을 망각한 것으로 평가받아야 마땅하다. 하기 싫은 마음으로 자료를 다루거나, 애정 없이 자료를 만지면 반드시 사고가 나게 마련이다. 그도 인간이기 때문이다. 자료를 다루어야 할 때면 각자의 얼굴을 유심히 살피는 것도 그의 마음 자세를 읽기 위함이다.

근래 박물관에서도 임무가 세분화되면서 전시나 자료관리, 또는 교육 등으로 나누어져 직접 자료를 만질 수 있는 기회가 줄어들고 자료를 다루는 부서라 할지라도 보고 싶고 좋아하는 자료만 다룰 수 없게 되었다. 따라서 한때는 기피하던 자료관리 담당을 요즈음은 자신의 학문적인 영역을 위해서 자료관리 부서를 원하는 일이 늘어나기 시작하였다. 그러나 지나치게 전시업무가 폭주하고 우리의 국립중앙박물관처럼 쓸데없이 이사나 다니게 되면 힘들어지지만 역설적으로 이사라는 작업은 보관장을 발깍 뒤집어 볼 수 있어 시간에 쫓기지 않으면 나쁘지만은 않은 일이다.

각설하고 이번에 박물관의 이내옥 연구관이 간행한 『문화재 다루기』는 보다 체계적인 박물관 자료관리의 밑거름이 되리라 믿어 고맙고 기쁘게 생각한다. 이 책에서 지적한 사항들을 보면 과거 우리가 선배에게 듣던 얘기, 또는 내가 바로 후배들에게 잔소리처럼 뇌까리던 말이 정연하게 다듬어져 있어서 새삼 그리움이 앞선다. 그리고 과거에는 상상하지 못했던 여러 가지 자재들을 활용하고 있어 세상이 참 좋아졌구나 하고 혼자 탄복하게도 만든다.

여기서 욕심을 부린다면 실물 다루기뿐만 아니라 관리에 대해서도 좀 더 정리를 해 주었더라면 박물관에 접근해야 하는 새내기들에게 도움이 되리라 생각되어 다음 몇 가지 문제의 보완을 기대한다.

자료의 등록 관리

자료의 번호는 궁극적으로 지우는 것이라 하였는데 이는 대단히 우려되는 사고방식이다. 박물관 자료는 불변이어야 한다. 그렇기 때문에 박물관에서 등록번호를 부여하는 일은 가장 어려운 작업이다. 또한 이것이 자료관리의 기본이 되어야 한다. 따라서 박물관 소장자료의 고유번호는 어떠한 경우에도 불변이며 이 점만이 박물관 자료의 멸실이나 훼손을 막을 수 있다. 박물관 자료의 고유번호 변경은 용납할 수 없는 일이다. 가끔 전시품의 한가운데 전시품의 등록번호가 크게 적혀 있는 것을 보게 되는데 이는 등록번호의 지우기나 변경이 불가능하기 때문에 볼 수 있는 현상이다.

그런데 박물관 자료의 등록번호는 도서 정리와 달리 일정한 틀이 있을 수 없고 또한 박물관에서 다루는 것은 비단 문화유산뿐만 아니라 박물관을 위한 모든 자료가 망라되고 있기 때문에 어려운 작업으로 간주되는 것이다.

상세하고 빈틈없이 정리를 하고서도 궁극적으로 지우는 것이라고 생각하고 있어서 오히려 이해가 되지 않는 부분이다.

다음으로 이렇게 정리된 자료의 기록을 어떻게 작성할 것인가, 어떤 방식의 목록을 만들 것인가 하는 문제를 다루었다면 실무자에게 훨씬 도움이 됐으리라 짐작된다. 구체적으로 말하자면 박물관 자료의 기본대장과 보관용 카드 작성 등을 할 수 있도록 몇 가지 규격을 제시하였더라면 하는 욕심이 생긴다. 현재 중앙박물관에서 사용되는 양식은 섣불리 바꿀 수 없어서 그대로 이용하고 있지만 문제점을 가장 잘 알고 있을 것이다. 따라서 초보자들에게 의견을 말해 주었더라면 좋았을 것이며 이는 뛰어난 경륜을 가진 저자에게 기대해 볼 만한 일이라 생각한다. 과거 새로운 박물관이 생길 때마다 국립중앙박물관의 양식을 갖다가 사용하는 경우를 흔히 보아 왔다. 그러나 소장품의 성격이 다르고 소장품의 양이 달라서 구태여 국립중앙박물관의 방대한 소장품 관리양식은 오히려 불편할 텐데 답습하는 경우를 흔히 본다. 이러한 불편은 중앙박물관의 경험자만이 해결할 수 있고 해야 하는 일이다. 또한 최근 국고귀속 문화재에 대한 각 기관에서의 등록방식이 각기 달라서 곤란한 경우를 보게 되는데 그러한 문제에 대비하여 통일된 방안도 다루어 주었으면 한다.

일괄 유물의 보존관리 방안

앞서 말한 문제와 관련하여 각지에서 출토되는 일괄 유물의 정리 방안에 대한 문제를 다듬어 주었다면 어렵지 않게 해결할 수 있었을 것이다. 예를 들어 일괄 출토품의 양이 아주 많아서 독립된 번호를 부여할 정도가 된다면 문제가 되지 않으나, 그렇지 않은 경우 일괄 출토품의 등록과 격납관리를 위한 방안 등이 모색되어야 한다. 격납 창고의 상태에 따라 일괄 유물이지만 격납고의 사정이나 유물의 성격에 따라 따로 보관해야 하는 경우를 대비한 방안이라든지, 나중에

복원이 되는 경우를 대비한 등록번호의 부여 방안이 확고하게 제시되었더라면 하는 아쉬움이 남는다. 이 문제는 발굴현장에서의 가등록이나 임시정리를 할 때에도 참조하여야 할 점이다. 발굴현장에서의 임시번호가 후일 등록할 때에 출토지점이 다른 유물의 복원시에 두 개나 세 개의 번호가 하나의 유물로 복원되면 중복이나 착오를 가져올 가능성이 있음을 고려하여야 하기 때문이다.

실물 다루기

전문적이고 다량으로 다루어야 하는 박물관 이외에도 이렇게 문화재를 다루는 일은 전문가만의 숙제가 아닐 것이다. 오늘 우리가 사용하는 것들은 바로 인류문화의 자료이고 내일의 문화유산이며, 현재 개인이 가진 문화유산들도 적지 않은 양에 이른다. 이들을 관리하기 위한 조언을 위해서도 이 책은 중요한 구실을 할 것으로 믿어 마지않는다. 따라서 특히 일반 가정에서 많이 볼 수 있는 문화재를 위해서도 이 책은 온 인류의 필수교과서가 될 것으로 생각한다. 그런 뜻에서 방충약이나 조명기구 같은 것들을 구체적으로 열거해 주기를 원한다.

자료의 이동에 따른 문제

거듭되는 박물관의 이전(移轉)작업과 해외전시, 국내에서의 순회전시 등을 통해 우리 박물관 직원들은 포장과 해포의 명수가 되었다. 오죽하면 박물관을 그만두면 이삿짐센터를 할 수 있을 것이라 장담을 하였을까? 일반적으로 박물관에서의 자료포장을 외국에서는 전담부서나 외부 전문업체가 맡아 하여 우리처럼 직접 직원이 포장하는 경우는 매우 드문 편이다. 그래서인지 우리 박물관의 포장을 가히 예술의 경지에 이르렀다고 극찬하는 소리를 들은 적이 있다. 사무적인 자세보다는 애정을 담고 안전을 배려하는 태도가 그렇게 우러나오는 것이 아닐까? 그 말에 답하듯 저자의 서술은 완벽에 가깝다. 그러나 역시 관리자를 위해 보험이나 수송에 따른 국제적인 협약이나 내용을 명기하여 주기를 기대한다. 근래 ICOM 등 세계 박물관장 회의에서는 속된 말로 보험회사 좋은 일 시키지 말고 보험료는 안전수송에 사용하고 그 대신 국가에서 보장해 주기를 권하고 있다. 그러나 실제로는 어려운 문제이므로 보험에 대한 상세한 일들을 구체적으로 예시하여 직접적인 도움을 주었더라면 하는 아쉬움이 있다.

새 건물에서의 문제

당장 국립중앙박물관의 이전이 코앞에 닥쳐 있을 뿐만 아니라 각지에서 박물관이 건립 중이거나 계획 중에 있는데 그 건물들이 지나치게 외형에만 치우쳐 전시실이나 특히 보관고의 시설에 대해 무관심한 것이 사실이다. 따라서 박물관에서 건축가에게 제시하여야 할 문제점들을 정리하여 참조할 수 있었으면 한다. 최근 각 대학 건축과에서 박물관 설계가 많이 시도되고 있는데 박물관 실무자의 구체적인 요구사항이나 문제점의 지적은 매우 중요한 역할을 할 것으로 인정된다. 따라서 이러한 문제의 해결책을 강구하고 나아가 해당 박물관의 실무자들이 새 건물에 적응하는 방안을 구체적으로 제시하여 주었으면 한다. 박물관 자료의 관리는 시행착오를 용서하지 않기 때문이다. 그밖에도 박물관의 안전관리 문제 등을 다루어 주기를 기대한다.

이상으로 몇 가지 문제점을 욕심부터 지적하였으나 이 책은 장차 박물관에서의 실무에 임하는 사람들에게뿐만 아니라 궁극적으로 개인 수장가들, 우리들 일반의 개개인이 가지고 있는 모든 것들(그것은 바로 내일의 박물관 자료가 될 것이기도 하기 때문에)을 보관 관리하는 데에도 좋은 지침서가 되리라 생각한다. 우리들 모두는 "문화유산의 관리자일 뿐 최종 수임자가 아니다" 하는 윤리의식을 지니고.

현대 시네마에 대한 창조적 이해

정재형 동국대 연극영상학부 교수

『시네마, 테크노 문화의 푸른 꽃』

김소영 지음 / 1996 / 열화당

이 책은 크게 세 부분으로 나뉘어져 있다. 제1부 '시네마, 그 계보와 지형'에서는 영화의 탄생에서부터 메커니즘, 산업, 대중에 대한 글들, 제2부 '시네마, 테크노 문화의 푸른 꽃'에서는 모더니즘 개념을 논하면서 한국영화를 분석하고 있다. 제3부 '시네 페미니즘, 성의 정치학'은 페미니즘 영화에 대한 논의를 하고 있다.

김소영 교수는 이 책에서 영화 연구와 영화의 글쓰기를 통한 실천적 비평의 한 경지를 열어 보이고 있다. "이론과 비평작업이 현실에 대한 실천적 개입이라면, 그것은 현세적 형태를 띠고 있는 것이며 또한 대안적인 공간을 만들고자 하는 싸움이다"라는 말처럼 그의 의지는 확고하다. 이처럼 확고한 대안적 소망은 영화의 계보학, 지형도, 기상도 등의 이론적 더듬이를 통해 독자 혹은 관객과의 새로운 의사소통의 장을 열어 보려는 노력으로 나타난다. 영화 연구의 첫 번째 과제로서 영화평론이나 이론, 또는 제작을 통한 실천적인 목표는 관객들이 영화 카메라가 탐사해 열어 주는 시각적 무의식의 세계를 바로 읽을 수 있는 힘을 부여하는 일이라고 그는 생각한다.

기상도 위의 태양 혹은 구름 모양의 도상(圖上)들은 말 그대로 예보, 예측의 기능을 가질 뿐이다. 오늘날 테크노 문화를 분석하는 문화기상관들이 그려 주는 미래의 도상 역시 그러하다. 그들은 유토피아 혹은 디스토피아의 구현을 명시하고 있지 않다. 오히려 기술문화를 결정짓는 중층적 요소들을 인지시키면서 우리들의 개입, 선택 그리고 결정을 요구하고 있다는 것이다.

그의 영화 계보학에서 밝혀지는 것은 영화사의 서장을 서구와 유럽의 제국주의자들이 열어 놓았다는 사실이다. 그는 자연스럽게 문화의 제국주의적 속성과 이데올로기와 분리될 수 없는 영화의 운명 같은 것을 실감한다. 따라서 그는 비평에 있어서 식민주의를 탈피해야 함을 강조한다. 서양의 영화들은 타자의 문화 내지는 동양을 표상할 때 으레 강간의 메타포, 구출의 판타지 그리고 에로틱하게 처리된 지형들을 통해 식민지의 내러티브를 거듭 생산해 내고 있는데, 한국에서의 페미니즘 영화비평 역시 제1세계에서 쏟아져 들어오는 영상들을 분석할 때 이러한 식민지 담론에 예민하게 반응할 필요가 있다는 것, 서양 페미니스트 영화비평을 우리의 사회적, 역사적 특수성

속에서 성찰하지 않고 하나의 경전처럼 수용, 적용하는 것은 제국주의의 식민지 담론을 무비판적으로 살포, 복제할 위험을 안고 있다는 것이다. 이러한 비판은 사실 자아비판에 가깝다. 자신의 입론의 상당 부분이 서구를 기반으로 함을 인정하면서도 그것을 극복해야만 한다는 자기 한계적 비판의식은 그의 학문이 무한한 발전 가능성을 갖고 있다는 것을 또한 암시하는 것이다.

이어 그는 이데올로기로서의 영화의 성격을 규정하고 그 탐구의 의의를 설명한다. 초기부터 영화는 반드시 오늘날과 같은 형태로 존재하기 위해 진보해 온 것은 아니다. 오늘날 영화의 모습은 이데올로기적인 선택의 생산물이지, 목적론적인 결과는 아닌 것이다. 또한 영화는 끊임없는 도전과 응전의 결과물이지 자연스레 형성된 것은 아니다. 따라서 영화의 미래는 인간 개개인 의지의 개입으로 달라질 수 있다는 것이다.

모더니즘에 대한 관심은 현대 영화이론이 단지 영화 안에서만 끝나는 게 아니라 영국 버밍엄학파의 '문화연구'의 지평으로 영화를 확대 재생산해 내는 데 기여한다.

> 비평을 할 때나 영화 제작을 할 때 우리가 모든 여성의 문제를 계급, 계층, 역사적인 순간들에 관계없이 대변하고 있다는 환상은 버려야 한다. 여기에는 내가 누구를 위해 어떤 발화를 하고 있는가라는 끊임없는 자기 점검이 필요하다.

이런 표현은 영화가 생산의 측면에서 벗어나 이미 수용자 독해의 영역으로 위치 이동을 하고 있다는 접근법을 엿보게 한다. 그의 미래 영화에 대한 전망은 암울하면서도 도전적이다.

영화의 모더니즘 시대는 급진적인 영화적 실천의 시기였다. 그 누구도 상호작용적이라는 말을 쓰지는 않았지만 관객들은 거리낌 없이 영화 스크린과 상호작용적인 만남을 가졌었다. 하지만 점차로 청년문화시장이 산업화되면서, 성찰적인 모더니스트 필름들이 일종의 출구 없는 미로처럼 자폐적인 것으로 변하면서, 영화로 역사 쓰기가 역사의 물신화로 주술화되면서, 또한 제3의 영화가 그 전투성과 명징한 실험성을 잃어 가면서 80년대가 왔고, 포스트모더니즘은 이 모든 것을 즐거이 소재화하며 멀티미디어 시대를 환영했다. 영화의 죽음을 선고하기는 아직 이르지만 아마 곧 유언장 혹은 기존의 영화 피드백 시스템과의 이혼서류가 준비될 것이다. 우리는 미래의 영화를 무엇이라 부를 것인가?

20세기 후반에 살고 있는 우리들은 19세기의 이 어린아이들처럼 우리들 눈앞에 펼쳐지는 새로운 이미지의 세계를 발견하고 있는데 그것이 가상현실의 세계이다. 영화 〈토탈 리콜〉이나 〈론머 맨〉, 〈카드로 만든 집〉 등에서 재현된 이 가상현실의 경험은 아마도 21세기 우리들 일상의 시·지각적 경험을 또 한 번 바꾸어 놓으면서 세상을 바라보는 형식을 변화시킬 것이다. 이것은 19세기처럼 좌절된 꿈들과 이루어진 꿈들이 모여 영상문화를 더욱더 흥미진진한 것으로 만들 수도 있겠지만 우리들 모두를 후기 자본주의의 집단적 악몽으로 끌고 갈 수도 있을 것이다. 그러나 실패한 영화 기계를 보고 자라난 아이들이 20세기의 영화예술을 만들어 냈듯이 오늘날의 악몽 같은 비디오 문화 속에서도 21세기의 뉴미디어 키드들은 탄생할 것이다. 테크노 미래주의란 기술의 상품 시장성으로 인해 기술들이 미래적 가치를 갖는 것을 말한다.

뉴테크놀로지는 진화론적 발전과정을 갖는 것이 아니라 시장의 결정에 따르게 되는데, 산업혁명 시대에는 과학이 선도적 역할을 했지만, 후기 자본주의 시대에는 테크놀로지의 진화적 특성이 아니라 바로 시장이 하나의 상품을 발전시킬 것인가 혹은 도태시킬 것인가를 결정하게 되는 것이다. 새로운 테크놀로지를 생산하고 마케팅화하는 것을 합리화하는 근거는 일종의 테크노 미래주의이다.

모더니티의 경험을 형상화해 내는 영화적 공간에 대한 탐구는 그의 글들 가운데 백미에 속한다. 한국전쟁 이후 모더니티의 경험을 중재하는 역할을 수행했던 수많은 영화들은 한편으로는 프레임 안에 선택된 것과 프레임 밖으로 배제된 것에 대한 공간화된 담론으로 작용하면서 서울의 지정학을 그려 내고, 또 다른 영화들은 하나의 특수한 공간을 페티시하면서 부분으로 전체를 대체한다.

서울은 인간을 파멸시키기 위한 위험한 음모를 숨기고 있는 공간이며, 팜므 파탈들이 흔히 걸치고 있는 털 코트와 깃털 모자들과 동격인 상품에 대한 페티시즘으로 과잉된 공간이다. 바로 이 여성화된 도시공간에서 프로이트의 페티시즘과 마르크스의 상품 페티시즘이 만나는 것이다. 그리고 이렇게 상품으로 넘쳐나는 도시에서 삶을 살아가는 여성들은 소비자라는 주체로 다시 호명된다. 70년대 등장한 멜로드라마 영화들의 관객이 여성으로 설정되는 것을 상기해 본다면, 서울이라는 도시에서 여성들은 상품의 소비자 그리고 영화의 관객으로서의 이중정체성을 지니고 있는 것으로 설정된다. 여기에서 여성성은 상품적인, 그리고 성적인 물신과 소비가 결합되어 있는 그 무엇이며, 그것은 정확히 생산의 과정을 지워 버리며 부인한다. 그 당시 유포되던 이런 상상적 여성성은 70년대 서울에서 급격히 증가하던 생산직 여성 노동자들의 실제적 문제가 제기되거나 재현되는 것을 막는 기제로 기능하면서 경제제일주의라는 유신 이데올로기가 효과적으로 작동하는 것을 적극적으로 지원하게 된다.

영화를 통한 서울읽기는 바로 이 선택과 배제의 책략을 밝히고 페티시즘의 과정을 드러내 보이는 것에 다름 아니다. 한국의 현실과 공간이 살아 있는 한국영화에 대한 분석은 모더니즘의 가치를 분명히 하는 탈식민주의적 글쓰기의 한 유형이라고도 볼 수 있다. 그의 탈식민주의적 글쓰기는 제3세계에서의 여성의식 탐구라는 영역을 고수하며 문화적 변동기에 한국영화가 어떻게 견뎌 나가고 있었던가를 잘 설명하려는 노력을 높이 평가할 만하다.

구원과 희망, 혹은 영화예술가의 임무

변재란 영화평론가

『타르코프스키의 순교일기』
안드레이 타르코프스키 지음 / 김창우 옮김 / 1997 / 두레

1

인민의 영화가 영화 만들기의 주 목적이 되어야 했던 자신의 동료들의 영화로부터, 그리고 영화 보는 시간 동안 최대한 관객을 즐겁게 해야 하는 주류 영화로부터 멀찌감치 떨어져서 '자기 목소리'에 침잠했던 영화인. 하지만 그러면서도 영화의 사명과 영화예술가의 임무에 대해서 끊임없이 고뇌했던 사람, 사랑을 어느 누구보다도 갈구했으나 사람들과 쉽게 사귀는 데 항상 어려움을 느꼈고 그것이 마음의 병이 되었던 사람. 어느 누구보다도 자신의 땅과 영화 그리고 가

족을 사랑했으나 그 반응이 항상 너무 늦게 찾아왔던 사람. 그 사람의 이름은 안드레이 타르코프스키이다.

관객과 만난 지 이제 100년이 갓 넘은 영화의 역사상 타르코프스키만큼 영화인들이나 관객들에게 칭찬과 함께 비난을 받아야 했던 영화감독도 드물 것이다. 그의 명성만큼이나 그의 생애는 수난의 세월이었다. 그것은 그의 말처럼 "재능이라는 십자가를 짊어질 인간으로 신에게 선택된 존재"였기 때문인지도 모른다. 그는 예술가라면 혼신의 힘을 모아 공공연하게 우회적이지 않고 직접적으로 자신의 독특한 여건이 허락하는 범주 안에서 궁극적인 진리에 도달하기 위해 노력하는 존재이기 위해 애써야 한다고 생각했고, 그것은 그가 남긴 8편의 영화와 〈천재, 전설 그리고 인간 타르코프스키〉라는, 영화 〈희생〉(1986)을 만드는 과정에서의 그의 입장을 담은 한 편의 다큐멘터리 영화, 한 편의 연극 그리고 자신의 영화예술에 대한 입장을 밝힌 『봉인된 시간』이라는 저서를 통해 잘 나타나 있다.

하지만 그것들은 작품 하나하나에 그가 어떤 공을 들였고 어떤 우여곡절 속에 그 작품이 나왔으며 그 작품들의 결과에 대해 감독 스스로 느낀 소감은 무엇인지, 그리고 마지막으로 한 사람의 감독이 되기까지 그의 삶과 관련을 맺었던 가족관계를 비롯한 작가 개인에 대한 궁금증을 풀기에는 어쩐지 미진하다. 최근에 번역되어 나온 『타르코프스키의 순교일기』(김창우 옮김, 두레)는 바로 이런 궁금증을 풀기에 적합할 뿐만 아니라 인간 타르코프스키를 이해하는 데도 도움이 되리라 생각한다.

2

이 책은 제목 그대로 일기의 형태를 띠고 있고 "타르코프스키 유족들이 당연히 누릴 권리가 있는 사생활에 관한 부분이 제외되고 아직 현존하는 사람들에 대해 신중히 고려"했다고 했음에도 불구하고 그저 막연히 타르코프스키를 신성시했던 사람들에게 당혹감을 줄 정도로 타르코프스키의 내밀한 이야기가 거의 그대로 드러나 있다. 실제로 그의 일기는 한 인간의 내면을 숨김없이 드러내는 일기 본연의 고백적 모습을 보여 주고 있으며, 그밖에도 그가 갖고 있던 많은 작품 구상들을 비롯한 알려져 있지 않은 이야기들을 만날 수 있다. 거의 꼼꼼하게 적은 경리장부를 연상시킬 정도로 집수리 예상비용, 그때그때의 가족과 자기자신의 건강상태와 심리상태, 주고받은 편지들, 자기가 읽은 책들에서 옮겨 적은 인용구절과 경구들이 적혀 있어서 우리는 이 거장이 우리와 다름없는 생활인이었다는 생각으로 미소를 짓게 된다. 돈이 없어서 쩔쩔매는 심정과 환상적인 꿈이나 악몽에서 깨어난 후의 때로는 환상적이고 때로는 공포스러운 소감을 드러내는가 하면 친구들과 적대자에 대한 묘사와 함께 소련의 문화담당 관료들, 당 관료들과 고집스러운 투쟁을 했던 이야기, 24년 동안 단지 6편밖에 영화 제작을 허락하지 않고 어쩌다 제작된 영화들에 대해서 감시의 눈을 멈추지 않았던, 그리고 그로 인해 상처받았던 그의 감정들이 소상히 적혀 있다.

하지만 그의 일기는 단순한 일기가 아니다. 무엇보다도 이 일기는 도덕적이며 윤리적인 한 인간, 영리를 목적으로 하는 문명사회의 극심한 물질주의에 투쟁을 선포했던 사람, 인간 세상에서 정신적인 것이 완전히 사라져 가는 것에 대해 투쟁을 선포했던 사람, 어떤 경우에도 모든 수단을 다하여 정신적인 자유를 지키려 했던 한 인간의 뜨거운 삶의 기록이다. 〈솔라리스〉(1971)를 처음 준비하고 있던 시절부터 그의 마지막 작품인 〈희생〉을 작업하던 15년 동안이 담긴 이 기록은 열두 권 분량의 방대한 양인데 그의 고난에 찬 삶의 위기들과 좌절된 희망들 그리고 깊은 절망 속에서도 그를 지탱하게 해 주었던 신앙의 힘에 대한 고백록이다. 그렇기 때문에 이 책은 타르코프스키 스스로 자신의 일기에 붙였다는 '순교자의 말 Martyrolog' 이라는 제목을 갖게 되었고 책을 읽노라면 그가 "건방지고 거짓된 제목이지만 그냥 두기로 한다"고 조심스러운 태도를 취했음에도 불구하고 그 제목이 일정한 설득력을 갖게 됨을 느낀다.

3

20세기의 인간이면서도 세월을 거슬러 영화가 나타나기 이전까지 심지어 중세까지 거슬러 올라가 인류에 대한 희망을 노래했던 그는, 1932년 볼가 강 유역에 있는 자브라이예에서 시인이었던 아르세니 타르코프스키와 인쇄소 교정공이었던 마리아 이바노브나 비쑤나코바 사이에서 태어났다. 어린 시절 자식을 팽개치고 훌쩍 떠났던 아버지, 어려웠던 살림 그리고 누이와 함께 보냈던 유년시절은 비와 불, 눈과 물, 이슬, 들판의 풍광과 함께 자전적인 영화 〈거울〉(1975)에 그대로 드러나 있다.

아버지의 시적 감수성을 영화라는 매체 속에서 다시 한 번 자신만의 방식으로 시각화했던 그는 그의 장편 데뷔작인 〈이반의 어린 시절〉(1962)이 베니스 영화제에서 황금사자상을, 성상화가였던 실존인물을 다룬 〈안드레이 루블레프〉(1966)가 1969년 칸 영화제에서 뒤늦게 소개되어 국제영화제에서 상을 받으면서 국제적으로 알려지기 시작하였다. 하지만 이러한 명성은 그의 작가로서의 성공의 시작이면서 언제까지나 러시아의 작가이고 싶었던 그의 불행의 서막에 불과했다. 예술가라면 당연히 가져야 할 창조적 충동이 끊임없이 샘솟는 가운데에서도 그것을 펼칠 공간으로서의 그의 조국은 계속 그와 어긋나기만 했기 때문이었다.

에이젠쉬쩨인의 제자였던 지도교수 미하일 롬 아래서 마르크스레닌주의에 입각한 영화를 훈련받았던 그는 이윽고 학교에서 배운 문법을 '자기 방식대로' 이해하면서 영화 만들기를 시작하였다. 동료들이 '고향에 대한 참다운 사랑이 아니라 뻔뻔스러움과 지독한 자만심을 애향심이라고 생각' 하는 데 지극히 절망스러워했던 그는 자유보다 제복이 앞서는 현실에 대해 저항하면서 '작가의 의도가 숨겨져 있으면 있을수록 좋은 작품' 이라는 생각을 하기에 이른다. 그리고 당연히 그의 이러한 태도는 '엘리트 관중을 대상으로 한 영화', '난해한 영화' 라는 평을 듣게 되었는데 정작 그 자신은 영화가 분석적이며 추상적으로 이해되는 것을 거부하면서 자연 경치를 쳐다볼 때처럼, 음악을 들을 때처럼 명상적으로 되기를 요구하면서 영화적으로 포착된 '봉인된' 시간 속으로 미끄러져 들어가기를, 그리고 그 시간 속에는 항상 꿈과 추억의 내적 시간이 새겨지기를 기대했다. 그래서 그의 이 일기의 영어판 제목은 그의 "우리는 시간 속의 시간을 발견하지 않으면 안 된다"라는 문장에서 따온 '시간속의 시간'이라고 한다. 조각가가 재료를 떼어내고 쪼고 다듬어 작품을 만들듯이 시간을 조각하여 의미 있는 특별한 시간을 만드는 것을 영화예술이라고 본 것이다.

이렇게 끊임없는 명상과 사색을 요했던 그의 삶은 그로 하여금 인간의 정신을 우위에 두었던 모든 사상가, 작가들에 그를 몰두시킨 듯하다. 헤르만 헤세에서 톨스토이와 도스토예프스키, 베르자예프 그리고 소로우를 비롯해서 시간적으로 멀리는 세네카와 플라톤에 이르기까지 그리고 공간적으로 멀리는 일본 작가에서 장자, 노자에 이르기까지 그의 독서는 방대한 영역에 이르렀던 것처럼 보인다.

하지만 그의 정신의 우월성에 대한 강조, 현대 사회를 종말론적으로 바라보는 태도, 신과의 조화를 유지하고 자기희생을 추구하는 데서 인류의 구원 가능성을 찾으려 했던 그와, 집단을 위한 영화를 주장하던 그의 조국은 결국 충돌하고야 만다. 자신의 '이탈리아 여행'을 〈향수〉라는 영화로 바꿔 만들면서 이탈리아를 비롯한 유럽에서 예술가로서의 자유를 좀 더 만끽하려던 그는 결국 망명의 길을 택하고 말았기 때문이다. 그것도 그의 분신이며 정신적인 후계자인 그의 아들 안드류슈카를 고향에 둔 채로 망명 후 만들어진 영화 〈희생〉은 이렇게 해서 그의 아들에게 바친 영화가 되었고, 그의 몸이 암으로 죽어 가면서 부른 최후의 노래였다.

4

〈향수〉는 18세기에 이탈리아에 와서 살았던 러시아 음악가의 생애를 연구하러 이탈리아에 온 한 러시아 작가와 그의 통역을 맡은 한 여인을 통해 자기 땅에서 떠난 자의 그리움과 향수, 희망과 믿음을 상실한 영적인 고통 등이 새겨진 영화이다. 하지만 마치 자신의 삶에 대한 예언 같은 이 영화를 통해서 그는 종말을 맞은 세상을 구원하기 위해 자신을 희생해야 하며 세상에 불을 밝혀야 한다고 믿는 광인을 통해 고통과 광기 속에서의 삶의 승리를 보여 준다. 망명한 후 만들어진 그 다음 영화인 〈희생〉에서 그것은 더욱 희망적인 메시지로 바뀐다. 그리고 그것들은 새로운 영화를 갈구하는 현대에 하나의 대안처럼 비쳐졌다.

그래서 그는 죽었지만 그가 교류하였던, 그리고 자신의 날카로운 시선으로 작품과 인간 됨됨이가 내밀한 기록 속에 남게 된 이른바 작가영화의 대표자들인 잉그마르 베르히만, 미켈란젤로 안토니오니, 페데리코 펠리니 그리고 로베르 브레송처럼 그는 언제까지나 작가라는 자부심 속에서 살아남게 되었다. 이것은 분명 작가를 유일무이란 천재라는 휘장으로 감싸 놓는 동안이겠지만, 그렇지 않더라도 자신의 재능과 한계에 절망하는 인간의 고백은 언제나 심금을 울리는 법이다. 마치 '햄릿'의 삶이 언제나 우리에게 감동을 주는 것처럼.

연극 창조의 원리와 '생극영화'의 창조

임재해 안동대 민속학과 교수

『카타르시스 라사 신명풀이』

조동일 지음 / 1997 / 지식산업사

연구는 무엇으로 하는가? 연구하는 이마다 답이 다르고 또 한마디로 말하기도 어렵지만 저자를 두고 말한다면 연구를 신명풀이로 한다고 말할 수 있다. 끊임없이 진행되는 창조적 생산품들이 단행본 차원의 연구서로 줄기차게 쏟아지는 까닭만은 아니다. 일반적으로 단행본 수준의 연구를 하고 나면 한참 지치게 마련인데, 저자는 해마다 서너 권의 저서를 지속적으로 내는데도 불구하고 그때마다 학계에 신선한 충격을 줄 뿐 아니라, 지치기는커녕 오히려 장차 해야 할 방대한 연구 계획과 새로운 집필의 구상으로 잔뜩 꿈에 부풀어 있기 때문이다. 이미 이루어 놓은 업적보다 앞으로 해야 할 연구 과제가 더욱 벅차 보이는데도 그러한 벅찬 계획은 꿈으로 그치는 것이 아니라, 항상 본디 계획보다 더 넓고 깊은 연구로 이어져 어김없이 우리 앞에 제시된다. 연구활동이 신명풀이로 이루어지지 않는다면 사실상 일련의 창조적 연구들을 지치지 않고 지속적으로 수행하기는 불가능하다.

저자의 이 책도 『세계문학사 이론』 여섯 권을 서술하는 방대한 연구 계획 아래 이루어진 것이다. 따라서 이 책은 크게 세계문학사의 이론적 작업의 하나이면서 구체적으로는 생극론에 입각한 세계 연극미학의 기본원리를 수립하는 독자성을 지닌다. 연극미학의 기본원리를 카타르시스 · 라사 · 신명풀이로 보고 이를 상호비교 고찰하면서 연극 창조의 원리를 해명하고 그 성과를 영화에 적용하는 한편, 저자가 개척한 생극론의 역사철학 이론을 확립하고자 하였다. 그러므로 이 연구의 구체적인 성과는 연극과 영화를 중심으로 한 문화운동의 당면 전략을 수립하고 세계 연극미학의 이치를 밝히며 생극론의 거대 이론을 정립하는 데 기여한다. 그러면서 이 세 가지 목표와 결과를 하나로 연결시켜 포괄적으로 논의함으로써 셋이 하나이면서 여럿이라는 생극론의 이치에 맞게 논의를 전개한다.

생극론과 신명풀이의 논의가 따로 전개되는 것이 아니듯이 '신명풀이 연구'와 '연구의 신명풀이'가 둘이면서 하나이고 하나이면서 둘인 듯하다. 저자의 거들먹거리는 신명은 다음 몇 가지 진술에서 생생하게 읽어 낼 수 있다. 마치 탈춤판에서 양반들에게 맞서는 말뚝이의 외침처럼 거침이 없으면서도 구경꾼들의 가슴을 치는 충격을 준다.

"작품은 있어도 이론은 없고, 불만은 있어도 대안은 없다", "남들의 철
학을 함부로 가져와 겁을 주면서 자기 생각을 하지 못하게 하는 횡포와
맞서기 위해서 나는 내 철학을 가져야 하고, 철학의 복권을 이룩해야 한
다", "싸움을 부정하는 것이 가장 잘 싸우는 방법이다. 싸우지 않고서는
싸움을 부정할 수 없으니 싸워야 하지만, 싸움을 부정하지 않고서는 싸웠
다고 할 수 없다."

탈춤판의 "신명풀이는 공연 진행에 관중이 능동적으로 개입하면
서 고통을 일으키는 공동의 문제에 대해 관중이 오히려 더욱 높은 식
견을 가지고 토론할 때 이루어진다"고 했는데, 위의 진술을 통해 볼
때 저자는 학문판의 진행상황에 구경꾼으로 머물지 않고 능동적으로
뛰어들어 우리 학문의 병폐에 대하여 여러모로 나무라며 높은 식견
을 가지고 논쟁을 벌이고자 하는 것이 틀림없다.

서평자도 저자보다 높은 식견으로 이 책의 한계를 나무라며 이론
적 논쟁을 한판 제대로 벌여야 신명풀이를 만끽할 수 있을 터인데 유
감스럽게도 그럴 수 없다. 그러한 신명풀이다운 서평은 이 책의 성과
를 넘어설 수 있는 대안적 연구를 통해서만 가능하기 때문이다. 탈춤
판의 구경꾼으로서 신명풀이를 제대로 하려면 탈춤 공연의 전후 맥
락을 제대로 읽어야 하듯이, 학문판에서도 기존 연구의 판세를 정확
하게 읽어야 대안적 연구를 창조적으로 수행하며 신명풀이를 즐길
수 있다. 그러므로 저자의 학문적 신명 또한 어디서 비롯되는지 탐색
하지 않을 수 없다.

첫째, 인문학자로서 학문적 사명감이 남다름을 들 수 있다. 인문학의 위기에 대해서 아우성만 지를 뿐, 문제를 타개할 만한 연구 성과를 실천적으로 수행하지 않고 있는 학계의 안일함에 대하여 저자는 통렬한 비판과 함께 인문학을 중심으로 학문 일반론을 펼치며 창조학을 선동하는 학문 운동을 전개한다. 그 성과가 『우리 학문의 길』과 『인문학의 사명』을 통해서 이루어졌다.

둘째, 문학자로서 문학사 서술의 독자적 이론을 수립하고 이를 세계문학사 서술에까지 확장하는 노력과 성과에서 찾을 수 있다. 국문학사 서술의 역량으로 제3세계 중심의 세계문학사 이론을 수립함으로써 서구 중심주의의 그릇된 세계인식을 바로잡고자 『제3세계 문학연구입문』과 『한국문학과 세계문학』 등 제3세계의 관점에서 문학일반론을 펼치고, 『한국문학통사』 5권과 『세계문학사의 허실』 등 일련의 문학사 작업을 진행한 것이 이 연구의 토대이자 전 단계가 되었다.

셋째, 철학자로서 또는 이론가로서 생극론을 개척한 사실이 주목된다. '남의 철학을 빌어 와서는 내 이론을 전개할 수 없으며 내 이론 창조는 곧 내 철학 창조'라는 전제 아래, 문사철의 합일을 통한 이론 개척을 주장하는 데 머무르지 않고 실제로 우리 철학 체계의 분석적 통찰에 입각하여 생극론의 역사철학을 수립하였다. 생극론의 개척과 이론적 적용은 앞의 여러 책과 더불어 『한국의 문학사와 철학사』를 통해 구체화되며 이 저서에서 한층 진전된다.

인문학자로서 학문적 사명을 절감하고, 문학자로서 세계문학사 서술의 일반 이론을 추구하며, 철학자로서 독창적 이론 개척에 골몰

하지 않고서는 이 정도 연구가 불가능하다. 이러한 사명감과 세계인식, 이론 개척의 성과는 우연히 주어진 것이 아니다. 학문과 세계를 바라보는 현실인식의 통찰력과 미래에 대한 창조적 전망에서 비로소 마련된 것이다.

우선 서구문명 중심주의와 동양주의에 대한 비판적 인식 아래 제3세계적 시각으로 생산적 대안을 마련하고 제1, 2세계 문명권과 함께 제3세계 문명이 상호교섭하는 가운데 연극미학을 정립하는 것이 인류문화의 위기를 극복하는 바람직한 대안이라는 현실인식이 투철하다. 따라서 그동안의 이론은 서구문명 중심주의에 빠져 그들의 이론으로 우리 문화를 해석함으로써 알게 모르게 문화적 종속주의에 사로잡혀 있는 현실에 대하여, 이러한 학문의 불균형은 서구문화의 발전에도 불행이라는 인식 아래 분과학문의 장벽을 넘어서서 제3세계 학문의 불리한 조건을 오히려 편견 없는 가능성으로 역전시키고자 별난 노력을 기울인 셈이다.

현실 진단과 앞날에 대한 전망도 학문적 신명을 북돋우는 자진모리 구실을 하였다. 사회학문의 시대에서 인문학문의 시대로 나아가는 것이 21세기의 학문 추세라는 통찰력이 사회학문과 자연학문의 한계를 넘어서는 인문학문의 거시적 설계에 팔을 걷어붙이고 나서도록 하였다. 그리고 기술상품에서 문화상품의 경쟁시대로 바뀌는 것이 세계화라고 인식한 까닭에, 연극미학으로부터 영화미학 수립의 창조적 대안을 마련해야 할 필요성을 절감한 것이다. 물론 신명풀이 영화미학의 수립은 문화상품의 경쟁력을 확보하는 데 머물지 않는다. 신명풀이 연극을 계승하고 예술미학의 발전을 통해 '생극영화'를 창출함으로써 인류가 정당한 투쟁으로 바람직한 화합을 이룩해 생성과 극복이 둘이 아니고 하나임을 깨닫게 하는 것을 최종 목표로 삼고 있다.

저자의 최종 목표를 위해서도 우리는 뛰어넘어야 할 몇 가지 문제를 제기하지 않을 수 없다. 우선 연극미학 논의 자체에서 반드시 다루어야 할 내용이 빠져 있다. 언어와 작품, 관중, 세계관을 저자가 마련한 삼자 비교의 기본적 모형에 입각하여 정교하게 분석하면서도 연극미학을 결정하는 중요한 국면 가운데 하나인 생산자에 대한 논의가 전혀 없다는 사실이다. 연극에서 관중론 못지않게 중요한 것이 작가론 또는 광대론이다. 생산자의 성격은 물론 생산방식 및 작품 소재의 차이 등에 따라 연극미학은 얼마든지 달라질 수 있기 때문이다. 수용미학의 관점에서 관중론이 필요하듯이 생산미학의 관점에서 그 주체인 광대와 극작가를 주목하고 민중과 엘리트, 공동작과 개인작, 전승적 내용과 창작적 내용의 문제들이 삼자 비교의 기본적 모형에 입각하여 분석될 필요가 있다.

신명풀이 연극미학으로부터 신명풀이 영화미학을 모색함으로써 작게는 영화전쟁에서 크게는 문화전쟁까지 유리한 고지를 점유할 필요가 있다는 데 전적으로 동의하면서도 다음 두 가지 문제를 고려하지 않을 수 없다. 첫째는 탈춤의 연극미학을 영화미학으로 발전시키기 전에 연극의 문화적 경쟁력 자체를 회복하는 것이 중요하다는 점이다. 마당극 운동이 문화운동으로 발전하지 못한 사정에 대한 진단은 내렸지만 그 처방은 제시되지 않았다. 이 시대에 새로운 신명풀이 연극을 창출해 낼 수 있는 한층 구체적 논의와 대안적 모형의 제시가 적극적으로 요구된다. 연극미학의 연구가 연극운동에 대한 구체적 대안을 마련하는 데 소홀하면서 영화운동의 길을 제시하는 데 무게중심을 두게 되면, 연극하는 사람들의 지지도 받기 어려울 뿐더러 영화를 만드는 사람들 또한 설득하기 어렵다.

둘째는 영화기법 문제이다. 신명풀이 영화미학을 실현하기 위해 제시된 기법은 손에 잡힐듯이 구체적으로 서술되었다. 그럼에도 불구하고 연극과 영화의 기법은 그 매체와 형상화의 특성상 서로 교류할 수 있는 것도 있고 그렇지 못한 것도 있음을 사려 깊이 고려하여야 한다. 연극에서는 충분히 가능한 관객의 개입과 그에 따른 극중인물의 반응이 역동적으로 전개될 수 있으나 영화에서는 사실상 불가능하다. 따라서 탈놀이의 앞놀이와 뒷놀이를 영화 앞뒤에 넣기 위해 실제 상황에서 여러 사람이 함께 뛰고 노는 장면을 넣는다고 하는 것은 화면상 가능하지만 그것은 영화 속의 영화, 소설 속의 소설, 이야기 속의 이야기처럼 액자소설의 액자 구실을 담당할 뿐이다. 따라서 이 장면은 어디까지나 영상 매체에 의한 것이자 영상 속의 군중에 한정되는 것일 뿐, 영화를 관람하고 있는 구경꾼 자신의 체험일 수는 없다. 기껏 기록영상을 끌어들인 다큐멘터리의 효과를 벗어날 수 없다는 점을 감안해야 한다.

그래도 이것은 영상으로 가능하다. 정작 문제는 영상으로 처리해서는 안 되거나 처리할 수 없는 기법의 제시이다. 이를테면 영화 속의 인물이 관중에게 말을 걸면 말대답을 하도록 한다든가, 또는 그러한 사람을 관중석에 배치해 두었다가 말대답을 맡아서 하도록 제시한 것이 한 보기이다. 그리고 영화를 하다가 중단하고 불을 켠 다음 사물놀이패가 나타나 한바탕 놀고 난 다음에 다시 불을 끄고 영화 상영에 들어가는 방법도 그러한 보기의 하나이다. 탈춤은 공연과정이 곧 연출과정일 수 있고 또한 작품화 과정일 수도 있지만, 영화는 제작과정에서 사실상 작품이 완성되고 공연과정에서는 기계적으로 영상만 보여 줄 따름이다. 그러므로 극장마다 신명풀이 영화를 상영하기 위하여 사물놀이패를 갖추기도 어렵고 영화에 개입하여 말대답을 하며 영화를 이끌어 갈 사람을 극장에 앉혀 두기도 어렵다.

그런 준비가 되어 있다 하더라도 그에 따라 영화 속의 인물이 적절한 반응을 보일 수 없다. 이미 짜 맞추어 놓은 대로 돌아갈 수밖에 없기 때문이다. 관중의 개입은 자기 신명풀이의 하나로서 즉흥적이어야 하는데, 일정한 사람을 정해 놓고 하루에도 몇 차례씩 기계적 개입을 시키는 일은 오히려 영화의 틀에 연극적 요소를 종속시키는 일이자 광대의 연극적 신명을 죽이는 일이다. 그러므로 연극과 영화의 동질성과 이질성이 갈래 차원의 논의로 확립되지 않으면 영화를 영화답게 한다는 일이 결국 영화의 길을 버리고 연극의 길을 따를 수밖에 없다는 당착에 빠지게 된다.

그러나 영화와 연극은 둘이면서 하나이고 하나이면서 둘이라는 생극론에 이르면 갈래의 경계가 허물어지고 특정 갈래가 극복되어 연극이면서 영화이거나 영화이면서 연극인 작품이 생겨날 수 있다.

만일 영화와 연극이 여기까지 간다면, 그것이 바로 '생극영화' 라고 한다면, 그리고 저자가 그리고 있는 영화미학과 그 기법이 궁극적으로 이러한 영화작품을 겨냥하고 있다면, 여기서 문제 삼은 내용들은 아직도 영화와 연극을 분별해서 둘을 둘로밖에 보지 못하는 서평자의 편벽된 주장이자 부질없는 비판임을 인정하지 않을 수 없다.

민속학의 주체와 현실에 대한 냉철한 고민

이해준 공주대 사학과 교수

『한국민속학과 현실인식』
임재해 지음 / 1997 / 집문당

민속학과 현실인식의 문제 제기

『한국민속학과 현실인식』의 저자 임재해 교수는 수많은 저술을 가진, 그리고 나름의 대중적 독자층을 확보하고 있는 몇 안 되는 연구자 중의 한 사람이다. 정력적인 그의 연찬 의지는 비슷한 연배의 연구자들이 엄두도 못 낼 많은 저서를 출간하게 하였고, 독특한 필치와 주제의식으로 최근 들어서는 『한국민속과 오늘의 문화』, 『한국민속연구사』, 『한국민속사 입문』 등으로 이어지는 일련의 한국민속학 당면 과제들을 정리한 바 있다. 아마도 여기에서 소개하는 『한국민속학과 현실인식』도 크게 보면 이러한 일련의 연구와 같은 구도 속에서 준비된 것이 아닌가 한다.

이번의 저서도 이제까지의 수많은 그의 저서가 그랬던 것처럼 우리의 당면 현실과 과제를 냉철히 분석, 평가한 것이다. '한국역사민속학' 총서 3책으로 간행한 『한국민속학과 현실인식』을 통하여 임재해 교수가 우리들에게 던진 문제의식과 대안의 제시는 우선 매우 다변적이다. 『한국민속학과 현실인식』에는

- 국제화 담론에 대한 민속학적 인식과 주체적 대응
- 민속학의 새 대상과 방법으로서 도시민속학의 인식
- 민속예술경연대회의 비판적 점검과 생산적 대안
- 민속학 연구방법론의 전개와 개척의 모색
- 민속에 나타난 시간 주기의 프랙탈 현상과 시간인식
- 설 민속의 형성 논리와 '시작'의 시간인식
- 신화에 나타난 우주론적 공간인식과 그 상상체계
- 마을 공동체의 입지와 모듬살이의 공간 구성
- 지역문화 연구에 대한 몇 가지 구상과 전망의 명암
- 강강술래와 놋다리밟기의 같고 다른 점과 지역문화
- 한 동성마을의 민속과 문화적 전통의 지속양상
- 지역문화 운동의 성과 점검과 활동방향 모색

등 모두 12개 주제의 글이 수록되어 있다. 남달리 부지런한 그가

여러 형태의 현실적 필요성에 의해서, 혹은 원고 청탁을 받아 쓴 글도 있고, 학술회의의 발표문도 있다. 그러나 모두가 그의 센스를 놓치지 않았기에 가능했던 글들이라는 점에서 크게 다른 것이 없다고 생각된다. 12개의 주제가 어느 것 하나 현실적인 필요성을 담보하지 않은 것이 없기 때문이다. 평소 지론대로 그는 현실과 학문 사이의 문제점과 '현실인식'이라는 기본 고리를 놓치지 않고 적극적인 자세를 견지한 것이다. 사실 나는 개인적으로 이러한 현실적 필요성에 적극적으로 대처하고, 시사성 있는 주제에 나름대로의 의견을 간단없이 발표하는 임 교수의 의지와 정열에 부러움을 가지고 있다.

물론 그의 논의가 가장 객관적이며, 가장 이상적인 현실적 대안인지는 별개의 문제이다. 우선 그는 이러한 문제들에 대하여 남다른 문제의식을 가지고 있고, 그가 느끼는 대안과 방향들을 제시한다는 점에서 충분히 가치 있는 작업을 하였다고 보기 때문이다. 아마도 그런 후에 좀 더 많은 연구자와 관심자들의 본격적인 토론 기회가 있어야 하고 그를 통하여 우리 문화의 새로운 진로와 방향을 점검해 보고 싶었는지도 모른다. 그가 이 책의 머리말에서 "이 책을 화두로 삼아 민속학과 현실인식의 문제가 진전된 논의로 발전되어 학계에서 시비거리가 된다면 쓴 이로서는 책을 내는 번거로움을 오히려 보람으로 삼을 수 있을 것이다"라고 도전적(?)인 의미를 부여하고 있는 것도 그와 다름 아닐 것이다.

민속학의 현실인식과 책임성 강조

그런가 하면 저자는 평소 한국민속학의 현실적 조건으로 1. 한국 민속학 자체의 현실 2. 우리 민속이 처해 있는 문화적 현실 3. 우리 민족의 생존이 걸려 있는 국제적 현실을 먼저 거론한다. 기본적으로 한국민속학은 이같은 현실과 호흡하면서 발전하지 않을 수 없다는 지적이다. 저자는 이를 좀 더 부연하여

> 민속을 조사하고 연구하는 주체인 민속학자들의 학문 활동이 가장 좁은 단계의 현실이라면 다음은 민속학의 대상이자 우리 민족문화의 토대를 이루고 있는 민속문화의 실상이 중간 단계의 현실이며, 마지막으로 우리 민족의 삶과 더불어 인류의 번영에 이바지하는 민족문화의 미래가 가장 넓은 단계의 현실이다.
>
> 따라서 우리는 이러한 세 가지 층위의 현실을 제대로 인식하지 않고서는 민속학의 학문적 발전을 기대하기 어려운 것은 물론 민속문화의 전통을 온전하게 지켜 나갈 수도 없으며, 민속학이 민족의 삶과 인류의 번영에 이바지하는 기능적인 학문으로 살아남을 수도 없다.

고 하여 아주 일반론적인 것 같으나, 실은 그 밑바탕에 '기능적 학문으로 살아남을 수 없는' 위기의식을 배경으로 한다. 이러한 한계와 위기감을 극복하기 위해서라도 민속학은 항상 현실문제에 대하여 적극적인 발언을 해야 한다는 것이다. 물론 적극적인 현실인식의 마음

가짐 확보는 민속학만의 과제로 한정되는 것이 아니다. 어떤 분과 학문이든 현실문제에 대하여 독자적인 목소리를 내지 못한다면, 그 분과 학문은 사실상 존립 의의를 상실하기 십상이다. 그가 머리말에서 "현실 안에서 투철하지 않은 민속학은 한갓 지나간 전통문화 현상이나 추억처럼 들먹이며, 현실의 뒷전에 물러앉아 곰삭은 뜻풀이나 하는 한가한 독백의 학문으로 그치게 될 위험"이 있다고 경고하는 것도 같은 맥락일 것이다.

민속의 주민 공유와 현대적 계승에 대한 고민들

그의 여러 주장 중에서 우리에게 무거운 부담을 지우는 글이 바로 민속문화를 어떻게 현장에 뿌리내리게 하고 현실에 맞게 계승하며, 민중과 더불어 공유할 수 있는 문화유산으로 살아 있게 하는가라는 문제이다. '민속은 보다 많은 사람이 보다 자유롭고, 보다 풍요로운 삶을 추구하는 지속 가능한 삶의 양식'이라고 하는 필자의 지론을 납득할 때 우리는 특정한 목적과 이해집단의 의지에 좌우되는 우리의 민속축제들이 지니는 반민중적이고 비축제적인 역기능들은 충분한 비판의 대상이다. 물론 이에 대하여는 기존에도 많은 사람들이 투정을 해 왔던 것이 사실이다. 그러나 그처럼 본격적으로 이를 비판하고, 더불어 이에 편승하고 있는 학자들의 헛된 논리를 철저하게 따지고 밝혀 공론화한 사람은 없었다. 더욱이 그의 '민속예술경연대회의 비판적 점검과 생산적 대안'에서는 단순 비판에 머물지 않고, 제기된 문제들을 구체적으로 해결할 수 있는 대안들을 제시한다.

지금 우리 민속학이 어떠한 학문적 현실 속에 놓여 있는가 하는 문제에 대하여 객관적이고 반성적인 현실인식이 철저하게 이루어지지 않으면 민속학의 창조적 발전을 담보할 수 없다는 것이 그의 일관된 생각인 것 같다. 그래서 과거에는 어떤 방법으로 연구했으며, 지금은 어떤 방법으로 연구하고 있고, 앞으로는 어떤 방법으로 연구해야 할 것인가, 또 과연 무엇을 새로운 연구대상으로 삼아 어떻게 연구할 것인가 하는 문제의식도 새롭게 제기한다. 우리의 민속학이 과거 전통민속에는 많은 투자를 하면서도 현실과 미래로 연결될 도시민속학에 대한 연구의 필요성과 방향을 논의한 '민속학의 새 대상과 방법으로서 도시민속학의 인식'도 실은 비슷한 관점일 것이고, '한 동성마을의 민속과 문화적 전통의 지속양상'도 결국은 이와 연결되는 논의라고 할 것이다.

한편으로 저자는 지역문화 연구와 지역문화 운동의 방향 모색에도 남달리 주목한다. '지역문화 운동의 성과 점검과 활동방향 모색'이 바로 그것으로, 이 글에서 민속학적 시각에서 풀어 가야 할 주요한 현실로 인식하는 그는 안동지역의 놋다리밟기와 해남지역의 강강술래가 본디 같은 놀이였다는 것을 밝히고 그 차이가 지역적 특수성에 기인함을 주장한 것이나, 특정 마을의 민속 지적조사를 토대로 문화적 전통의 지속과 변화 양상을 추적함으로써 종전의 반촌 중심 동성마을 연구의 한계를 지적하는 것은 바로 그러한 관심의 일단일 것이다.

새로운 민속학 연구 방법론의 탐색 노력

이밖에 특별히 저자와 한국역사학을 전공하는 필자가 학문적으로
함께 대화할 수 있는 토론의 장은 민속학 연구의 역사성과 관련하여
서이다. 앞에서 소개했던 것처럼 저자는 1996년 여러 연구자들과 함
께 『한국민속사 입문』을 펴냈다. 여기서 그는 민속사 서술 시각과 방
법은 기존의 역사 서술과 달라야 한다고 주장한 바 있다. 즉 '단선적
이고 전환적인 교체'의 역사에서 '복선적이고 지속적인 축적'의 역
사로 서술되기를 그는 희망하였던 것으로 알고 있다. 어떤 의미에서
그는 인류학적인 방법론까지 생각하고 있었다고 보이기도 하고, 역
사학이 주저하고 망설이는 현실문제까지도 포괄하는 연구를 기대하
였다고 보이기도 한다. 물론 그는 이러한 비평과 반성을 통하여 민속
학이 역사학, 인류학, 사회학이 미치지 못하는 기능들을 충분히 소화
할 수 있는 가능성을 보았는지도 모른다. "민속학에서 현실문제를
과감하게 끌어들이고 구전사료와 현장사료들을 주목함으로써 새로
운 역사 이해의 길을 열어 갈 수 있다"는 그의 독백은 아마도 충분히
그럴 가능성이 있음을 전해 주고 있다. 이제 남은 것은 그러한 탐색
들이 구체적 성과물로 축적되어야 하고 이를 위해 임재해 교수는 앞
으로도 아낌없는 노력을 계속할 것이다.

한국 금속공예 연구 개설서

심봉근 동아대 고고미술사학과 교수

『韓國의 金屬工藝』
이호관 지음 / 1997 / 문예

1

인류 문명의 발달과정에 있어서 구리(Cu)나 주석(Sn)을 합금하여 도구를 만들어 쓰게 된 시기를 고고학에서는 청동기시대라고 한다. 구리는 북이라크의 후기신석기시대인 Halaf기(B.C. 5500~4500)부터 사용하였고 그 이후에 순동의 강도를 높이기 위하여 비소와 주석을 합금하여 만든 것이 청동이며, 철기는 대개 B.C. 20세기경에 아나톨리(Anatolie) 지방에서 시작되어 지중해와 발칸반도를 거쳐 퍼져 나간 것이다.

한국에서의 청동기시대는 지역에 따라 차이가 있겠지만 B.C. 7세기경에는 시작된 것으로 알려져 있다. 따라서 우리나라의 금속공예는 이때부터 시작된다고 볼 수 있을 것이다. 청동기의 주조에는 석형(石型)과 납형(蠟型), 토형(土型)이 모두 이용되었으며 활석제(滑石製)나 편암제(片岩製)의 용범(鎔范)이 전하고 있다. 청동제품은 처음에는 주로 무기를 제작하였으며 점차 의기(儀器)의 제작에도 청동이 사용된다. 청동의 시작으로 주철과 단철의 두 가지 기술이 성행하기에 이르렀고 철을 정련하여 강철의 공구를 만들게 되면서 각종 조금기법(彫金技法)이 생성된다. 이러한 과정을 거쳐 삼국시대의 화려한 금속공예 기술이 꽃피우게 되는 것이다.

삼국시대의 금속공예품은 대부분 고분에서 출토된 것이며 그 종류도 각종 장신구, 마구(馬具), 무구(武具), 생활용구 등 다양하다. 또한 이들은 이미 금속공예 기법상의 모든 기술이 다 동원되고 있다. 금제, 은제, 금동제의 장신구는 판금(板金)을 이용한 투조(透彫), 선각(線刻), 누금공예(鏤金工藝), 도금(鍍金)의 기법이 사용되었으며 종류도 다양하다. 마구와 무구 중에는 주조에 의한 제작과 조금기법을 이용한 장식이 뛰어나며, 생활기명(生活器皿)에 있어서도 주금(鑄金)과 단금기법(鍛金技法), 조금, 도금 등이 고루 이용되고 있다. 그리고 불교공예품 가운데 많은 양의 금속공예품이 포함되어 있다.

통일신라시대는 금속공예뿐만 아니라 정치, 사회, 문화, 경제 등 거의 모든 분야에서 당나라의 영향을 받았다. 이로 인하여 비교적 고유한 색채를 유지하고 있던 신라의 금속공예는 중국화의 길을 걷게 되고 또한 서역적인 요소도 이 시기에 이르러 많이 나타나게 된다. 서역의 영향은 불교가 유입되면서 중국을 통하여 들어온 것이지만 통일신라시대에는 보다 직접적으로 경주를 중심으로 육로와 해로를 통하여 많은 교류가 있었다.

고려시대는 태조의 십훈요(十訓要)에 따라 숭불정책을 채택하여 불교종파의 정립, 승려의 우대 등으로 불교의 대중화를 이룩하는 한편, 유학의 발달과 성리학자의 배출, 한문학과 역사학 등이 융성하였던 시대였다. 고려건축과 서예의 발달, 그리고 도자의 눈부신 발달은 특기할 사항이며 호국불교의 이념 아래 조성된 팔만대장경의 제작과 금속활자로 인한 인쇄술의 발달은 민족문화의 정화라 할 수 있는 것이다. 그러나 고려 전체의 예술적 분위기는 국난을 치르면서 순수하고 활력 넘치는 예술을 만들지 못하고 신라보다는 퇴화된 문화예술에 국한되고 말았다.

한편 조선시대에 이르러서는 배불정책으로 퇴보하는 경향이 있으나 불교의 미적 제한이 없어진 데서부터 생기는 국민 스스로의 잠재적이며 소박한 미의식이 나타나 단순 간결한 금속공예품들이 대두하게 되었다.

2

『韓國(한국)의 金屬工藝(금속공예)』에서 저자가 가장 주목하였던 점은 저자 스스로 서문에서 밝히고 있다.

> ……전국의 유적 지표조사와 발굴조사를 하는 동안 항상 머릿속에 자리 잡고 있었던 것은 출토된 금속제 유물들과 전세(傳世)된 유물에 대하여 개개의 양식과 형태에 대해서만 논할 뿐 제련·제조 그리고 성분 등에 대한 확실한 규명이 없는 것에 대해 아쉬운 마음을 금할 수 없었다.……

이런 점에서 본다면 미술사 특히 금속공예는 아직도 걸음마 단계를 벗어나지 못하고 있는 실정이다. 지금까지는 진홍섭 교수의 『금속공예』와 이난영 교수의 『한국고대금속공예연구』가 이 방면의 연구를 대표하는 저술이다. 그러나 지금까지의 연구가 형식 분류에만 그치고 있다거나 금속공예의 기법과 생활용구(금속병, 금속제합, 시저, 동경)만을 다루고 있는 점은 금속공예 제품의 방대함을 고려한다면 아쉬운 감이 없지 않았다.

이호관 선생은 자신의 저서에서 총론, 한국의 금속공예품, 통일신라 이후의 금속공예로 나누어 한국 금속공예의 흐름을 총체적으로 파악하고 있다. 특히 지금까지 고대 광산의 연구가 전무한 실정에서 그는 『세종실록』과 『동국여지승람』에 기재된 철산지를 열거하고 철(鐵), 수철(水鐵), 사철(沙鐵), 석철(石鐵) 등으로 분류한 당시의 철과 현재 생산되는 철의 종류를 대비한 것은 매우 의미 있는 작업이라고 할 수 있을 것이며 이는 저자가 서문에서 지적한 한계를 극복하기 위한 시도로 평가된다.

또한 금속공예품의 종류를, 청동기시대의 유물을 포함하여 조선 시대까지 망라하였으며 장신구류, 일상류, 의기류, 불구류, 사리장엄구, 무구류, 마구류, 차여구류 등의 여덟 가지 종류로 나누었는데, 그 품목은 모두 50여 가지가 넘는다. 금속을 이용한 제품이 얼마나 다양한지를 단적으로 보여 주는 대목이다.

그리고 한국 금속공예의 문양으로는 기하문, 점문, 연주문, 단선문, 장선문, 직선문, 사격문, 단사선문, 집선문, 거치문, 뇌문, 와문, 원형문, 능형문, 인물문, 조류문, 녹문, 견문, 마문 등으로 나누었다. 삼국시대의 금속공예품으로 관과 관모, 요대와 요패, 이식(耳飾), 천(釧), 경식(頸飾) 등의 장신구류와 통일신라 이후의 대표적 금속공예품으로는 범종과 불교의식구, 동경, 사리장엄구 등에 대하여 서술하고 있는 것은 그의 관심이 장신구와 불교 관련 금속제품에 있음을 나타내는 것이다. 이러한 장신구나 불교용구에 대하여 서술하는 동안에도 저자는 잊지 않고 각 유물의 출토지를 소상히 밝히고 있는데 이것은 그의 학문적 태도가 엄격하고 진지함을 유지하고 있는 것으로 후학들이 본받아야 할 점이다.

저자가 금속공예품 가운데 가장 관심을 보이고 있는 분야는 불교용구 중에서도 범종인 것으로 보인다. 저자는 부록에서 한국범종의 목록을 따로 싣고 있기도 하지만 한국범종을 용뉴(龍紐)에서부터 종신의 각 부분에 이르기까지 금속공예의 총 집합체로 보고 문양의 다양성과 비천상과 보살상의 율동성 있는 질감과 다양미, 당좌에서 보이는 조각미와 종의 주조기술 그리고 합금기술 등은 시대에 따라 변하면서도 각 시대의 특성과 시대상을 잘 표현하면서 종이라는 일정한 단위 면적 속에 균형 있게 조각으로 모든 각부양식을 배치하여 나타내고 있는 실정은 한국범종이 갖는 우수성과 특징 내지 한국 고대 미술의 미와 선과 형의 결정체라고 평가하였다.

한편 금속공예품에 대한 전체적인 시대 구분에서 저자가 통일신라를 전후로 금속공예품을 나누고 있는 것은 이 시대를 계기로 하여 우리 민족 고유의 색채를 떠나 중국대륙의 본격적인 영향을 받기 시작하는 단계로 인식하고 있는 것으로 보인다.

저자는 부록으로 한국 청동기 유물 출토지 현황과 북한지역의 선사-고려시대 유물 출토지 현황을 싣고 있는데 이는 차후 이 방면의 연구를 시작하려는 이들에게 기본적인 자료가 될 것으로 평가된다. 또한 한국의 주요 금속 산지를 표로 작성하였는데 앞서 언급한 철 생산지의 자료적 가치 외에도 조선 전기의 도별산금지·산은지개발연표(道別産金地·産銀地開發年表), 산금지·산은지시굴내역표(産金地·産銀地試掘內譯表)는 앞으로 이어질 고대 금속공예 연구 내지는 고대 광산 연구에 기본적인 자료가 될 것임에 틀림없다.

이외에도 저자는 동경, 금속장신구, 사리장엄구 등의 대표적인 유물에 대한 자세한 설명을 곁들이고 있는데, 이는 이 책의 성격이 개설적임을 보여 주는 것이라 하겠다.

3

이렇게 다양한 금속공예품을 소개하고 있는 저자에게는 아마도 할 일이 산적해 있으리라고 본다. 저자가 지적한 문제점, 즉 원래의 합금재를 어떤 곳에서 어떻게 채취하여 어떠한 제련과정과 제조기술의 발달과정을 거쳐 제품이 되었는지 하는 문제는 어쩌면 일개 미술사학도 또는 공예연구가가 해결할 수 있는 문제가 아니라고 본다. 이런 문제점 해결을 위한 다방면의 연구가 이루어지길 기대한다. 그리고 모든 금속공예품의 형식학적 연구 또는 편년적 연구도 앞으로 이루어져야 할 과제 중의 하나일 것이며 이 방면의 연구에서는 모든 용어가 한자로 되어 있다시피 한 점도 일반 독자들을 위하여 또는 앞으로 배출될 한글세대 연구자들을 위하여 개선책이 마련되어야 할 것이다.

사실 이 책의 서문에서 밝혔던 고대 금속공예 연구를 위하여 해결해야 할 문제점들은 하나도 해결되지 못한 상태이며 오히려 이 저서를 통하여 문제점들은 더욱 분명해졌다고 할 것이다. 이러한 문제점 위에서 이호관 선생의 『韓國의 金屬工藝』가 앞으로 이 방면의 연구를 이끌어 가는 큰 힘으로 자리하기를 바란다.

전통 목공예의 맥 짚기

정양모 국립중앙박물관장

『韓國의 木工藝』

박영규 지음 / 1997 / 범우사

1

목공예는 금속공예나 도자기처럼 천연재료를 인위적으로 변화시
키는 것이 아니라 석재와 같이 자연재료 그대로를 파내거나 깎아 내
만들며 섬유와 수지로 구성되어 있어 그 촉감이 신선하고 시각적으
로나 감각적으로 안정감을 준다. 또한 목재의 성질에 따라 단단하여
선초와 같은 정교한 조각이 가능한 재질이 있는가 하면 장과 농같이
넓은 판재로 짜 맞추는 가구를 제작할 수 있는 것도 있고 통나무를
파내어 커다란 그릇이나 함지를 만들기도 한다. 따라서 목공예는 부

엌가구에서부터 안방가구, 사랑방가구는 물론 제구(祭具)에 이르기까지 그 범위가 넓고 다양하다.

그러나 오늘날 목공예품은 수공예적인 제작공정에 따른 경제성에서 경쟁력이 뒤지고 일상용품으로의 내구성과 지속성이 없어 실생활에서 멀어지고 있다.

이러한 현상은 수요자들의 안목과 인식에도 문제점이 있지만 옛것을 그대로 재현하는 전승 목공예 장인들과 옛것을 현대화하는 전통 목공예가들, 현대 속에 새로운 전통을 모색하는 현대 목공예가들의 한국 목공예에 대한 깊은 이해와 안목이 뒷받침되지 않고 있는 데에도 기인하며 결국은 목공예의 발전에 앞이 잘 안 보이고 오히려 퇴보하고 있는 듯한 느낌이다. 또한 생활용품을 제작하는 현대 디자이너들에게도 한국적인 미감과 현실감이 있어야 하고, 이러한 안목이 전통에 뿌리를 두어야 함에도 불구하고 우리의 미감과 생활정서를 도외시한 국적 불명인 서양류의 것들이 있을 뿐이었다. 이러한 현상은 교육에 문제점이 있겠으나 전통 목공예의 아름다움과 그 특성을 알려 줄 책자(冊子)도 부족하였으며 잘 만들어진 옛 목공예품들을 실제로 접할 기회가 없었기 때문이다.

옛 목공예품들에 대한 남다른 이해와 깊은 애정을 갖고 수집한 개인 수장가들의 수집품은 일반에게 공개되지 않고, 박물관 소장품들은 목공예나 목가구의 이해와 감상을 위한 것이지만 좁은 전시 면적의 배분으로는 상설 전시가 어려워 목공예가 갖고 있는 아름다움과 시대적인 배경, 주변 공예품들과의 연계성 등을 이해할 수가 없다.

이러한 점을 고려하여 국립중앙박물관에서는 1972년 목가구특별전, 1975년 한국민예미술대전, 1989년 김종학 화백 수집 조선조목공예특별전, 1994년 문방제구전 등 수준 높은 목공예 전문 분야의 전시와 도록을 통하여 대중들에게 한국의 목공예품에 대한 아름다움과 높은 수준을 새롭게 인식시키는 데 중요한 역할을 하였다. 그러나 좀더 한국적 아름다움이 표현된, 정선된 목공예품에 대한 소재, 재료, 제작기법 그리고 미의식과 표현양식, 용도와 명칭 등 다각적인 면에서의 분석과 자료에 대한 보다 전문적인 해설이 요구되고 있다. 바야흐로 우리 문화의 지표를 착실히 다져야 할 시점에서, 우리의 개성과 독창성이 결여된 채로 무조건 서구화되어 가고 있는 현대문명 속에서, 전통문화에 대한 인식을 높이고 전통의 맥 탐구가 필연적인 이때에 박영규 저 『韓國(한국)의 木工藝(목공예)』가 발간되었다.

2

저자 박영규 씨는 국립박물관에서 근무하기 이전부터 목칠공예에 관심이 많아서 우리 목공예 전시 때 유물에 대한 상세한 실측을 시작하였다. 그후 국립중앙박물관 학예연구실에서 10여 넌이나 목칠공예를 연구하는 동안 필자와 함께 강진 청자도요지 발굴, 흥국사 불교회화 조사 등 현장작업과 박물관에서의 여러 분야에 대한 특별전시 준비를 통하여 한국미술에 대한 기본 감각을 익혔고 한국목칠공예 분야에 대한 안목과 이해가 정립되었을 것으로 본다. 또한 그는 대학에서 목공예를, 대학원에서 실내디자인을 전공하여 전통과 현대를 두루 섭렵하여 양자를 접목시키려는 의도를 갖고 있었으며 문화재 전문위원으로서 목공예품 조사와 무형문화재의 기능조사를 통하여 장인들의 현주소를 직시하면서 이 책을 엮어 나갈 준비를 하였을 것이다.

박영규 씨가 이전에 출간한 책으로는 『韓國의 木漆家具』(1981)와 『韓國의 木家具』(1982) 등 두 권이 있다.

『한국의 목칠가구』(경미출판사)는 당시 국립중앙박물관의 최순우 관장과 함께 집필한 것으로 우리 가구를 크게 대별(大別)하고 도판 해설과 함께 목가구에 사용된 각종 금속장석의 사진과 명칭, 짜임과 이음의 구조상세도, 가구의 부분명칭도, 실측도 등을 상세히 소개하면서 한국 목가구가 지니는 미의 가치가 올바르게 자리 잡혀지기를 바랐다.

『한국의 목가구』(삼성출판사)는 우리 전통 목가구의 기능과 구조를 파악하여 누구나 쉽게 이해할 수 있음은 물론 전통가구를 재현시키는 데 중점을 두었다. 그는 이 책자로 고고미술 분야의 뛰어난 연구 실적에 대한 수상자로 선정되어 동원학술상을 수상한 바 있다.

이번 『韓國의 木工藝』는 도판을 먼저 보여 주고 한국 목공예에 대한 개설을 뒤쪽의 도판 해설과 함께 배열한 것으로 보아 한국 목공예의 진수가 어디에 있는가를 먼저 눈으로 보고 가슴으로 느끼게 하고자 하는 의도가 엿보인다.

도판의 첫 번째 항목인 사랑방용품에는 선비들의 생활공간인 사랑방의 높은 이상과 지조, 청빈검약의 이념으로 절제된 공간을 표현하는 데 역점을 두어 문방용품과 생활용품, 기호와 취미용품을 곁들여 주인의 인격, 학식과 안목을 느끼게 한다.

둘째, 안방용품편은 여성의 생활공간 용품으로 모두가 여성의 취향에 알맞은 화사하고 순정적인 느낌을 주는 것과 화조와 길상문양 등을 조각하거나 나전과 화각제품같이 화려하면서도 품위가 있는 칠공예품 등으로 다양하게 구성되어 있다.

셋째는 주방용품으로 소반의 용도를 지방 특성에 따라 구분하는 등 여러 종류의 형태로 나누고 함지와 이남박 등 넓은 통목을 파내어 만든 커다란 그릇과 물레인 회전틀에 물린 후 빠르게 돌리면서 깎아 내는 목병과 목항아리 등이 있다. 그밖에 떡살이나 다식판도 있다.

넷째는 일상용품과 의례용품으로 좌등과 등가, 촛대 등이 있고 비 오는 날 신는 나막신과 짐승이나 물고기, 거북, 기러기 등의 형태를 상징적인 조형미로 살린 빗장, 목기러기, 먹통 등의 다양한 목공예품들이 있다.

다섯 번째, 무속 및 제례용품편은 점을 치기 위한 산통과 불교조
각의 정수인 동자상 그리고 제례를 위한 감실, 주독, 향상, 향합, 제
기 등 검소하면서도 기품이 엿보이는 것과 조각과 주칠이나 흑칠을
사용하여 권위적이면서 묵직한 분위기의 것으로 분류하고 있다.

4

한국의 목공예에 관한 그의 논고는 6개의 항목으로 나뉘어져 있고
그 내용은 다음과 같다.

첫째, 목재의 성질과 한국 목공예의 특성에는 목재가 다른 공예재
료에 비하여 천연재료로서 섬유와 수지질의 부드러운 감촉은 물론,
어떠한 형태로든지 자유로이 쉽게 제작할 수 있다는 것과 한반도의
자연환경과 사회적 규범 또는 생활양식을 잘 반영하고 있는 특성을
서술했다.

우리나라는 뚜렷한 사계절로 인하여 다양한 수종이 자라고 독특
한 재질을 형성한다. 목공예는 제작하려는 기물에 알맞은 목재를 선
택하는 것이 무엇보다 중요하다. 둘째 항에서는 여러 목재 중 오동나
무, 느티나무, 소나무, 먹감나무 등 한국 목공예에 자주 사용되는 중
요 재료의 특성과 제작방법, 사용되는 기물의 종류, 효과에 대하여
자세한 설명이 일목요연하게 정리되었다. 또한 한국 목공예의 조형
성에 있어 중요한 특성인 선과 면 분할에 대하여는 사계절이 뚜렷하

여 생긴 나이테와 강재와 유연재의 사이에서 오는 수축팽창에서 생기는 문제점을 극복하기 위하여 개발된 짜임과 이음새의 필수적인 제작기법에 대하여 설명하였다. 이에 따라 골재와 판재의 구성으로 인하여 생기는 면과 선의 분할이 특재의 수축팽창의 단점 보완은 물론 기물에 힘을 보완하고 한국적인 비례감각을 낳게 한 것으로 이론을 전개하고 있음은 매우 주목할 만한 대목이다.

셋째, 지형적인 특성으로, 지방마다 개성이 강한 생활문화권이 형성되고, 또 생산되는 목재도 특성을 갖고 있어 여기에 따른 지역문화의 특색이 강한 목공예품들이 제작되었는데 반닫이와 소반 등에 대한 지방색을 예로 들고 있다.

넷째, 주거환경의 특성과 가구 형성에 관한 것으로, 주변환경과 가옥의 형태, 가옥 구조와 가구의 연계성이 필연적임을 강조하고 한옥의 온돌구조와 실내구조에 따른 가구 배치에 있어서 한국 목공예의 형식을 논하였다.

다섯째, 목공예 제작에 활용된 기법 중에서 짜임과 이음, 좌우대칭, 부판, 낙동법 등 기본 제작기법과 음각, 양각, 투각, 입체조각, 상감기법, 붙임기법 등의 조각기법과 깎고 파내기기법, 착색과 도장기법, 금속장석, 죽공예, 칠과 나전, 하각공예 등 중요 기법들을 자세하게 서술하여 목칠공예의 내외면을 깊이 이해하는 데 크게 기여하고 있다.

여섯째, 목칠공예의 역사적 흐름으로 목공예와 칠공예에 대한 시대적인 분류와 상황을 설명하고 있다. 현존한 목칠공예품 중에서 출토지가 확실하고 제작연대가 오랜 것으로 1988년에 발굴된 경남 창원시 다호리 유적과 1997년 전남 광주시 신창동의 원삼국시대 유물로부터 삼국시대의 고분출토품, 통일신라시대의 안압지 출토품, 고려시대의 현존하는 목칠공예품, 조선시대의 궁중생활에서 서민생활에 이르기까지 널리 발달된 목칠공예에 대한 전반적인 분석과 제작기법을 함께 일목요연하게 정리하고 있다.

5

  일반적으로 간략한 상황 설명에 준하는 도판 해설과는 달리 용어와 명칭, 용도, 제작기법, 무늬와 명문에 대한 해석, 금속장석, 지방적 특성, 미학적인 해설 등을 각각의 도판에 따라 구체적으로 서술하여 누구나 쉽게 한국 목공예를 이해할 수 있도록 하였다. 또한 도판 해설내용 중의 생소한 용어들을 쉽게 이해할 수 있도록 주요 품목에 대한 도면을 작성하여 이에 대한 각 부분의 명칭을 밝히고 있다.

금관은 왕관인가

윤세영 고려대 고고미술사학과 교수

『금관의 비밀』

김병모 지음 / 1998 / 푸른역사

4 · 6배판의 검은색 양장 하드커버에 황금빛 금관의 세로 반쪽이 전면을 장식하고 붉은색 검은색 간지가 앞뒤로 붙어 장정이 매우 세련되었다. 본문을 실은 아트지의 내지는 마치 옛날 목판본의 고서같이 무계(無界)의 사주단변(四周單邊) 안에 매 장마다 선명한 컬러사진에 설명을 곁들인 내용이 깔끔하게 편집되어 있어 판권을 보니 역시 이 나라 북디자인계의 최고로 알려진 정병규 디자인이다.

해박한 지식과 풍부한 경험, 수차의 국내외 여행을 통해 얻어진 통찰력과 자료수집, 결론으로 유도하기 위한 여러 자료들의 비교 분석들은 저자 김병모 교수의 수많은 저서 『아시아 거석문화 연구』

(1981), 『한국인의 발자취』(1992), 『김수로왕비 허황옥』(1994)들이 한 결같이 크고 작은 출판상의 대상이 되었음을 다시 한 번 확인시켰다.

『금관의 비밀』 부제는 '한국고대사와 김씨의 원류를 찾아서' 이다. 머리글로서 한국고대사의 비밀을 간직한 금관, '금관의 고향을 찾아서', 1. 금관의 세계 2. 금을 숭배하는 사람들 3. 한국인의 머리 꾸미기 4. 관을 쓰는 방법 5. 금관과 각배 6. 금관과 새 토템 7. 금관과 천마 8. 신라 사회의 서역풍물 9. 알타이 문화 속의 나무의 의미 10. 금관과 신화 11. 금관의 사용자 외에 부록으로 금관 관계 자료·신라 왕세계표·찾아보기·영문초록으로 마감되었다.

주지하는 바 관모의 시초는 원시인들이 노동, 수렵, 제의(祭儀) 등의 행위를 할 때 머리카락의 흐트러짐을 방지하기 위해 착용했던 것이, 지리 기후적 환경 여건 즉 더운 곳과 추운 곳에서의 머리를 가리고 싸매던 것이 전투나 작업장에서의 머리 보호구로, 소속단체나 사회적 신분위계의 징표로, 전통적 관습이나 유행에 따른 미적 표현으로까지 발달하게 되었다.

이러한 관모는 우리나라에서 3국이 정립(鼎立)되면서 사회제도가 발전하고 국가통치기구가 정비되어 왕권이 강화됨에 따라 금관으로 제작 사용하게 되었다. 금관은 단지 최고 통치자의 전용물이라고 보기 이전에 금을 채취하고 제련할 수 있는 기술, 관모로 제작한 예술적 감각과 장인(匠人)정신, 사회적 통념과 신앙, 신분질서의 위계, 민족의 독창성과 주변국과의 문화교류 전파 등을 살필 수 있는 귀중한 자료로 취급되고 있다. 그중에서도 우리나라 금관은 매우 화려하고 위엄이 있을 뿐만 아니라 여러 가지 상징성과 조화미를 갖추어 제작한 것이므로 다른 나라에서는 찾아보기 어려운 걸작품으로 알려지고 있다.

자연계에서의 동물과 식물의 공존을 도안화해서 곡선의 사슴뿔 모양 세움대(鹿角形立飾)와 직선의 나뭇가지 모양 세움대(樹枝形立飾)를 널찍한 관테(冠帶)에 세웠으니 대지 위에서의 동식물의 공생을 의미하고 최고의 금속인 황금과 비취를 혼용하여 광택과 불투명, 노란빛의 온화함과 푸른빛의 차가움, 두툼한 비취곡옥의 흔들림과 얄팍한 영락(瓔珞·보요(步搖) : 저자는 나무열매 씨―종자―라고 함)의 살랑거림, 입체적인 곡옥과 평면적인 영락의 대조, 세움대(立飾)가 위로 올라갈수록 폭이 좁아지는 안정감, 세움대와 관테의 좌우 또는 상하 양단에 점선을 타출(打出)시켜 시각적 단조로움을 없앤 것, 관테 양쪽에 대칭되는 귀걸이 모양의 수하식(垂下飾)은 보는 이의 경탄을 금치 못하게 한다.

이러한 금관을 저자 김병모 교수는 여러 차례의 유라시아 몽골지역 학술조사 여행을 통해 자연, 신앙, 민속, 언어, 유(실)물을 비교 연구하여 착용자의 신분까지도 과학적으로 밝혔다. 몇 가지만 살펴보면 몽골의 민속 중 삼한의 소도(蘇塗)문화, 천마총 출토 금제조익형관식, 서봉총 출토 금관 내관정상의 세 마리의 새, 박혁거세(朴赫居世), 석탈해(昔脱解), 김알지(金閼智), 소지(炤智)왕과 새에 얽힌 전설과 한국 고대 솟대를 조사 분석하였고, 영락은 나뭇잎으로 보고 곡옥(曲玉)은 나무열매가 씨[種]를 품고 있어서 생명의 탄생과 자손의 번식을 기원하고 나아가 왕이나 사제(司祭)의 직위가 후대에까지 계승되기를 기원하는 뜻이라고 풀이한 것은 전에 없던 참신한 논거이다.

그런데 영락은 금관뿐만 아니고 다른 유물, 즉 각종 토기(고배, 등잔, 주구형토기) 외에 금제고배(高杯), 각종 금제귀걸이, 금동신(飾履)에도 매어 달리고 또 곡옥도 목걸이, 팔지 등에도 달려 있으니 이들도 위와 같이 해석되어야 할지…….

또한 금관은 왕족의 남녀가 사용하고, 금동관은 왕족 중 지체가 낮은 자가 사용하는 것이라 하고, 금관의 나뭇가지 모양 세움대가 3단(段)이면 3대(代)를, 4단이면 4대가 이어진다고 하였는데 초기경이라고 추정되는 경주 교동폐고분에서 출토된 지름 14㎝의 작은 금관은 3단도 아니고 4단도 아닌 자연적인 수목 같은 형태인데 이는 어떻게 해석해야 할 것인지……. 그리고 금관은 왕족 남녀(금동관은 왕족 중 지체가 낮은 자)가 사용하는 것이라고 하였는데 황남대총은 남북의 표형분으로서 남분은 왕인 남자 무덤이고 북분은 왕이 아닌 왕의 부인으로서 왕비의 무덤이다. 그런데 경주 시내에 유존된 대형 신라 고분들은 모두 신라가 통일(668)하기 전인 삼국신라(고신라) 때의 고분들이고 또 신라에는 여왕이 셋이 있었는데 제51대 진성여왕(887~897)의 무덤은 시기적으로 맞지 않을 뿐만 아니라 화장을 했고 제27대 선덕여왕(632~647)릉은 『삼국사기』에 낭산(狼山)에 장사 지냈다 하고(사적 182호, 경주 보문동 산79-2), 제28대 진덕여왕(647~654)릉은 『삼국사기』에 사량부(沙梁部)에 장사 지냈다 하니

(사적 24호, 경주군 견곡면 오류리 산48) 이 또한 아니다. 그런데 황남대총 남분에서는 금동관이 나오고 북분에서는 여왕이 아닌데도 현재까지 이 나라에서 발견된 금관 중 최고로 화려한 순금관이 출토되었고, 또 나뭇가지 모양 세움대에 4단짜리는 금령총금관과 천마총금관 두 예뿐이고, 1990년 단양 하리에서 금동제관인 4단짜리가 발견되었는데 이러한 것들은 어떻게 해석해야 할까. 그리고 천마총에서는 3단의 금동관도 출토되었고 황남대총 남분에서는 3단 세움대의 금동관 6개 분이 나왔는데 그 의미는……. 또한 황남대총 남북분에서 3단의 세움대(여자인 북분에서는 순금제로 3단, 남자왕인 남분에서는 금동관의 3단)가 발견되었는데 남자집안을 위한 3대인지 여자집안을 위한 3대인지…….

금관과 새 토테미즘·금관과 천마에서 조두간식(鳥頭竿飾)·농경문 청동기·신라왕들과 새·솟대, 왜·알타이문화·흉노족들과 새들을 넓고 깊게 다루었는데 티베트 라마교의 고승(高僧)들의 조장(鳥葬)도 새가 죽은 사람을 먹고 하늘을 날아감으로써 육신에 내재된 영혼이 천계에 들어갈 수 있다고 믿는 데서 온 것이라고 하였다. 이러한 것은 『삼국지』 위서 동이전 변진조와 『통전』 진한조에서도 볼 수 있듯이 공중을 자유롭게 날아다니는 큰 새를 잡아서 깃을 뽑아 허공에 날리면 죽은 사람의 영혼이 저승으로 갈 수 있기를 비는 뜻이기도 하다(以大鳥羽送死 其意欲使死者飛揚). 한편 신라 최고 통치자의 호칭을 거서간(居西干), 이사금(尼師今), 마립간(麻立干)이라 부른 것은 간은 Khan으로 알타이어의 군장(君長), 샤만, 무사(巫師)를 칭하는 보통명사라 하였고, 신라 파사왕(婆娑王), 파사성(婆娑城), 가야 수로왕비 허황옥이 아유타국에서 가져왔다는 파사석탑의 파사는 모두 서역을 통칭하는 말로 파사를 페르시아의 뜻이라 했는데 신라 제4대 파사왕(80~112)은 유리왕의 제2자이고 유리왕은 남해차차웅(南海次次雄)의 태자이고 남해는 혁거세의 적자(嫡子)인데 어찌하여 페르시아와 관계될까…….

그리고 이사금은 『삼국유사』에서는 니즐금(尼叱今), 치리금(齒理今)이라 하여 잇금(齒理)이 임금으로 되었다 하기도 하고 금(今)은 간(干), 감(邯)과 같이 금 검 곰(上神 神聖 君長의 뜻)의 음역으로 존칭이고 이사(尼師)는 계승을 의미하는 잇·이스(이으)의 뜻도 있어 연장자 또는 현지자(賢智者)가 군장의 위를 계승한다는 의미로 제3대 유리와 제4대 탈해가 왕위 계승을 서로 양보하고 추천하다가 유리가 연장(年長)이라 계승하여 이사금이라 하니 사왕(嗣王) 후계왕(後繼王)의 뜻이기도 하다. 또한 마립간의 마립은 한마(머)리 우두머리(頭)와 같이 정상을 의미하는 말로서 두감(頭監), 상감(上監)의 뜻으로 후세의 상감마님, 영감마님 하는 마님은 마리님, 마루님에서 연원된 것이고 간(干)은 Khan, 즉 유목국가 군주의 몽고말로서 칭기스칸(Chingiz Khan)이나 쿠빌라이칸(Khubilai Khan)의 칸과 같은 뜻이다.

끝으로 신라시대 대형 적석목곽분이 유행하는 시기를 6세기까지로 대개 김씨 왕계의 첫 번째 기간인 365~514년에 해당된다 하였는데, 그렇다면 부제가 '김씨의 원류를 찾아서'인데 『삼국사기』 탈해

니사금(57~79) 9년 금성 서편 시림 숲 사이 나뭇가지에 금색 궤가 있어 가져다 열어 보니 작은 아이가 있어 왕이 기뻐하여 거두니 총명하고 지략이 많아 이름을 '알지(閼智)'라 하고 성을 금궤에서 나왔다 하여 김씨라 하고……, 또 제5대 파사이사금(80~112)의 부인과 제6대 지마이사금(112~134)의 부인이 김씨인데 제13대 미추왕(262~297)을 김씨의 원류로 본 이유는…….

이 책은 저자가 중앙아시아 시베리아 알타이 지역의 고고 민속을 조사하면서 국내의 자료와 비교 연구하여 문헌, 실물 추리 등 입체적으로 금관문화를 심층 있게 다루어 일반인에게는 고대문화에 대한 동경을 유발시키고 식자들에게는 특정 유물의 다각적 연구방법을 제시한 간결하면서도 깊이 있는 내용의 동서교섭사의 축소판이라고 해도 과언은 아닐 것이다.

한국 현대건축이 지닌 가능성과 그 한계

이상해 성균관대 건축공학과 교수

『한국 현대건축 비평』

임석재 지음 / 1998 / 예경

"좋은 비평이 없는 곳에 좋은 건축도 없다"는 이야기를 자주 한다. 본격적인 차원의 건축 비평이 요구되던 시기에 임석재 교수의 『한국 현대건축 비평』이 출간되었다. 건축 비평 문화가 정착되지 못한 우리 건축계에 전문성을 띤 건축 비평집이 출판되었다는 것은 실로 반갑고 환영할 일이다.

그동안 임석재 교수는 『추상과 감흥』, 『장식과 구조미학』 등에서 장식적 · 공예적 · 회화적 전통을 통해 '국제주의' 양식의 기준으로 해석되어 온 근대건축을 새로운 시각과 내용으로 재조명한 바 있다. 『한국 현대건축 비평』은 이러한 작업의 연속선상에서 한국 현대건축의 좌표를 밝히고 있다. 이 책에서 저자는 그동안 일반 건축 잡지에서 흔히 볼 수 있었던 형식적인 비평을 뛰어넘어 보다 높은 수준의 이론적 배경과 건축 지식을 바탕으로 한국 현대건축을 비평하고 있으며, 뿐만 아니라 잘 알려지지 않았던 건축가들의 건축물들을 발굴하여 비평을 함으로써 건축에 대한 새로운 시각을 제기하고 있다. 이러한 점이 이 책의 큰 성과라고 볼 수 있다.

이 책은 2부로 구성되어 있다. 1부에서는 한국 현대건축물을 대상으로 한 비평으로 구성되어 있고, 2부는 현대건축에 대한 총체적 문제들을 다루고 있다. 1부가 최근에 지어진 건축물을 통해 한국 현대건축이 가지고 있는 문제들을 검토하면서 한국이라는 지역과 문화의 특징 속에서 그 방향을 모색하는 것이라면, 2부는 현대 사회와 예술, 문화 속에서 건축이 가야 할 방향을 논하는 것이라고 할 수 있다. 이것은 건축을 건축 자체만의 형식으로 이해하는 것이 아니라 문화와 역사의 맥락 속에서 이해한다는 점에서 긍정적인 접근 방법이라고 생각한다.

이 책에서 저자는 다양한 건축이론, 예술사조와 양식 그리고 역사를 통해서 실로 방대한 범위를 다루며 건축 비평을 하고 있다. 그 내용을 크게 나누어 보면, 우선『한국 현대건축 비평』이라는 책 제목에 나타난 것처럼 한국이라는 공간적 범주와 현대라는 시간적 범주 안에서 건축 비평을 하고 있는 것을 알 수 있다. 저자가 '책머리에' 에서 직접 밝히고 있는 한국 현대건축의 문제는 1. 후기 산업자본주의 시대의 가치와 부합되는 '공공성' 혹은 '대중성' 의 문제 2. 자본주의와 조형예술 사이에서 건축이 추구해야 할 건축 가치의 문제 3. 보편성으로써 서양식 모더니즘 건축과 전통건축 사이에 나타나는 건축 표현의 문제 등을 들 수 있다. 간단하게 요약하면, 저자는 한국 현대건축을 후기 산업자본주의 시대의 건축으로 보면서 이를 서구 근대건축의 시대적 흐름을 바탕으로 해석하고 있다. 건축의 전통에 대한 논의 역시 변화된 상황에서 '전통적 전통'이 아닌 '근대적 전통'의 모습으로 새롭게 제시되어야 한다는 것이 저자의 근본적인 생각을 이끌어 나가는 커다란 줄기다.

이와 연관하여 몇 가지 검토해 볼 부분이 있다. 먼저, 저자가 언급하고 있는 '후기 산업자본주의 시대'에 대해 살펴보기로 한다. 저자는 후기 산업자본주의 시대의 보편적 가치를 한마디로 이전의 '성기 산업시대(High-Industrial Age)' 때 사회 대중을 옭아매고 있었던 여러 가지 중앙 통제체계로부터 해방되려는 의지라고 밝히고 있고, 이를 기준으로 근대건축의 엘리트 중심주의와 결정론적 공간을 비판하고 있다. 이러한 견해는 저자가 주장하는 '대중문화 시대의 대중건축', '상대적 공간' 등의 이론적 바탕이 된다. 그러나 저자가 밝히고 있는 것처럼 근대문명을 재래 전통과의 단절이 아닌 연속된 것으로 받아들인다면, 포스트모더니스트들이 말하는 후기 산업자본주의 시대와 어떻게 다른지에 대해 저자의 명확한 견해가 필요하다고 생각한다. 또 한국 현대사회가 정말 후기 산업자본주의 시대에 속하는지에 대해서도 검토하는 작업이 있었어야 했다. 오늘의 우리를 형성하고 있는 문화에 대한 이해는 건축이 나아가야 할 방향을 밝혀 주기도 하지만, 동시에 해결해 나가야 할 출발점이기도 하다. 따라서 저자가 말하는 '90년대에 한국 사회가 패션적, 공예적, 소품적, 개별적'으로 변해 버린 상황 역시 한국 현대건축 출발의 바탕이 되는 것인지 해결해야 할 문제인지, 만일 그렇다면 그 이유는 무엇인지에 대해서도 저자의 견해가 밝혀져야 하고, 이를 근거로 한국 현대건축을 비평했더라면 더욱 좋았으리라는 아쉬움이 있다. 그러나 지금까지 형태적 문제로만 취급해 왔던 대중성·대중건축을 진지하게 짚어 논의한 점은 높이 평가되어야 할 것으로 생각한다.

또 한 가지, 전통에 대한 저자의 인식과 해석 문제이다. 저자는 "전통이란 늘 우리와 함께 있어 왔기 때문에 지금 이 순간의 우리 모습과 삶의 방식 자체가 이 시대의 우리의 전통일 뿐이다. 그것을 다른 곳에서 찾을 수는 없는 것이다"라고 하고, "통일된 구성 법칙이나 총체적 가치체계로서의 전통건축은 학문적 유구 연구에서나 존재할 뿐, 적어도 창작 세계에서는 더 이상 존재하지 않는다. 창작 대상으로서의 전통건축은 일상생활 속에 공예적 편린으로, 그리고 너무나 자연스럽게 우리의 주변에 항존하고 있을 뿐이다"라고 언급하고 있다. 과연 외형 속에 구속된 물리적인 면만을 전통으로 파악해야 할 것인가. 전통의 통일된 구성 법칙이나 총체적 가치를 오늘에 되살리는 것이 형태적 복원에만 한정될 문제일까. 전통이란 저자가 주장하는 것처럼 '공예적 편린'으로만 남아 있는 성질의 것일까. 이러한 전통만이 긍정적으로 생각할 전통의 속성일까. 또, 건축의 '창작' 행위란 무에서 유를 만들어 내는 행위라고 할 수 있을까.

이러한 제반 문제는 전통에 대한 정의의 문제이기도 하지만, 이를 좀 더 확대하면 건축에 대한 기본적인 견해에 속하는 문제이기도 하다. 예를 들어, 전통에 대한 정의의 하나로서, 전통은 오늘의 건축 창조에 적합성을 유지하는 것을 의미한다고 한다면, '공예적 편린'은 얼마나 적합성을 띤 전통이 될까. 올바른 전통 계승에 대한 논의가 전통건축의 의장이 어떤 식의 디테일이나 추상화된 장식으로 표현되는 것으로 이루어진다면 이러한 논의는 자칫 또 다른 외형에 집착하는 전통 해석의 방법으로 이해될 수도 있다. 저자가 말하는 '공예성'이란 '근대건축이 기능적 가치를 위해 공예적 가치를 추방한 것'에 대한 대안을 의미하는 것이다. 그러나 전통을 시대를 넘어 보편적으로 적용될 수 있는 가치라고 생각한다면, '공예성' 또한 새로운 재료와 새로운 형식에 의해 다르게 요구될 수도 있다.

이상 짚어 본 몇 가지는 이 책 전체의 완성도에 덧붙이는 사족 같은 아쉬움이라고 하겠다. 이 책의 장점은 20세기의 건축과 예술사조를 망라해서 비평을 전개해 나가면서도 쉽게 이해하도록 했다는 점인데, 이것은 이 책에서 다루고 있는 문제가 건축을 공부하고, 종사하는 사람들 모두에게 와 닿는 리얼리티를 갖기 때문이라고 생각한다. 그러나 한 가지 아쉬운 점은 한국 현대건축을 서양의 건축이론과 예술양식으로 분석하고 있는 점이다. 한국의 사회·문화 현상의 진전이나 역사적 전개 과정이 서양의 그것과 어떤 관련을 갖는지에 대한 저자의 견해가 있을 때 이에 대한 그 다음 단계의 논의가 있을 수 있다고 생각한다. 하나의 건축이 생성되는 데는 세계사적인 보편성

과도 연관되지만, 그 세계사적인 보편성이란 것이 어떤 것을 이야기
하는 것인지에 대한 논의가 먼저 있어야 한다. 특히 저자는 서양의
건축사조나 예술사조를 양식사적 의미나 기준과 결부시켜 그것을 세
계사적인 보편적 현상으로 파악하여 한국 현대건축도 그 범주 속에
서 해석하는 것 같다. 즉 '양식적 일치' 또는 '불일치' 여부가 건축
비평의 중요한 잣대로 작용하는 것 같다. 한국 현대건축의 문제는 건
축의 양식이나 운동(Movement), 또는 이론에 대한 인식이나 지식의
부족 외에 또 다른 데에 기인하는 것은 없을까. 이러한 문제의 제기
는 건축 비평이란 것이 건축에 대한 가치판단을 하는 것이라고 한다
면, 어디에 근거한 가치판단인가를 밝혀야 하기 때문이다.

일본은 서양문물을 수용하면서 자신들을 '개화(開化)'하려고 한
반면, 중국은 서양문명의 수용을 '자강(自强)'의 한 방편으로 생각
하였다. 일본은 '개화'를 통하여 아시아에서 가장 빠른 성장을 이루
었다. 일본의 현대건축도 빠르게 '세계화' 되었다. 단게 겐조는 '히로
시마 평화공원'으로 발터 그로피우스에게 인정을 받아 제8회 CIAM
에 초대되면서 세계무대에 등장하였고, 이를 시작으로 이소자키, 안
도 타다오, 이토 도요, 하세가와 이즈코 등으로 이어지면서 일본의
건축가들은 세계 현대건축에 꾸준히 얼굴을 내밀었다. 중국에서도
아편전쟁 이후 문호를 서구 열강에 개방하면서, 한편으로는 자주적
인 근대화 노력을 끊임없이 시도하며 다른 한편으로는 '중화(中華)'
라는 자신의 중심을 지키면서 이루어 왔다. 이것이 중국으로 하여금
잠재력이 있는 나라로 만들고 있고, 또 언젠가는 세계의 중심에 자리

잡게 할지 모른다. 여기서 우리가 한 가지 짚고 넘어가야 할 것이 있다. 지금 우리 한국 건축계에 필요한 것은 개화, 자강과 같은 차원에서 무엇이 요구되는 시대인지 자문할 때다. 이런 측면에서 "한국의 건축가는 공부를 너무 안 한다"고 한 저자의 말은 지금 우리 자신을 돌아볼 때 더욱 값지게 들려온다.

영화 속의 역사, 역사 속의 영화

김현식 한양대 사학과 강사

『영화로 본 새로운 역사』(1, 2)

마크 C. 칸즈 외 지음 / 손세호 · 강미경 · 김라합 옮김 / 1998 / 조합공동체 소나무

〈시〉네마 천국〉에 사는 〈헐리웃 키드〉가 아닐지라도, 우리 모두는 한두 편의 아끼는 영화를 간직하고 있다. 누군가는 채플린의 〈모던 타임즈〉나 〈시티 라이트〉의 순백한 무성영화를, 누군가는 린치의 〈로스트 하이웨이〉나 그린어웨이의 〈영국식 정원 살인사건〉과 같이 난해한 포스트모던 영화를, 그런가 하면 누군가는 오우삼의 〈영웅본색〉이나 서극의 〈신용문객잔〉의 과장된 단순함을 사랑할 수 있다. 어디 그뿐이랴. 누군가는 〈젊은이의 양지〉에서의 크리프트의 우수에 젖어들고, 〈에덴의 동쪽〉에서의 딘의 반항에 공감하며, 〈졸업〉에서의 호프만의 열정에 빠져들 수 있다. 어떤 장르의 어떤 영화를 사랑

하든, 비 오던 날의 카페나 눈 내리던 날의 공원처럼 영화는 우리의 추억 속에, 우리의 삶 속에 녹아 있는 것이다.

그런데 이처럼 친숙한 영화를, 낯선 사람들(적어도 일반 대중에게) 이 색다르게 읽은 책 한 권이 번역 · 출간되었다. 단튼(R. Darnton), 게이(P. Gay) 등의 저명한 역사가들이 〈당통〉, 〈프로이트〉 등 70여 편의 영화를 평한 『영화로 본 새로운 역사』(원제는 '불완전한 과거 : 영화로 본 역사')가 그것이다. 조금은 기묘하게 느껴졌다. 역사가들이 영화를 논평했다는 사실이. 더구나 그들의 전공이 영화사는 아니지 않는가. 책장을 뒤적이며 의구심을 버릴 수 없었다. 이 책도 넘쳐 나 는 쓰레기 가운데 하나가 아닐까 하는. 그저 그런 감상문들을 그저 그렇게 모아 놓은.

그러나 이는 기우였다. 『영화로 본 새로운 역사』는 읽다가 던져 버 릴(또는 한 번 읽고는 잊어버릴) 책이 아니었다. 아름다운 책표지와 풍 성한 그림 때문이 아니다. 돋보이는 쪽 구성과 질 높은 종이 때문도 아니다. 이는 무엇보다 저자들의 영화평이 단순한 감상문 이상의 것 이기 때문이다. 대부분의 경우 저자들은 원작과 영화 사이의 미묘한 틈새를 파고들어, 원작의 향취가 영화에서 어떻게 변형(또는 왜곡)되 고 있는가를 치밀하게 보여 준다. 그리고 특정 주제에 대한 다수의 영화가 존재할 경우 저자들은 이를 놓치지 않는다. 그들은 겹치는 영 화들을 세밀히 비교 · 분석하여 각 영화의 특색과 장 · 단점 등을 설 득력 있게 설명해 준다. 유명한 여성사가인 거더 러너(Gerda Lerner) 의 〈잔다르크〉를 예로 들어 보자.

잔다르크에 관한 열두 편이 넘는 영화 가운데, 러너가 선택한 영화는 플레밍의 〈잔다르크〉, 프레밍어의 〈성녀 잔다르크〉 그리고 드라이어의 〈잔다르크의 수난〉이다. 그런데 빅터 플레밍이 감독하고 잉그리드 버그만이 주연한 〈잔다르크〉의 경우, 잔다르크의 신성성과 그녀가 행한 기적들의 신비성이 부각된다. 반면에 오토 프레밍어가 감독하고 진 세버그가 주연한 〈성녀 잔다르크〉의 경우, "잔다르크는 일반 대중의 대변자로 제시되고, 그녀가 일으킨 기적들은 사기 행위로 탈신화화되고, 성직자, 군대, 아첨꾼 같은 권력을 가진 자들은 이기적이고 타락한 악당으로 묘사된다." 이는 무엇보다 프레밍어의 작품이 조지 버나드 쇼의 희곡 〈성녀 잔다르크〉의 주제를 충실히 반영하기 때문인데, 쇼의 의도는 중세의 광신과 불합리성을 20세기의 합리성과 대조·폭로하는 것이었다. 러너가 볼 때, 쇼의 이러한 열망은 필연적으로 역사의 왜곡을 초래하였던 바, 자신에게 곧 닥칠 죽음에 대한 잔다르크의 길고 예지적인 독백—이는 철저히 쇼 자신의 문학적 상상력에 근거한 것이다—이 그 대표적 증거이다. 요컨대 프레밍어의 영화는 잔다르크의 삶과 죽음을 재현했다기보다는 쇼의 생각을 재구성해 놓은 작품이었다.

그러나 카를 테오도르 드라이어가 감독하고 르네 마리아 팔코네티가 주연한 〈잔다르크의 수난〉은 완전히 다르다. 흑백의 무성영화 시대에 제작된 이 영화는 플레밍의 그것처럼 수천 명의 엑스트라를 동원하지 않으며, 프레밍어의 그것처럼 역사적 사실을 왜곡하지도 않는다. 잔다르크의 심문과 재판 그리고 사형 진행의 시기만을 다룬

이 영화에서 드라이어는 고통으로 일그러진 잔다르크의 얼굴을 지루하리만치 느리게 보여 주다가 고문관들의 얼굴을 빠른 속도로 교차시키는 기법을 번갈아 사용함으로써, "순결한 한 소녀가 자기를 둘러싸고 괴롭히는 사악한 사람들에 의해 홀로 덫에 걸려 있다"는 이미지를 부각시킨다. 그리하여 '잔다르크의 순교'라는 메시지를 관객들의 마음에 자연스럽게 각인시킨다. 공포와 짓밟힌 순결의 분위기는 물론 잔다르크의 삶과 죽음을 놓고 볼 때, 할리우드의 두 영화가 드라이어의 영화 근처에도 가지 못하는 이유가 여기에 있다. 러너가 볼 때, 저예산 영화인 드라이어의 작품은 "수천 명을 동원하지 않고도, 수백만 달러의 예산을 쓰지 않고도 영화가 역사에 대한 진실을 어떻게 말할 수 있는지를" 보여 준 영화사의 백미인 것이다.

『영화로 본 새로운 역사』는 분명히 이제까지 만들어진 수천수만의 모든 영화를 다루지 않는다. 그렇다고 금주의 비디오 순위에 오르는 그야말로 지금 막 구워 낸 따끈따끈한 영화들을 담은 것도 아니다. 이 책은 오히려 주말의 명화시간에나 방영될 낡고 색 바랜 고전영화로 넘쳐 난다. 더욱이 선별된 대다수의 영화가 일반 대중에게는 생소한 것이며, 그것도 미국사에 편중되어 있다는 느낌을 지울 수 없다. 그래도 '누가누가 추천하는 영화 몇 편' 식의 책들보다 훨씬 낫다. 저자들의 글은 피상적이고 주관적인 느낌을 나열한 어설픈 감상문이 결코 아니다. 그것은 원작과 각본의 대조, 공동 주제에 대한 상이한 작품들의 분석, 해당 영화에 대한 각 저자의 해박한 지식과 공감적 이해 등이 한데 어울려, 각 영화의 두드러진 개성과 독특한 시각 그리고 영화사적 의미 등을 심도 있게 부각시킨 학술적인(그러나 재미있고 알기 쉬운) 평론이다. 단순한 영화 애호가는 물론 영화광이나 영화 전공자들에게까지 일독을 권함은 이 때문이다. 이 책은 "좋은 영화란 어떤 것인가", "영화를 감상하는 방법은 무엇인가", "참다운 영화 비평이란 무엇인가" 등의 문제에 대한 좋은 길잡이가 될 것이기 때문이다.

그러나 『영화로 본 새로운 역사』의 힘은 여기서 멈추지 않는다. 이 책의 진정한 힘은 사실 다른 곳에 있다. 역사학이 그것이다. 역자가 옮긴이의 글에서 밝히듯, 이 책은 단순한 영화평론 모음집이라기보다는, 고대로부터 현대에 이르기까지의 서양사의 흐름을 영화를 통해 조망한 한 권의 뛰어난 역사책이다. 『영화로 본 새로운 역사』는 각 영화가 다루는 특정 시대나 특정 인물에 관한 상세한 정보(해당 시대나 인물을 전공하는 탁월한 역사가가 제공하는!)는 물론 그 영화가 미처 다루지 못한 뒷이야기까지 '후기'를 통해 제공한다. 이 책을 완독한 독자가 서양사에 대한 자신의 지적 세계가 확장되고, 인간에 대한 자신의 정서적 지평이 확대되었다고 느낄 수 있음은 바로 이 때문이다. 어디 그뿐인가. 『영화로 본 새로운 역사』는 각 영화의 왜곡된 시각을 날카롭게 드러냄으로써, 할리우드 영화에 담겨진 과거가 실상 얼마나 불완전한 것인가를 폭로한다. 그리하여 독자는 〈바람과 함께 사라지다〉와 〈국가의 탄생〉 뒤에 깔려 있는 소위 재건기의 미국 백인들의 편협한 인종차별적 시각과 백인 우월주의를 깨닫게 되며, 와이엇 어프(Wyatt Earp)에 대한 다양한 이야기들 즉, 〈서부 보안

관〉과 〈마이 달링 클레멘타인〉에서 출발하여 〈O. K.목장의 결투〉와 〈총의 시대〉를 거쳐 〈툼스톤〉과 〈와이엇 어프〉에 이르는 서부영화 모두가 개척시대의 서부를 미화하고 신화화하고자 하는 편집광적 노력의 산물임을 간파하게 된다. 그런가 하면 〈메탈 재킷〉, 〈디어 헌터〉, 〈플래툰〉, 〈지옥의 묵시록〉 등 베트남 전쟁을 다룬 일련의 영화들이 전시 베트남의 실체를 전달해 주기는커녕, 그에 대한 '수박 겉핥기식의 신화 만들기'였음도 깨닫게 된다. 요컨대 『영화로 본 새로운 역사』를 통해 독자는 할리우드의 감춰진 이데올로기와 만날 것이며, 이를 시정하려는 저자들의 노력을 통해 서양사에 대한 좀 더 정확하고 해박한 지식을 얻게 될 것이다.

뿐만 아니라 독자는 역사가와 영화감독, 예컨대 에릭 포너와 존 세일즈, 마크 칸즈와 올리버 스톤 간의 심도 깊은 대담을 통해 과거를 영상화한다는 것의 의미와 어려움 그리고 문제점 등에 대한 사색의 길로 안내될 것이며, '과거 만들기'를 둘러싼 역사가와 영화감독 간 의견 대립의 현장으로 인도될 것이다. 이에 덧붙여 김지혜 씨의 〈영화로 쓰는 역사〉(그녀의 글은 이 책에 담긴 그 어떤 저자의 논평에도 뒤지지 않는 뛰어난 논문이다)가 상큼한 디저트로 제공되는 바, 이를 통해 독자는 영상매체를 통해 저술된 역사서들의 풍성한 실례와 접할 것이며, 영화로 역사를 쓴다는 것의 의의와 문제점 등에 대한 설득력 있는 주장과 만날 것이다. 역사에 관심을 가진 일반 독자는 물론 역사학도, 나아가 소위 직업적 역사가들에게 『영화로 본 새로운 역사』의 정독을 강력히 권하는 이유가 바로 여기에 있다.

니체(F. Nietzsche)였던가. 좋은 작품을 대하는 독자는 소〔牛〕가 되어야 한다고 말한 자가. 양분을 완전히 흡수할 때까지 오랜 시간 양서(良書)의 내용을 되새김질해야 한다고 충고한 이가. 겨울이 깊어 간다. 따스한 장소가 그립고 정다운 사람이 보고플 때이다. 이 겨울 날 사랑하는 이와 가슴에 남는 영화 한 편을 볼 수 있다면 얼마나 좋을 것인가. 그리고 자신만의 공간으로 돌아와 소처럼 영화에 대해, 역사에 대해, 자신과 타자의 삶에 대해 반추할 수 있다면, 정녕 '이보다 더 좋을 수는 없을' 것이다. 독자들의 겨울나기가 『영화로 본 새로운 역사』로 인해 따뜻하고 풍요롭게 되기를 바랄 뿐이다. 눈이라도 내리면 좋겠다.

한국 현대미술의 지체된 '근대성'을 넘어서

심광현 국립예술종합학교 영상원 영상이론과 교수

『**민중미술 모더니즘 시각문화**』
성완경 지음 / 1999 / 열화당

우리 사회에서 '근대성(모더니티)'의 문제는 20세기를 마감하는 현시점에서조차 여전히 미해결의 과제로 남아 있다. 정치적 민주주의는 '문민정부'에 들어서야 '절차적 민주주의'의 차원을 가까스로 획득했지만 '정치개혁'은 아직까지도 형식적인 수준에 머물러 있을 뿐이며, 시장경제는 '독점재벌'과 '관치경제'의 족쇄를 완전히 풀어내지 못하고 있는 형편이다. 정치경제적인 차원에서 보면 우리 사회는 아직까지 '전근대적인 제도와 관행'에서 완전히 벗어나지 못하고 있다는 얘기다. 상황이 이렇다 보니 우리 사회에서는 21세기와 '탈근대성'의 문제를 논하기에 앞서 '근대성' 자체가 커다란 숙제로 남아 있는 것 같다.

　그러나 문화적 차원으로 눈을 돌리면 문제는 더욱 복잡하다. 고급문화든 대중문화든 생활문화의 차원에서든, 전근대적 문화의 전통이 급속하게 소멸되었고, '근대성'은 도처에 넘쳐흐르는 것처럼 보이며, 예술과 건축, 대중문화의 영역에서의 '근대성'은 아예 진부하게 여겨지고 '탈근대'에 대한 모색이 붐을 이루는 것처럼 보인다. 하지만 과연 그럴까? 많은 이들이 이에 대해 부정적인 생각을 하는 것 같다. 그 이면을 들여다보면 우리 문화의 제도와 관행은 여전히 전근대적이며, '근대성'의 얇은 외피 위에 다시 '탈근대성'의 외피가 덮여 있는 꼴에 불과하기 때문이다. 이런 과정에서 우리 문화에서 '근대성'은 '탈근대'의 현란한 외양과 '전근대'의 두꺼운 지방질 사이에서 아예 '실종'된 것이라고 볼 수도 있겠다.

　나아가 문화적 차원에서 근대성은 정치경제적 차원에서의 근대성(민주주의와 시장경제)과 배치될 수도 있기 때문에 결코 간단한 문제가 아니다. 문화적 차원에서 '모더니티'의 추구는 '새로움'에 대한 극단적인 추구, 자유로운 실험, 전통의 파괴와 해체, 공동체적 의식과 생활양식의 파괴 등을 야기하기 때문에 정치적 민주주의나 경제적 합리성의 추구와 대립될 수 있고, 대중적인 의사소통을 저해할 수도 있다. 이런 이유로 문화적 '근대성'은 정치경제적 차원에서의 근대성과는 달리 내용이 모호하며 형식주의적이라는 비판을 받아 왔고, 정치사회적 운동과는 몇몇 사례를 제외하고는(20년대의 다다나 60년대 서구의 '정치적 모더니즘' 등) 유기적인 연계가 어려웠다. 문화적 근대성의 문제 설정 자체가 '표류' 하기 쉬운 것도 바로 이런 간극에 있다고 할 수 있다. 다니엘 벨은 이런 간극에 주목하여 20세기 후반 자본주의의 가장 큰 모순은 생산지향적인 자본주의 경제와 소비지향적인 자본주의 문화 사이의 모순이라고 지적한다.

그런데 우리 사회에서 이와 같은 '근대성의 표류' 가 가장 극심했던 영역은 아마도 미술과 시각문화의 영역이 아닐까 싶다. 그리고 이는 사회주의 붕괴 이후 세계체제 재편과 '자본의 세계화', '정보화' 과정으로 '혼돈' 의 외중으로 치닫고 있는 현시점에서 더욱 극심해지고 있다. 그러나 우리의 문제는 객관적인 혼돈 자체가 아니라 이런 혼돈을 주체적으로 극복하려는 적극적인 노력이 결여되어 있다는 점이다.

이런 시점에서 한때 민중미술계의 대표적인 논객이었던 미술평론가 성완경의 첫 평론집 『민중미술 모더니즘 시각문화』의 발간은 21세기를 맞는 우리 현대미술의 향방을 가늠하는 데 없어서는 안 될 좌표축을 제공해 준다는 점에서 중요한 의미를 지닌다고 본다. 이 책은 지난 20여 년간의 '한국 현대미술의 빗나간 궤적' 을 꼼꼼히 탐사하면서 저자가 체험했던 '절망과 분노, 열망과 유실된 희망' 을 저자 특유의 논쟁적인 수사학 속에 담아내고 있다. 우리 미술에서 "아직 실현되지 않은 '근대성' 에 대한 갈망을 품고 있는" 자신의 비평적 항해를 저자는 "과거의 시간을 새롭게 재조립할 가능성을 시험하는 일종의 '백 투 더 퓨처'"라고 규정하며, "이 배는 그래서 미래를 향해하는 것이 아니라, 아직 진정한 미숙의 똥자루로 어둠 속에 엎어져 있는 한국 현대미술이라는 전근대의 바다, 그 혼돈의 위로 항해하는 배"라는 역설로 자가 진단을 내리고 있다.

아마도 한국 현대미술이 아직까지 '전근대의 바다'를 표류하고 있다고 하는 것은 너무 심한 비판일지도 모른다. 그러나 저자의 시각을 따라 민중미술, 모더니즘, 시각문화라는 3개의 꼭지점으로 구성된 우리 현대미술의 엇갈린 과정을 꼼꼼히 들여다본다면 결코 지나친 비판은 아니다. '모더니즘' 미술가들은 아방가르드적인 실험을 지향했지만 자신의 예술을 자신이 몸담은 구체적인 사회현실의 정치적, 문화적 컨텍스트와 연결시키려는 의식의 부재나 미흡함으로 인해, 그리고 '민중미술'은 구체적 현실인식에 기반한 자생성을 바탕으로 지역성과 민족문화적 정체성을 확장하려 했지만 현대미술 자체에 대한 인식의 확장과 심화에 이르지 못함으로써, 그리고 일상적인 '시각문화'는 상투적이고 감상적인 문화예찬론과 보수적 문화인식에 기반한 '문화의 인테리어화'에서 벗어나지 못함으로써 우리 현대미술에 '근대성'의 닻을 내리는 일을 좌초시켜 왔다고 할 수 있다.

그러나 저자의 시각이 비관적인 것만은 아니다. '민중미술의 시각'(1부)에 실린 글들은 우리 현실에 뿌리를 내린 '근대적 시각문화'의 미래를 탐색하는 데 긴요한 전망을 함축하고 있고, '모더니즘의 쟁점'(2부)에서는 편파적이고 왜곡된 수용과는 다른 면모로 발전해온 서구 현대미술의 궤적을 훑어 내면서 모더니즘의 이면에 숨겨진 다양한 활력과 잠재력을 포착하고 있다. 특히 3부 '시각문화의 도전'에서는 지역사회의 삶과 연계된 새로운 '공공미술'의 가능성, 사진, 비디오아트, 애니메이션과 만화 등으로 확장된 시각문화적 행위의 활력을 탐색하면서, 한국 현대미술의 빗나간 궤적 속에 담겨 있는 균열, 갈등, 모순, 충돌에 내장된 의미들을 새롭게 '문맥화' 하려고 시도하고 있다.

저자가 시도하는 이와 같은 새로운 '문맥화' 는 그간 우리 현대미술을 특정한 사조나 양식간의 대립으로 바라보려는 시각보다 지난 20~30년간 형성되어 온 모더니즘, 민중미술, 시각문화라는 상이한 꼭지점으로 구성된 삼각구도 자체의 역동적인 변형 과정으로 파악할 것을 권유한다. 20세기 후반의 우리 현대미술을 이렇게 보면 모더니즘도, 민중미술도, 시각문화 그 어느 것도 완결된 단위가 아니며, 각기 문제의 해결보다는 해결되어야 할 문제를 생산한 셈이었다는 판단이 가능하다. 이런 시각에서 보면 20세기 우리 현대미술은 21세기를 위해 어떤 '해답' 이나 '성취' 를 제공하는 대신 상호작용하는 미완의 과제들을 넘겨 주고 있을 뿐이며, 바로 이런 사실을 냉정하게 보여 준다는 것이 이 책의 미덕인 것 같다.

그러나 입체적인 시각에서 이런 과제들을 새롭게 문맥화하자는 저자의 방식에는 동의할 수 있으나, 이를 '근대성의 실현' 이라는 프레임으로 묶어야 하는지에 대해서는 회의적이다. 앞서 말했듯이 문화적 차원에서 '근대성' 의 실체는 모호하기 짝이 없으며, 이를 명확히 하고자 해도 형식주의적인 차원을 넘어서기 힘든 것이 사실이다. 또한 정치적 근대성이 민주주의의 문제 설정과 맞물려 있는 것과는 달리, 경제적 · 문화적 차원에서 근대성은 생태학적 위기와 함께 전

지구적 자본주의화와 상품·테크노 문화가 양산해 온 많은 문제점들과 얽혀 있기 때문에, 경제적·문화적 차원에서 '근대성'이 과연 '전근대'보다 바람직한 것인지가 이제는 결코 자명한 문제가 아니라는 점을 환기할 필요가 있다. 오히려 저자의 비판처럼 한국의 모더니즘 미술이나 시각문화의 근본적인 문제점이 사회적 맥락이나 일상생활과 지나치게 괴리되어 있는 데에 있고, 민중미술 역시 미술의 문화적 잠재력을 충분히 활성화시키지 못한 문제점을 안고 있었다면, 이제 필요한 것은 단지 '지연되었던 근대성'을 '실현'시키는 데에 있다기보다는 미술과 사회의 새로운 '접합(Articulation)'을 통해 미술과 사회 양자를 함께 변화시키는 일일 것이다. 따라서 우리 미술문화에서 '근대성의 실현'이 유예되거나 표류해 왔다는 점을 주목하는 것도 중요하겠지만 한 걸음 더 나아가 '근대성의 한계' 자체를 냉철하게 되짚어 보고, '탈근대'의 가능성을 진지하게 모색할 필요가 있다고 본다.

한국 고대미술문화에 대한 총체적 성찰

임두빈 한국미학미술사연구소장 · 미술평론가

『한국문화의 뿌리를 찾아』

존 카터 코벨 지음 / 김유경 편역 / 1999 / 학고재

좋은 책을 읽는 것은 큰 기쁨을 준다. 더욱이 지은이의 생각이 읽는 이의 생각과 근본적인 관점에서 유사함을 발견했을 때 그 기쁨은 배가 되게 마련이다. 저자는 진실로 한국의 문화를 사랑하고 깊게 이해했던 학자였다. 겸손하면서도 학문적 열정과 진지함이 넘쳐흐르는 이 책은 빛나는 한국 미술문화의 실체를 다양한 각도에서 최대한 편견 없이 드러내고자 노력한 점이 돋보인다.

저자는 학문적인 속임수를 매우 혐오했던 학자였다. 일체의 집단적 선입관과 권위주의를 배격하고 오로지 역사적 진실에 편견 없이 접근하기를 원했던 저자는 이 책의 도처에서 한국 학자들의 종교적

선입관과 권위주의적 폐쇄성 및 일제사관의 잔재를 신랄하게 지적한다. 제3국인 학자로서 저자는 우리의 사학계가 얼마나 깊게 일제사관에 의해 병들어 있으며 종교적 편견에 의해 왜곡되어 있는가를 적나라하게 보여 주고 있는 것이다. 일제 치하에서 저질러진 참담한 한국역사의 왜곡은 비양심적인 한국의 원로사학자까지 가세함으로써 아직도 우리 사학계에 큰 상처로 남아 있는 것을 우리는 보고 있다.

우리 고대 역사의 진실을 밝혀내야 하는 것이야말로 한국 사학계의 가장 큰 과제가 아닐 수 없다. 저자는 이러한 점을 우리에게 다시 한번 환기시키고 있는 것이다. 그러나 우리 사학계의 터무니없는 권위주의적 폐쇄성과 무기력한 젊은 사학자들은 한국 고대사의 참모습을 여전히 은폐시킨 채로 방치해 두고 있다. 고대사의 정당한 복원에는 문화 유물들에 대한 해석이 가장 중요한 근거가 된다. 조상이 남긴 유물은 온갖 편견과 무지의 함에 갇힌 우리의 고대사를 바르게 열어 보이기 위한 소중한 열쇠인 것이다.

고조선으로부터 고구려, 백제, 가야, 신라의 역사와 문화에 대한 대대적인 재조명 작업이 필요하며, 이를 위해서는 한국의 사학계가 지금과 같은 보수성과 잘못된 온갖 편견의 탈을 깨고 폐쇄적인 획일성에서 벗어나와, 도전적이면서도 다양한 학설들이 활발하게 개진될 수 있어야 하고 또한 그런 다양성이 존중되어야만 한다.

원로학자나 스승의 학설에 문제 제기도 못하고 오히려 그들의 학설에 순종하며 추종하고 있는 우리나라 고고미술사학자들의 권위주의적 획일화와 심지어 거짓을 진실처럼 위장하여 발표해 버리기도 하는 그 비윤리성을 저자는 이 책에서 가차 없이 비판하고 있다. 다음에 소개하는 글은 그러한 비판 중 하나이다.

> 한 중요한 경주 고분에서는 피장자의 인골을 발견하고서도 고고학자들이 이를 비밀스럽게 재매장해 버리고 만 일이 있었다. 그리고는 금관, 허리띠, 목걸이, 실 짜는 물레 등은 발굴되었으나 "땅이 극산성이라 모두 삭아서"라는 설명을 붙여 인골은 나오지 않았다고 거짓 발표했다.

이 책은 무속이 지배했던 고대국가 가야의 문화에서부터 불교문화가 꽃피웠던 통일신라시대까지를 미술문화 중심으로 논한다. 저자는 여기서 그의 해박한 지식을 동원해 한국의 고대문화를 아시아 여러 나라 문화와 상호 비교해 더욱 광범위하고 다양한 시각으로 밝혀낸다.

한국 고대사에서 소홀히 다루어졌던 가야를 저자는 특히 중요시하여 언급하면서, 일본이 한때 가야를 지배했다는 황당한 일본 역사 기록은 사실을 180도 뒤집어 놓은 허구로서, 오히려 가야가 일본을 정벌하고 369년부터 505년까지 100년 이상 일본의 왕위를 계승했음을 밝히고 있다. 이때 가야의 우수한 토기(土器)가 일본에 전해져서 보잘것없던 수준의 일본 하지키(土師器)토기를 밀어내고 궁중토기로 쓰였던 사실을 저자는 말한다. 저자는 가야를 고구려, 백제, 신라와 함께 제4국으로서 역사책에서 당당히 복권시켜야 한다고 주장하고 있다. 사실 지금과 같은 소홀한 취급은 가야문화의 중요성을 생각해 보면 잘못된 일이 아닐 수 없다. 가야는 풍부한 철 생산국으로서 당시에는 매우 선진적인 나라였다. 가야의 토기는 이미 1세기경에 오름가마에서 섭씨 천 도가량의 고온으로 구워져 나왔으며, 일본의 스에키(須惠器)토기는 가야토기가 건너가서 생긴 것이다.

1973년 8월 23일 경주 155호 고분에서 발굴한 〈천마도〉에 대해서도 저자는 명쾌한 해석을 내리고 있다. 무속신앙에서 중요하게 여겨졌던 자작나무에 〈천마도〉가 그려진 점이라든가 하늘을 나는 흰색의 말이 그려진 점 등이 〈천마도〉를 무속신앙적 유물로 보게 한다는 것이다. 〈천마도〉에 그려진 백마가 통치자의 영혼을 천계로 실어 나르는 무속신앙적 상징의 말이라고 하는 저자의 주장은 상당한 타당성을 지닌 견해라고 필자는 생각한다. 대부분 한국의 미술사학자들은 종교적 편견에 의해 유물들에 무속신앙적인 해석을 가하는 것을 꺼리고 있는데, 이러한 태도야말로 연구의 객관성을 심각하게 훼손시키고 역사적 진실에 접근하는 것을 방해하는 비학자적인 태도가 아닐 수 없다.

불교가 전래되기 이전 고구려, 백제, 신라, 가야를 지배했던 신앙 형태는 샤머니즘이었다. 불교가 전래된 뒤에도 무속신앙은 상당한 기간 동안 영향을 끼쳤던 것이다. 인류가 고등종교를 지니기 이전 샤머니즘은 전 세계적인 신앙 형태였다. 고대 한국의 많은 유물들도 샤머니즘에 대한 이해 없이는 해석이 불가능한 것이다.

신라의 ‘금관’ 또한 무속신앙적 상징물로 보아야 하는데, 저자의 견해가 일찍이 필자가 생각했던 ‘금관’에 대한 해석과 동일하여 깊은 공감과 감동을 느꼈다.

저자는 이외에도 '칠지도'의 일곱 개 가지는 샤머니즘에서의 7천 세계를 나타내는 것이라고 간파하고, '황남대총 출토 금제 고배'의 테두리에 빙 둘러 달려 있는 7개 금판장식(자작나뭇잎 모양)도 역시 7천 세계를 상징하는 것이라고 보고 있다.

무령왕릉에서 출토된 '금제관식'과 '석수' 및 많은 동전들을 샤머니즘적 세계관으로 해석하고 있는 저자의 견해는 도전적이면서도 주목할 만한 주장이었다.

이 책에는 신라의 대사상가이자 중이었던 원효(元曉 : 617~686)와 의상(義湘 : 625~702)의 불교철학에 대한 간략한 해설도 나오는데, 필자는 서양의 미술사학자가 불교철학의 깊이를 그 정도까지 이해하고 있다는 점이 내심 놀랍고도 반가웠다.

저자가 광범위한 학문적 식견을 가지고 다양한 각도에서 유물을 해석해 내는 점도 인상적이었지만, 그가 단순한 학자적 소양만이 아닌 풍부한 예술가적 감수성을 가지고 유물의 진실에 접근하고 있는 점이 필자는 더욱 믿음직스러웠다. 이론만을 전공한 미술사학자들의 위험성은 유물을 경직된 사적(史的) 논리만으로 해석하려 함으로써 유물이 담고 있는 풍부한 예술적 가치를 간과하곤 하는 것인데, 저자는 학자적 안목과 예술가적 안목을 함께 지님으로써 그러한 위험성으로부터 벗어나 있었다. 그의 이러한 장점은 '석굴암'을 해설할 때에 더욱 진가를 발했다. 읽는 이로 하여금 마치 실제 석굴암 속에 들어가서 감상하고 있는 듯한 착각이 들게 하는 것은 저자의 예술적 감성이 글 속에 살아 생동했기에 가능한 일이다.

저자가 이 책에서 미술문화 유물을 해석하는 데 적용했던 방법들은 크게 보아 예술작품의 역사적, 사회적, 심리적인 맥락을 주목하는 맥락비평 방법과 참된 경험으로부터 얻을 수 있는 예술작품 감상의 질적인 풍부함을 자유롭게 수용하는 현상학적 방법이었다.

이 책은 수필식의 글을 모아 놓은 것임에도 불구하고 흔히 우리나라에서 유행하는 유의 잡담식 유적지 답사기가 아니라, 해박한 전문적 식견을 가지고 고대 미술문화의 실체에 진지하게 접근하려는 자세가 돋보이는 무게 있는 글이다.

이 책에서 다루는 모든 주제들이 다 중요한 것이지만, 그중에서도 한국의 고대문화에서 소홀히 다뤄져 왔던 가야문화의 중요성을 일찍이 역설했던 부분이 특히 주목할 만한 대목이다. 저자의 문장력도 책의 가치를 빛내는 데 큰 역할을 하며, 그것은 김유경 씨의 좋은 번역에 힘입은 바 크다는 점도 지적해야 할 것이다.

색의 상징 이미지

전선자 성균관대 생활미술학과 강사

『**색의 수수께끼**』
마가레테 브룬스 지음 / 조정옥 옮김 / 1999 / 세종연구원

현대인은 이미지의 홍수 속에서 살고 있다. 이미지들은 매스미디어에 의해 더욱 증폭되어 가고 더 빠르게 그 순환 속도를 단축시킨다. 그러나 이러한 이미지는 홀로 존재하는 것이 아니라 흑백에서부터 삼라만상을 표현하는 갖가지 색으로 표출되고 있다. 즉, 각 이미지가 갖고 있는 정보의 더 명확한 전달과 의사소통을 위해 현대인은 이미지를 더 간략하고 더 이해하기 쉬운 형태와 형상으로, 그리고 특정한 색을 주어서 한층 함축된 의미를 상징시켜 왔다. 이미 20세기 초 과학기술이 발달되면 될수록 상실해 가는 순수한 자연과 인간성을 되찾기 위해, 혹은 꿈의 세계, 무의식의 세계, 죽음 이후의 세계를

표현하기 위해 미술가들은 색의 상징적 이미지에 의지하기도 하였다. 이에 따라 색은 전통적인 색채법에서 완전히 탈피해 진보적으로 개척한 새로운 영역에서 자율성을 갖게 되었고, 언어로 구사하기 힘든 의미 내용을 명확하게 대변해 주는 역할도 하게 되었다.

인간은 원래 상상의 기능, 꿈의 기능 그리고 대상에 대한 정서적 이해에 대한 기능을 원초적으로 갖고 있다고 질베르 뒤랑(Durand)은 말한다. 이런 인간의 공통점 때문에(이미지의 상징표현처럼) 색의 상징표현은 다양한 것들간의 차이를 인정하며, 그것들을 두루 포섭하는 다원적인 것이 되며 동시에 원초적인 것이다. 즉, 색의 영역은 인식, 표현, 정보, 사고 형태가 모두 포함된 영역이라 말할 수 있으며, 또한 '모든 색이 다 상징적인 것은 아니다' 라고 말할 수도 있다. 왜냐하면 예를 들어 노랑이라는 색의 의미는 그 의미를 해석하는 사람 또는 공동체의 인식의 깊이 여부에 따라 그 의미가 전혀 다르게 나타날 수 있기 때문이다. 그러므로 '노랑' 이라는 색이 '개나리색' 이라는 기호로 표현이 되든 '이 세상의 암흑을 뚫는 근본적인 정신의 빛' 이라는 상징적 표현이 되든 생산자나 수용자 모두의 해석에 달려 있다. 따라서 지도나 산술기호로부터 꿈의 이미지까지 온통 이미지에 둘러싸여 살고 있는 현대인은 컬러사진과 영상매체를 통해 즉 색을 통해 더 상상적 이미지를 만들며, 스스로 또한 상징의 역동성 속에서 살기를 원하고 있다. 20세기의 색의 마술사라 불리는 파울 클레(Klee)는 이미 이런 색의 기능에 대해 예시했고 체험하였다. 그래서 수년 동안 상징적 이미지를 대변하는 색에 근접해 보려고 무던히도 애를 썼다. 그러나 색의 접근은 그리 쉬운 일이 아니었다. "나는 아직도 그림을 그릴 수 없다"라고 일기(1910)에 기록하기까지 한 그는 계속 소묘와 동판을 하며 자신을 괴롭혔다. 이 때문에 그는 1914년 튀니지로 여행을 떠났고, 비로소 지중해의 빛을 보고 색에서의 자유를 얻게 되었다.

> 나는 지금 작업을 되는대로 내버려 둔다. 색은 너무도 깊고 부드럽게 내 속으로 들어와 나는 그것을 느끼며 열성을 기울이지 않아도 너무도 명료히 다가온다. 색은 나를 갖는다. ……색은 영원히 나를 가질 것이다. 나는 그것을 알고 있다. 이것은 행복한 감각의 시간이다. 나와 색은 하나가 되었다. 나는 화가다.

이처럼 현대에서는 순수미술 영역에서든 실생활 영역에서든 색의 상징적 이미지는 태풍의 핵처럼 조용히 무한한 가능성의 주요 요소로서 드러나고 있다. 따라서 현대인은 색의 활용을 자신의 문화행위로서, 삶의 표현으로서 바라보게 되었다.

저자 마가레테 브룬스(Margarete Bruns)는 화가이며 미술사가이다. 그런 그녀는 색의 의미와 상징적 이미지에 있어 그 무한한 가능성과 취약성을 이론과 실제 속에서 속속들이 알고 있었다. 그래서 그녀는 이 책의 첫 장의 명칭을 '색-살아 있는 이데아'라고 붙였다. 그녀가 이 책 속에서 색을 말할 때는 보고 느끼고 단순히 인지한 그런 색이 아니라, 색의 기호적 표현을 넘어 '영혼의 무의식적 근저'를 경험하게 하는 그런 색을 말하고 있다. 즉, 그 경험은 낯설고도 낯익은 것이며, 모르는 것이었음에도 친숙하게 느껴져 그립기까지 하는 그런 경험이다. 그래서 그녀는 색이 융의 이론인 '초개인적인 원형의 영역' 속에 뿌리를 두고 있다고 본다. 또 그 영역의 운행 리듬은 우리의 삶을 지배해 왔기에, 인류는 색을 통해 이상과 현실을 표현했고, 색을 통해 인간은 고유성과 정체성을 나타내고자 했으며, 이를 위해 특정한 색을 선택하기도 했다고 한다. 색은 인간이 지각할 수 있는 색을 통해서만 전적으로 우리 '안'에 존재하고, 그래서 폴 세잔(Cezanne)의 표현처럼 '생생한 이상'으로서의 색을 찾아 인류가 색 속에서 얼마나 많은 희망과 좌절을 만들어 왔는지를 저자는 첫 장에서 역사적으로 고루 다루고 있다.

색 지각은 현대 상식에 따르면 광자(光子), 즉 빛들로 분해된다고 한다. 현대 물리학에서 보면 그 광자는 우주로부터 오는 것이며, 심지어 우주가 형성되기 전의 태동기로부터 오는 것이라고 한다.

> 빛은 모든 다른 실재하는 존재들과는 반대로 어떤 부피도 가지고 있지 않다. ……그러므로 빛이 다른 것들과 같은 입자는 결코 아니며 대개는 사물들처럼 다른 사물들로 환원시켜서 서술될 수도 없다는 것이 분명해진다. 빛은 근본적 요소에 속한다.

그럼 우리는 색 지각이 어떻게 이루어지는지를 물어야 한다. 우리의 눈과 두뇌가 우주로부터 온 빛이라는 독특한 신호를 어떻게 다루

며, 또 어떤 복잡한 생리학적 과정이 '빨강' 또는 '노랑'을 볼 수 있
도록 이끌어 내는지는 다른 세계로의 도약이라 할 수 있다. 색을 지
각하는 문제는 망막에 들어온 물리적 자극보다는 두뇌가 결정한다고
말할 수 있다. 그런 지각과정 끝에서 이글거리는 빨강으로 무엇을 할
것이며, 이 색이 나에게 무엇을 의미하며 무슨 신호이며 무엇을 알리
는지 또는 이 색이 나를 치유하는지 아니면 방해하는지 하는 것은 또
다시 완전히 다른 차원에 놓이게 되는 것을 말한다. 즉 여기서 색이
탄생되는 것이다. 색은 여기서 생리학, 신체심리학 그리고 정신의 경
계 영역에서 영향력을 발휘하며 극적인 드라마를 전개하게 된다. 즉
색에서 사람들은 신성한 힘의 작용을 보았다고도 하고 또 악마적 힘
의 작용을 보았다고도 한다. 색을 신(神) 자체로 보기도 하고 색의
유혹적인 힘을 두려워하기도 한다. 또 색을 세속적인 부패와 허영으
로 간주하기도 한다. 비록 우리가 '색의 원형적 힘'을 의식하지 못한
다고 하더라도 색의 법칙이 모든 개인적인 것을 초월한 '원형의 영
역 속'에 뿌리를 두고 있기 때문에, 색은 여전히 그 힘을 상실하지
않는다. 따라서 색과의 강렬하고 능동적인 접촉은 심지어 원형적 힘
에 냉담한 현대인에게까지도 극도로 극적이며 압도적인 힘을 가할
수 있다. 색으로 인해 현대인이 그의 삶의 망각된 부분을 다시 만나
게 되어 심리적 위기까지 맞게 할 수도 있다는 관점에서 저자는 '수
수께끼와 같은 색의 이미지'를 말하고 있다. 또 이러한 차원 속에서
우리는 바로 자연과 인간이 만나는 발자취를 볼 수 있으며, 동시에
다양한 색의 문화를 접할 수 있다. 저자는 바로 이러한 색의 문화를

빨강, 노랑, 초록, 파랑, 자주, 흰색, 검정, 금빛 8가지의 색으로 분류해 색의 다양한 의미와 이미지 그리고 그 기능에 대해 문화인류학적으로 분석하였다. 게다가 과학적, 역사적 분석에 필요한 저자의 백과사전적 지식은 에세이풍의 글이라는 가벼움을 상쇄시켜 주는 역할도 한다.

21세기는 지식정보화 시대이자 문화의 세기이다. 현재가 바로 문명의 대전환 시기임을 일깨우는 시점에서 저자는 편견 없는 색 체험과 색의 심오한 광채에 대해 언급할 수 있기 위해서 '화가의 눈'과 세잔과 같은 용기가 필요하다고 한다. 세잔은 "나는 가끔 색이 거대한 실체, 생생한 이데아 또는 순수 이성의 본질이라고 생각한다"고 말하면서, 색을 세계의 뿌리로부터 솟아오르는 것으로 보았으며, 그 심오한 것의 표면적 표현으로 보았다. 이같은 색 체험과 색의 변함없는 광채에 대한 인식은 다양한 경우로 나열되어 소개되고 있다. 그것은 그러나 색의 보고(寶庫)와 같은 갖가지 내용이 미래지향적인 방향을 제시하지 못한다는 점에서 아쉬움을 남긴다. 왜냐하면 우리는 지금 지식과 정보를 컴퓨터에 의해 미래지향적으로, 즉 디지털화되고 세계화된 차원으로 신속히 활용하고 있으며, 또 그 유용성에 심취하고 있다. 이에 비해, 색의 실제적 활용은 여전히 초보적 단계이다. 달리 말해 색의 법칙과 제작 그리고 활용에 있어서 새로운 도약이 시급하다고 보아진다. 디자인 분야에서 색의 탐구가 진행되고 있지만, 이러한 보편적 기대심리를 채워 주는 연구 동향은 아직 뚜렷하게 보이지 않고 있다. 그럼에도 불구하고 저자가 색과 눈, 색과 빛, 자연색과 혼합색의 관계, 합목적적인 가공 등 여러 상황 속에서 돌출할 수 있는 색의 새로운 영역 그리고 이에 따른 새로운 의미 창출의 가능성을 예리하게 파헤쳤다는 점에서 이 책이 미래지향적인 색 연구에 초석이 될 수 있음을 알 수 있다.

화가들은 역시 회화재료인 색이 비밀을 털어놓을 수 있다고 믿었다. 그래서 상징적 경향의 미술에 심취했던 오딜롱 르동(Redon)은 색이 영혼의 고유성을 소유하고 있다고 주장했다. 더 나아가, 칸딘스키(Kandinsky)는 붓이 찍어 내는 색 조각을 살아 있는 색의 존재로 표현했다. 세잔이 "색의 논리는 존재한다. 화가는 두뇌의 논리가 아니라 색의 논리를 추종해야 한다. ……그림을 그릴 때 머리가 개입하게 되면 모든 것이 무너지고 만다"고 말했던 것처럼 많은 화가가 예술 영역을 초월하여 색의 타당한 법칙을 연구했다. 그들은 우주적 통일성을 추구했고 색의 암시적 의미의 비유를 통해 사물의 밑바닥에 놓인 비밀을 탐구했다. 괴테는 색의 신비적 차원을 "색의 도식이 …… 자연뿐 아니라 인간적 직관에 속하는 그런 원초적 관계를 암시하기 때문에, 감각되지 않는 원초적 관계를 그렇게 강력하게 또 다양하게 표현하고자 한다면 우리는 당연히 색의 연관관계를 마치 언어처럼 사용할 수 있다"라고 조심스럽게 언급했다. 오늘날에는 다른 분야보다도 디자인 분야가 이러한 색의 기능을 두드러지게 필요로 한다. 이에 두 가지 예를 들겠다. 1997년 KBS는 〈도시의 색〉이라는 특별 다큐멘터리를 제작하였다. 여기서 환경디자인에서의 색도 화가들의 색처럼 원초적 관계 속에서 '살아 있는 이상'을 상징하는 색을 과학적으로 찾아내는 방법을 시도하였다. 즉, 도시의 색은 나뭇잎의 색과 토양의 색 그리고 일조량 등 자연물의 색 관계 속에서 여러 실험을 통해 찾아낼 수 있다는 것을 보여 주었다. 우리나라의 도시는 어디를 가든 다 같다. 그러나 어느 도시든 거리든 지형과 기후 그리고 생활 영역이 서로 다르기 때문에 그 특징이 같을 수가 없다. 따라서 도시의 색은 두뇌의 논리나 경제의 논리에 의해서가 아니라 바로 그 지역에만 존재하는 색과 빛의 논리에 의해서 산출되어야만 한다. 자신의 색을 갖고 있는 도시는 곧 자생력 있는 문화의 실천 장소이며 '살아 있는 이데아'의 활동 장소가 될 수 있다. 또 다른 예는 제품디자인 영역에서의 "'색'으로 승부를 걸어라"라는 모토다. 즉 수출업체는 각 나라가 선호하는 색상, 디자인, 동물들을 현지인의 성향으로 보고, 색상을 상품개발 단계에서부터 적극 반영해 가격경쟁력 이상의 효과를 거두자는 것이었다. 이에 따라 대한무역투자진흥공사는 1997년 세계 66개국의 나라별 색상, 무늬 및 동물선호도를 조사해 발표하면서 소비자에게 친근감을 줄 수 있는 색상의 중요성을 강조하였다. 이제, 우리 현실은 색의 뿌리에서부터 솟아 나오는 상징적 이미지, 즉 누구나 공감하고 공유할 수 있는 색을 연구해 실생활에 유용하게 활용할 것을 우리에게 요구하고 있다. 이런 시점에 번역된 브룬스의 『색의 수수께끼』는 다양한 분야에서 종사하는 현대인에게 유익한 색의 지식을 공급해 줄 수 있을 것임을 굳게 믿는다.

얼굴 분석을 통한 한국문화의 기원 찾기

최준식 이화여대 한국학과 교수

『얼굴, 한국인의 낯』

조용진 지음 / 2000 / 사계절

드디어 조 교수의 얼굴 책이 나왔다. 나는 진작부터 그에게 그가 강의에서만 주장하던 것을 책으로 내 달라고 부탁을 하곤 했는데 재능이 많으면 바쁜 법. 조 교수는 그간 이곳저곳 부르는 곳이 많아 차분하게 글 쓸 짬을 낼 틈이 없었다. 그러던 것을 사계절출판사에서 몇 년의 공을 들여 드디어 원고를 받아 낸 것이다.

조용진 교수는 누구나 잘 알고 있는 것처럼 우리나라에서 얼굴에 관한 한 최고 권위자이다. 아니 여러 명 중에 뛰어나다는 게 아니라 아예 독보적인 존재이다. 이 방면에 관한 한은 아무도 대적할 학자가 없기 때문이다. 그래서 그런지 그의 학문적 유력 역시 남다른 데가 많다. 그는 자술(自述)에서 자신은 인류학도가 아니라 인물화에 관심이 많던 미술학도로 학문의 길을 시작했다고 밝힌다. 그러던 그가 회화과를 나온 뒤 느닷없이 해부학을 공부하겠다고 의대로 들어간다. 여기서부터 조 교수의 기행(奇行)이 시작된다. 그의 변은 유시(幼時)부터 한국의 다빈치를 꿈꿔 온 탓에 항로를 바꾸었다는 것이다. 그렇게 하기를 7년. 다시 그는 미술로 돌아가 일본 동경 예술대학에서 미술학 박사를 받으면서 그의 학생생활을 마감한다.

그러나 그의 주된 관심은 한국화였고 그림을 그리다 보니 한국인이나 한국 문화 자체에 강한 관심을 갖게 되었으리라. 이것은 그로하여금 한국인의 체질적인 기원이나 한국적 미감과 같은 주제에 관심을 갖게 만들었다. 그런 관심과 연구가 집적되어 나온 게 바로 이 책이다. 이 책을 학문적인 방법으로 분류하려고 하면 어느 한곳에 끼워 맞추기가 대단히 힘들다. 그만큼 독창적인 연구이기 때문이다. 그러나 굳이 분류한다면 체질 혹은 형질 인류학에 가깝다고 할 수 있다. 체질 인류학이란 인간의 외형적인 모습의 계측과 분류를 통해 인류를 계통별로 나누는 학문을 말한다. 우리나라에는 아직 이 분야의 전문가가 없다고 한다. 그런 형세에 인류학 전공자도 아닌 이가 이런 장한 일을 해낸 것이다.

이 책의 내용에 대해서는 장황하게 다시 거론할 필요가 없겠다. 이 서평을 읽는 사람이라면 이 책을 접한 이가 대부분일 터이니 말이다. 그러나 만일 한국 문화에 관심이 있으면서 이 책을 읽지 않은 사람이 있다면 나는 무조건 이 책 읽기를 강권하고 싶다. 한국 문화와 관련해서 지금까지 듣도 보도 못했던 생동하는 정보들이 흘러넘치기 때문이다. 이 책에서 우선 주된 주장으로 삼는 것은 한국인의 얼굴 분석을 통해 한국 문화의 기원을 밝히는 것이다. 저자에 의하면 한국인의 얼굴은 크게 북방형, 남방형, 중간형으로 나눌 수 있다. 물론 중간형은 남북 인자 가운데 어떤 인자가 많이 섞였느냐에 따라 더 세분화될 수 있다. 여기에 다른 나라에서 흘러들어 온 귀화형도 포함될 수 있다.

그는 이런 구분을 검증하기 위해 참 많은 자료를 제시했다. 초상화, 장승이나 석상, 지도 그리고 무엇보다도 수많은 종류의 사진 등. 그동안 관계 자료들을 참 열심히도 모았다는 탄성이 절로 나온다. 거기다 4만 년 전의 어린이로 추정되는 흥수 아이의 얼굴상부터 최근에 행한 김대건 신부 얼굴상의 복원까지 많은 선조들의 얼굴상 복원 사진은 설명의 생생함을 한층 더 진하게 만든다. 이런 시청각적인 자료를 찾고 만들어야 하니 조 교수에게는 상대적으로 글을 쓸 시간이 없었을 것으로 이해가 된다(그러나 그는 누구보다도 많은 저서를 갖고 있다). 저자에 의하면 한국인의 얼굴은 주변의 일본인이나 태국인과 비교해 볼 때 다음과 같은 특징을 갖고 있다. 그들에 비해 "한국인은 얼굴이 넓고 길며, 이마는 높으나 앞이마가 특히 좁고, 콧등 중안부의 길이가 짧은 편에, 눈·코·입이 작고 턱이 큰 특징을 띠고 있다."(48쪽) 물론 저자는 이런 대강의 분류에서만 그치는 게 아니라 여기에 매우 정밀한 수치를 제시해서 세밀한 분류를 하고 있지만 한국인 얼굴의 대략적인 특성은 다 나온 셈이다.

그러나 저자가 한국 문화의 원류를 찾으려 할 때 얼굴만 가지고 이야기한 것은 아니다. 저자는 얼굴 말고도 한국인이 갖고 있는 생물학적 특성으로 혈액형, 백혈구 항원(HLA) 유형, 귀지형, 체취, ALDH(알코올 분해 효소의 출현 빈도), 락타아제, 피부색, 손톱, 손금, 발가락, 체형, 무다리, 곱슬머리, 흐린 눈썹, 눈동자, 콧방울, 귓불, 피부 두께, 작은 얼굴, 작은 치아 등의 항목에서 어떤 차이가 나타나는가를 들고 있다. 자세한 것은 번거로워 생략하지만 이런 생물학적 특징을 통해 보면 우리 문화란 대체로 북방계 요소가 강하지만 남방계 요소도 무시할 수 없을 정도로 혼합된 '잡탕 문화'라는 것을 알 수 있다.

이 책에는 이런 얼굴 구분법 외에도 이채롭고 재미있는 이야기들이 많이 나온다. 가령 이제마가 분류한 사상(四象)적 특징과 얼굴형을 대비시키는 것은 참으로 기발하다. 또 우리가 별로 좋아하는 얼굴은 아니지만 아주 익숙한 정치인의 얼굴 분석을 통해 얼굴형 판별하기를 설명한 것은 학습 효과로는 대단히 탁월한 방법이라고 하지 않을 수 없다. 이와 같은 여러 다양한 예를 통해 얼굴 분류법을 학습하면 독자들이 갖고 있는 가장 궁금한 질문, 즉 '나의 얼굴은 무슨 형인가?'에 대한 답을 얻을 수 있으리라. 그런데 이러한 표면적인 분류는 필연적으로 다음과 같은 질문에 봉착하지 않을 수 없을 것이다. 즉 '그래서 어쩌란 말이냐?' 하는 질문이 그것이다. 다시 말해 내 얼굴이 남방형이든 북방형이든 그게 무슨 대단한 의미가 있느냐 하는 자조 어린 의문은 이 책을 읽는 동안 능히 가질 수 있는 의구심으로 생각된다.

이런 의문을 가진 사람들은 걱정할 필요가 없다. 이 책의 3장인 '한국인의 얼굴과 한국 문화'를 읽으면 되기 때문이다. 나는 사실 개인적으로 조 교수 연구의 압권은 여기에 있다고 생각한다. 우리의 얼굴에 대한 설명은 내 학문적인 관심을 채우는 데에 필요한 부분이지만 내가 늘 관심을 가졌던 분야, 즉 한국인들은 어떤 생각을 갖고 살길래 이런 (사회) 문화를 만들어 냈는가 하는 데에는 별 도움이 되지 않았기 때문이다. 그는 이런 질문을 뇌 쓰기의 분류로 설명했는데 처음에 이 설명을 들었을 때 경악했던 기억은 여전히 새롭다. 나는 저자의 뇌 쓰기 분류법, 혹은 저자 고유의 용어로는 유뇌주의(唯腦主義)를 통해 정말로 많은 것을 배웠다. 그래서 내 책을 쓰면서는 아예 출처를 밝혀 놓고 그의 설명을 도용하기도 했다.

이제는 그의 주장이 다소 일반적인 것이 되어 많은 설명이 필요 없을 터이지만, 그의 주된 주장은 우리나라 사람들은 지나치게 우뇌적이라는 것이다. 독자 제위들도 다 알고 있듯이 인간의 뇌는 둘로 양분되어 있다. 좌뇌와 우뇌가 그것인데 이 뇌들은 너무 기능이 달라 아예 두 사람이 뇌 속에 살고 있다고 보는 게 낫다고 한다. 기능별로 보면 좌뇌는 이성, 논리, 분석, 언어에 능하지만 우뇌는 감각, 공간 지각력, 직관, 음악 등에 능하다. 사정이 이렇다면 우리나라 사람들이 우뇌적이라는 것은 금세 알 수 있다. 저자는 이것을 밝히기 위해 많은 증거를 대는데, 한국어에 모음의 변형이 많고 멜로디가 풍부하다고 하는 등 우뇌적인 특징을 집어낼 때는 정말 저자의 비범함이 엿보였다.

그런데 문제는 우리나라 사람들이 너무 우뇌적이라는 데에 있다. 우리나라 사람들이 매사에 너무 감각적이고 감정적인 것은 바로 좌뇌적 사고를 경시하고 있는 것을 방증한다고 한다. 그 까닭에 저자는 한국인들의 좌뇌 개발을 적극 주장하고 있다. 좌뇌적, 즉 합리적으로 바뀌면 한국병을 비롯해 한국인들이 가지고 있는 많은 병폐들이 사라질 것이라고 저자는 주장한다. 그리고 책의 맨 마지막에는 한국인들이 좌뇌를 가꿀 수 있는 구체적인 방안부터 시작해 우리 사회를 좀 더 나은 사회로 만들기 위한 제언을 간절히 적고 있다.

저자가 주장하는 유뇌론에 대해서는 그동안 환원주의(Reduction-ism)라는 비판이 있었다. 문화적인 현상을 생리적, 혹은 물리적인 것으로만 설명하려고 했다는 것이다. 물론 이 비판의 뜻은 알겠지만 뇌로 문화를 설명하는 것은 많은 부분에서 타당한 점을 갖고 있다고 생각된다. 또 뇌 쓰기의 변혁을 통해 사회의 변화를 꾀하자는 의견도 전체주의 냄새가 나고, 올더스 헉슬리의 『훌륭한 신세계』를 연상케 하는 면이 있지만 분명 많은 타당점을 갖고 있는 견해로 생각된다. 우리나라의 지식인이라면 누구든지 우리 사회의 가장 큰 문제점을 '합리성'이 부족한 것으로 느낄 터인데 좌뇌 쓰기의 활성화는 바로 이 점을 해결해 줄 수 있다는 것이다. 나는 그의 이러한 주장에 대해서 전적으로 찬동한다. 그리고 그와 사석에서 이 주제에 관해 많은 이야기를 나누기도 했다. 그러나 이 책과 관련해서 옥에 티처럼 아쉬운 점을 잡으라면 — 아마도 저자가 매우 바쁜 탓으로 생각되긴 하지

만―글의 진행에서 자꾸 같은 주장이 반복되는 점이다. 아마 추측
컨대 편집할 때 화급하게 한 모양이다. 다음에 개정판이 나온다면 그
점이 정리되어 나오기를 바란다. 이제 한국인의 얼굴과 뇌 쓰기 연구
는 그 막이 성대하게 열렸다. 이 연구를 계승해 더욱 진일보한 연구
를 하는 것은 후학들에게 맡겨지게 될 것이다.

미적 상상력으로 풀어낸 한국미술의 본질

민주식 영남대 조형학부 교수

『미적 상상력과 미술사학』
권영필 지음 / 2000 / 문예

이 책은 미술사 연구가 단순한 자료의 정리나 사실의 서술이 아니라 이론과 방법을 토대로 하여 해석하는 지적 작업이라는 점을 우리들로 하여금 깊이 인식하게 한다. 책 이름을 통해서도 알 수 있듯 이 저자는 미술의 역사 속에서 예술적 생산의 원동력인 미적 상상력을 새롭게 캐내는 작업이 미술사가의 임무라고 말한다.

이 책은 그간 주요 학술지에 실렸던 논문들을 유형별로 묶고 서론 부분을 새롭게 덧붙여 편집한 것으로서 서론, 제1부 미술사학자론, 제2부 미술사의 방법, 제3부 미술사학사, 제4부 미술사의 전통과 현대 그리고 부록으로 구성되어 있다.

　서론에서는 미적 상상력의 창조적 의의를 논하면서 그 현상 형식을 설명하였다. 제1부에서는 최초로 『한국미술사』(1929)를 쓴 에카르트, 한국미학의 선구적 역할을 행한 고유섭, 시형식(視形式)의 발전 원리에 입각하여 미술사를 서술한 뵐플린, 한국미론을 피력한 일본인 학자 야나기 무네요시, 이 네 사람의 연구 업적을 다루고 있다. 여기에서 저자는 20세기 유럽에서 정착된 미술사학이 어떻게 한국미술사 연구에 접목되었으며, 또 그것이 한국미술사에 어떻게 적용 가능한지를 밝히는 데 특별히 관심을 기울이고 있다. 이를테면 고유섭의 미술사관이 형성되는 발판으로써 에카르트, 야나기, 우에노 등과의 내적 교섭관계를 밝히고자 한다. '안드레아스 에카르트의 미술관'에서는 19세기 말부터 20세기 초에 걸쳐 유럽에서 활발히 행해졌던 미술사학의 동향 속에서 에카르트의 학문적 태도를 자리매김하고 그가 말하는 한국미술의 특성을 검토한다. '하인리히 뵐플린의 미술사관'에서는 빙켈만과 부르크하르트를 거쳐 뵐플린에 이르러 소위 바젤학파의 미술사학이 정착되는 과정을 살펴보았다. 또한 시각의 발전론에 입각한 인명 없는 미술사의 이념을 서술하고, 나아가 뵐플린의 이론이 음악학이나 문예학 등 인접 학문에 미친 영향을 논하였다. '우현 고유섭의 미학'에서는 주로 그 학문적 특성과 의의를 논하였고, '야나기 신드롬의 실체'에서는 야나기의 한국미론에 대한 오해를 지적하였다.

　제2부 미술사의 방법편에서는 다섯 편의 글이 실려 있다. 우선 '한국미술의 미적 본질'에서는 한국인의 미적 기질을 통시적으로 다

루면서 그 특징이 창의성과 해학성에 있다고 보았다. 이것이 한국미술의 저변에 흐르는 항상적 요소라는 것이다. 해학적인 특질은 '해학, 한국미술의 미적 가치 — 특히 선비그림을 중심으로'에서 구체적으로 다루고 있는데 안치민, 김득신, 이경윤, 김식 등의 그림을 예로 들면서 그들 작품에 나타난 파격적인 멋을 논한다. '한국미술의 미적 소박주의 — 무기념성을 중심으로'에서는 한국미술에서 특징적으로 나타나는 무기념성의 문제를 다룬다. 한국미술에는 외적으로 연대표기 같은 것에는 무관심하지만 내적으로는 주제 선택에서 기념적 성격을 나타내는 경우가 많은데, 이렇듯 모순된 것처럼 보이는 현상의 이면에는 무슨 일이든 생색을 내면서 드러내 놓고 하기를 꺼리는 한국인의 소박한 성향이 내재해 있다는 것이다. 소박주의에 대한 심성론적 해석을 시도한 셈이다. '한국회화에 나타난 해부학적 표현'에서는, 원근법이라는 것이 서양의 르네상스기에 커다란 관심을 불러일으킨 부문이긴 하지만 한국이나 동양의 회화에서도 일찍부터 나름대로의 해부학적 관심을 보이고 있다는 것이다. 특히 한국회화에서는 신화적·종교적 인물을 대상으로, 선묘 중심으로 표현하는 경우가 대부분이었는데, 대담한 생략법을 시도한 독창적인 표현이 현저하다고 하였다. '미술사 연구에 있어 층구조의 문제'는 미학자 니콜라이 하르트만의 층구조 이론을 미술작품 해석에 적용시키려는 시도인데, 저자는 유사한 대상간의 '비교'라고 하는 방법을 이에 덧붙여 함께 도입할 것을 주장한다.

　　제3부 미술사학사편에는 세 장이 있다. '19세기 말, 20세기 전반

기 유럽의 동양미술사 연구 — 전환기 미술사학사를 위한 기초'에서
는 서양미술 연구를 통해 정착된 비교미술사, 미술사 서술, 양식론
등이 유럽의 초창기 동양미술사 연구에 어떻게 활용되었으며, 또 이
후 중국학의 연구 성과와 미술양식론이 결합하여 새로운 성과를 어
떻게 거두었는지를 규명하였다. '독일의 미술사학과 미술교육, 동양
미술을 중심으로'는 근래의 상황을 교육 목적, 실습 제도, 교육 내
용, 사회 진출 등에 걸쳐 정리한 글이며, '한국미술사 시대 구분의
문제'는 그동안 행해진 선행 작업들을 예시하고 그 문제점을 요약한
글이다. 여기에서 그는 과도기의 처리, 장르에 따른 시대 구분의 차
이, 근대의 설정과 같은 문제를 제기하면서, 왕조사와 양식사를 염두
에 두면서 민족 미술의 고유성에 초점을 맞출 것을 주장한다.

제4부 미술사의 전통과 현대편은 여섯 장으로 되어 있다. '조선시
대 선비 그림의 이상'에서는 조선조 선비화가들이 은일 생활 속에서
자오(自娛)하면서 그림 활동을 하였고, 또 창작 정서에서도 해학적
표현을 즐기는 등 동양의 전통 문인화가 보여 주는 감성과는 구별되
는 특징을 설명한다. '조선왕조 화원에 있어서 전통과 창의의 개념'
은 화원제도의 체제와 교육 그리고 화원의 패트런 등 사회제도의 관
점에서 미술의 역사를 조명하려는 고찰인데, 궁정 취미나 사대부 취
미와 같은 수요자의 요구를 충족시키면서도 화원들이 어떻게 자신의
개성과 창의를 작품 속에 발휘했는지를 예로 들어 설명한다. '화원
의 미학 — 중인층의 사회적 소외를 중심으로'에서는 중인 화가들과
화원들이 사회적 소외를 심리적으로 극복하여 강한 자의식을 바탕으

로 예술적 창신의 기회를 마련했다는 사실을 설명한다. '한국 근대 전통화의 변용과 한국화의 특성'은 한국화의 개념 정립을 논한 글인데, 한국화란 먹과 같은 전통 매체를 쓰든 오일을 쓰든 그것이 문제가 아니라 한국의 정신과 정서를 어떻게 표현하는가의 문제라고 강조한다. '동양화의 역사에서 본 한국화의 과제 ― 1950년대와 60년대 한국의 추상 경향을 중심으로'에서는 중국회화에 가져다준 서양화의 충격이라는 문제를 거울로 삼아 한국적 추상 표현의 가능성을 모색해야 하는데, 여기에는 동양 수묵의 추상성과 문인화나 선화(禪畵)의 정신성 같은 전통에 대한 탐구가 이루어져야 한다고 보았다. '한락연의 생애와 예술 ― 한·중 회화사상의 위상을 중심으로'는 한국에서 새롭게 인정받아야 할 작가의 발굴이다. 프랑스와 중국에서 수학하고 활동한 한락연은 실크로드 벽화를 모사하는 등 선구적인 문화 운동을 벌였으며, 실크로드 지역의 풍물과 민속 장면들을 화폭에 담아 새로운 장르를 개척했다는 점에서 그 의의를 부여하였다.

부록은 영문으로 된 세 편의 논문인데, 본론에서 다룬 일부 글의 내용을 외국인을 대상으로 발표한 것이다.

저자인 권영필 교수는 그 경력에서 미루어 짐작할 수 있겠지만 미학과 미술사라는 학문의 문턱을 넘나들면서 또 동서와 고금의 미술을 널리 접하는 가운데, 자신의 독자적인 문제를 제기하고 그 문제를 미적 상상력을 동원하여 창조적으로 풀어낸다. 적어도 이 책을 통해서 본 그의 미술사가로서의 가장 큰 관심사는 한국미술에 미적 상상력이 어떻게 발휘되고 있는지, 즉 한국미술의 미적 본질을 해명하는 일인 것 같다. 종래의 많은 한국미술사 연구는 자료의 조사, 수집, 정리와 같은 실증적인 역사 연구, 즉 제들마이어식으로 말하자면 제1차적 미술학의 영역을 크게 벗어나지 않았다. 이에 반해 저자는 미술사를 작품의 해석이라는 제2차적 미술학의 영역으로 끌어올리려는 시도를 보여 준다.

저자는 여태껏 국내에서는 주목하지 않았던 20세기 초 유럽에서 행해진 동양미술사 연구 자료를 수집, 정리하고 중국에서 활동한 한국화가 한락연의 예술세계를 새롭게 발굴 조명하는 등 자료 발굴에 관심을 기울이고 있다. 그러나 이러한 새로운 자료들의 소개라는 차원을 넘어서서, 그의 저작이 갖는 중요성을 말한다면 흩어져 있는 산발적인 논의들을 한데 묶어 미술사적 문제로 엮어 냄으로써, 미술사를 인문학의 담론으로 끌어올렸다는 데 있다. 이 가운데 우리는 한편으로 그의 용의주도하고 성실한 미술사가로서의 태도를 엿볼 수 있고, 다른 한편으로 일종의 지적 모험을 목도한다.

'교섭'과 '미의식'은 저자의 미술사학의 근간을 이루는 테마이다. 다시 말해 그의 연구 작업은 교섭과 연관 속에서의 미의식의 발현을 추적하는 일에 초점이 맞추어져 있다. 주어진 자료와 대상을 해명하기 위해 저자는 시대적으로 선후 관계에 있고 지역적으로 인접해 있는 사례들과 비교 검토하며, 또 때로는 공시적 통시적으로 상이한 대상을 관계 지우고, 특정 문화권에서 형성된 이론과 원리를 상이한 문화권에 적용시키는 시도를 행한다. 이를테면 한국미술과 중앙아시아미술, 고유섭과 서구의 근대 미술사학, 전통 동양화와 추상미술 등

언뜻 보기에는 아무런 관계도 없을 것 같은 사실들의 상호 연관을 밝힌다. 그러한 작업을 통해 궁극적으로는 작품의 미적 가치와 작가의 미의식의 규명으로 향하게 되는데, 여기에서 그가 말하는 미적 상상력의 역할이 중요함은 두말할 필요도 없다. 한국미술의 소박성과 해학성에 대한 고찰이라거나 선비 그림과 화원 그림의 특징 분석 등은 이런 문맥에서 이해될 수 있다.

그런데 이 미적 상상력이라는 말은 저자가 그 중요성을 역설하고 있는 만큼 명료하게 정리되어 있는 것 같지 않다. 이것이 양식론과 구별되는 작품 해석에 대한 새로운 패러다임을 제시한다는 저자의 의도를 담고 있지만, 작품 제작자의 '미적 감각' 또는 '미의식' 이라는 의미를 크게 넘어서고 있지 못하다. 때로는 제작자의 '창조성', '창조적 계기'를 가리키는 말로도 여겨진다. 심지어는 작품을 만드는 예술가의 창조적 상상력을 말하는지, 미술사가의 창조적 상상력을 말하는지, 아니면 양자 모두에 해당하는지도 불분명하다.

상상력은 새로운 것을 만들어 내는 힘이며, 예술이나 학문활동에서 발휘될 때 창조적 계기를 마련할 수가 있다. 그런 의미에서 참신성을 드러내고 흥미를 유발할 수도 있지만, 그 반면에 과정의 소홀이나 논리의 비약이 초래될 위험도 아울러 내포하고 있음을 간과해서는 안 된다.

사찰 장식에 대한 체계적인 연구

신영훈 해라시아문화연구소 소장

『사찰 장식, 그 빛나는 상징의 세계』

허균 글 · 사진 / 2000 / 돌베개

오랜만에 좋은 책을 읽었다. 그렇지 않아도 궁금하던 차였다. 우리나라에 그렇게 많은 무늬가 있는데도 그 무늬를 정리하고 학문의 영역으로 끌어들인 예가 드물다. 그래서인지 무늬를 탐구할 수 있을 만한 책이나 자료가 부족한 형편인데 혹시 어느 학자 분이 이 분야에서 좋은 성과를 거두지 않으려나 궁금하였던 것이다.

정신문화연구원의 책임편수연구원 허균(許鈞) 선생이 미답의 지경에 새로운 시도를 감행하였다. 우리들이 기다리던 일의 사단이 열릴 증좌가 분명한 성과도 거두었다고 보인다.

저자는 이 책을 크게 네 편으로 나누었다. 1. 장식 문양에 깃든 상징의 세계 2. 불전을 장엄하는 극락정토의 꿈 3. 조형세계에 숨겨진 불교의 진리 4. 지상에 펼쳐진 불국의 세계.

1편에는 다시 항목을 나누어 '연꽃·용·귀면·비천상·卍과 卐·토끼와 자라·물고기·가릉빈가·주악인물상·십이신장상·태극·원상·심우도의 13개의 이야기가 실렸고, 2편의 불단·단청·천장의 꽃·문살·닫집의 5개 항이, 3편에는 불상·광배·불상의 자세·수인·지물 그리고 탑·탑의 층수·사사자상·봉발대·사물의 아홉 가지 항목을, 4편에는 전각과 문루·불전과 존상의 배치·석가탑과 다보탑·다리·계단의 다섯 가지를 열거하였다.

이들 항목에서 보듯이 절에 다니거나 답사 다니는 이들이 궁금하게 여길 내용들이 망라되었다.

저자는 이 작업에 '5년의 세월'을 경주하였다고 '책머리'에 썼다. 짧지 않은 세월을 투입하였다. 집중하는 시각은 그만만 하여도 성과를 거둔다. 그가 제시한 적지 않은 사진자료 말고도 아마 그의 책상에는 더 많은 자료가 쌓여 있을 것이다. 그저 일부가 이번 책에 수록되었을 것으로 짐작된다.

그러나 5년이 결코 넉넉한 시간도 아니다. 불가에서는 경문을 깨친 뒤에 그것을 다 던지고 사교입선(捨敎入禪)한다. 5년은 입선하였다 하여도 충분한 시간이긴 어렵다.

그가 말한 '물고기'의 항목에서 신간의 깊이가 눈에 뜨인다. 국내 그 수많은 자료가 다 망라되기를 바라는 것은 아니다. 그러나 수생동물이 가장 활달하게 표현되어 있는 불단(佛檀)의 예가 넉넉하질 못하다.

국가에서 보물로 지정한 은해사 백홍암의 불단도 있다. 잠시라도 거칠 수 있었으면 좋았을 것 그랬구나 하는 아쉬움이 있다. 즐겁게 노니는 연꽃 주변의 물고기뿐만 아니라 얼굴과 상반신은 사람인데 몸뚱이와 꼬리를 물짐승으로 표현한 인어(人漁)도 보인다. 이들을 짚고 넘을 수 있었다면 하는 일종의 바람도 있다.

자료 수집이 완벽해야 한다는 주문은 아니다. 나 같은 경우는 30년이 넘는 세월 동안 실제로 만들고 또 돌아다니며 자료를 물색하였지만 아직도 부족한 부분이 허다하다.

그런 자료를 바탕에 두고 글을 써서 발표해 보았지만 지금껏 그것들의 약점을 지적하며 보완을 편달해 주신 예를 맛보지 못하였다. 그 결과는 고식적이 되고 말았다는 내 자신의 자성(自省)을 아직 젊은 허 선생에게 돌려주고 싶을 뿐이다. 질책이 보약이란 말이 그립다는 하소연이기도 하다.

물고기에 대하여 눈을 조금만 돌리면 재미있는 자료와 맞물린다. 네팔에 가면 나라의 문장이 두 마리의 물고기를 도안한 것이다. 인도에 가서는 부처님의 발자국 형상이라는 불족석(佛足石)을 보았다. 부다가야의 불족석에는 물고기 두 마리를 새겼는데 머리가 한곳에 모였다. 몸뚱이는 따로인데 머리가 겹쳐져 있다. 캘커타고고학박물관 소장의 불족석은 그 규모가 장대하다. 그 불족석에도 물고기가 조각되어 있는데 이번엔 세 마리이다. 역시 얼굴은 겹쳐졌고 몸뚱이는 삼 방향이다. 불교에서의 물고기 해석에서 이런 자료는 빼놓기가 너무 아깝다. 더구나 상징성의 문제이고 부처님 전생담까지 언급되어야 한다면 이런 자료는 필수적이라 할 수 있지 않겠느냐는 생각이 든다.

5년의 세월 대부분을 국내에서만 사용하였나 보다. 국내에서의 집중된 노력에는 탐구의 한계가 있다. 불교의 경우는 더욱 그렇다. 인도나 북부 중국의 불적에서 볼 수 있는 것이 국내에선 보기 드문 예도 있기 때문이다.

더구나 독학의 경우는 더욱 한계가 뚜렷하다. 노력에 정비례하는 성과를 기대하기 어렵다는 약점을 지닌다. 그래서 여럿이 모여 탐구하는 제도가 필요하다. 그러나 우리에겐 아직 그런 제도도 모임도 활성화되어 있지 않아 답답하다. 모르긴 해도 허균 선생 역시 그런 울울한 기분을 맛보았을 것이다.

남의 글에서 얻는 자료도 한계가 있다. 그는 그의 관점에 충실한 자료만 나열하였을 뿐이므로 우리가 필요로 하는 자료까지를 망라하려 하지 않았다. 결국 현지에 가서 새롭게 본다는 일이 자기를 위하여 그만큼 중요한 일이 된다. 그것이 교학의 과정일 수도 있고 사교 입선의 경지일 수도 있다.

허 선생은 '卐과 卍'에서 이 무늬가 인도 서편 문명국들에도 이미 존재한다는 사실을 지적하였다. 그러나 보여 주는 사진 자료가 없다.

스웨덴에서 출토된 원초시대의 이 무늬는 초기자료라고 할 수 있다. 불교 생성 이전의 유물로 평가되고 있기 때문이다.

卍과 卐자는 연속시켜 가면 무늬 조성에서 저절로 나타나는 '무늬결' 이다. 우리나라 꽃담이나 능화판 바닥무늬에서 연속되어진 표현을 보면 이렇게도 저렇게도 그리면서 자연스럽게 연계되고 있다. 이는 구태여 구분할 까닭이 없음을 알려 주는데, 중근동의 이슬람 사원에서도 이렇게 연속되는 卍과 卐자 무늬를 볼 수 있고 인도 서방 건조물에도 연속무늬의 표현이 있으며 물론 인도에도 있음을 보았다. 실제로 본 자료들이다.

인도의 한 박물관은 힌두조각만 집중적으로 전시하고 있는데 그 입구에 卍자를 힌두의 상징으로 설명하고, 불교의 상징으로는 법륜을 이야기하고 있었다.

우리는 두 가지 시각을 다 제시하고 한국 불교계에서는 卍자를 선호하고 있음을 지적하는 방안을 학문의 방법론으로 택할 수도 있다. 굳이 외곬이어야 할 까닭이 없기 때문이다.

우리 학문에서, 더구나 거의 전인미답의 분야에서 새롭게 이룩해 나가려면 그 시가가 한정된다는 점을 꺼려야 한다. 넓게 멀리 보면서 가닥을 정리해야 후일 분류나 정리에 결함이 덜 생긴다.

허균 선생의 업적이 학문의 새로운 분야로 발전하기를 기원하는 의미에서 좀 쓴 소리를 하게 되었다.

중국에서 오래된 비천상 중에 북위(北魏)시대의 사례가 적지 않다. 북위를 건국한 민족은 한(漢)족이 아닌 선비(鮮卑)족이다. 중국의 초기 불교는 한족에 의하여 발전하였다기보다는 북방민족이 숙성시켰다고 할 수 있다. 전 역대기간의 불교미술품 중에서 북위시대 작품이 높이 평가받고 있는 점에도 주목해야 한다.

'비천상'에서 도교의 삽입 이론에는 약간의 의문이 있다. '둔황'의 벽화는 후대엔 수·당의 한인들이 참여하였으나 수나라 삼론종(三論宗)의 학문적 석좌가 고구려 스님 승랑(勝朗)이셨다고 하듯이 수나라 이전에는 북방민족이 주도하였고, 둔황석굴의 중요한 것에 북위시대 조영작품이 적지 않은 것도 당연한 추세라고 할 수 있다.

현장 스님이 『대당서역기』 서문에서 밝혔듯이 스님 이전에는 서역에 진출하여 문화를 습입한 예가 없었다는 점도 우리가 주목해야 할 지적이라고 할 수 있다.

북방민족들은 말을 타고 이 지역을 통로로 삼아 왕래하며 일종의 문화회랑을 이루었다고 할 수 있으므로 북방민족의 문화 자취를 이제 우리도 인정해야 할 단계에 이르렀다고 할 수 있다.

이제 좋은 결실을 얻은 허균 선생에게는 좀 겨운 부담일지 모르나 앞으로 나아갈 길을 잡고 부단히 정진하기를 바라는 마음에서 다소 생소하지만 북방민족 이야기를 하였다.

최근에 '소수민족 미술사'의 탐구를 통한 한민족의 새로운 시각이 대두되고 있음도 함께 검토해야 하리란 생각을 하면서 기쁜 마음으로 이 책을 읽은 사실을 말하며 저자의 노고에 찬탄하려 한다. 나무 아미타불, 관세음보살.

우리 미술과 서양과의 만남

한정희 홍익대 예술학과 교수

『조선시대 그림 속의 서양화법』

이성미 지음 / 2000 / 대원사

한국의 회화를 대표하는 것이 조선시대의 그림이고, 그중에서도 조선 후기의 회화가 손꼽힌다. 조선 후기의 회화에는 새롭게 한국의 경치를 그리는 진경산수화가 나타나 면목을 일신하였으며 아울러 우리의 풍속을 그리는 풍속화가 발달하여 한국적인 미를 마음껏 드러내 보였다. 이렇게 한국적인 것이 강세를 보이는 것이 조선 후기 회화이지만 그밖에도 중국 명·청대 회화의 영향을 받은 문인화의 등장이 또한 특색이다. 이러한 분위기 때문에 조선 후기 회화에 대한 연구는 대체로 위의 세 가지 분야에 집중되어 왔었다.

　조선 후기 회화에는 이밖에도 서양의 영향이라는 한 측면이 자리 잡고 있으나 그 모습이 뚜렷하지 않고 또 새로운 자료의 발굴이 어려운 점 등 때문에 그동안 많은 연구 성과가 이루어지지 못하였다. 이러한 어려운 여건 속에서 이루어진 이번 이성미 교수의 저서는 이 분야의 연구에 있어서 획기적인 것이며 새로운 경지를 열었다고 할 수 있다. 물론 그간의 연구 성과에 도움받은 바가 많이 있지마는 새로운 시각과 자료의 발굴이 돋보인다.

본 서는 1장 머리말 : 서양화법의 전래, 2장 동·서양화법의 비교, 3장 중국의 서양화법 수용 실태, 4장 조선시대 후기 지식인들의 서양화법에 대한 인식, 5장 조선시대 후기 회화에 반영된 서양화법 그리고 6장 맺음말의 순서로 이루어져 있다. 한국의 경우를 보기 전에 동서양의 투시법과 원근처리법 그리고 입체감 표현의 차이를 살펴보고, 그 다음으로 한국의 서양화법 발달에 결정적인 역할을 하였던 중국의 경우를 짚고 들어간 것은 적절하다고 생각된다.

동아시아 미술에 서양의 영향이 나타나는 것은 근세의 한 특징이다. 16세기 중엽 신교에 대항하여 교황의 권위를 유지하기 위하여 만든 가톨릭의 수도회로 Jesuit 선교회(耶蘇會야소회)가 있는데 이들은 종교적 목적을 위한 군대 조직과 같이 결성되어 교육과 신앙생활 그리고 선교에 주력하였다. 이 단체는 선교를 위하여 서양뿐 아니라 동양에까지 적극적으로 진출하였는데 선교의 지원용으로 중국과 일본에 성화와 세계지도 등을 보급한 것이 모두 이들 야소회 선교사들이었다. 1549년에 Francis Xavier 선교사가 일본에, 그리고 1579년에 Michele Ruggieri 선교사가 중국에 각각 선교로 들어가면서 성화를 갖고 간 것이 시작이었다. 이들과 그 이후에 들어가는 선교사들이 반입한 성화는 곧 현지 화가들에 의해 인물화를 그릴 때 명암을 넣거나 사실적으로 표현하는 방식 등으로 활용되기 시작하였다. 그리고 풍경을 그린 서양의 동판화들은 동양의 화가들이 새로운 투시법과 원근처리로 산수화를 그리는 데 참고하기에 이르렀다.

중국과 일본의 화가들이 선교사가 가져온 성화나 풍경 동판화에 자극받은 것과 달리 한국의 화가들은 중국의 수도인 연경(燕京)에 가서 그곳의 천주당(天主堂)에 그려진 성화를 통해 서양화를 접하게 되었으며 그밖에 중국에서 만들어진 서양화법에 의한 작품들을 통하여 간접적으로 서양을 인식할 수가 있었다. 우리 미술에 서양의 화풍이 본격적으로 등장하는 것은 중국이나 일본보다 약 100년은 경과하고서인데 이 점은 서양과의 직접적인 교류가 이루어지지 못하였기 때문으로 생각된다.

본 서의 내용을 좀 더 자세하게 본다면, 우선 서양화법의 이해를 돕기 위하여 서양의 투시법과 음영법을 도면을 이용하여 설명하고 있는데 핵심을 간결하게 잘 전달하고 있다. 특히 서양과 대비되는 동양의 전통적인 투시법과 음영법을 기존에 거론되지 않던 새로운 자료들로 설명하고 있어 신선함을 느끼게 한다. 동양의 평행사선 투시법도 평행 투시법으로 고쳐 부르고 있으며 이의 예들을 16세기의 고화나 그 이전의 작품에서 찾고 있어 이 기법의 역사가 오래된 것임을 암시하고 있다.

중국의 서양화법과 한국인들의 서양화법에 대한 인식 항목에서는 문헌 자료를 많이 활용하고 있다. 가능한 한 원전을 많이 인용하여 당시대인들의 입을 통하여 그 실태를 파악해 보고자 하였다. 특히 18세기의 이기지(李器之)의 『서양화기(西洋畵記)』와 박지원의 『열하일기』의 긴 원문 인용이 돋보이며 그밖에 많은 연행록(燕行錄)의 저자들의 기록을 통하여 당시 조선인들의 놀라움과 당혹감 그리고 문화적 충격을 생생히 전하고 있다.

그리고 실제 조선시대 작품들에 보이는 서양화법에 대하여는 화목별로 나누어 설명하고 있다. 즉 초상화·인물화, 영모화, 산수화, 책가화, 기록화의 순으로 분류 정리하고 있는데 이것도 처음 시도되는 방식이다. 기존의 연구에서 산수화, 인물화, 기록화 등이 각기 별도로 연구 분석된 바가 있었으나 이와 같이 한꺼번에 다루어진 적은 없었다고 하겠다. 이 책에서 특히 주력하고 있는 분야는 기록화인데 가장 많은 분량을 차지하고 있다. 이 점은 한국의 일반 회화에서 서양의 영향이 많이 또 강하게 드러나지 않기 때문에 투시법과 원근처리가 기본이 되는 기록화에서 찾고자 한 것은 당연하다고 할 수 있다.

기록화 분야에서는 우선 최근에 새로이 알려진 〈심양관도(瀋陽館圖)〉가 돋보인다. 1761년에 영조의 명에 의해 조부의 출생지를 화원들이 그린 것으로 그림의 내력이 알려지고 있는데 이 작품은 실경화이면서도 여러 가지 기법으로 다루어지고 있는 것이 특색이다. 〈산해관외도(山海關外圖)〉는 광활한 부감법으로 되어 있으나 〈역대제왕묘도(歷代帝王廟圖)〉를 비롯한 여러 점들은 상당히 전통적인 투시법을 구사하고 있다. 그러나 1760년에 제작된 〈어전준천제명첩(御前

濬川題名帖)〉에서는 선 투시법이 분명히 사용되고 있어 같은 시기에 그려진 두 작품에 각기 다른 기법들이 적용되고 있음을 확인할 수가 있다. 그리고 이보다 훨씬 늦은 19세기 초에 그려진 〈동궐도(東闕圖)〉에는 또 전통식인 평행 투시법이 적용되고 있어 화원들이 여러 방식으로 그리고 있음을 알 수 있다.

문제는 이러한 현상을 어떻게 해석할 것인가 하는 점이다. 동양미술에 보이는 서양화법의 연구는 몇 가지 애로사항이 있다고 할 수 있다. 일본 미술의 경우는 서양화법의 표현이 분명하고 유화까지도 많이 그려지고 있었으나 중국이나 한국의 경우에는 표현이 분명하지 않은 경우가 많이 있다. 이러한 현상에 대한 해석도 여러 가지가 가능한데, 예컨대 긍정적으로 보는 견해는 서양식이 너무 이질적이라 체질에 맞지 않아 전통식과 절충적으로 결합시켜 의도적으로 변형시켰다는 것이고, 부정적인 견해는 서양화법에 대한 이해의 부족에 기인한다는 것이다. 그리고 사의성을 중시하는 중국과 한국의 미의식에 비추어 볼 때 너무 사실적인 서양화법이 경멸되었다는 측면도 있다.

또 한 가지 고려되어야 할 사항은 인물화나 동물화 그리고 건축물 같은 경우 정교하게 사실적으로 그려질 때 우리는 서양의 사실적 기법이 적용된 것으로 해석하곤 한다. 이 경우 이러한 사실성이 동양의 기존 전통인 공필법(工筆法)이나 사실적 표현이 보다 발전한 것인지 아니면 새로이 서구의 기법이 전적으로 사용된 것인지를 가리기가 어렵다는 점이다. 인물화의 경우에는 전신(傳神)이라 하는 생생한 사실 표현을 추구하는 것이 있었고 동물화의 경우도 털 하나하나까지 그리는 방식이 있었으며 건물의 경우 자를 대고 그리는 계화(界畵)라고 하는 전통적인 기법이 이미 보편화되어 있었다.

본 서는 새롭게 많은 시각 자료와 문헌 자료를 발굴하여 우리의 회화에 보이는 서양화법에 대한 이해에 새로운 경지를 열게 하여 주었지만, 근본적으로 이러한 애매한 문제들이 도사리고 있는 분야라 앞으로 보다 꾸준하고 면밀한 검토가 학계에 요구된다고 할 수 있다. 그리고 이러한 서양풍 그림들이 동아시아 회화 전체로 보면 아직 일부에 그치고 있으며 대세는 보다 전통적인 화풍에 쏠리고 있는 것도 간과할 수 없는 현실이다.

이렇게 해석이 어려운 주제에 도전한 본 서는 명쾌하면서도 논리 정연한 서술방식이 돋보이며 원전들을 친절하게 잘 해석해 보여 주고 많은 귀한 원색 도판들을 제공하여 이 방면 연구에 크게 기여하고 있다. 이 책자를 바탕으로 이 분야의 연구가 앞으로 한 단계 더 성숙해지기를 기대해 보며 아울러 저자의 새로운 영역에의 개척이 계속되기를 바라 마지않는다.

정중헌 조선일보 논설위원

불세출의 연극인이 걸어온 예술의 길

『나의 예술 인생』
스타니슬라프스키 지음 / 강량원 옮김 / 2000 / 이론과실천

'금을 캐듯 찾아온 배우의 연기 방법과, 그것을 자신의 것으로 만들기 위해 해야 하는 훈련을 담고 있는 미래의 책.'

21세기에도 '연기 훈련의 영원한 바이블', '리얼리즘연극의 교과서'로 꼽히는 러시아의 배우이자 연출가, 연극교육학자인 스타니슬라프스키는 1925년 4월 자서전 『나의 예술 인생』 초판에 '미래의 책'이라는 표현을 썼다. 예언처럼 그의 과학적인 배우술은 20세기에 꽃을 피웠고, 21세기에서도 연극예술의 고전으로 활용될 것이다. 스타니슬라프스키 시스템이 전 세계 배우 교육에 끼친 영향은 막대하고, 영원히 마르지 않는 창조의 샘으로 작용할 것이기 때문이다.

스타니슬라프스키란 이름은 연극인들에게 위대한 스승으로 각인되어 있지만, 그들이 만든 무대를 감상하는 관객들에게도 연극이 대중예술과 다른 '심리체험의 예술'임을 인식시키는 데 널리 공헌했다. 한국연극사에도 스타니슬라프스키 시스템이 차지하는 비중은 절대적이다. 이 시스템은 틀에 박힌 신파조 역할을 부정하고, 배우의 내적, 외적 자질을 유기적으로 발전시켜 가면서 잠재적 창조과정을 의식적으로 포착하는 실천적인 지침을 제시하고 있다. 배우들은 진실로 그 역할에 살아야 하며, 역할의 '일관된 행동'을 명확하게 할 것을 요구하고 있다. 이것을 구상화하는 방법으로 '신체적 행동' 이론이 있고, 집단예술로서의 앙상블을 중요시한 '배우의 윤리'를 강조하고 있다. 이러한 이론을 종합한 저서가 『배우수업』이다.

『배우수업』을 보면 스타니슬라프스키가 얼마나 많은 실험과 시행착오를 거쳐 배우술을 완성했는가에 절로 고개가 숙여진다. 모스크바 예술좌에서의 활동, 러시아 리얼리즘연극의 전통, 여러 외국 명배우들의 경험, 유물론적인 미학과 심리학, 파블로프의 생리학 등이 이 시스템에 녹아 있다. 그는 연극예술의 사회적 의의와 희곡의 이념을 중요시하고, 배우들에게는 엄격한 창조적 자기훈련을 요구하고 있다.

이같은 시스템을 만들어 낸 스타니슬라프스키의 체취를 맡을 수 있는 자서전이 『나의 예술 인생』이다. 러시아가 낳은 불세출의 연극인이 걸어온 예술의 길은 모든 예술가들에게 귀감이 될 뿐 아니라 예술을 사랑하는 모든 사람들에게 예술의 창조과정이 얼마나 치열하고 엄숙한가를 일깨워 준다. 1925년에 초판을, 1928년에 재판을 낸 이

자서전은 연극에 눈뜬 소년시절부터 아마추어 가정극단을 만들어 연출가로서 경험을 쌓은 얘기들을 전반부에 마치 이야기하듯 부드러운 필치로 서술하고 있다. 중반부는 배우로서의 청년시절이 박진감 있게 펼쳐진다. 모스크바에 '예술문학협회'를 설립해 톨스토이의 『문명의 열매』를 초연하고, 도스토예프스키 『스테판치코보 마을 사람들』을 각색 공연하여 성공하는 등 눈부신 활동을 펼친다. 이 시기에 그는 상징주의와 인상주의에도 심취하여 다양한 실험을 거듭한다. 체홉과 고리키와의 만남과 공연도 빼놓을 수 없는 노른자위다. 배우로서의 성숙기를 담은 후반부는 '스타니슬라프스키 시스템'이라는 독창적 배우술의 체계가 정리되어 가는 과정을 서술하고 있다. 근 60년에 걸친 그의 삶의 기록은 두 번의 혁명을 겪으면서도 낡은 것에 도전해 끊임없이 새것을 창조해 내려 한 불꽃같은 예술 인생을 엿보게 한다. 많은 자서전들이 자신의 무용담을 나열하고 있지만, 이 지성적인 예술가는 머리가 아니라 가슴으로 자신의 속내를 드러내고 있다.

『나의 예술 인생』을 읽노라면 우선 '예술적인 풍토'가 얼마나 중요한가를 느끼게 된다. 다방면에 걸쳐 위대한 예술가를 배출해 낸 러시아의 전통과 토양, 시대의 격변이야말로 이 천재 예술가를 탄생시킬 수 있었다는 것이다. 세계의 많은 언어 중 러시아어가 연극언어로 가장 탁월하다는 얘기를 들었지만, 러시아인들에게 연극은 생활 그 자체였음이 연극의 꽃을 피운 원동력이 되었음을 빼놓을 수 없다.

스타니슬라프스키는 1863년 모스크바의 유복한 공장주 집안에서

태어났다. 그의 외할머니가 당대의 유명한 파리의 여배우 바를레이
였다. 그의 가정은 부모 형제 모두 연극열이 매우 높았다. 3세 때 이
미 가정연극에 출연했다니 연극에 대한 열정이 얼마나 대단했던가는
짐작이 가고도 남는다. 모스크바에서 1천km쯤 떨어진 곳에 위치한
영지에서 그는 처음으로 무대에 섰다고 술회한다.

서너 살쯤 되었던 나는 겨울 장면에 출연했다. (중략) 그러나 어디를
쳐다봐야 할지, 무엇을 해야 할지 알 수가 없었다. 행위에 대해 숙고하지
않았을 때 무대 위에서 갖게 되는 불편한 느낌, 확실히 나는 그때 이미 그
아찔한 경험을 한 것이다.

불과 세 살 무렵, 그는 배우가 무대에서 행위에 대해 숙고하지 않
았을 때의 불편함을 토로하고 있으니, 그의 배우술에 대한 집념은 이
미 서너 살 때 싹튼 것이고 이야말로 놀라운 일이 아닐 수 없다. 그의
데뷔시절 애기를 들어 보자.

모스크바 변두리 영지의 정원에 있던 작은 헛간, 세 살짜리이던 내가
처음으로 데뷔했던 바로 그 무대가 있던 곳이 허물어졌다. (중략) 우리
모두의 간절한 부탁으로 아버지는 바로 그 장소에 커다란 홀을 갖춘 새
건물을 짓겠다는 결정을 내렸고, 이제는 아무 때라도 가족연극을 올릴 수
있게 되었다.

이 극장에 올릴 〈다회〉를 연습하면서 그는 다음과 같은 독백을 하고 있다. "하느님! 이 얼마나 기쁜 것인가! 예술이란, 창조란!" 또 "하느님! 배우가 된다는 것은 얼마나 고통스러운가!"라는 탄식도 하고 있다.

이런 식으로 예술은 나에게 쉽다가 어렵다가 매혹적이었다가 참을 수 없는 것이었다가 즐겁다가 괴롭다가 했다.

그의 첫 데뷔는 1877년 9월 5일에 이루어졌다. 그날의 느낌을 그는 이렇게 적고 있다.

마침내 나는 무대에 서게 되었고 최상의 컨디션이라는 느낌이 들었다. 내 안에서는 무엇인가가 힘차게 솟구치고 뜨거워지고 감동스러웠다. 그리고 나는 날았고 제어할 수 없이 앞으로 나아갔다. (중략) 내가 창조한 것은 나 자신의 예술, 예술가로서의 행동이었다.

14세 소년이 관객을 열광시키기 위해 자신을 통제할 수 없을 만큼 열정에 사로잡히는 체험을 했다는 것은 얼마나 값지고 아름다운가. 우리의 예술 교육을 뒤돌아보게 하는 이 대목은 아마추어나 프로 모두에게 과연 그런 체험을 한 적이 있는가를 되묻고 싶게 만든다. 아무튼 소년 스타니슬라프스키는 '알렉세예프 가족 아마추어극단'에서 배우와 연출가로서의 탄탄한 기초를 쌓았다.

가족극단을 통해 연극활동을 시작한 그는 오랫동안 아마추어 작품들 속을 방황했고 문학예술협회 활동을 마친 뒤 몇 년 동안 모스크바예술극장에서 일했다.

나는 내면적인 배우작업에서와 마찬가지로 외적인 연출작업에서도 끊임없이 새로운 무대구성 원리를 찾아다녔다.

청년시절 그는 톨스토이를 만나 감명을 받았으며 체홉의 〈갈매기〉, 〈바냐아저씨〉, 〈세 자매〉 연출에 심혈을 쏟았다. 〈어둠의 힘〉이라는 작품은 직관과 감각 대신 사실 묘사적으로, 〈줄리어스 시저〉는 직관과 감각 대신 역사 묘사의 방향으로 연출했음을 회고하고 있다.

스타니슬라프스키의 자서전은 매 단원마다 위대한 예술가의 숭고한 예술혼을 육성으로 들려주는 듯하여 경건함을 갖게 한다. 그 주옥같은 육성들을 촌평한다는 것이 죄스러울 정도다. 그는 마지막에 '시스템을 삶으로 가져오려는 시도'를 적고 있다.

내가 이해시키려고 하는 올바른 창조적 자감에 필수적인 내적인 연기술은 사실상 배우 개개인을 기초로 하고 있고, 자신들의 의지로 하나하나의 과정을 밟아 나아갈 때에만 획득될 수 있는 것이다.

그는 이 연기술을 배우들에게 이해시키고 스스로 창조해 낼 수 있도록 하는 일에 평생을 바쳤다고 해도 지나침이 없다. 체홉 작품에서 스타니슬라프스키의 배우들은 플롯에서 빠져나와 자신들이 움직임의 주체가 되었다. 재현을 거부하고 실현하기 시작한 것이다. 핵심은 이것이다. '역은 언제나 나를 통해 살아간다. 내가 역이 되는 것이 아니라 역이 내가 되는 것!'

1905년과 1917년 두 번의 혁명을 체험하면서 혁명이 그의 예술활동에 어떤 영향을 끼쳤는지도 음미해 볼 만하다. 혁명이 새로운 것과 낡은 것의 격렬한 싸움이라면 그의 예술론 역시 낡은 것을 거부하고 시대에 새로운 기운을 불어넣는 도전의 연속이라 할 수 있다. 진정으로 예술적이고 혁신적인 연극을 생산하기 위해 한 예술가가 얼마나 고뇌하고 실험을 거듭했는가를 이 자서전은 희곡의 지문처럼 명료히 드러내고 있다. '새로운 예술'이란 화두를 던진 2000년에 예술인과 애호가들에게 일독을 권하고 싶은 자전문학의 백미다.

근원 김용준, 단아한 문체와 격조의 세계

김병종 서울대 미술대학 부학장

『**近園 金瑢俊 全集**』(1, 2)
김용준 지음 / 2001 / 열화당

근원(近園) 김용준(金瑢俊) 선생은 화가와 미술평론가, 미술사가, 수필가로 활동하시다가 북으로 가신 분이다. 일찍이 동경예술대학에서 수학하고 돌아와 초기 우리 미술 교육계와 화단에 여러 형태로 기여하신 분이다. 1930년대와 1940년대 우리 미술계와 문화계에 큰 족적을 그은 분이지만 월북자라는 이유로 인해 오랫동안 그 이름이 터부시되어 왔다.

사람에게 있어 만남의 인연처럼 소중한 것이 또 있을까. 근원 선생과의 만남 역시 내게는 그러하다. 혼미한 삶의 마디마디에서 한 줄기 예지처럼 나는 그분과의 정신적 교감을 체험하곤 하였다.

선생을 아는 이들은 이 무슨 해괴한 말이냐고 펄쩍 뛸지 모른다. 그도 그럴 것이 선생은 30~40년대에 걸쳐 주로 활동했던 화가이고 더구나 6·25 이후 행방불명되었다가 연전에 북에서 작고한 것으로 알려져 나와는 적어도 반세기 격해 살았던 분이기 때문이다. 그럼에도 불구하고 나는 그분이 남기고 간 두 권의 책, 『근원수필(近園隨筆)』과 『조선미술대요(朝鮮美術大要)』를 통하여 육친의 체취를 느껴 왔던 것이다.

1970년대 초 화가를 꿈꾸며 미대에 입학한 후 나는 틈이 나면 청계천 고서점가를 순례하곤 했다. 끝도 없이 이어지던 그 고서점들을 돌아다니다 저물녘 버스에 오르면 허기가 졌지만 이상한 정신적 충일감으로 오히려 아랫배에는 힘이 생기곤 했다. 그때 얻어진 것이 『근원수필』과 『조선미술대요』였다. 그 대학시절 이후 『근원수필』을 읽을 때마다 나는 그분이 내 생애 속에 얼마나 무섭게 이상적 전형으로 각인되어 버렸는가를 여러 번 느끼곤 했다.

서슬 퍼런 기개세(氣改勢)가 느껴지는 평문들과 문채(文彩) 요요한 수필들, 그리고 빛바랜 사진을 통해서이지만 문기(文氣) 단아한 그림들. 『근원수필』에는 시대를 바라보는 비판적 혜안과 높은 예술적 식견 그리고 딸깍발이 정신과 일맥상통된 꼿꼿한 지사적 예술관에, 사물에 대한 회화적 상상력이 난만하게 어우러져 있다. 그리고 무엇보다 글의 곳곳에 서릿발 같은 예술가적 자유혼이 불타고 있는 것이다.

　……예나 이제나 우리 같은 부류의 인간들은 무엇보다도 자유로운 심경을 잃고는 살아갈 수 없다. '남에게 해만을 끼치지 않을 테니 나를 자유스럽게 해 달라' 밤낮 기원하는 바이건만 이 조그마한 자유조차 내게는 부여되어 있지 않다.

　절규와 같은 이 발문(跋文)을 끝으로 『근원수필』은 침묵한다. 그러나 이 비상한 자유주의자가 더 큰 자유를 꿈꾸며 떠난 곳이 북녘이었으니 기구하고 슬픈 일이 아닐 수 없다.

　근원 선생은 평소 교류의 범위도 넓어 미술인뿐 아니라 소설가인 상허 이태준 등 당대의 문사들과도 두루 교분을 가졌다. 『근원수필』을 읽어 보면 여느 화가의 수상과는 달리 문사철이 두루 녹아 있는 것을 알 수 있는데, 이것은 선생의 방대한 독서 편력으로부터 온 것이기도 하지만 넓은 교류 관계에서 영향을 받은 것이기도 하다.

　또한 선생은 화가로서도 탁월한 감각을 가진 분이어서 그 영향으로 글 또한 담채와 같이 산뜻하면서도 아취가 있다. 화가로서 체험을 살린 맛깔스럽고 독특한 글의 수필뿐 아니라 정통 미술사서로서의 『조선미술대요』를 통해 당시로써는 쉽지 않은 일이었던 우리 미술 전반에 걸친 개론적인 역사서를 썼던 것이다.

　근원 선생은 감성과 이성을 적절히 갖춘 참으로 멋진 분이었다고 생각된다. 선생은 경북 지역의 상당한 재산가의 아들로 태어나 일찍이 동경 유학을 했는데 처음엔 동경예술대학에서 서양화를 전공하였다. 그러나 들려오는 말에 의하면 어느 여름 고향에 왔다가 가까운 친구집에 들려 겪었던 한 사건으로 인해 전공을 동양화로 바꾸게 되었다고 한다. 친구의 집은 당시 경북 지역의 이름난 토반이었는데 특히 친구의 부친이 서화에 탁월한 안목을 가진 분이었다고 한다. 마침 그 친구의 부친에게 인사를 드리러 안방에 들어갔는데 안방에 놓인 한 틀의 병풍을 유심히 보고 있는 청년 근원에게 친구의 부친은 누구의 그림인지 알아보겠느냐고 질문을 하였다 한다. 생전 처음 보는 그림이어서 잘 모르겠다고 대답하자, 친구의 부친은 자네를 낳아 준 이 땅의 예술과 예술가에 대해서도 제대로 알지 못하면서 서양의 미술을 어찌 제대로 공부할 수 있겠느냐고 훈계하였다 한다. 그 병풍은 후에 알고 보니 조선조 말의 화가 오원 장승업의 것이었다고 한다. 친구의 집을 나온 청년 근원은 이후 깨달은 바가 있어 전공하였던 양화를 밀쳐놓고 먹 갈고 붓 들어 우리 그림을 그리기 시작했다고 전해진다.

이윽고 해방 후는 경성에 돌아와 우리적인 미의식에 기초한 미술학과를 세우길 열망했는데 서울대학교 미술대학을 통해 그 꿈을 실현하게 된다. 그러나 불행히도 얼마 가지 않아 서울대학은 국대안 반대의 바람이 휘몰아치고 그외에 곧이어 좌우이념 대립의 불꽃이 튀게 되어 혼란의 나날이 계속된다. 특히 일본이 물러가고 난 후 새로운 대체 세력으로 들어선 미국의 영향은 도처에서 그 힘을 발휘하게 되어 서울대학교 미술대학도 구미적인 교육방법에 큰 영향을 받지 않을 수 없었는데, 민족주의자이신 근원 선생은 이런 현실 앞에서 많은 갈등을 겪었던 듯하다. 그분이 한창 나이인 사십대 중반에 북으로

가게 된 까닭은 자세히 알 수 없으되, 어쩌면 당시의 그러한 국내 상황에 대해서 갈등한 나머지 비판적 대안으로써의 북한행을 시도하지 않았는가 싶다. 북으로 간 이후의 선생의 행적은 단편적으로만 전해져서 그 전모를 알 수 없지만 그분 나름대로의 국학을 정립시키기 위해 노력을 기울였던 것으로 보인다.

가끔 그분이 북으로 가지 않고 서울에서 계속 화가와 교육자와 비평가로서의 삶을 살았다면 어떻게 되었을까라는 생각을 해 본다.

모르긴 해도 선구적 미술지도자로서의 그분의 위상과 역할로 보아 우리 미술계에 어떤 형태로든지 크게 영향을 미쳤을 것이라고 생각한다.

특히 오늘날과 같이 전통적 미의식이 붕괴되고 국적 불명의 괴상망측한 조형 행위들이 '현대'라는 이름으로 이 땅에 창궐하는 현실에서 선생의 존재는 더욱 아쉽기만 하다. 우리 문화계 전반의 현실이기도 하지만 미술계에서도 어른을 잃어버린 지 오래이다. 꾸짖고 나무라며 일갈할 그런 카랑카랑한 목소리가 날로 아쉽기에 그분의 목소리가 더욱 그리운 것이다. 오늘도 그 책들을 들추면서 나는 뵌 적도 없는 선생의 육성을 듣는 듯하다. 그런 면에서 『근원 김용준 전집』은 시대를 넘어 읽혀지고 또 읽혀져야 할 우리 미술의 고전인 것이다.

『근원 김용준 전집』을 통해 또한 나는 전인적 화가상을 바라보게 된다. 분화되지 않은 전인적 삶의 전형을 보게 되는 것이다. 미술가로서 사물과 인생을 바라보며 느끼는 감동은 물론 민족에 대해, 시대에 대해 고뇌하면서 동시에 학문적 천착을 통해 자신의 예술관을 심화시키고 있는 측면이다.

오늘날은 전문성을 강조하다 보니 모든 것이 분화되어진다. 화가 또한 인접 학문세계나 이론과는 담을 쌓고 오로지 그림 그리기에만 몰두하는 경향이 있다. 세상이 어떻게 돌아가는지 알 바 아니라는 투이다. 그리고 사실 사회는 이런 외골수의 삶을 예찬하는 경우가 많다.

물론 어떠한 주변의 변화에도 불구하고 성실하게 한길만을 택해 그 길로 걸어간다는 장인정신이야말로 예찬받아 마땅하다. 그러나 손만 발달하고 머리나 가슴이 비어 버린 장인이나 예술가라면 곤란할 것이다. 손과 머리가 하나되어 우러나오는 세계만이 결국 생명력이 있는 것이 아닐까.

근원 선생은 일본과 남한과 북한을 오간 끝에 북에서 삶을 마쳤다. 민족과 시대의 고뇌를 끌어안고 산 예술가의 삶이었다. 진실로 이런 예술가를 만나기 어려운 시대이기 때문에 나는 더욱 그분이 그립다.

조용훈 청주교대 국어교육과 교수

그림을 닮은 판소리의 사설

『판소리와 풍속화, 그 닮은 예술세계』
김현주 지음 / 2000 / 효형출판

얼마 전 작고한 운보 김기창은 작품 속에 소리를 담고자 노력한 대표적인 화가였다. 〈노점〉, 〈홍락도〉, 〈바라춤〉, 〈탈춤〉, 〈아악의 리듬〉 등에서는 장구와 피리 같은 전통악기의 소리가 때론 유장하게 때로는 격렬하게 화면을 장악한다. 청각 장애자로서 겪었던 소리에 대한 절망과 예술적 극복이 그림의 주제를 결정했던 것이다.

운보 김기창의 경우처럼 음악적 소재를 명시하지 않더라도 회화는 대개 음악적 요소를 함축하는 것이 보통이다. 조형 요소와 색채의 조화와 대비가 그것을 가능케 한다. 색채를 강렬하게 대비한다든지, 구도의 대비나 병렬을 통해서 규칙적인 리듬감을 창출한다든지 하는 것이 바로 그것이다.

구체적인 대상을 화폭에서 배제하고 내부의 감정을 자유로운 붓놀림으로 표현했던 칸딘스키 이래로, 그림은 객관적 사물의 재현보다는 내적인 정서의 음악적 울림을 표현하기를 중시했다. 이후 기하학적 추상을 위주로 하는 말레비치, 몬드리안 등은 형태와 색으로 강한 리듬감을 화면에 표현했다. 색면의 깊이로 인간의 심혼을 울린 로드코, 문자적 조형으로 천진한 울림을 시각화한 클레, 대상을 극도로 단순화시켜 동심의 눈으로 한국적 정감을 표현한 장욱진 등의 작품에서는 다양하고 개성적인 소리를 엿듣게 된다.

회화에서 소리를 듣는 것과는 반대로, 소리를 통해서 회화적 연상을 체험하는 경우도 많다. 상징주의 음악의 경우가 대표적이다. 특히 라벨이나 드뷔시의 음악은 청취자를 몽환적 세계로 초대하여 다양하고도 화려한 색채 속을 꿈꾸듯 거닐도록 유도한다. 청취자들은 아름다운 선율이나 화성 그리고 장단 등의 음감이 자아내는 어떤 상상의 세계를 연상하게 된다. 특히 낭만주의 시대에 유행했던 표제음악은 소리를 통해서 구체적인 장면을 회화적으로 구성하도록 의도적으로 작곡되지 않았던가.

이처럼 음악과 회화는 일견 이질적인 것처럼 보이나 실은 공유하는 점이 의외로 적지 않다. 『판소리와 풍속화, 그 닮은 예술세계』 역시 얼핏 보기엔 닮은 구석이라고는 전혀 없는 판소리와 회화가 실은 많은 부분에서 상동관계를 갖고 있다고 전제하고 그 관계의 실체를 밝히고자 노력했다. 현장감 있는 소리이며 언어예술이기도 한 판소리와 시각예술인 회화가 공유하는 것은 과연 무엇인가.

국문학, 특히 판소리를 전공한 저자는 이 책을 통해서 그것의 질문과 해답을 학문적으로 체계화하려고 고심했다. 저자는 두 장르 사이의 유사성과 이질성을 구체적으로 점검함으로써 두 예술 장르의 가치를 대중적으로 널리 알리는 것은 물론, 두 장르의 형상적 인식을 가능케 한 시대정신을 통찰코자 했다. 저자가 17~18세기 초에 이르는 조선사회의 전환기적 상황에서 등장한 이들 신흥 문예 장르들이, 당대의 사회문화적 상황과 인식론적 동향을 적극적으로 수용한 하나의 축도라고 전제한 것은 이 때문이다. 바로 이러한 형성 배경이 두 장르의 동질성의 바탕을 이루는 것임은 물론이다.

저자는 판소리와 풍속화가 구체적으로 어떻게 닮았는지, 왜 닮게 됐는지를 심층적으로 밝히기 위해 판소리 사설 중 〈춘향전〉을, 회화는 풍속화를 비교의 대상으로 선택했다. 〈춘향전〉은 판소리의 대표적 작품이면서 회화적 관련성이 강하며, 풍속화 역시 판소리의 발생과 성장을 같이 한 문예 장르로서 닮은꼴의 미학을 가장 확실히 보여주는 데 적합하기 때문이다. 물론 풍속화 이외에도 진경산수화와 민화도 대상으로 했으나 주된 비교의 대상은 풍속화다.

이 책은 크게 5장으로 구성되어 있다.

제1장은 '판소리에 나타나는 회화적 상상력' 이다. 여기서는 풍속화와 판소리가 상상력의 차원에서 상호 왕성하게 교류했음을 구체적으로 살폈다. 〈춘향전〉의 여러 장면들과 동시대 회화를 비교 분석함으로써 판소리 사설과 특정 회화 간의 제재와 정조 그리고 묘사 방식

등의 유사성을 거론하며 두 예술 장르의 수수관계를 구체적으로 밝혔다. 판소리 사설에 나타나는 각 장면을 당시의 민화나 풍속화의 유사한 장면과 상상력의 차원에서 비교한 것이다.

제2장은 '판소리와 풍속화의 구조상 닮은꼴'이다. 동시대의 의식구조와 시대정신의 영향을 받은 두 예술 장르의 유사성을 구조적으로 천착했다. '하나의 대상을 여러 관점에서 들여다보기', '공식적이고 유형화된 표현을 반복하기', '클로즈업하며 세밀하게 묘사하기', '우스꽝스럽게 희화화하여 표현하기', '성적 표현을 자유분방하게 노출하기' 등의 항목으로 두 예술 장르의 구조적인 상동관계를 세밀하게 고찰했다.

예컨대 〈춘향전〉의 다양한 시점과, 민화와 실경산수의 다시점을 비교하거나, 판소리 사설에서 공식화되어 가창되는 부분과 회화의 차용과 모방을 비교하는 것 등이 그것이다. 두 예술 장르의 구조적 동질성은 정치와 사회, 경제적 변화로 인해 관념적 세계관이 사실주의 미학으로 전환하고, 중인층이 예술의 담당층으로 부상하는 역사적인 맥락에서 가능했다. 제2장은 저자의 의욕과 노력이 가장 돋보이는 부분으로서 이 책의 핵심이다.

제3장은 '광대와 화공의 지향 의식 및 그들의 후원자들'이다. 임금, 양반 사대부, 중인과 서민층이 판소리와 풍속화의 애호가이자 패트런(Parton)으로서 두 예술 장르의 발달에 어떤 영향력을 행사했는지 밝혔다. 특히 중인 계층이 당대의 비판적, 동태적, 사실주의적 현실의식을 어떻게 예술 속에 구현했는가를 고찰함으로써 두 예술 장

르의 생성과 발전을 가능케 한 시대정신과 그 의의를 살폈다.

제4장은 '판소리와 풍속화에 나타나는 시간과 공간의 성격'이다. 판소리와 전대의 문장체 고소설 그리고 풍속화와 전대의 문인화를 각각 비교하면서 시·공간적 요소의 양상을 살폈다. 두 장르가 일상적 공간에서 주체적으로 자유롭게 활동하는 다양한 인물들을 사실적으로 그려 냈다는 것에 주목했다.

제5장은 '그림을 닮은 판소리의 언어'이다. 판소리 사설에 나타난 인물의 형상과 정경 묘사, 그리고 비유적 표현을 회화적 속성과 연계시켜 고찰했다. 판소리 사설이 갖는 회화적 속성을 통해 관념주의에서 물질중심주의, 즉 사실주의로 인식론적 전환이 가능했던 당시의 시대정신을 고찰했다.

이상을 통해서 저자는 판소리와 풍속화의 이면을 관류하는 시대정신을 천착하여 두 예술 장르가 당대 문예부흥의 선봉에 설 수 있었던 이유와, 조선 후기의 정신적 좌표 역할을 할 수 있었던 요인을 명확히 검증했다. 특히 사설과 관계된 회화를 동시에 제시하여, 일견 상이해 보이는 두 예술 장르가 공유하는 시대정신은 물론, 두 예술의 친연성과 그 특징을 흥미진진하게 접할 수 있는 기쁨을 맛보게 한 것은 큰 장점이다.

판소리 사설을 그림과 연계한 저자의 관점은 매우 의욕적이며 참신하다. 더구나 두 예술 장르의 발생과 성장 등의 지난한 문제를 시대적 맥락에서 천착했다는 점에서 보기 드문 저작이라고 할 수 있다. 특히 다학문적 연구가 일천하고, 따라서 학제간 연구가 요청되는 시점에서 두 예술 장르를 연구자가 과감하게 비교하고 그 의의를 구체적으로 검증한 시도는 돋보인다.

그러나 몇 가지 아쉬운 점이 발견된다. 풍속화와 판소리 사설은 구체적인 시간과 공간에서 개성적이고 주체적인 삶을 영위하는 인물을 다루는 것이므로 태생적으로 유사할 수밖에 없다. 당연한 것을 두 장르간의 상상력 차원의 교류로 파악한 것은 논리의 비약이 아닌가 한다. 또한 판소리의 사설 한 대목이 당시 풍속화와 흡사하다고 해서 판소리와 풍속화의 유사성이 검증되는 것은 아니라는 사실이다. 김윤보의 〈죄지은 여인 매질(楚達罪女)〉을 춘향이가 태장(笞杖) 당하는 것과 연관짓거나, 이도령과 방자가 춘향의 집을 찾아가는 길의 풍광을 정선의 〈청풍계(淸風溪)〉와 직접 연관시키는 것이 바로 그것이다.

판소리의 사설은 문학이기 이전에 음악이다. 따라서 판소리와 풍속화의 비교는 판본을 통한 언어예술적인 것에 국한하지 말고 성음이나, 장단 등의 판소리의 음악적 특성과 풍속화를 비교했으면 보다 큰 설득력을 획득했으리라는 아쉬움 역시 남는다. 이것은 앞으로의 과제로 남겨 둘 수밖에 없다. 저자의 선도적 작업이 있었으니 앞으로 보다 심화되고 정교한 후속 작업이 진행되길 기대한다.

대중 매체 속의 시각 이미지 읽기

최범 디자인평론가

『디자이너, 세상을 읽고 문화를 움직인다』
스티븐 헬러 · 카렌 포메로이 편집 / 강현주 옮김 / 2001 / 안그라픽스

다소 거창해 보이는 제목을 붙인 이 번역서의 원제는 '디자인 리터러시 : 그래픽 디자인의 이해' 이다. 마케팅적인 노력이 엿보이는 번역 제목에 비해 원제는 상당히 깔끔하고 함축적이다. 원제에서 핵심적인 용어는 리터러시(Literacy)라는 말인데, 먼저 이 말을 실마리로 해서 이 책에 접근해 보는 것이 좋을 듯하다. 리터러시란 '읽고 쓰기 능력' 을 의미하는 것으로 모든 교육의 기초가 되는 것이다. 예나 지금이나 학교에서 가장 먼저 가르치고 배우는 것이 읽고 쓰기인데, 이것이 곧 지식과 교양의 토대가 됨은 물론이다. 주지하다시피 역사적으로 볼 때 리터러시는 소수 특권층의 전유물로부터 점차 다

수 대중의 것으로 확대되어 왔는데, 특히 근대에 이르러 대중 교육이 보편화되면서 리터러시는 일종의 시민적 능력이자 권리로 인식되기에 이른다.

그런데 오늘날 리터러시는 계급적인 면에서만이 아니라 그 적용 범위에 있어서도 지속적으로 확장되어 가고 있다. 그것은 리터러시라는 개념이 단순히 문자를 '읽고 쓰는 능력'이라는 전통적 의미를 넘어서 비문자 영역과 문화 일반에 이르기까지 적용되고 있기 때문이다. 이를테면 그림이나 영화와 같은 비문자적인 시각 문화를 이해하는 능력인 비주얼 리터러시, 컴퓨터를 비롯한 디지털 문화에 대한 접근 능력을 나타내는 디지털 리터러시 그리고 문화적 교양 그 자체를 의미하는 컬처럴 리터러시와 같은 말들이 생겨나고 있는 것이다.

이 책의 저자가 그래픽 디자인에 리터러시라는 개념을 적용하는 이유는 명백하다. 그것은 디자인 역시 다른 영역과 마찬가지로 읽고 쓰는 능력을 요하는 것임을, 그리하여 디자인이 지적인 영역임을 강조하기 위한 것이다(그런 점에서 부제인 그래픽 디자인의 이해는 일종의 동어반복이다). 그런데 이 책에서 저자가 말하는 그래픽 디자인의 리터러시는 이중적인 의미 구조를 지니고 있다. 그것은 그래픽 디자인을 시각 언어로서 읽어 내는 것뿐만이 아니라, 그래픽 디자인이 만들어지고 활용되는 상황과 맥락조차도 읽어 내어야 할 대상으로 접근하는 것이다. 이것은 그래픽 디자인에 대한 일종의 담론 또는 비평을 의도하는 것이다.

그래픽 디자인은 시각 언어로서 현대의 대중 매체와 밀접한 관련을 맺고 있다. 그러나 그동안 그래픽 디자인은 적절한 담론과 비평의 대상이 되지 못했다. 전통적으로 비평은 예술에 대해 주어졌던 반면, 그래픽 디자인과 같은 대중문화는 그렇지를 못했던 것이다. 그것은 어쩌면 그래픽 디자인 자체가 직접적인 '말하기'의 한 방식이라는 이유 때문에 정작 진지한 말하기의 대상이 되지 못했던 것인지도 모른다. 예술은 '존재하고' 디자인은 '말한다.' 존재하는 것은 설명되어야 하나 말하는 것은 이해하면 된다. 예술은 '의미하고' 디자인은 단지 '전달한다.' 의미하는 것은 해석되어야 하나 전달하는 것은 받아들이면 된다. 이러한 것이 이른바 예술과 비예술을 구분하는 근대적 인식의 밑바탕에 깔려 있는 구도이다.

그러나 오늘날 상황은 많이 달라졌다. 오늘날 대중문화처럼 많은 담론의 대상이 되는 현상도 드물 것이다. 그래픽 디자인도 이러한 변화의 영향을 받고 있다. 그러나 아직 그래픽 디자인에 대한 담론 또는 비평은 매우 부족하며 참조할 만한 예도 그다지 많지 않다. 다만 대중문화에 대한 점증하는 관심이 이 영역에 대해서도 조금씩 말문을 열어 가고 있는 정도이다.

그래픽 디자인은 현대의 대중 매체를 위해 존재한다. 대량 생산과 대량 소비로 특징 지워지는 현대 산업사회는 사회를 통합하고 생산과 소비를 매개하기 위하여 대중 전달(Mass Communication)을 필요로 한다. 그리고 그러한 대중 전달을 목적으로 하는 것이 이른바 대중 매체(Mass Media)이며 대중 매체를 위한 시각 언어가 바로 그래픽 디자인(최근에는 커뮤니케이션 디자인이라고도 부른다)이다. 사실상 오늘날 우리가 접하는 신문, 잡지, 책, TV와 같은 대중 매체들은 그 래픽 디자인이 만들어 낸 시각적 이미지들로 가득 차 있다. 그리하여 사람들은 '이미지 범람의 시대'를 이야기하기도 한다. 그러나 대중 들은 매일매일 대중 매체 속의 넘쳐 나는 이미지들을 통해 그래픽 디 자인을 접하지만, 그것이 어떠한 사회적, 문화적 배경에 의해 생산되 는지에 대해서는 그다지 관심이 없다. 대중들은 그래픽 디자인을 '한 눈으로' 본다. 그러나 이러한 대중의 일별에는 생각보다 많은 사 회적, 문화적 의미와 맥락들이 얽혀 있을 수 있다. 이 책은 이러한 의 미를 읽어 내려고 한다.

물론 이 책은 본격적인 비평서는 아니다. 대신에 현대의 그래픽 디자인(정확하게는 미국을 중심으로 하는)을 사회적, 문화적 맥락들을 통해 살펴보는 작업이라고 할 수 있다. 20세기의 거의 전 기간에 걸 쳐 한 시대를 풍미했던, 또는 잊혀졌을지라도 다시 조명해 볼 만한 가치가 충분히 있는 작업들을 다루고 있다는 점에서 이 책은 뛰어난 디자인 작품들에 대한 선별이기도 하지만, 단순한 작품 소개나 연대 기적인 소묘에 그치지 않고 한 시대의 그래픽 디자인이 어떠한 사회 적, 문화적 배경에서 등장했으며 당대의 대중에게 어떻게 수용되었 는가 하는 맥락을 드러낸다는 점에서 일종의 문화사라고도 말할 수 있다. 비교적 간결하고 가끔씩 유머가 섞인 글을 통해 저자인 스티븐 헬러는 그래픽 디자인 자체가 어떻게 말하기의 대상이 될 수 있는지 를 잘 보여 준다.

저자인 스티븐 헬러는 미국의 대표적인 디자인 평론가라고 할 수 있다. 《뉴욕타임스》지의 선임 아트디렉터이기도 한 그는 무려 60여 권이 넘는 그래픽 디자인에 관한 책을 쓰고 편집해 왔다. 그는 이미 수많은 저작을 통해서 그래픽 디자인에 대한 사람들의 이해를 높이는 데 기여해 왔다. 헬러는 이 책의 성격을 '오브제 레슨'이라는 말로 표현한다. 이 말은 이 책이 단지 창조와 생산의 과정을 보여 주는 사례 연구가 아니라 "다양한 매체들 속에서 질적으로 뛰어나고 현대적인 디자인 결과물들을 선택하여 내적인 작업의 과정을 보여 주기 위한 것"임을 표현하고자 한 것이다.

그리고 이 책을 구성하는 8개의 장은 각기 '설득 : 규제와 영향에 관계된 디자인', '미디어 : 매스 커뮤니케이션에서의 디자인', '언어 : 어휘로서의 디자인', '아이덴티티 : 기호로서의 디자인', '정보 : 안내로서의 디자인', '아이코노그래피 : 잊혀지지 않는 심벌', '스타일 : 미학과 형식으로서의 디자인', '비즈니스 : 마케팅 도구로서의 디자인' 등이다. 이러한 구분 역시 단지 디자인 오브제들의 성격을 파악하기 쉽게 분류한다는 기능을 넘어서 그래픽 디자인 세계의 다양성과 풍부함을 말하기 위한 것이라고 할 수 있다.

그래픽 디자인이 나름대로 다양한 양상과 풍부한 사회적, 문화적 맥락을 가진다는 것은 그것이 그만큼 시대적이라는 것을 의미한다. 그런 면에서 그래픽 디자인은 영원하지 않다. 절대적이고 영원한 것만이 가치 있다고 하는 고전적인 예술 이론은 현대의 그래픽 디자인과는 어울리지 않는다. 그래픽 디자인은 짧기 때문에 오히려 어떤 풍부함을 가질 수 있다. 때문에 그것은 현대 사회와 대중문화의 역동성과 변덕스러움을 가장 민감하면서도 현장감 있게 보여 준다. 따라서 그래픽 디자인이 어떤 시대를 넘어서도 의미를 가질 수 있다면 이는 역설적으로 그것이 오로지 동시대적인 의미 체계에 속하기 때문일 것이다. 그런 점에서 이 책은 이 시대적인 예술이 갖는 의미들에 관심을 기울일 수 있다.

사실 그래픽 디자인의 이러한 특성 때문에, 주로 미국을 중심으로 한 구체적인 상황들을 배경으로 하는 이 책이 한국 독자들의 접근을 어렵게 하는 점이 없지 않다. 그러나 여기에서 우리가 주목해야 하는 것은 오히려 당대의 대중 매체를 가득 채우고 있는 그래픽 디자인이 빚어내는 역할과 의미들이다. 상업적인 것과 함께 혁명적인 것이 있으며, 고전적인 것과 함께 현대적인 것이 있다. 우리는 문화의 영속성이 아니라 당대적인 풍부함과 변덕스러움을 즐기려는 사람들을 위해, 그러면서도 그 속에서 삶의 풍성함을 발견할 수 있는 사람들을 위해 이 책을 권한다. 문화의 차이, 이것이야말로 한국의 독자가 이 책에 접근하는 데 치러야 할 어려움이지만 또 그 때문에 동시대적인 삶의 다양성과 만날 수도 있는 것이다.

문학 혹은 인간에 대한 질문

한용택 서울대 강사

『덧없는 인간과 예술』
앙드레 말로 지음 / 유복렬 옮김 / 2001 / 푸른숲

'덧없는 인간과 예술', 이러한 제목을 마주할 때 우리는 쉽게 그리고 흔히, 인간의 유한성과 문학의 영원성이라는 두 개의 축을 중심으로 책의 내용을 예단하려는 유혹을 느끼게 된다. 앙드레 말로의 책도 크게 보아, 이러한 보편적이며 상식적인 명제에서 벗어난다고는 할 수 없다. 그러나 이러한 명제는 이 책의 출발점이지 도착점이 아니다. 또한 이렇게 단순화된 도식으로 말로의 문학에 대한, 그리고 예술에 대한 사상을 결론짓기에는 다양한 형태의 그의 삶과 저술의 무게가 너무 무거워 보인다.

앙드레 말로라는 이름 앞에는 여러 개의 수식어가 붙는다. 고대

유적을 찾아 나선 도굴꾼 또는 모험가, 소설『인간조건』으로 콩쿠르 상을 수상한 소설가,『예술의 심리학』등 수많은 미술비평 저서를 출판한 예술 비평가, 스페인 내란에 참가한 의용항공대장, 항독 레지스탕스 일원, 드골 정부의 장관 등 화려하고 다채로운 그의 이력 때문이다. 1901년에 파리에서 태어난 앙드레 말로는 기실 20세기의 주요한 역사적 현장에서 거의 빠짐없이 자신의 모습을 드러냈다.

한편 그의 삶만큼이나 사상 또한 한마디로 표현하기 힘들 정도로 복잡하며 난해하다. 예술과 문학에 관한 그의 사상 또는 그의 철학적 사유를 기존에 알려져 있는 유파의 사상에 기대어 분류, 해석하는 것은 거의 불가능하다. 그만큼 그의 사상은 독창적이며 동시에 일목요연하지 않다. 하지만 한 가지 분명한 점은, 말로가 평생에 걸쳐 예술에 대해 식지 않는 열정을 가졌다는 것과, 인간과 예술에 대해 끊임없이 질문했다는 것이다. 그의 삶과 사상의 다선적이며 다색적인 스펙트럼은 결국 그러한 질문에 대한 해답을 모색하는 과정이라고 생각할 수 있는 것이다.

『덧없는 인간과 예술』은 그가 생을 마감한 다음 해인 1977년에 출간된, 그러니까 말로의 다양한 인생과 사상의 섭렵의 끝자락에 위치한 저서이다. 기실 말로의 수많은 예술 비평서들 가운데 문학을 대상으로 한 책은 이『덧없는 인간과 예술』이 유일하다. 1943년 출간된『알텐부르그의 호두나무들』을 마지막으로 말로는 소설 쓰기를 중단했으며, 1947년『예술의 심리학』이후로는 30년 동안 주로 미술과 자전적인 글에 몰두했다. 무엇 때문에 말로는 한동안 관심이 멀어진 것처럼 보이던 소설 그리고 문학을, 죽음을 앞두고 새삼스럽게 다루게 되었을까? 이 책의 올바른 읽기는 바로 이런 사실에서 출발하지는 않을까?

말로가 이 책에서 주로 다루고 있는 대상은 문학이다. 좀 더 정확히 말하자면 문학작품과 인간의 관계이다. 흔히 예술작품은 영원한 생명력을 갖고 있다고, 다시 말해서 불멸하다고 생각한다. 말로가 제기하는 첫 번째 문제는 예술작품 또는 문학작품의 불멸성에 관한 것이다. 단적으로 말해 그는 문학작품의 불멸성을 단어의 의미 그대로 인정하지 않는다. 우리가 수백 년 전의 작품을 읽는 것은 그 작품이 영원불변의 진리를 담고 있어서가 아니라는 것이다. 말로는 이 점을 고대 그리스, 로마 문학과 중세, 르네상스의 예술을 예로 들어 설명하고 있다.(제1, 2, 3장) 고대 그리스와 로마의 고전들은 천년의 세월 동안 잊혀졌었다. 그러나 잊혀져 있던 소포클레스의 작품은 르네상스 시대에 이르러 망각의 늪에서 빠져나와 새로이 각광받게 된다. 그렇다고 해서 르네상스 시대의 서구인들이 그리스인이나 로마인과 동일한 시각으로 소포클레스의 작품을 읽은 것은 아니다. 그리스인과 로마인이 소포클레스를 비극의 아버지로 존경했다면, 천년 후의 서구인은 소포클레스를 절도 있는 예술의 아버지로 추앙했기 때문이다.(제1장) 즉 소포클레스의 작품은 면면히 이어져 내려온 것이 아니라 르네상스 시대에, 책의 3장의 제목이 암시하듯이 '부활'한 것이다. 사람들이 그의 작품을 새로운 시대에 맞게 '변신'시킨 것이다. 문학작품의 '부활'과 '변신', 이것은 말로에게 있어서 그리 새로운 개념은 아니다. 그가 자신의 예술 비평에서 줄곧 제기하는 문제이기 때문이다. 박물관이나 미술관에서 과거의 미술작품을 전시한다는 것은 작품들을 작품 당대의 시간에서 유리시킨다는 의미이다. 과거의 작품들이 당대의 질서와 가치에서 '절단' 되어 새로운 가치와 질서 속에서 다시 태어난다는 것이다. 박물관이나 미술관의 공간성이, 과거의 작품들이 시간의 흐름이 강요하는 풍화와 망각에서 벗어나도록 해 주는 것이다. 한 사회의 사람들이 예술작품을 대할 때 준거(準據)하는, 가치와 질서를 포함하는 무형의 세계를 말로는 '상상 미술관' 이라 부른다. 따라서 '상상 박물관' 은 상대적이며, 나아가서는 개인적일 수도 있으며, 시간과 역사의 연속선을 거부한다. 동시에 과거의 예술작품이 '부활' 하고 '변신' 하는 것은, 한 시대의 사람들이 갖고 있는 이 '상상 미술관' 에 의해서이다. 문학작품이 겪는 과정도 이와 크게 다르지 않다. 단지 미술작품에서의 '상상 미술관' 을, '상상 도서관' 이라 부를 수 있는 '총서' 의 개념이 대신하고 있을 뿐이다. 시대가 바뀔 때마다 새롭게 편집되고 출간되는 총서에 의해 문학작품들은 망각의 심연으로 빠지기도, 또 반대로 새롭게 부활하기도 하는 것이다. 어쨌든 문학작품은 다른 예술작품들과 마찬가지로, 영속적으로 존재하는 것이 아니라, '변신' 을 통해 새로운 생명을 갖게 되는 것이다.

  말로는 이와 같은 전제하에 서구의 예술과 문학의 흐름을 조감하고 있다. 각각의 시대의 예술을 지배하는 것은 그 시대의 '상상 미술관' 또는 '총서' 에 해당하는 상상계이다. 중세의 예술을 지배하던 것은 '진실의 상상계' 였다.(제2장) 기독교 문명을 상징하는 대성당, 신성함을 찬양하는 그림과 조각이 이 '진실의 상상계' 를 대표하는 작품이었다. 그러나 르네상스를 거쳐 고전주의, 낭만주의로 이행되면서 프랑스의 고전극, 발자크류의 소설 등 새로운 가치와 질서를 내재한 예술작품들이 주요 장르를 구성하게 된다. '환상의 상상계' (제4장)와 '글의 상상계' (제5장)의 시대가 되는 것이다. 이 새로운 상상계는 사실주의를 거치면서 소설이라는, 최근 이백 년 동안 가장 지배력이 강했던 장르를 탄생시킨다. 중세의 '진실의 상상계' 와 비견할 만한 '허구의 상상계' 가 완성되는 것이다.(제6~10장) 그러나 중세의 예술이 그 생명을 다했듯이, 현대의 소설도 그 절정기를 지나 생명력을 위협받고 있다. 20세기 후반에 괄목할 만한 발전을 보인 영화, 시청각 매체가 그 자리를 넘보고 있으며, 우리는 새로운 가치와 질서의 필요성에 직면해 있는 것이다. 인간은 '진실의 상상계' 와 '허구의 상상계' 의 뒤를 잇는 새로운 상상계가 필요한 시기에 처해 있는 것이다. 말로가 『덧없는 인간과 예술』에서 제기하는 두 번째 문제이자 근본적인 문제는 바로 이 새로운 상상계의 필요성이다. 인간은 과연 어떻게 이 필요성을 충족시킬 수 있을까? 전에 그랬던 것처럼 과거의 예술작품을 부활시킬 것인가? 말로는 이에 대해 명확한 대답을 주지 않는다. 인간의 영혼은 원래 불가지론을 강요하기 때문일 것이다.(제14장) 그러나 말로는, 이번에 '변신' 해야 할 존재는 예술작품이 아니라 인간 자신이라는 암시를 하고 있다. 그것만이 유일하게 '허구의 상상계' 를 뒤이을 가치를 창조할 수 있으며, 인간이 자신의 유한성을 극복할 수 있는 방법이라고 믿기 때문이다.

결국 앙드레 말로가 새삼스럽게 문학을 이야기하게 된 것은 문학과 소설만을 말하기 위함이 아니었다. 평생을 탐구해 왔던 인간에 대한 존재론적인 질문과 예술에 대한 질문에 대답할 수 있는 하나의 가능성을 제시하기 위해서였던 것이다. 예술작품의 부활과 변신이 아닌 인간 스스로의 부활과 변신이 바로 그것이다.

말로의 사상서는 읽기가 쉽지 않다. 단어와 문장을 끊임없이 되씹어야 하고 수없이 참고서적을 뒤적거려야 한다. 이번에 출간된 『덧없는 인간과 예술』에서는 많은 오독, 오역이 보인다. 차분하고 깊이 있는 텍스트 읽기를 방해할 정도이다. 간략한 인물 사전 같은 역주도 텍스트의 내용을 완전히 이해하기에는 부족하다. 다음 판에서는 이러한 점들이 수정되기를 진심으로 바란다.

조선 후기 화단의 새로운 조명

— 자비대령화원의 발굴

이원복 국립중앙박물관 미술부장

『조선 후기 궁중화원 연구』 (상, 하)

강관식 지음 / 2001 / 돌베개

활발한 회화사 연구

1970년대부터 오늘에 이르기까지 우리나라 미술사학계에서 연구 활동이 활발하고 연구 업적이 두드러진 분야가 한국회화사(韓國繪畵史)임은 자타가 공인하는 바이다. 미술사학은 건축을 비롯해 회화·조각·공예 등으로 세분되는데, 한자문화권에 있어 서구와는 달리 중국의 서법(書法)이나 일본의 서도(書道), 우리의 서예(書藝)라는 용어가 시사하듯 글자도 어엿한 예술의 한 분야로 존재했다. 전통 사회에 있어서 미술 가운데 첫 번째를 점하는 분야가 그림에 글씨까지를 포함시킨 서화(書畵)이다. 그럼에도 불구하고 우리의 경우 전래된 유물이 가장 영성(零星)한 부분이 그림인 것도 부인할 수 없는 현실이다. 종이나 비단이라는 재질에서 연유된 한계성과 함께 빈번한 외침에 의해 가장 피해가 큰 것이 이 분야였다. 일제 강점기 일본인들은 그들의 주된 관심사인 도자기에 대해서는 각별한 애정을 쏟았으나 그림에 관해서는 '조선 전반에는 중국풍(中國風)이 많이 있어 그나마 볼 만하나 후반은 지방색이 강하고 거칠다'는 식의 서술로 우리 그림을 중국 그림의 단순한 모방이거나 한 아류로 백안시·도외시한 것으로 사료된다.

해방 이후 미술사학계의 회화사 연구는 우선 대상 시기를 영조·정조대인 조선 후기에 초점을 두었는데 이는 '우리 문화의 황금기'로 지칭되기도 하는 이 시대 전반적인 문화의 번창 속에 회화 또한 기라성 같은 많은 화가들이 등장하여 다른 어떤 시기보다도 크게 융성한 점에 기인된다 하겠다. 조선 후기 회화사 연구는 화풍상 고유색이 짙고 독자성이 강한 진경산수화나 풍속화 그리고 초상화 등이 집중적으로 다루어져 이 분야에 관한 연구가 축적되어 그 성과가 가시화되었다. 이 일련의 과정에 큰 디딤돌이 된 것으로 국립박물관에서 1972년, 1979년에 개최한 '이조명화 근5백년전'과 '국립중앙박물관 소장 미공개 회화 특별전' 등 회화를 주제로 한 두 특별전을 들 수 있다. 또한 '겸재 정선(鄭敾)'을 필두로 1971년부터 간송미술관에서 매년 봄·가을로 두 차례씩 개최한 그림을 주제로 한 기획전을 꼽게 된다. 특히 민족 문화유산의 보고(寶庫)인 간송미술관 소장의 서화는 국립박물관 소장 서화를 능가하는데, 동처에서 2000년까지 30년 간 개최된 전시는 회화 관계 기획전만 해도 36회에 이른다. 각 전시회는 소장품에 대한 철저한 조사와 고증 및 연구를 거친 참신한 기획으로 주제에 따라 개최되었을 뿐만 아니라 전시 주제에 따른 논고를 예외 없이 싣고 있어 조선시대 회화에 대한 이해가 체계적으로 진척됨을 엿볼 수 있다.

이론과 실기를 겸비한 미술사가

우리 불교조각사에 있어 괄목되는 논고를 계속해서 발표해 온 강우방(姜友邦) 교수는 〈체험적 미술사학〉(박물관신문 제253 · 254호, 1992. 9 · 10, 나중 『美의 巡禮』라는 단행본에서는 '체험의 미술사'로 바꿈)이라는 에세이에서 미술사 연구에 있어 방법론의 중요성을 역설하고 있다. 그는 미술사가 이론 · 체험 · 실천의 세 가지가 조화롭게 어울리는 시각적 사고를 통하여 성립하는 학문이라는 전제에서 그 형성 과정을 8단계로 나누어 설명하고 있다. 그중 가장 첫 번째 단계로 '조형미술을 대상으로 삼고 있기 때문에 미술사가(美術史家)가 이를 파악하고 체험하기 위해서는 창작인(創作人)으로서의 소질을 어느 정도 타고나야 한다'고 피력하고 있다.

최근 『조선 후기 궁중화원 연구』라는 두 권의 볼륨 있는 저술을 출간한 강관식(姜寬植) 교수는 대학에서 회화를 전공했다. 그리고 일찍이 간송미술관 부설 한국민족미술연구소의 연구원으로 있으면서 동처의 조선 명화들을 두루 실사(實査)할 수 있었고, 동 연구소의 실장인 최완수(崔完秀) 선생의 지도 아래 역사와 한문 해독능력 등을 두루 갖추게 되었다. 조선회화의 이론적 배경을 이해하기 위해서는 중국회화에 대한 지식 또한 요구되는데, 강 교수는 1989년 이래로 『중국회화 이론사』,『중국회화 비평사』,『동양화구도론』과 같은 역서를 이어서 간행하였다. 또한 『관아재 조영석 화학고 상·하』(1989·1990),『조선후기 미술의 사상적 기반』(1992),『진경시대 후기 화원화의 시각적 사실성』(1995),『김홍도관 규장각도』(1995),『진경시대 초상화 양식의 이념적 기반』(1998) 등 주로 조선 후기 진경시대 회화를 대상으로 사상적 배경 및 화가론과 양식 분석 등에 비중 있는 논고들을 발표해 왔다.

아울러 1994년 가을 간송미술관 제47회 기획전인 '조선화원화(朝鮮畵員畵)'를 개최함에 있어 〈조선후기 규장각 자비대령화원제〉를 발표한 것을 기반으로 하여 계속 이 분야에 대한 조명 등 7년여 각고의 결실로 박사논문이기도 한 본 서를 발간하기에 이르렀다.

새롭게 조명된 조선후기 화단

자비대령화원[1](差備待令畵員)은 예조 산하기관인 도화서(圖畵署)에 속한 화원과는 별개로 국왕 및 국왕 측근의 각신들이 당대 최고의 화원화가 10여 명을 선발하여 규장각에 소속시킨 화가들로 새로운 직제의 궁중화원이다. 1783년(정조 7년)부터 1881년(고종 18년)까지 약 100년 동안 100여 명에 달하는 궁중화원들은 총 800여 회 녹취재(祿取才)라는 별도의 시험을 보고 임무 및 예우 등에서 기존의 화원과는 달리 특별 관리되었다. 이들의 분기별 시험 문제와 점수 등이 규장각 근무일지인 『내각일력(內閣日曆)』에 소상히 명기되어 있다. 이 분명한 역사적 사실이 회화사 연구에 있어서 전혀 가려져 있었다. 강 교수는 본 서에서 1,200여 책의 방대한 『내각일력』에서 이들 자비대령화원에 관한 기록을 발굴하여 분석하고, 자비대령화원이 지니는 회화사적 의의 및 당시 국왕의 회화적 취향 등을 두루 파악하여 조선 후기 화단을 새롭게 조명하였다.

『조선 후기 궁중화원 연구』(상)은 모두 10장으로 구성되어 있는데 서론에 이어 규장각의 자비대령화원 직제 및 녹취재 제도, 녹취재의 화문과 화제의 개관, 인물 · 산수 · 화조 · 기타(매죽과 문방) 그리고 이 시기 회화가 융성할 수 있었던 배경의 측면에서 자비대령화원의 회화사적 의의를 밝히고 이어 결론으로 마감한다. 이 책에서는 〈동궐도〉에서 규장각 부분, 『내각일력』 1책 그리고 자비대령화원들의 녹취재 화제로 추정되는 그림들 및 〈문방책가〉까지 본문과 연관되는 부분에 게재한 엄선된 도판이 100점에 이른다.

『조선 후기 궁중화원 연구』(하)는 별도의 독립된 자료집 성격을

---

1) 조선시대의 궁중에서는 거친 소리를 피해 '差備'를 '즈비'라 읽었다.

지닌다. 『내각일력』의 도화서 화원의 기사 색인 및 조선 후기 연표(年表) 외에 모두 5장으로 이루어져 있다. 제1장의 궁중화원 자료 총설에 이어 2장에서는 1,245책으로 된 『내각일력』에 언급된 자비대령화원의 녹취재 자료를 모아 연대·내용별로 도표화하였다. 제3장에서는 녹취재에 출제된 화제들을 국왕·연대·화문별로 나누어 도표화했고, 4장에서는 녹취재 성적을 화문·화원별로 색인화했고, 끝으로 5장은 자비대령화원 활동 상황을 총람으로 구성하였다.

본 서의 미술사적 의의는 다음과 같다. 첫째, 전래된 작품의 장르별 종류나 수치와는 별개로 18세기 말부터 19세기 말까지 왕실 및 지식인들이 애호한 그림의 주제와 소재들에 대한 이해가 비교적 선명해졌다. 둘째로 성리학을 주도 이념으로 삼고 있는 유교 국가인 조선왕조에 있어 비록 정조부터 고종까지 다섯 제왕에 국한되나 그림에 대한 제왕의 각별한 관심 및 지식인들의 선호를 엿볼 수 있다. 이로써 이들의 화단에 대한 영향력을 짐작할 수 있다. 셋째, 조선 후기 화단에 있어 풍속화의 정의 및 진경산수의 쇠퇴 요인에 대한 집권층의 의식 구조를 전해 준다. 넷째, 민화에 대한 분류 및 정의에 대한 새로운 해석이 자비대령화원에 대한 연구에 의해 보다 설득력 있게 제시되었다. 오늘날 민화(民畵)로 알려진 그림들 중에는 불화에 속하거나 화원에 의해 제작된 궁중 장식화에 해당되는 것들이 적지 않다. 이를테면 화려한 〈모란병〉이나 〈책가도〉의 경우 그 시작이 왕실이다. 끝으로 저자 자신이 밝혔듯이 녹취재 화제와 이에 해당되는 현

존 작품과의 면밀한 비교 검토가 조선 후기 화단에 대한 총체적인 이
해를 위한 차후의 과제로 생각된다.

연극운동과 연극예술의 상관성 고찰

서연호 고려대 국어국문학과 교수

『한국연극운동사』
유민영 지음 / 2001 / 태학사

1

유민영의 『한국연극운동사』가 새로 출간되었다. 유민영은 『현대희곡사』(1982), 『근대연극사』(1996), 『근대극장변천사』(1998) 등을 저술한 대표적인 연극학자이다. 저자가 밝힌 그대로, 이 책은 1990년 봄에 내놓은 『우리시대 연극운동사』에 원고지 250매의 앞부분과 후반부 300여 매를 추가로 써넣음으로써 11년 만에 새롭게 나온 책이다. 그동안 자신의 연극사관도 달라졌다고 했다. 우리 연극이 근대에 와서 직업적으로서보다는 운동의 차원으로 전개돼 왔고, 선구 연극인들이 어떤 전기(轉機)를 만들어 보려 노력한 흔적을 주안점으로 서술하고자 했다고 밝혔다.

유민영은 프롤로그에서 다음과 같이 단언했다.

> 초창기의 우리 신극은 대중오락물로서의 기능 이상은 하지 못했고 근대인의 의식 변화나 정신 진보에 아무런 기여를 못했다고 보아도 무방하다. 진보는커녕 오히려 퇴보시키는 역기능을 했다고 말할 수 있다. 가령 전통예술은 조선시대까지 해 온 것 그대로거나 아니면 그 정통성마저 훼손한 내용 전달이었고 수입 신파극은 일본의 전근대적 대중정서를 담은 내용이었다.(14쪽)

본문에 들어서기도 전에 이런 서론이 기술된 것은 진실 여부를 떠나서 우리 독자를 매우 우울하게 만든다. '정통성마저 훼손된 내용 전달', '진보는커녕 오히려 퇴보', '대중오락물로서의 기능에 한정' 등에 치중된 연극운동사였다면, 과연 이런 연극사를 '읽는' 혹은 '읽히는' 의의는 무엇인지 의문이 아닐 수 없다.

이 책은 프롤로그, 1부 개화와 전통공연예술, 2부 일본신파극의 유입과 그 토착, 3부 민족자각과 민중연극, 4부 암흑과 혼돈의 연극, 5부 전쟁과 연극 기반의 붕괴, 6부 연극 재건의 험로, 7부 산업사회와 연극 다양화, 에필로그 등 모두 9부로 서술되었다. 프롤로그와 에필로그를 제외한 전체 내용을 우선 요약해 보기로 한다.

제1부에서는, 개화기에 극장이 설립된 과정을 기술하고, 아울러

그 극장 공연에 대한 당대의 비판과 부정적 견해를 피력했다. 20세기 초엽에 협률사와 원각사에서 비롯된 창극운동이 상당 기간 침체되었다가 1933년 조선성악연구회 성립 이후에 부활되었고, 6·25를 전후로 해서 여성국극 형식으로 활성화되었다가 1962년 국립창극단이 결성되면서 현재와 같은 창극이 만들어지게 된 경위를 자료 중심으로 기술했다. 이처럼 창극운동을 하나의 연극사적 맥으로 파악한 것이다.

제2부에서는, 20세기 초엽 일본신파극이 우리나라에 상륙하게 된 경위와 우리 연극인들이 신파극을 '하나의 새로운 운동으로' 수용한 내용, 특히 당대의 우리 신파극이 갖는 갖가지 해프닝을 비롯하여 우리 관중과 신파극이 접목되는 과정을 기술했다. 이 과정에서 성숙된 배구자를 비롯한 이른바 스타의 명멸을 소개했다. 한편, 동양극장은 신파극과 리얼리즘이 만나서 대중 연극으로 착근하게 된 계기를 마련했다는 기존 학설을 소개하고, 동양극장의 운영제도와 공연작품을 개관했다. 1930년대 중반기부터 성행하기 시작한 악극을 신파극과 대중극의 연장선상에서 고찰하기도 했다.

제3부에서는, 1920년의 신극운동으로 전개된 학생극, 토월회(초창기와 박승희 시대), 김우진의 극작, 프롤레타리아극 등을 기술했다. 이러한 연극운동은 학생극운동의 연장선상에서 전개된 것일 뿐만 아니라, 우리 신극(근대극)의 실체를 모색하기 시작한 운동이었다는 측면에서 중시된다. 그러나 유민영은 '좌절과 실패의 연극운동'에 주목하여 이 부분을 대체로 간략하게 취급하고 말았다.

　제4부에서는, 1930년대 신극운동의 기수였던 극예술연구회(약칭 극연)의 활동을 지식인 연극으로 규정하고, 이들의 영광과 좌절을 일제 말기의 친일극과 연관해서 다루었다. 유치진·서항석·함대훈같이 선구적인 신극운동을 한 지식인들이 일제 말기에는 다른 연극인들보다 적극적으로 친일극운동에 참여한 것에 대하여 '굴절'이라는 표현을 사용했다. 타협이냐, 투쟁이냐, 망명이냐의 기로에서 우리 연극 지도자들은 타협을 선택함으로써 신극 자체는 물론 그 신극정신마저 스스로 더럽히는 결과를 낳게 되었다는 것이다.

　광복이 되었지만, 광복의 의의에 무지했던 연극인들은 구태의연한 일제시대의 연극을 반복했을 뿐만 아니라, 과거 청산과 자성에 앞서 연극을 남북과 좌우익의 정치투쟁에 이용하는 데 더욱 앞장서게 되었음을 밝혔다. 이어서 오늘날과 같은 형태의 북한 연극이 성립된 배경을 논했다. "표현의 자유는 말할 것도 없고 개성파괴와 창조력마저 박탈된 사회에서 연극이 살아남을 수 없는 것은 자명하다.(중략) 이렇게 볼 때 북한에는 진정한 연극이 없는 것이다"라고 했다.(335쪽) 제5부에서는, 6·25로 인한 연극 기반의 붕괴와 피난지의 연극과 수복지의 연극 그리고 영화 붐과 연극의 위축을 다루었다. 제6부와 제7부에서는, 유치진의 드라마센터 설립과 연극 중흥운동 이후로부터 현재에 이르는 연극의 흐름을 인물이나 토픽 중심으로 기술했다.

2

유민영의 『한국연극운동사』는 연극사 기술상에 몇 가지 의의가 있다. 첫째는 연극사 자료의 결핍을 원로 연극인들과의 면담 조사를 통해 대폭 보완해 주었다는 점이다. 이러한 가치만으로도 이 책은 장기간 보존될 것으로 여겨진다. 역사는 과거에 대한 비판이요, 과거는 자료를 통해 복원된다. 오늘날의 독자들이 살지 않았던 시대를 총체적으로 복원·파악할 수 있어야 비로소 그 시대에 대한 객관적인 인식·평가가 가능한 것이다. 기초적인 자료 조사를 하지 않고, 전반적인 자료 인식에 도달하지 않은 상태에서 자기 취향에 도취하여 우리 연극사를 함부로 논의하고 있는 이즈음의 젊은 연극학도들에게 이 책은 하나의 자료집이자 길잡이로서 의미를 지니고 있다고 할 것이다.

둘째는 운동사의 관점에서 우리 연극사를 파악한 방법적 기여라고 할 것이다. 불행한 측면이지만, 우리 연극사에서 연극운동과 연극예술은 조화의 관계, 진보의 관계에 있지 않고 오히려 괴리의 관계, 역행의 관계라는 성질이 강하게 스며 있음을 간과할 수 없다. 이 책에서 유민영은 이러한 역사적인 맥락을 분명하게 규명해 내지는 못했다. 그러나 우리 연극사가 운동사 중심으로 전개돼 왔다는 사실을 전제로 하여 역사를 파악해 보고자 했다는 점에서 일단 하나의 공적으로 볼 수 있다.

셋째로 이 책은 그의 다른 저서들, 즉 『현대희곡사』, 『근대연극

사』,『근대극장 변천사』 등과 더불어 우리의 빈약한 연극사학에 하나
의 '견실한 다리'를 놓았다는 점이다. 다리를 건너야 새로운 육지로
나아갈 수 있듯이, 우리는 연극의 과거와 현재를 분명하게 파악해야
미래의 연극을 창조할 수 있는 것이다. 연극사는 과거의 기록을 위해
존재해야 하기보다는 미래의 새로운 창조를 위해 필요한 정신의 양
식이다. 이 책은 하나의 새 역사서로서 학문사적 의의를 갖는다고 할
것이다.

이 책이 지닌 기술상의 아쉬움에 대해서도 몇 가지 지적해 두고자
한다. 이런 관점의 연극사에서 필자가 생각하는 보편적인 내용을 피
력하기에는 지면이 부족하므로, 유민영 자신이 기술한 부분에서 미
처 충족시키지 못한 점을 간략히 논의해 보기로 한다. 다시 앞서의
평가로 되돌아가기로 한다.

이 책이 우리 연극사 자료의 결핍을 대폭 보완해 주었다는 점은
높이 평가되어야 마땅하지만, 자료 처리과정에서 그런 자료들을 객
관화시키는 데 치중하기보다는 에피소드식으로 다룬 것은 아쉬움이
라 할 것이다. 그리하여 실제 이 책은 '비판서'의 성격보다는 '연극
이야기' 같은 느낌이 강하다. 연극이야기가 나쁘다는 것이 아니다.
'연극운동사'라는 개념에서 종종 이탈하고 있는 서술 태도에 취약성
이 있다는 말이다.

다음으로, 우리 연극운동사의 핵심은 앞서 지적한 대로, '연극운
동과 연극예술은 당연히 조화관계·진보관계에 있지 않고, 괴리관
계·역행관계라는 역설적 성질'이 강하게 지속되고 있는 현상이다.

이것은 불행이자 낭비이고, 도전의 새 과제이기도 하다. 유민영이 쓴 프롤로그도 이미 소개했다. 그럼에도 불구하고, 그는 이 책에서 자신이 제기한 문제의 맥락을 분명하고 진지하게 규명해 내는 데 치중하지 못했다. 이런 측면은 이 책이 지닌 역사서로서의 아쉬움이라 할 것이다.

박순발 충남대 고고학과 교수

『백제금동대향로』
서정록 지음 / 2001 / 학고재

백제인들은 만주를 떠나 반도로 남하한 이들이지만, 자신들의 이야기는 물론 고대 동북아인들의 세계관과 정신을 고스란히 가슴에 담고 살았다. 우리는 그것을 백제대향로를 통해 확인할 수 있다.

백제금동대향로라는 고고학 자료를 통해 읽어 내고자 하는 것이 무엇이었는지를 짐작하게 하는 저자 스스로의 말이다. 그러나 이 책은 백제인들이 걸어온 역정만을 추적하고 있지 않다. 책의 내용은 백제사의 한 부분이라 할 백제사상사 또는 백제미술사가 아니다. 백제인이 남긴 것이 분명한 백제대향로는 백제사만을 읽어 내는 텍스트로서가 아니라 고대 동북아시아, 나아가 고대 유라시아인들의 세계관과 정신이 함축되어 있는 타임캡슐로 다루어지고 있는 것이다.

모든 고고학 자료가 그러하듯 백제금동대향로 역시 만들어 사용하던 사람들은 물론이고 쓰임새를 말해 줄 수 있는 장면의 편린들도 거의 잃어버린 채 우리 앞에 나타났다. 이를 대상으로 한 권의 책으로 엮어진 많은 정보를 찾아내고 있는 저자의 솜씨는 우선 평범의 역을 벗어난 것이지만, 저자가 향로와 처음 대면한 1994년 이래 6년여의 세월 동안 걸어온 탐구의 여정은 결코 쉽지 않았을 것이다. 그 과정은 본 서를 구성하고 있는 목차를 통해 엿볼 수 있을 듯하다.

먼저, 금동대향로 뚜껑을 장식하고 있는 각 조각상의 배치와 관련하여 악사, 기러기 등의 수가 모두 5임에 주목하여 그 상징성은 5부제나 5방제와 같은 백제의 정치체제, 나아가 고대 동북아의 천하관에 접근하고 있는데, 이것이 제1장의 주요 내용이 된다.

이어서 제2장에서는 5악사가 소지하고 있는 악기 즉 완함(阮咸), 종적, 배소, 거문고, 북 등에 대해 고대 음악사적 관점에서 접근하여 그 계통이 서역, 고구려 그리고 남방계 등의 복합임을 말하고, 그러한 각 계통들이 백제음악에 수용되는 과정과 관련하여 동북아-내몽고 지역-서역으로 연결되는 고대 교통로의 존재를 부각하고 있다.

제3장에서는 향로 몸체의 연화문 조각에 대해 다루면서 고대 동북아 세계에는 불교의 전래 이전부터 광휘를 상징하는 연꽃의 도상을 공유하고 있었으며, 이는 멀리 고대 서아시아로부터 중앙아시아를 거쳐 확산된 것이므로 연화를 오로지 불교와의 관련 속에서만 이해

하려는 시각의 문제를 지적하였다. 그리고 향로 노신의 연꽃과 그것을 떠받들고 있는 용의 복합은 고대 동이계인들의 우주관이 상징된 도상으로 이해하고 있다.

제4장에서는 백제대향로와 양식적 관련성이 분명히 존재하는 중국 박산로의 기원과 관련한 문제를 다루고 있는데, 향로 뚜껑을 구성하고 있는 삼산문은 결국 페르시아 등에서 유행하였던 향로가 향료와 함께 서역을 거쳐 중국에 들어온 것으로 보았다. 그리고 이러한 교섭 경로는 한대의 실크로드 개통 이전부터 존재하였던 것으로 동북아시아-내몽고-알타이-남시베리아-서역로를 들고 있다.

제5장에서는 보다 직접적으로 백제향로의 형태와 관련되는 것으로서 북위향로를 다루고 있다. 백제향로 노신의 연화문은 본래 고대 이란 지역에서 태양과 그 광휘를 상징하던 로제트문양이 북위향로에 수용되고 이것이 연화문으로 변용된 것으로 이해하는 한편, 그러한 양식적인 변화 단계를 통하여 볼 때 연화문으로 된 백제향로의 제작 시점은 대략 520~534년 사이로 비정하기도 하였다.

제6장에서는 백제향로의 뚜껑 하단과 몸체의 상단에 각각 배치된 유운문의 존재를 통해 이 향로에 담긴 우주관 또는 세계관이 사산조 페르시아의 이른바 수렵왕 개념 및 북방 수렵문화의 샤머니즘을 배경으로 하고 있음을 구명하고 있으며, 그와 함께 고대 동서교류사의 일면도 부각시키고 있다.

제7장은 백제대향로는 국가 중흥의 대사업이었던 사비 천도를 즈음하여 성왕이 만들었으며, 그에는 백제 왕실의 본향이었던 북방의

기백과 신화 체계와 함께 토착 백성들의 남방적인 신화 체계가 함께 융합되어 있다고 보았다.

이상의 개략적 내용 소개를 통해 잘 드러나고 있듯 각 문제에 접근하는 저자의 시야는 매우 광범위하여 시간적으로는 기원전 2,000여 년부터 오늘날의 민족지까지 포괄하고 공간적으로는 유라시아 대륙 전체를 넘나들고 있다. 그런 가운데 저자가 기회 있을 때마다 강조하고 있는 점은 고대 동북아 세계의 문화적 배경이 결코 한(漢)족 중심의 중원문화에 있지 않으며, 백제대향로에 담긴 정신세계는 고구려, 백제 등 한반도 고대문화에 내재된 북방문화를 배경으로 하고 있는 것으로서 이는 중원을 통하지 않은 채 동북아시아와 서역을 직결하는 동서 교류의 산물임을 밝히는 것이다. 황하문명의 일원적 파급 또는 수용으로 간주되면서 독자성이 몰각된 동북아시아 문화에 대한 정체성을 회복하기 위한 노력으로서 높이 평가할 만하다.

평자는 백제고고학을 공부하고 있다. 고고학이란 한 시대 인간들의 삶 전체를, 남겨진 물질 자료를 통해 이해하고 이를 통해 인류 문화의 장구한 변천의 양상과 의미를 추구하는 것이다. 이런 의미에서 본 서에서 저자가 다룬 고대인들의 정신세계 역시 그것이 백제대향로라는 고고학 자료를 통해 접근되고 있으므로 분명 고고학의 소관이라 할 수 있다. 그러나 평자의 능력은 아직 그에 크게 미치고 있지 못하고, 고고학의 영역 가운데 가장 접근이 어려운 영역이 또한 인식 또는 정신을 읽어 내는 작업이기도 하여 이 책에서 언급하고 있는 많은 중요한 문제에 대한 본격적인 논평은 가능하지 않다. 다만, 필자가 알고 있는 몇 가지 사항들에 대해 평자의 생각을 더하여 보고자 한다.

먼저, 백제문화와 중국의 남조문화와의 관련성이 상대적으로 간과되거나 축소되어 있는 점이다. 물론, 중국의 남조와 백제의 밀접한 연관은 너무나 잘 알려진 것이므로 저자가 새삼 본 서를 통하여 언급할 필요를 느끼지 못하였을 수도 있으나 자료의 해석상에 균형을 유지하지 않음으로써 저자가 이끈 결론에 옥에 티가 될 필요는 없지 않았을까 한다.

백제대향로를 구성하는 의장이나 문양들 가운데 남조적 또는 적어도 중국의 강남지방의 요소들과 관련되는 것들은 결코 무시될 수 있을 정도로 적지 않다. 우선, 전체적인 구조상에서 백제향로와 거의 같은 예가 후한대 강남지방 출토품 가운데 있다. 상하이박물관에 소장된 이 향로는 뚜껑 정상에 천계를 배치한 점이나 구름과 같은 산 모양을 투조로 표현한 점 등에서 백제대향로의 뚜껑 의장과 너무도 닮아 있다. 그리고 노신의 상단을 별도로 구획하여 운문대를 둔 점도 다르지 않으며, 특히 노신의 기둥을 용이 물고 있는 점은 백제대향로와 동일하다. 중국 남조 남제(南齊 : 479~502년)의 유회(劉繪)가 지은 〈영박산향로(詠博山香爐)〉라는 시의 내용에 묘사된 '연꽃으로 덮인 노신의 기둥을 반룡이 물고 있는 모습'은 백제대향로와 완전히 동일하며, 그러한 의장은 남조에 이미 있던 것이라는 선행 연구자들의 지적을 저자도 알고 있을 것이다. 그럼에도 불구하고 용과 연꽃의 결합을 고대 동이 세계의 독특한 세계관의 근거로 이해하는 것은 자칫 자료의 자의적 취사선택으로 오해될 수 있다.

그리고 백제향로의 악사가 연주하고 있는 악기 가운데 완함과 관련하여 중국에서는 별로 인기가 없었고, 중국음악에 본격적으로 완함이 등장하는 것은 8세기 중엽 이후이며, 백제의 완함은 고구려를 통하여 들어왔을 것이라고 저자는 설명하고 있다. 그러나 남조의 벽돌무덤인 강소성(江蘇省) 단양시(丹陽市) 금왕촌(金王村) 전묘에는 완함을 연주하고 있는 모습이 음각되어 있어 남조에서도 이미 즐겨 하던 악기였다는 해석이 가능하며, 남조와 빈번한 교섭 관계를 유지하고 있던 백제가 이를 받아들였을 가능성을 배제하는 것은 자료 해석의 형평성과 관련한 문제가 될 수 있다.

마지막으로 금동대향로의 제작 시기와 관련한 것인데, 저자는 백제향로가 양식적으로 북위향로에 기원이 있다는 전제하에 본체 양식의 변화 단계 및 산악도 세부 문양 표현의 비교를 통해 그 제작 시점을 비정하고 있으나, 이는 그 전제가 되는 백제향로의 계통관 파악이라는 주관적인 해석이 성립되지 않으면 의미를 가지기 어렵다. 북위와 백제의 교섭이 472년 단 한 차례밖에 없었던 점을 상기할 때 6세기 전반경의 북위의 향로가 백제향로의 의장에 그토록 깊이 영향을 미치고 있는 것은 납득하기 어렵다.

이러한 평자의 지적에도 불구하고 백제금동대향로라는 하나의 고고학 자료를 통해 백제는 물론 나아가 고대 동북아시아의 정신세계를 탐구하는 텍스트로 활용한 저자의 탁월한 분석시각 및 접근법 그리고 그 결과로써 얻어 낸 한반도 고대국가들의 저변에 흐르고 있던 고유 정신세계의 확인은 이 분야 연구의 본이 되기에 부족하지 않다.

**동공 바닥에 쌓인
예술의 빛과 그림자**

변인식 한국예술평론가협의회 회장

『20세기 예술의 세계』

박용구 지음 / 2001 / 지식산업사

올해로 88세 미수(米壽)를 맞은 원로 평론가 박용구 옹의 대담집 『20세기 예술의 세계』(대담 무용평론가 장광열)를 대하는 감회가 깊다. 필자가 평론가로 갓 데뷔하여 영화작품 대담자로 처음 만나 뵌 분이 바로 박용구 옹이었다. 1965년 어느 봄날 남산에 위치한 드라마 센터의 사무실에서 로버트 와이즈 감독의 뮤지컬 〈웨스트 사이드 스토리〉에 대한 대담평을 했다. 그 당시 박 옹은 극단 예그린의 단장으로 뮤지컬 〈살짜기 옵서예〉의 공연 준비를 하느라 바쁜 모습이었다. 이로부터 35년의 세월이 흐른 후 이번에는 20세기를 작가와 비평가로 음악, 무용, 연극, 영화, 방송 등 여러 장르에 걸쳐 활동한 대

원로의 증언이 담긴 대담집 『20세기 예술의 세계』를 대하게 된 것이다. 박 옹은 머리글에서 "한반도의 20세기는 워낙 격랑의 시대여서 내 생애의 역정도 평탄치는 않았지만 견문기요, 교우록이요, 자전의 일부가 되기도 한 이 대담집은, 6·25의 비극으로 아깝게 유명을 달리한 선배와 친구들의 레퀴엠(鎭魂曲진혼곡)이 되기도 한 것 같아 가슴이 아리고도 후련한 바가 있다"고 썼다.

한국, 일본, 중국 3개국을 넘나든 그의 생생한 현장 체험에서 우러난 값진 증언은 특히 일제 식민지와 해방·분단의 공간에서 좌·우를 아우르는 자유주의자의 역할을 다해 온 시점에서 빛을 발했다.

대담자인 무용평론가 장광열은 노장 평론가 박용구의 눈에 비친 한국 예술사의 빛과 그림자를 놓치지 않고 대담의 프레임 속에 집어넣는 몫을 다했다.

대담집은 3개의 장으로 구성되었다. 제1장에서는 평론가 박용구의 예술관과 장르별 평론의 척도 등을 회고담 형식으로 기록하였다. 그 대상은 연극, 음악, 건축, 기획, 종합예술 등을 총망라하였다.

제2장에서는 무용의 최승희, 문학의 임화, 영화의 최인규, 음악의 채동선 등의 인물사를 수록했고, 월북 예술인들과의 교우록도 희귀한 사진 자료와 함께 게재하였다.

제3장에서는 '20세기는 무엇이었나'를 비롯 방송, 교육, 민족, 사회, 권력에 대한 평론가 박용구의 견해와 전망을 피력하였다. 그는 '연극1 한겨울의 수성(守城) 에너지'에서 한국 공연예술의 역사를 회고하면서 공연예술은 시간과 공간이 만나는 예술이라 했고, 공연

작품의 경우 외국은 시간과 공간의 격투, 갈등을 보이지만 한국은 '그냥 한판 노는 것'이라 했다.

신파극과 현대극에 대한 회고에서는 악극단 가운데서 싹튼 향토 가극 운동이 나중에 38선을 넘어 북의 〈피바다〉나 〈꽃 파는 처녀〉에 영향을 준 것으로 보았다.

'음악1'에서는 박용구가 1949년 한국 최초의 음악 평론집인 『음악과 현실』을 출간할 때의 에피소드를 소개하였는데, 특히 월북 작곡가인 김순남에 대한 추억을 자상하게 피력하였다.

박용구는 '연극3'에서 20세기의 특징적인 양식으로 태어난 것이 영화와 뮤지컬이라고 했고, 그중 뮤지컬은 중간층 관객의 내 몫 찾기를 위한 장르라고 했다. 이는 오페라가 상류 시민층 관객의 몫인 데 대한 대층을 이룬 경우로 보았다.

'건축'에서는 건축가의 빛과 그늘이라 할 수 있는 영원한 라이벌 김수근과 김중업에 따른 일화를 소개하고 '건축은 공간을 디자인하는 예술'임을 분명히 밝혔다. 한국 건축에서 솟대가 차지하는 의미와 서양의 교회에서 세운 뾰족한 종탑 등의 의미를 연결시키는 해석도 내렸다.

박용구, 장광열 대담에서는 '기획'에 대한 명칭으로 흔히 쓰이는 'PD' 문제에 관한 의견도 교환했다. 박용구는 'PD'를 '프로덕션 디렉터(Production Director)'보다는 프로젝트 디자이너(Project Designer) 즉 '기획을 디자인하는 사람, 남자 샤먼(무당)을 뜻함'이 좋다고 했다. 그는 『삼국지』에 나오는 제갈공명이나 신라의 김유신, 20세기 아시아

대륙의 주은래 수상 등이 훌륭한 동양의 PD들이라고 평했다.

"눈길을 우리나라로 돌려 보면, 해방 후 대한민국 예술계에서 PD를 꼽자면 박용구 선생님도 거론이 되어야 한다고 생각합니다만."(장광열 · 99쪽)

"나는 적극적인 사람이 못 되기 때문에 직접 하겠다고 나선 것은 아니지만, 기회가 주어져서 JP(金鐘必)라는 패트론에게 뮤지컬을 하겠다고 해서 〈살짜기 옵서예〉로 우리나라 창작 뮤지컬의 테이프를 끊었다는 의미에서는 PD의 역할을 한 것이라고 생각하죠. 그뒤에 88서울올림픽 개 · 폐회식의 기획을 맡기도 했는데(시나리오만 써 놓고 중도에서 물러났지만) 그때 내가 절실히 느낀 점은 우리나라에는 허울 좋은 민주주의가 학연과 혈연, 지연으로 얽혀서 굴러가고 있다는 거였어요. 우리나라는 능력에 의해서가 아니고 능력 이외의 요소로 결정되고 그러한 관행이 지금까지도 시정되지 않고 있다는 것입니다.

그건 그렇고 내가 명색이 평론이 본업이면서 PD 노릇을 했다면 건축가 김수근 씨도 또 한 사람의 PD로 한몫을 한 게 되겠죠. 소극장과 미술관과 살롱풍의 커피숍을 만들어 아직도 계속 이어져 오고 있고, 또 제자들이 새 사옥에 건축 아카데미까지 만들었다는 의미에서는 한반도에 르네상스를 보고자 했던 하나의 Project Designer가 아니겠느냐 생각하죠. 반면에 전두환 정권이 벌인 여의도 광장에서의 '국풍' 행사를 나는 우리나라 역사에 남을 난센스였다고 봐요. 말하자면 군사 정권의 가장 군사

정권다운 디자인이었다고나 할까. 이런 행태가 판을 치는 현실을 곁눈질
하면서 나는 〈문화국가론〉을 쓰게 되는데, 이 글은 일종의 '극장국가론'
이거든요."(박용구 · 100쪽)

'무용'에서 〈최승희(崔承喜) 벗기기〉는 대담집의 하이라이트라
할 만큼 흥미로운 기록이었다.

무용 평론가인 박용구는 최승희가 일제의 식민지를 당하는 좌절
속에서도 우리 민족의 자존심을 지탱해 준 존재로 높이 평가하였다.

특히 최승희가 세계적인 무용수로 발돋움하게 된 요인 다섯 가지
를 꼽은 것은 백미 격이었다.

1. 세계무대에 내놓아도 손색없는 지체와 고혹적인 얼굴 표정.

2. 좌익 문화운동 단체였던 카프의 멤버이기도 했던 남편 안막(安
漠)이 PD로서 펼친 주도면밀한 홍보 전략과 인기 관리.

3. 침략 전쟁으로 광분하는 군부에 등을 돌린 채 좌절감을 맛보고
있던 일본의 양심적 문화예술인들이 그녀를 동정해서 적극 지원해
준 것.

4. 소녀 가극의 전성시대로 남장여인의 붐이 불어 닥친 점.

5. 20세기 초를 압도한 디아길레프의 '발레 뤼스(러시아 발레단)'가
해체된 후 '솔로의 시대'가 온 점.

최승희가 우리나라 춤사위와 리듬을 세계 조류에 맞는 육체 언어
로 창작했고, 여기에 보편성을 띤 소재를 다룬 것이 적중했다. 특히
〈초립동〉과 〈에헤라 노아라〉는 최승희의 솔로 춤이지만 그녀가 남

장을 하고 춘 춤이다. 이 점도 최승희의 시운이라 할 수밖에 없는데 그 무렵 일본의 남장여인 붐이 무대를 휩쓸었기 때문이었다. 그녀는 문자 그대로 '동양의 이사도라 던컨' 이었다.

〈영화 잊혀진 영화감독 최인규〉라는 글은 영화가 20세기에 탄생한 예술이므로 당연히 영화가 20세기 예술의 한 분야로서 마땅한 대접을 받아야 했다고 쓰고 있다. 박용구는 영화라는 장르가 '젊은 예술'임을 뒷받침하는 글로 "이름난 영화를 보면 감독들이 거의 26~29세의 젊은 나이에 만들어졌다는 사실에 새삼 놀라게 돼요. 예를 들면 스필버그 감독이 27세에 〈죠스〉를 만들었고 오슨 웰스는 〈시민 케인〉을 26세에 만들었고, 에이젠슈타인이 〈전함 포템킨〉을 만든 것이 27세 때였어요. 이장호는 29세에 〈별들의 고향〉, 나운규는 24세에 〈아리랑〉을 각각 만들었지요"라고 말했다.

제1장과 제2장의 글이 '20세기 예술의 세계' 를 회고하는 포맷에 어울린 데 비하여, 제3장은 대담의 결론 부분이기는 했지만, '방송', '교육', '민족', '종합', '사회', '권력' 의 테마들이 유기적인 사슬을 찾지 못해 다소 산만한 구성을 보였다.

'20세기 한국 비평사' 에 큰 궤적을 남긴 박용구 옹이 88세 미수의 나이에 상재한 대담집 『20세기 예술의 세계』는 20세기의 위대한 유산일 뿐 아니라, 21세기의 나침반으로도 큰 구실을 할 것으로 믿어 의심치 않는다.

한옥과 그 삶을 이해하는 기본적인 코드로서의 조형의식

김봉건 국립문화재연구소 미술공예연구실장

『**한옥의 조형의식**』
신영훈 지음 / 김대벽 사진 / 2001 / 대원사

1970년대 초반 우리 전통에 대한 관심이 건축계에 바람을 일으킨 시기가 있었다. 한국전쟁의 폐허에서 출발하여 경제 개발이 성과를 거둔 당시, 개발 일변도에서 탈피하여 우리의 전통을 되돌아볼 수 있는 사회적 분위기가 어느 정도 형성되었다. 이런 사회적인 분위기에서 서구적인 건축 교육을 받고 성장하여 건축에 종사하던 건축가들의 우리 전통에 대한 관심은 어쩌면 당연한 것이었는지도 모른다. 이 시기의 주된 관심은 건축 설계에 있어 전통성의 수용 문제였으며, 그 구체적인 방법론을 둘러싸고 다양한 논쟁들을 불러일으켰다.

이러한 사회적인 배경 아래 전통 건축의 중요성에 착안하여 연구를 시작한 몇 사람의 학자들이 있었다. 신영훈 선생도 일찍이 전통 건축의 아름다움에 매료되어 이 방면의 조사 연구에 천착한 사람 중의 하나였다. 신영훈 선생은 김동현 선생과 함께 종합예술지인《공간》에 전통 건축에 관한 연재를 시작함으로써 문화계 전반에 걸쳐 전통에 관한 폭넓은 반응을 불러일으킨 원로였다. 이후 그는 문화재 관리국 전문위원 등으로 활동하면서 전국 각지의 문화재 보수 현장을 누비고 다니면서 우리 한옥의 보존과 연구에 각별한 애정을 쏟게 된다.

최근 대원사에서 펴낸 『한옥의 조형의식』은 그의 한옥에 대한 일련의 연구 결과물의 하나이다. 한옥을 조사, 연구하는 방식은 여러 가지가 있으나 여러 요소들을 유형별로 분류하고 이들 유형들의 상관관계를 연구하는 양식 연구가 미술사를 포함한 건축사 연구의 가장 기본적인 접근 방식이다. 그러나 신영훈 씨는 이 책에서 유형별 분류와 그에 따른 특징을 밝히는 기존의 작업에서 한 걸음 나아가 왜 그랬을까 하는 조형의 의미를 모색하는 작업에 주력하고 있다.

한옥에 스며 있는 조형의식을 탐구하는 일은 결국 우리가 이 시대에 왜 한옥을 연구하는가 하는 근본적인 물음에서 그 해답을 찾을 수 있다. 나무, 흙 등 자연에서 생산되는 재료를 이용한 과거의 한옥과 철근, 콘크리트와 같은 공장에서 생산된 인공 재료를 사용하는 현대 건축은 분명히 차이가 있다. 따라서 과거의 한옥 형태를 오늘날 그대로 답습하는 것은 의미가 없다. 그보다는 오랜 기간 우리 풍토에 적합한 주거 형태로 살아남은 한옥 건립에 따른 조형 의도를 정확히 읽어 내고, 이의 재해석을 통하여 현대 건축에 응용할 경우 보다 참된 의미의 전통의 계승, 발전이 가능한 것으로 생각된다. 필자는 이를 염두에 두고 그동안의 연구 성과를 정리하여 이 책을 기술한 것으로 보인다. 책의 내용은 간략한 소주제 형식으로 다루어 분류하기 어려우나 크게 보아 다음 몇 가지 주제로 요약된다.

필자는 한옥과 관련한 주변 환경으로 우선 산에 관한 문제를 제기하고 있다. 오늘날의 문명 제품과는 다른 천연덕스러움의 근원을 주변에 널려 있는 둥글둥글하고 봉오리가 중첩되어 있는 형상에서 찾고 있다. 산에서 발생하는 천연덕스러움은 청동 방울의 웃는 모습의 문양이나 골무와 같은 공예품에까지도 서려 있음을 설파하고 있다. 둥글둥글한 산이 많은 지형적인 영향으로 우리 전통문화에서는 자연히 좌우가 엄격하게 대칭되는 정제성보다는 좌우가 비대칭임에도 불구하고 균제되어 있는 아름다움을 낳게 되었음을 밝히고 있다.

중국 소주의 졸정원은 중국이 세계적으로 자랑하는 조경 유적이다. 소주는 평지에 원림을 조성한 곳으로 처음부터 끝까지 숨 막히도록 치밀하게 인공을 가미하였다. 이에 반하여 창덕궁 후원은 인공적인 느낌을 거의 가질 수 없는 자연스러움을 그대로 유지한 대표적인 정원 유적이다. 일본인들이 동궐 후원을 살펴보고 나서 정원이 어디에 있냐고 질문했다는 내용은 우리로 하여금 실소를 머금게 한다. 이러한 차이는 결국 지형적인 조건, 풍토 혹은 정치 제도까지도 조형의식 형성에 영향을 주어 유사한 문화권 내에서도 서로 다른 문화를 낳게 하였다는 주장을 설득력 있게 제시하고 있다.

경복궁의 근정전과 중국 자금성 월대의 비교 관찰에서 필자는, 근정전이 중국 제도의 모방일 것이라는 항간의 막연한 추정을 반박하고 있다. 즉 중국 자금성 월대는 성난 이무기 형상을 조각하여 금방이라도 뛰어내려 올 것 같은 긴장된 모습을 하고 있다. 반면에 근정전 월대에는 중국과 달리 십이지의 동물을 조각하였으며, 특히 해태상에서는 재롱을 피우는 새끼를 품에 안은 한 쌍의 해태가 엎드려 뒤돌아보며 마치 왕의 교시를 기다리는 듯한 모습을 하고 있음을 지적하였다. 즉 근정전의 평화로운 해태 가족 상은 경직된 자금성의 이무기에 비하여 훨씬 넉넉하고 여유 있는 모습으로 우리에게 다가온다는 것이다.

신영훈의 날카로운 안목은 한옥 주변의 조형물 관찰에서 충분히 발휘되고 있다. 석조물인 귀부 꼬리의 세부를 관찰하면서 편안함, 즐거움, 외경스러움, 조심스러움 등으로 서로 다른 표정을 하고 있음을 설파하고 있다. 그의 안목은 단순히 조형물을 묘사하는 데서 벗어나 그 표정 하나하나의 차이를 느낄 수 있는 수준에 달하고 있음을 독자들은 알 수 있다. 그러나 우리 석조물에서 표현되고 있는 다양성은 중국이나 일본에서 찾을 수 없음을 설명하면서 주변 국가 문화와의 차별성을 강조하고 있다. 이런 배경에는 서로 다른 조형의식이 내재하고 있음이 저자의 일관된 주장이다.

이 책에서 우리는, 조형의식을 탐구하는 과정에서 기존의 해석과는 다른 새로운 해석의 가능성을 제시하여 평생을 바쳐 온 필자의 건축사 학자로서의 고민의 흔적을 읽을 수 있다. 그 예로 중국 유적과

의 비교를 통하여 경주 분황사탑의 표면을 진흙 등으로 바르고 채색
하였을 가능성을 제기하고 있다. 새로운 해석의 가능성은 중국 서안
의 대안 사탑 표면을 진흙으로 맥질하고 색을 발라 놓은 사례를 근거
로 제시하고 있다. 또 하나의 예로 경주 정혜사지 십삼층탑의 형태가
신도의 예불을 위한 툇간의 존재에서 연유한 것으로 해석하였으며
이러한 근거로 중국 불광사 목탑 등의 형태를 들고 있다.

이 책은 다른 이론서와 달리 정밀한 체계를 갖추지 않고, 관련되
는 테마에 대하여 수필식으로 서술하는 독특한 방식을 택하고 있다.
이러한 방식은 섣부른 이론적인 틀에 얽힌 학자들이 견강부회식으로
분석하고 논리에 부합하려는 오류를 경계하려는 태도에서 출발한 필
자의 평소 서술 방식이기도 하다. 그 결과 책의 문체가 평이하여 일
반 독자들로 하여금 한옥에 대한 이해를 돕고 애정을 가지게 하는 장
점을 지니고 있다. 더구나 필자의 현재진행형인 문체는 독자로 하여
금 본문의 내용에 자신이 빠져 드는 듯한 착각을 일으키고 있다.

한옥에 관련된 조형의식을 탐구하면서 필자가 언급하고 있는 중
국, 일본 등 주변 국가들에 관한 풍부한 자료들은 책을 읽어 가면서
누릴 수 있는 장점 중의 하나이다. 우리 한옥의 특성을 주변 국가의
사례와 비교하는 방식은 한옥의 특성을 보다 분명하게 나타내고, 이
를 통하여 전통문화의 정체성을 확실히 규명하는 장점이 있다. 이런
작업은 문화재 전문위원을 그만두고 해라시아 문화연구소, 한옥문화
원 등을 설립하여 그의 관심의 폭을 중국, 일본 등 주변 국가와의 비
교 연구로 지속적으로 확대하고 있는 필자의 왕성하고 활발한 연구

활동의 결과이기도 하다.

이 책에는 또 다른 즐거움이 하나 더 있다. 문화재와 관련된 책들은 그 특성상 본문만으로는 그 생생한 의미를 전달하기 어렵다. 따라서 현장감을 살리기 위해서는 부득이 사진, 도면 등을 사용할 수밖에 없는데 이 책에는 김대벽 선생이 손수 촬영한 사진들이 실려 있다. 김대벽 선생은 문화재 전문 사진작가로서 신영훈 선생과 함께 오랜 기간 민학회 등의 활동을 통하여 문화재의 생생한 표정을 사진에 담기에 평생을 바쳐 온 노대가이다. 신영훈 선생의 날카로운 안목은 김대벽 선생의 주옥같은 사진을 만나 더욱 빛을 발하고 있는 셈이다.

책의 제목이 『한옥의 조형의식』임에도 불구하고 한옥 자체에 대한 탐구보다는 오히려 주변의 자연이나 미술, 공예 등에 숨겨져 있는 조형의식을 탐구하는 데 주안점을 두고 있다. 이러한 서술 방식은, 한옥을 둘러싼 주변의 것을 탐구하는 작업은 한옥도 일종의 조형물이므로 예술 전반에 걸친 조형의식 탐구가 한옥의 조형의식을 밝혀낼 수 있다는 인식에서 출발한 것으로 보인다. 이 점은 건축 자체가 자연환경 등 주변과 분리되어 생각할 수 없으며 건축 또한 본질적으로 종합 예술적인 측면을 지니고 있는 것을 감안하면 수긍이 가는 접근 방식으로 보인다. 다만 책의 제목에서 건축에 관한 조형의식의 체계적인 탐구를 기대했던 독자들은 다소간 기대에 부응하지 못하고 산만한 인상을 받지 않을까 하는 점이 아쉬움으로 남는다.

우리 무용 100년에 대한 거친 대로의 정리

김태원 동아대 무용학과 교수

『우리 무용 100년』
김경애 외 지음 / 2001 / 현암사

우리 춤 예술 100년의 흐름을 압축되게, 또 비교적 쉬운 문체와 서술로 관심 있는 독자들에게 전달한다고 하는 것은 결코 쉬운 문제가 아니다. 특히 다른 예술 장르와 달리 춤의 경우는 더 그렇다.

춤 예술의 경우는 우선 첫 번째, 그 예술의 전수와 흐름이 어떤 문자로 쓰여 전달되지 않기 때문에 관련 자료의 수집이 용이치 않다. 그리고 두 번째로, 춤을 학문의 대상으로 삼아 본격적으로 연구한 지가 결코 오래지 않기 때문에 오늘날까지도 관련 자료들이 산재되어 널려 있을 뿐, 아직 체계적으로 정리되지 않고 있다. 더불어 세 번째로, 춤 관련 용어들을 그 개념과 뉘앙스를 달리해 평자(評者)나 연구

자마다 각각 편한 대로 쓰고 있기 때문에 전문용어와 학술적 개념어의 통일이 결코 쉽지 않은 상황이다.

여기서 앞서 두 번째, 세 번째 상황에 대해 약간의 설명을 덧붙이면, 국내의 무용학은 대학에 무용과가 개설되기 시작한 것이 50년대 후반부터이지만 정작 춤을 학문의 대상으로 삼아 전면적(全面的)으로 관심을 가지고 연구하기 시작한 것은 90년대 들어서부터라고 할 수 있다. 그 이전에는 일부 춤 교육자들과 비평가들이 원론적 수준의 해외 이론 소개나 자신들과 직접 관련된 춤 예술 운동을 자료 정리의 차원에서, 또 약간의 사적(史的) 관심을 가지고 개별적으로 정리해 본 수준에 머물렀다고 할 수 있다. 곧 박외선·육완순 같은 춤 교육자나 조원경·조동화·강이문·안제승과 같은 이들(대부분 비평가)의 노력이 그와 같은 것이라 하겠다. 그외, 대학 무용학과의 대부분의 노력은 그간 무대예술로서의 춤의 입지와 기술력 증대를 추구한 것이었기 때문에, 이름만 대부분 '무용학과'로 되어 있지 실제 그 속에서 어떤 진지하고 일관된 학문적 노력은 매우 드물었다.

그런 한편, 전문용어나 개념어의 문제도 춤 예술의 경우 무용사 정리를 어렵게 만들고 있는 부분들 중의 하나인데, 그 큰 이유는 춤이 양식상(Style)의 변화를 매우 민감하게 보여 주면서 더불어 장르(Genre)의 부침이 심한 예술 중의 하나이기 때문이다. 따라서 제때 그와 관련된 용어나 개념을 정리해 두지 않으면 어느 일정 기간 사이에 일어난 춤 예술 운동이나 현상을 사적으로 정리하기 힘들어진다. 가령, 70년대 중반에서부터 대학 마당극 운동과 기타 여러 실험(전위) 예술 운동의 영향을 받아 우리의 전통춤 언어에 기반하면서 현대적 주제성이나 표현 기법을 덧붙인 춤의 유형을 무엇이라 불러야 할까에 대해서는 무용학계나 비평계의 어떤 일치된 견해는 없다. 비평가들은 새로운 창작무용적 행위라 하여 '한국 창작춤'이라 부르고, 실제 무용인들은 그 춤이 이른바 한국무용 안에서 일어났기 때문에 '현대 한국무용'으로 부르고 있다. 또 다른 쪽에서는 그것이 점점 기술과 표현 기법이 과감해져 서구적 테크닉을 빌린 현대무용과 별반 다름없기 때문에 '한국적 현대무용'의 한 부류로 인식하기도 한다. 이것은 같은 공연예술이면서도 장르적, 스타일적 변화가 덜 심한 연극과 구별되는 점이다(연극의 경우 전통적으로 마당극이란 장르는 있지만, 극단 민예나 오태석·이윤택의 작업과 같이 전통의 현대화를 꾀한 작업들에 대해 어떤 장르적 특성은 부여하지 않고 있다).

따라서 그런 관점에서 보았을 때 세 사람의 현역 평론가들(김경애·김채현·이종호)이 주도한 『우리 무용 100년』의 집필 작업은 일단 통사적으로 정리되지 않고 있는 한국무용사를 거친 대로 정리해 보았다는 데에, 더불어 오늘날 춤 예술이 얼마만큼 변화무쌍하게 전개되어 가고 있는가를 관련 사진들과 주요 인물에 포커스를 맞추는 편집 작업을 통해 일반인들에게 생생하게 보여 주고 있다는 데에 그 의의를 가질 수 있다.

책은 '근대무용의 시기'를 1960년까지로, 그 이후를 '현대무용의 시기'로 대별하면서 주로 장르상 한국무용과 현대무용에 포커스를 맞춰 전개해 가다가, 후반부에 발레 예술의 부상과 춤을 통한 국제 교류의 문제를 첨가하고 있다. 주로 근대무용 부분을 집필한 이(김채현·한국종합예술학교 교수)는 1876년 문호개방의 시기를 기점으로 우리의 전통춤들이 점차 어떻게, 특히 20세기 들어 협률사나 광무대와 같은 옥내 공간으로 적응해 들어가며, 이어 서양식 사교춤 이른바 '무도'에 대한 일반인의 관심이 고조되는 가운데 마침내 새로운 신식 예술 무용 즉 '신무용'이 대두되면서 이후 우리의 근대무용이 신무용과 등식화되는가를 차분히 서술해 준다. 그에 따르면, 우리의 근대 춤 시기는 전통 예인의 시기(1902~1920), 무도의 시기(1921~1925), 신무용의 시기(1926~1945) 3단계로 발전해 갔다고 한다. 그러면서 그는 특히 신무용기를 특색 지우는 인물로 우리에게 처음 서양식 현대무용을 선보인 일본인 이시이 바쿠와 우리 민요를 가지고 창작화한 배구자, 이시이의 직계 제자가 되는 최승희와 조택원을 그 주요 인물로 꼽는다.

이 부분의 서술에 있어서 집필자는 최근 전통 예인 집단이었던 기생 조합에 대한 여러 연구 성과를 조합해 가면서, 신무용의 전 단계에 대한 그간의 사적 공백을 어느 정도 메워 주고 있다. 그러나 문제는 궁중무·민속무의 전통을 집대성해서 새로운 무대 무용을 만들면서 이른바 최승희·조택원과 '대항하는' 흐름을 형성한 한성준을 신무용기 당대의 흐름 속에 편입시키지 않고 너무 앞선 단계에 위치시킴으로써, 우리의 근대무용이 이시이 바쿠와 최-조로 이어지는 너무 단선적 흐름ㅡ일본으로부터 이식된ㅡ을 갖도록 한 데 있다(작고한 평론가 강이문은 그의 신무용사 연구에서, 한성준을 신무용기의 제일 중요한 인물로 평가한 바 있다).

그러한 학문적 균형감을 보여 주어야 하는 1부와 달리, 2부의 현대무용기는 비교적 손쉽게 찾아볼 수 있는 자료가 있기 때문에 어떻게 보면 이 부분의 서술은 시기 시기마다 특성을 잘 잡아내면서 다소 저널리스틱한 생생한 문체를 보여 줄 필요가 있다 하겠다. 그런 점에서 현재 현장 평론가로 활동하면서 전문지《댄스 포럼》을 편집하고 있는 김경애의 참여는 자연스럽다고 할 수 있다.

이 부분에서 돋보이는 부분은 그간 신무용 2세대 격인 송범·김백봉·강선영·김진걸·최현에 대한 인물사적 정리라 할 수 있다. 이 세대의 인물군들은 이른바 '카라반 스타일의 춤 세대'(박용구)라 해서 스스로 자기의 춤 전공을 몇 번이나 옮겼던 이들로 캐리어상 혼란스럽고, 따라서 그간 덜 정리되어 있었는데, 집필자의 정확한 안목과 인물 선택에 의해 일목요연하게 정리되어 본격적인 현대무용의 시기로 접어드는 70년대 이후와 자연스럽게 연결되어졌다. 그 이후 우리 예술 춤의 르네상스이자 격동기가 되는 80년대와 90년대에 대해서는 집필자가 서구식 현대무용의 도입과 이은 한국 창작 춤 운동으로 대별하여 집필하면서 속도감 있는 서술력을 보여 준다. 그러나 이 부분에도 역시 아쉬운 것은, 대중적이지만 우리 현대무용의 확산에 있어서 결정적 계기로 작용했던 육완순 안무의 1973년 '슈퍼스타 예수 그리스도'에 대한 언급 부재와 특히 80년대 후반, 이른바 후기 현대무용의 기법이 도입되면서 춤 세대층이 분화되어 가는 과정에 대한 보다 세밀한 서술이라 할 수 있다. 더불어 앞서 말한 바, 특수 비평적

용어나 개념어에 대해서도 주(註)를 달아 설명하는 등 좀 더 엄밀성을 보여 주어야 할 부분이 있었다.

발레 부분과 우리 춤의 국제 교류 부분의 서술(집필자 : 이종호)은 비교적 쉽게 읽힌다는 장점을 갖고 있다. 하지만 그러다 보니 너무 일반적인 서술이 되어, 이른바 그 영역에서의 이슈와 문제점이 잘 부각되어 있지 않다. 특히 88올림픽을 치르고 1990년대로 넘어오면서 유럽 현대 발레 및 본격 러시아식 스펙터클(장막) 발레의 수용과 그런 가운데 우리 발레 창작의 불황의 문제, 그리고 발레 교육 및 직업화와 관련된 여러 문제들이 있는데 책은 이 부분에 대한 언급은 소홀한 채 발레리노 · 발레리나의 국내에서 혹은 국외에서 개별적 두각 여부에만 초점을 맞춘다.

책의 편집에 있어, 세 사람의 집필자가 서술하는 방식과 작품 등을 예로 들어 설명하는 방식이 다르다 하더라도 작품의 연도 등 표기에서 전체적인 통일을 꾀하지 못한 점, 또 일부 꼭 들어가야 할 인물의 사진들이 다소 누락된 것, 그리고 책의 후반부에 개별적 작품을 예로 들어 설명하면서도 그것에 필요한 연도 등이 빠지고 일부 내용이 중복된 듯한 느낌을 주는 것, 그리고 긴히 참고한 일부 문헌의 출처에 대한 정확한 언급 부재 등은 책의 재판시 수정해야 할 사항이라고 본다. 그러나 여하튼 '한국문화 예술 총서'의 한 부분으로서 무용이 당당히 한자리를 차지하게 된 것은, 비록 미정리의 상태이지만 오늘날 춤의 예술적 창조성과 활력을 우리 사회가 공적(公的)으로 인정한 것이라고 의미 있게 평가할 수 있다.

박물관·미술관, 새로운 존재 방식을 위한 실험들

정준모 국립현대미술관 학예연구실장

『박물관과 미술관의 새로운 경영』
자크 살루아 외 지음 / 하태환 옮김 / 2001 / 궁리

인간의 삶에 대한 욕구는 생존의 문제에서 인간다운 삶의 유형으로 변화해 나가는 과정에 있다. 우리 민족의 경우 경제 위기를 모두의 노력으로 극복한 결과에 기인한 것이기도 하지만, 문화적·민족적 배경을 간과한 채 경제적인 성과만으로는 민족의 번영이나 국가의 발전을 이야기할 수 없다는 자각에서 비롯된 것으로 보인다. 따라서 사람들은 문화적 배경으로는 물론 문화의 한 유형으로서 박물관과 미술관을 인식하기 시작했다. 경제적인 능력과 문화적 질의 비례를 통해, 균형 있는 삶이야말로 진정으로 '잘살아 보세' 라는 구호의 목적이었다는 사실을 뒤늦게 깨달은 탓이기도 하다.

'잘살아 보세'라는 구호에서 '사람다운 삶'으로 전이해 나가는 과정에서, 박물관과 미술관이 매우 중요한 역할을 담당하고 있다는 인식은 점차 확대되어 가고 있다. 인간과 민족의 역사를 담아내는 박물관과 미술관은 문화를 담는 그릇인 동시에 민족의 자긍심의 원천이자 국가 구성원의 일체감을 확인할 수 있는 중요한 도구이기 때문이다. 그렇기 때문에 국내외를 막론하고 많은 국가나 지방자치단체들이 박물관을 설립하고 미술관을 개관하는 열정을 보이고 있는 것이다.

그러나 이러한 박물관·미술관에 대한 개관의 열정에 비해, 그것을 어떻게 운영하고 사회적인 책무를 다하게 할 것인가, 또한 지역민과의 관계는 어떻게 설정할 것이며 어떤 목적과 기획 아래 움직일 것인가에 대해서는 아직 정확한 틀을 마련하지 못하고 있는 실정이다. 박물관·미술관의 양적 증가에 따라 이의 질적인 부분을 담보해 내야 한다는 인식 아래 크고 작은 대학에서는 박물관·미술관 관련 학과를 개설하고 인적 자원의 양성에 주력하고 있다. 그러나 현실적인 측면에서는 박물관·미술관에 대한 기초적인 이해는 물론 박물관·미술관의 중요한 기능을 담당하는 인원의 정확한 임무에 대해서조차 그 근거와 한계가 명확하지 않다. 이는 아직 우리의 박물관·미술관이 초보적인 단계에 있다는 것을 반증하는 것이기도 하다.

따라서 이번 출간된 『박물관과 미술관의 새로운 경영』이라는 제호의 책은 매우 시의 적절한 것으로 보인다. 특히 세계박물관협회(ICOM)가 박물관·미술관의 발전과 제도적 개선 등을 위해 마련하는 학술회의의 발표 내용을 가감 없이 수록하여 선진국과 개도국의 전통이 있는 박물관과 미술관 그리고 신생 박물관·미술관과의 고민과 그 해결 방안을 매우 진솔하게 담고 있다는 점에서 매우 유익할 것으로 기대된다. 또한 최근 들어 논의되기 시작한 박물관·미술관의 경영 마인드를 통해 박물관·미술관의 효율성 확대 문제와 전통적인 박물관·미술관의 공익성 추구라는 가치와 상반되는 최근의 추세에 대한 나름의 해결책을 담고 있다는 점에서 독자들에게 많은 정보를 제공할 수 있을 것으로 기대된다. 또한 문화산업적 측면에서 관광과 연계된 박물관·미술관의 기능과 마케팅에 대한 실질적인 전략과 사례들 그리고 박물관과 미술관의 사회적 기능과 지역사회와의 관계 등에 대해서도 현장감 있게 구체적으로 예시하고 있어 많은 도움이 될 것으로 기대된다.

이 책의 발표자들은 지구촌의 다양한 박물관·미술관 관계자들로 구성되어 있다. 그들의 고민은 우리와 마찬가지로 박물관·미술관들이 시민들의 기대에 부응하지 못한다는 점에 있다. 그러나 이들의 고민의 배경은 우리가 갖고 있는 박물관·미술관에 대한 기대가 불명확할 뿐만 아니라 그 기대의 폭이 너무나 넓고 일반적이어서 모든 박물관·미술관들이 이러한 기대를 수용하기에는 어려움이 많다는 점일 것이다. 이렇게 추상적이고 폭넓은 기대는 우리가 갖고 있는 박물관·미술관에 대한 불명확한 태도를 반영한다.

21세기 우리의 박물관·미술관에 아직 희망이 있다면, 우리는 그 희망의 배경과 개념을 분명하게 하는 일부터 시작해야 할 것이다. 그리고 이 책에서 우리는 그에 대한 매우 현실적인 대안을 발견할 수 있다. 박물관·미술관이란 매우 추상적이지만 구체적인 원칙을 가지고 있다. 그러나 우리 박물관·미술관들의 제반 문제점은 이러한 원칙과 철학 그리고 그에 대한 이해가 부족한 상태에서 개관부터 나름의 규모와 성격을 세우지 못한 것이 결정적인 원인이 되고 있다.

박물관·미술관은 본시 자료의 수집과 보관, 둘째, 자료의 이용에 대한 설명, 조언, 지도, 셋째, 자료에 대한 전문적 기술적 조사 연구 및 보존, 전시에 관한 기술적 연구, 넷째, 자료에 대한 안내서, 해설서, 목록, 화보, 연보, 조사 연구 보고서 등의 작성 및 배포 그리고 다섯째, 기타 기획 입안에 관한 업무를 수행하여야 한다.

그렇다면 우리가 박물관·미술관에 거는 희망은 이러한 원칙에 부합되는 것일까. 과연 그 기대는 어떤 것일까. 단순하게 좋은 전시를, 가끔은 흥미로운 볼거리를 제공해 주는 전시장이거나, 화가 등 미술인들의 최근 작품을 전시하고 일반에게 단지 공개하는 시설인가. 또는 소장품 수집을 전제로 상설 전시와 당대의 중요한 미술 현상들을 담아내는 기획 전시를 이끌어 가야 하는 미술관을 원하는가. 아니면 일반 관람객들의 여가와 교육에 봉사하면서 그들의 문화적 욕구를 충족시키는 미술관이어야 하는가.

지금까지 우리가 박물관·미술관에 거는 기대는 대부분 이 서너 가지를 모두 충족시켜 달라는 것이었다. 즉 그 규모나 설립 목적, 경제적인 배경, 소장 작품의 질과 숫자 등에 관계없이 종합 백화점 같은 형태의 박물관·미술관을 기대해 왔다. 또 모든 박물관·미술관들이 이러한 기대에 부응하고자 또는 다른 박물관·미술관을 의식해서 경쟁적으로 종합적인 박물관·미술관의 성격을 지향하면서 점차 그 각각의 성격이 모호해지고 규모에 맞는 특화된 박물관·미술관으로 자리 매김하지 못했다. 이러한 배경에는 우리의 박물관·미술관에 대한 분명한 이해와 철학과 원칙이 없었기 때문이며 미술관에 대한 기대나 그 기대를 수용해야 하는 박물관·미술관도 마찬가지로 철학과 원칙이 부재했다는 책임이 있다.

따라서 박물관·미술관의 행동 원칙은 철저하게 편의적으로 무시되고 미술관은 박물관학적인 입장이나 미술관의 기본적인 요건의 구체적이고 실천적인 규범과 행동 양식을 경험하지 못한 채 새로운 미술관, 특히 서구에서 1960년대 후반부터 실험되기 시작한 현대미술을 수용하여 기획 전시가 주를 이루는 미술관으로 한국의 미술관 활동은 출발하는 신속함을 보였다.

따라서 21세기 한국의 박물관·미술관들이 새롭게 그 활동을 개시하고 전개하고자 한다면 우선 박물관·미술관의 기본에 충실해야할 것이며 각각의 박물관·미술관마다 나름의 고유한 성격을 지니도록 노력해야 한다. 그런 점에서 이 책은 좋은 사례들을 제시해 줄 수 있을 것이다.

박물관·미술관의 역할과 그 임무는 시대가 변화하면서 새롭게 진화하고 있다. 그 진화 과정 속에서 각각의 박물관·미술관은 자신의 이미지를 만들고 지키는 가운데 박물관·미술관의 역사적 임무와 역할도 수행해야 하며, 또 새로운 고객의 개발과 이들의 문화적 허기를 아울러 충족시켜야 하는 역할을 요구받고 있다는 점을 모든 박물관·미술관은 인식해야 한다.

특히 박물관·미술관의 주요 기능인 유물의 수집과 보존 그리고 이의 연구와 그 연구 성과를 토대로 한 전시 등 박물관·미술관의 기본적인 기능 수행에 일정한 한계를 지니고 있는 한국의 미술관들은 새로운 미술 운동에 참여하고, 때로는 현대미술의 현장에서 미술인들과 함께 첨단의 새로운 미술 운동과 전위적인 행위에 첨예한 관심을 기울일 필요가 있다. 미술 현장으로 내려온 미술관은 이제 더 이상 미술사적 의미나 미술의 의미 요소를 분석하고 이를 다시 재구성하는 행위들을 넘어 현대미술을 직접적으로 다루고 이끄는, 그리고 같이 호흡하는 현대미술의 필수 불가결한 하나의 구성요소가 되는 것도 미술관의 특화를 위해 매우 효과적인 방법이다.

이러한 미술관의 변화를 위해서, 그리고 그 변화의 중심에는 미술관의 가장 기본적인 기능을 수행해야 하는 큐레이터의 역할 변화가 필수적이다. 새로운 미술관은 시설과 관람객 그리고 작품을 이어 주는 큐레이터의 역할을 강화시키면서 작품의 수집과 보존, 복원이라는 기능과 미술관, 박물관학을 토대로 이를 첨단의 영상매체 등을 통한 교육과 홍보라는 세 가지 기능을 통합하여 새로운 미술관의 성격과 활동을 창출해 내야만 한다.

한국의 박물관·미술관이 역사와 사회 속에 제대로 기능하기 위해서는 큐레이터에 대한 인식이 제고되어야 할 것이다. 박물관·미술관의 성격은 그 기관에 속한 큐레이터의 역사와 사회를 보는 눈, 그리고 미술사적인 지식과 미학적 입장에 근거한다. 또한 모든 박물관·미술관은 연구 시설로서 학문적인 토대를 갖추어야 하며 또 이를 구체적인 행동을 통해 보여 주어야 하는 이중적인 가치를 동시에 실현해야 하는 기관이다. 따라서 큐레이터는 매우 높은 수준의 의식과 실행력을 동시에 갖추어야 한다. 한국의 박물관·미술관이 열악한 재정적 상황에서 기획 전시에 중점을 둘 수밖에 없는 상황이고 보면, 일시적인 흥미나 대중들의 기호에 영합하는 행동보다는 심도 있는 연구와 철저한 기획, 주도면밀한 실현을 통해 현장의 새롭고도 열정적인 현상들을 종합하고 이를 분석하며 새롭게 가치를 부여하는 동시에 작가들에게는 새로운 문화에 대한 비전을 제시하고 일반 관람객에게는 생생한 당대의 우리 삶에 근거한, 또는 삶을 이끌어 가는 현장을 보여 주도록 하여야 한다.

그런 점에서 고민을 공유하는 외국의 다양한 박물관·미술관의 새로운 시대적 환경에서 거듭나고자 하는 노력의 일단을 보여 주는 이 책은 우리 박물관·미술관 관련자는 물론 정책 입안자들에게 매우 중요한 자료가 될 것이다.

임동석 건국대 중어중문학과 교수

완당, 그 높은 산을 우러러볼 수 있게 되었다

『완당평전』(1, 2)
유홍준 지음 / 2002 / 학고재

　　『안씨가훈(顔氏家訓)』에 '인생난득(人生難得)'이라는 불교 용어를 강조하는 부분이 있다. 세상 만물 중에 인간으로 태어난다는 것은 지극히 어려운, 아니 거의 불가능에 가깝다는 뜻이다. 세속의 확률이나 통계치를 들지 않더라도 억겁의 시공 인연이 겹치지 않고서야 어찌 능히 사람으로 세상에 날 수 있겠는가? 그래서 우리는 사람으로 태어나면서 대신 큰 빚을 지고 있는지도 모른다. 세상 사는 동안 그 빚을 갚아야 함이 의무로 지어진 것이다. 사람마다 그 빚의 규모는 다르겠지만 천재나 위인은 그 빚을 갚느라 일생 동안 고독과 싸우기도 하고, 가난의 질곡 속에 헤매기도 하며, 형극의 고난에 갇혀

몸부림치기도 한다.

그것은 안타까움이 아니다. 지극히 당연하며, 아주 자연스러운 모습일 수도 있다. '하늘이 그러한 사람에게 큰 임무를 맡겨 그 빚을 갚도록 함에는 반드시 먼저 시키는 것이 있다. 바로 심지(心志)를 괴롭게 하며, 근골(筋骨)을 노고롭게 하며, 가난과 궁핍 속에 고통을 당하게 하며, 일을 하려 해도 성취의 순탄함을 즐길 여유조차 주지 않는다. 이유는 간단하다. 빚 갚을 능력의 배양을 우선 갖추게 하려 함이다.' 맹자(孟子)의 이론이다.

추사, 완당 김정희. 우리 곁에 있어 귀에 익숙히 들어 본 호이며, 눈에 익도록 보아 온 〈세한도(歲寒圖)〉이다. 그러나 나는 알지도 못하고 모르지 못하는 어정쩡한 수준으로, 그저 전대(前代)의 위대한 학예인으로, 아니면 어머니 제삿날 형님댁 추사 글씨라는 영인본 병풍 앞에 엄숙함을 다하거나, 또는 〈세한도〉 모본 목각을 걸어 놓고 품위를 자랑하는 친구 교수의 연구실 분위기를 맛보는, 혹은 진흥왕 순수비의 금석학이 어떻다는 상식선의 학문 업적을 기억하는 고등학교 내용이 고작이었는지 모른다.

과연 추사는 무슨 큰 빚을 지고 나왔기에 이 세상에 와서 떠날 때 (1786~1856)까지 전 우주로 보면 작디작은 지구 한구석의 조선이라는 여행지에 유랑객처럼 떠돌다 갔는가? 임우(霖雨)에는 비에 젖을까 '해천일립(海天一笠)'에 나막신을 신고, 세한에는 눈에 묻힌 채 '일로향실(一爐香室)'에 '일금십연(一琴十研)'으로 천여 자루의 붓 끝을 몽당하게 잘라 놓고 떠났는가? 그것으로 빚은 다 갚았노라고 후련히 채무 장부를 닫았을까?

옛날 숙손무숙(叔孫武叔)이라는 사람이 "자공(子貢)이 공자(孔子)보다 낫다"고 하자 자공은 이렇게 비유하였다.

> 담으로 둘러싸인 집을 보지 못하셨습니까? 나의 집 담장은 어깨 정도의 높이로 집 안의 세세한 물건이 다 들여다보입니다. 그러나 우리 선생님 공자의 집은 담장이 몇 길이나 되는 높이여서 정식으로 그 대문을 통해 들어가 보지 않고서는 그 안의 훌륭한 종묘나 온갖 풍부한 것들을 볼 수가 없답니다.

『논어』에 실린 말이다. 정말 추사는 높은 담장에, 집 안에는 학문과 예술이 가득한 그러한 인물이다. 서화동원(書畵同源)이라 하였으니 그는 서가요 화가이며, 학문이 바탕이 되지 않았다면 초석 없이 지은 집이 될 터이니 그의 학술과 문자학에 대한 연찬은 학자로서의 일가를 이룬 선하(先河)요, 정감의 풍성함이 없다면 예술의 경지란 조충소기(雕蟲小技)에 불과할 것이니 스스로 '시경루(詩境樓)'라 하며 운외(雲外)의 유학(游鶴)을 노래할 수 있었던 것이다.

이러한 총체적 보물 창고를 두고 우리 후대의 학자들은 분야별로 시, 금석학, 경학, 고증학, 불교학, 서예, 회화 등 자신의 잣대로 이를 조명하여, 마치 맹인모상(盲人摸象)의 흩뿌림으로 해체해 놓고는 임무를 다한 양 부담을 덜고자 하였다.

이에 위당 정인보(鄭寅普)의 1933년 『완당선생전집』의 서문은 가슴 저린 일침을 가하고 있다.

	선비가 옛사람을 본받아 고독하게 학문을 길을 닦아 높은 경지에 이르
렀는데도 세상에 알려지지 않는다면 한스러운 일임에 틀림없다. 그러나
무식한 사람들에게 전해져 알아주는 것조차 기대될 수 없는 경우라면, 차
라리 묻힌 채 그대로 그 깊은 아름다움이 보전되느니만 못하다. 이는 무
식한 자들의 입에 의해 수다스럽게 더럽혀지는 것보다 낫기 때문이다.

	완당은 연경을 다녀온 후, 유배 중에 가장 가혹한 위리안치(衛籬
安置)를 당했다. 울타리 밖으로 나갈 수 없는 공간제한 연금인 것이
다. 그러나 그 울타리 안이 곧 드넓은 천지요, 만상을 녹여 골기(骨
氣)만 남기는 해탈의 우주였다. 넓은 바다가 좁다고 몸을 굽혀 잠자
는 새우의 형상이다. 남김을 두지 않고 조화(造化)에게 되돌려 주겠
다고 역설적인 '유재(留齋)'라는 현판을 쓰면서도, 세상만사 현실의
즐거움과 욕구를 '一讀, 二好色, 三飮酒'라 장난기 섞인 글씨를 남겨
자신도 인간임을 인정해 달라고 토로하였다.

	젊은날 이미 청학대사(淸學大師) 담계(覃溪) 옹방강(翁方綱 : 1733
~1818)과 운대(芸臺) 완원(阮元 : 1764~1849)을 만나 해동 학문을
인정받았다. 그중 완원과는 국경을 뛰어넘는 사제 관계로 완당(阮
堂)이라는 호를 더욱 선호하기도 하였다.

	중국의 청대 고증학은 중국 학술사에서 양과 질로 보아 가장 방대
한 업적에, 가장 찬란한 저작 그리고 가장 뛰어난 학자들이 공전의 대

성황을 이룬 학계 천하 동탕의 최고봉 시기였다. 그 중심인물이 바로 완원과 옹방강이다. 약관의 나이로 그 호랑이 굴에 들어가 교유하며 어깨를 함께 한 그가 우리 뇌리에는 도리어 동국진체(東國眞體, 李匡師)의 시기를 뒤이은 졸(拙)과 괴(怪)의 서인(書人)으로 각인된 것은 일면이 전체를 가린 형국이 아닌가 한다. 게다가 일본학자 후지츠카 지카시가 '청대 문화의 동전(東傳)'을 연구하여 "청대 학술 연구의 일인자는 곧 완당"이라는 결론을 내렸다니 내심 부아가 치민다.

물론 너무 높아 오르기도 어렵고, 너무 커서 한눈으로 바라다보기도 쉽지 않은 큰 산이라 그럴 수밖에 없다고 변명할 수 있겠으나, 우리는 우리의 보물에 대하여 너무 무관심했던 것이 아닌가 반성도 된다.

이 책은 현재 모두 3권으로 나와 있다. 그 첫 책은 '일세를 풍미한 완당 바람'이라는 부제를 달고, 서장 '저 높고 아득한 산', 1장 '출생과 가문', 2장 '영광의 북경 60일', 3장 '학예의 연찬', 4장 '출세와 가화', 5장 '완당 바람', 6장 '제주도 유배시절(상)'로 되어 있다. 그리고 제2책은 '산은 높고 바다는 깊네'라는 부제로 7장 '유배시절(하)', 8장 '강상(江上)시절', 9장 '북청 유배시절', 10장 '과천시절', 종장 '완당의 서거와 사후 평가'로 되어 있어, 시기별로 다루고 있음을 알 수 있다. 그리고 다시 최근에 마지막 3권으로 자료 및 해제편이 나왔다. 내용은 완당 간찰첩, 완당이 받은 편지, 완당의 작품 해제, 완당 탁묵선, 완당 인보, 완당 추모 전시회 출품 목록, 완당 관계 인물 약보, 김정희 연보로 이루어져 있다.

평전은 일사문학(逸事文學)이다. 즉 그대로 두면 일실(逸失)될 일화, 고사, 어록, 작품 등을 총망라하여 새로이 직조해야 하는 독특한 문체이며, 실기(實記)를 겸하여 증거도 갖추어야 하는 어려운 다큐이다. 이를 완벽하게 수행해 낸 예술사학자 유홍준 교수에게 찬사를 보내지 않을 수 없다. 완당만큼 미치지 않으면 그의 금싸라기 낱개의 성산(星散)된 기록과 자료를 모으기 어려웠을 것이며, 이를 분석하는 학문적 시각과 심미안이 없었다면 결코 천하 괴인 완당을 일반인에게 이토록 쉽고 흥미롭게 전달할 수 없었을 것이다. 더구나 1, 2권의 389개의 천연색 도판은 우리를 완당이라는 꿈의 궁전으로 푹 빠져 들게 한다. 아울러 3권 자료와 해제는 학술 자료로써 활용하기에 전혀 손색이 없다. 고통의 결실은 지금 이 감각의 시대에 정서(情緒)의 목마름에, 청정한 샘물을 한 바가지 퍼 주는 우물가로 나를 가슴 떨리게 안내하고 있다.

고산앙지(高山仰止)! 높은 산은 마땅히 우러러보아야 한다는 뜻이다. 이제 우리는 마음 놓고 완당을 바라볼 수 있게 되었다. 그 높은 산 완당을 우러러볼 수 있도록 망원경과 현미경을 함께 제공해 준 이 책은 이 시대의 새로운 문화 좌표의 역할을 충분히 하고도 남을 것으로 기대된다.

윤용이 명지대 미술사학과 교수

순백으로 빚어낸 조선의 마음

『백자』

방병선 지음 / 2002 / 돌베개

옛 도자기는 우리 민족문화유산의 하나로서 그릇이지만 그릇에 그치지 않고 그 시대 사람들의 삶과 문화를 담고 있는 세계라고 할 수 있다. 고려시대의 청자와 조선시대의 분청자, 백자는 세계의 수많은 도자기 가운데에서도 뚜렷한 성격을 지니는 존재로 그 하나하나가 지니는 아름다움 역시 높이 평가되고 있다. 이러한 우리의 옛 도자기를 이해하고 감상하는 일은 우리 옛 문화를 이해하는 빠른 지름길이기도 하다.

1990년대 이후 우리 옛 도자기에 대한 사회적인 관심이 높아져, 깊은 지식을 바탕으로 쉽게 이해할 수 있는 알맞은 책의 출간이 요망되어 왔다. 『청자와 백자』, 『아름다운 우리 도자기』 등이 그러한 배경 속에 출간되었으며, 이후 좀 더 깊고 다양한 관점에서 청자, 분청자, 백자 등을 다룬 발전된 단계의 책이 요구되어 왔다. 이번 돌베개에서 펴낸 방병선의 『백자』는 이러한 요구에 걸맞은 저술 작업으로 생각된다.

저자인 방병선 교수는 지난 십여 년간 도자기 제작 현장에서의 경험과 공학적인 지식을 바탕으로 고려청자의 제작 기술에 관한 연구를 시작하여 몇 편의 논문을 발표하였고, 이후 전공 영역을 조선시대로 이전하여 조선백자의 제작 기술을 비롯하여 문헌 자료의 분석을 통한 조선시대 관요 운영 체계에 관한 논문인 〈조선 후기 백자의 제작 기술 연구〉(1997)를 내놓은 바 있으며, 최근에는 조선과 중국, 일본 자기와의 비교 연구에 역량을 집중하고 있는 주목받는 선진 도자사 연구자이다.

『백자』는 제7부로 이루어져 있다.

제1부는 조선백자를 이해하기 위한 첫걸음으로, 조선인이 추구한 아름다움이 조선백자였음을 조선인의 삶을 통해 알려 주고 있다. 또한 조선백자로 떠나는 여행의 길잡이로 조선의 정신을 바탕으로 백자가 왕실 전용 그릇으로 채택된 과정과 배경, 제작 체제, 백자의 아름다움과 양식의 변천 및 제작 기술에 대해 이야기하고 있다. 또한 조선 후기 북학파 박제가의 "하나의 자기가 제대로 되지 않으면 나라의 만사가 모두 이를 닮는다"는 『북학의』의 글을 인용해, 결국 그릇은 만들고 사용하는 사람 그 자체임을 밝히고 있다.

그리고 우리 문화의 황금기인 진경시대 아래 조선 고유의 문화가 찬란하게 꽃피기 시작한 결과 백자달항아리와 각종 백자제기 등에서 조선 고유의 백자문화가 한껏 발전하였음을 말하고 있다.

제2부에서는 조선 왕실이 택한 그릇, 백자에 대해 살피고 있다. 먼저 고려백자에서 조선백자로 변해 간 모습을 양구 방산요지를 통해 밝히고 있고, 조선의 그릇을 제작하기 위한 노력으로 『세종실록』「지리지」의 자기소와 도기소 그리고 『신증동국여지승람』의 자기소와 도기소의 내용을 살피고 있다. 『세종실록』「지리지」에 의하면 전국을 8도로 나누어 자기소와 도기소를 조사한 후 도자기의 품질에 따라 상, 중, 하로 구분하였다. 자기소는 분청사기와 백자를 제작하였으며, 도기소는 옹기와 질그릇, 일부의 분청사기를 제작한 것으로 추정하고 있으며, 특히 상품(上品) 자기소는 백자와 정제가 잘된 분청사기를 제작하였던 것으로 밝히고 있다.

또한 1432년에 만들어진 『세종실록』「지리지」의 도기소, 자기소와 1481년에 제작된 『신증동국여지승람』의 자기소와 도기소의 기록을 비교하여 50여 년의 시간 차이를 두고 조선의 요업이 어떻게 변화하였는지를 밝히고 있다. 우선 자기소와 도기소의 전체 숫자가 324곳에서 43곳으로 대폭 줄어 분청사기의 제작이 급격히 감소했을 가능성을 보여 주고 있으며, 도기소의 비율이 자기소보다 급격히 줄어든 것은 도기보다는 자기가 공물로서 적합하여 많은 양이 요구되었기 때문인 것으로 추정하고 있다.

제3부에서는 조선의 국영 도자기 공장, 분원에 대하여 고찰하고

있다. 먼저 국영 도자기 공장, 분원이 설치되는 15세기의 과정을 살피고 있다.

1467년 사옹방(司饔房)을 사옹원(司饔院)으로 개칭하고 정식으로 녹관(祿官)을 임명했다고 한 것이 분원의 관리와 연관이 있으며, 1481년의 상황을 알려 주는 『신증동국여지승람』의 광주목 토산조(土産條)의 "해마다 사옹원의 관리가 화원을 거느리고 어기(御器)로 쓰일 그릇을 감조하였다"는 기록으로 그 이전에 분원이 설치된 것으로 보고 있으며, 분원의 설치와 관련하여 중국 도자기의 메카, 경덕진의 어기창(御器廠)에 관해, 명대 어기창이 1426년에 설치되었고 어기창의 임무가 분원과 비슷하였음을 말하고 있다.

왕실에서 지방으로 퍼져 나간 16세기의 분원백자 모습을 『분주원보등』을 참고하여 총 552명의 인원이 각기 28개의 직급 체계로 나뉘어져 있으며, 장인들의 명칭과 구성뿐 아니라 16세기의 분원가마의 변천 모습을 말하고 있다. 아울러 조선시대 사기 장인의 삶을 『승정원일기』와 『비변사등록』의 기록을 통해 알려 주고 있다.

또한 사회, 경제 변화에 따른 17세기 분원제도의 정비를 신분제의 변화와 대동법의 실시에 따른 상품 경제의 변화와 관련하여 다루고 있다. 아울러 18세기의 문예 부흥과 함께 꽃핀 분원백자가 영조 대에는 문인 취향의 고아한 품격을 보여 주고, 정조 대에는 장식적인 자기의 유행을 나타내고, 19세기에 들어 민영화의 길로 들어선 분원의 모습을 밝히고 있다. 특히 민영화 이후 조선의 운명과 함께한 분원백자의 모습을 조명하고 있다.

제4부에서는 현존하는 백자의 명품들을 통해 조선백자의 아름다움과 묵향(墨香) 어린 작품들을 감상하고 있다.

제5부에서는 기형과 문양을 통해 본 조선백자의 변천사를 보여 주고 있다.

15~16세기의 백자에서 보이는 절제 뒤에 숨은 화려함과 17세기의 철화백자에 담긴 해학과 여유의 모습을 보여 주고 있다. 회화와 도자의 만남이 화합을 이룬 18세기의 백자와 감상문에 띄운 19세기의 조선의 꿈을 현존하는 작품의 기형과 문양을 통해 밝히고 있다. 아울러 백자의 기형과 문양이 어떻게 변화해 갔는지도 도표를 통해 보여 주고 있다.

제6부에서는 조선백자가 어떻게 만들어졌는가를 밝히고 있다. 먼저 백자의 태토가 전국 각지에서 캐어져 정제 과정을 거친다. 그리고 조선 장인의 손길을 거쳐 성형 과정을 거치며 안료로서 청화(青畵)와 철화(鐵畵)와 동화(銅畵)를 사용하여 백자의 표면에 채색하는 것과 백자의 유약이 어떻게 쓰였는지, 그리고 조선백자 가마의 번조 기술에 대하여 밝히고 있다.

제7부에서는 도자기를 통한 조선시대의 대외 교류를, 무역과 진헌품을 통한 대중 교류와 다완 무역과 기술 전수를 중심으로 서술하고 있다.

이처럼 조선백자를 다양한 관점에서 파악하여 조선백자의 참모습을 보여 주고자 노력한 것은, 그동안 딱딱한 논문식의 책이나 피상적인 감상 위주의 도록들, 그리고 편년 위주의 개설 책들에 식상한 독자들에게는 매우 신선한 자극을 주는 것이다.

특히 십여 년간 도자기 제작 현장에서의 경험과 공학적인 지식을 바탕으로 한 저자의 조선백자에 대한 관심이 이 책의 곳곳에서 감지되고 있다. 조선백자의 제작 과정을 태토, 성형 과정, 안료 유약과 번조 기술의 모습을 그대로 쉽게 보여 주고 있는 점은 그동안의 많은 책들에서 보이지 않는 이 책만의 강점이라고 생각된다.

그리고 조선백자의 아름다움을 기형과 문양의 분석을 통해 15~16세기, 17세기, 18세기, 19세기로 나누어 보여 주고 있는 점과 도자기를 통한 조선시대의 중국과 일본과의 교류는 저자 특유의 연구 분야로서 새로움을 던져 주고 있다.

이와 같은 점에서, 조선백자에 대하여 새로운 관심을 갖고 다양하게 이해하고자 하는 독자들에게는 이 책에서 얻는 바가 매우 크다고 할 수 있다. 그러나 이 책의 장점을 거꾸로 생각하면 단점이 될 수도 있다. 이 책은 어느 한 분야를 철저하게 파고들어 간 것이 아니라, 다양한 분야를 다양한 각도에서 접근하여 총괄하였기 때문에 연구서도, 교양서도 아닌 위치를 보여 주고 있다는 점이다. 그럼에도 이 책은 조선백자를 다양한 관점에서 밝히고자 노력한 저술로서, 수많은 도판과 참고 문헌, 지도, 현장 사진 등이 풍부하게 곁들여진 근래의 드문 도자사 책으로 주목된다 하겠다.

김백균 중앙대 한국학과 교수

삶과 그림에 대한 문화상대적 해석

『우리 그림 백 가지』
박영대 지음 / 2002 / 현암사

신명, 해학, 운치, 관용, 여유, 호방함, 쓸쓸함, 그리움, 싱그러움, 추억과 동경 등 이러한 느낌들은 모두 『우리 그림 백 가지』의 저자 박영대가 우리의 옛 그림을 통하여 읽어 낸 우리 선조들의 삶에 대한 태도와 멋이다. 간단히 말해 박영대의 『우리 그림 백 가지』는 그림을 통해 옛 선조들의 삶과 인생, 그들의 고민과 행복, 현실과 이상에 대하여 풀이한 인문 교양서라고 할 수 있다.

그림은 일차적으로 개인의 감정을 표현하는 수단이다. 그림은 나의 느낌, 나의 정서, 나의 사상을 시각적으로 표현한다. 또 그림에 담긴 사상과 감정이 그림을 보는 관객에게 전달됨으로써 그림을 그린 사람의 의식이나 감정을 공유할 수 있다. 이때 개인적인 느낌이나 감정, 사상 등의 정보가 공유되면 사회적인 가치를 지닌다. 표현, 전달, 공유는 그림이 가지고 있는 중요한 기능 중의 하나이다.

『우리 그림 백 가지』는 우리에게 그림의 이러한 사회적 기능을 다시 한 번 상기시켜 준다. 이 책은 우리에게 전통 예술에 대하여 가지고 있는 막연한 관념적 두려움을 떨쳐 버리게 하고, 그림이란 일상생활에서 느끼는 친숙한 감흥의 표현임을 강조한다. 그림이란 신명나는 한판의 춤사위이거나, 삶의 진지한 중압감에 눌려 숨이 막힐 때 듣는 판소리의 해학이거나, 산골짜기 물 좋고 바람 시원한 누각에 좋은 벗들이 모여 탁자에 기대어 앉아 거문고 뜯고 그림 그리며 시를 읊조리는 운치이거나, 한 가닥 묵매(墨梅) 가지에 실은 그리움 같은 것이라는 사실을 일깨워 줌으로써 그동안 우리가 옛 그림에 대해 가져왔던 일종의 경외와 같은 접근하기 힘든 두려움을 씻어 준다. 예술이란 삶을 떠난 우리가 알지 못하는 어떤 고매한 이상의 표현이 아니라, 진정한 예술은 삶 속에서 이루어지는 것임을.

이 책의 저자는 화가이다. 그가 우리의 옛 그림을 해석하는 방식 또한 창작자의 시선이 고스란히 담겨 있다. 그는 옛 그림에 애정을 가지고 좋은 그림을 찾아, 때론 어두운 박물관의 한켠에 우두커니 서서 그림에 담긴 사상이나 그림과 관련된 사실들을 차분히 되새기고, 때론 사람은 없고 물질만 남아 있는 그림 앞에서 괴로워했던 느낌을 그대로 서술하는 방식으로 우리 옛 그림을 담담히 읽어 내려간다. 따라서 그는 그림을 해석하는 데 미술사적인 양식(樣式)의 변천이나 편년체적인 서술을 버리고, 그림을 대할 때 그때그때 떠오르는 느낌을 그의 풍부한 인문 교양으로 풀어낸다. 이러한 인상비평식의 해석은 옛 그림의 전통을 오늘날의 의미로 다시 이끌어 내려는 창작자의 의도가 다분히 숨어 있다.

옛 그림을 통해 오늘날 자신의 모습을 비추어 보고자 하는 이러한 시도는 저자의 개인적인 의미를 떠나 이 책을 읽는 모든 독자에게도 우리의 옛 그림이 어떻게 그려지고, 무엇을 표현하려 했는지 다시 한번 생각해 볼 수 있는 기회를 제공한다. 저자는 그림 감상은 그 그림이 언제 그려지고, 어떠한 표현 양식을 가졌느냐 하는 것보다는 저 그림이 나에게 무슨 말을 하는가, 나에게 어떤 가치가 있는가라는 것이 더 중요하다고 암시하는 것이다. 이것은 어찌 보면 우리가 그림을 감상할 때 빠뜨리기 쉬운 가장 중요한 측면을 일깨워 주는 것이다. 이처럼 양식사적인 비평이 채워 주지 못하는 부분을 『우리 그림 백가지』의 저자는 세세히 풀어 준다. 마치 우리가 옛 고전을 읽을 때, 문자에 얽매이기보다 자간(字間)을 읽어, 더 풍부하고 생동감 넘치는 고인의 정감에 다가설 수 있는 것과 같다.

글을 쓰다 보면 글의 논리에 이끌려 처음 의도한 방향과는 좀 다른 방향으로 가는 것을 우리는 종종 경험한다. 그림 또한 마찬가지이다. 결국 그림이 말하는 것은 그림의 양식이 아니라 글의 자간을 읽는 것처럼 강을 건넌 뒤 뗏목을 버리는 것이며, 토끼를 잡은 뒤 올가미를 버리는 것 같은 그림 밖의 의미이다. 단지 물질적인 표현에 지나지 않는 그림이 정신적인 가치를 얻고, 끊임없는 예술적 의미로 다시 태어날 수 있는 것은 그림을 보는 관객에 의하여 가치가 재창출되는 것이라는 해석의 의미를 저자의 옛 그림 읽기를 통해서 느낄 수 있는 것이다.

옛 그림이 오늘날의 의미로 다시 읽힐 때, 그 그림의 진정한 가치가 발견되는 것이라 할지라도, 옛 그림은 옛 그림이다. 당연히 모든 것들을 오늘날의 시선으로만 읽을 수는 없다. 서구화라는 근대를 체험한 우리는 서구의 합리로 세상을 보는 것에 익숙해져서 전통적 세계를 이해하는 데 점점 어려움을 느낀다. 전통적 가치와 사유 체계를 때론 알 수 없는 신비주의적 경향으로 몰아세우기도 하고, 때론 미숙한 문명의 초기 단계로 폄하하기도 한다. 그러나 모든 문화에는 그 문화 나름의 합리가 있다. 합리란 조리가 있다거나 일리가 있어서 이치에 부합한다는 말이며, 이치란 어떠한 시각으로 보느냐에 따라 다른 평가를 부여받을 수 있기 때문이다. 따라서 고인의 처지가 되어 그들의 입장에서 생각해 보지 않으면, 그들의 정감이나 느낌을 온전히 체득할 수 없다.

그래서 『우리 그림 백 가지』의 저자는 되도록 좀 더 옛 선인의 시각에서 그들의 삶을 보고 독자에게 전달하려고 노력한다. 그는 자신이 그림 속의 주인공인 양 그림 속의 분위기를 마음껏 고조시키며 비유와 은유를 들어 선인들의 세계관을 이야기한다. 이경윤의 그림이라고 전해지는 〈고사탁족도(高士濯足圖)〉를 예로 들면, 발을 씻는 조선시대 사람들의 여름 풍속을 선비정신에 빗대어 이야기함으로써 독자로 하여금 옛 선인들의 세계관과 이상향을 좀 더 쉽게 이해하도록 설명한다. 탁족할 때 발에 끼얹는 물은 '정화수(淨化水)'와 같이 몸을 청결하게 함으로써 마음을 정화하는 것이다. 이러한 사유 방식은 "창랑의 물이 맑으면 내 갓끈을 씻고, 창랑의 물이 흐리면 내 발을 씻는다"라는 전국시대 굴원의 〈어부사(漁父詞)〉를 통해 알 수 있듯 그들의 선비정신을 대변하는 세계관에서 나왔다는 문화적 해석을 곁들여 문화상대적 입장에서 그림을 바라보게 한다. 이러한 해석은 물이 맑듯 세상이 바로 서면 갓을 쓰고 벼슬에 나가 온 세상을 이롭게 하는 정치를 펼치되, 물이 흐리듯 세상이 혼탁해지면 세상에 은둔하여 자신을 바로 세우는 일을 하라는 유가적 가치관, 즉 '입신양명(立身揚名)'이나 '명철보신(明哲保身)'의 의미를 탁족도로 형상화하였음을 보여 준다.

『우리 그림 백 가지』, 이 책의 진가는 이러한 문화상대적 입장에서 제화시(題畵詩)를 하나하나 번역하여 그림과 그림을 그린 사람의 마음을 분리하지 않고 하나로 이어 주어, 그림을 이해하려는 관객이나 책을 읽는 독자에게 그림 따로 정감 따로 분리되지 않게 해 주는 것에 있다. 그림이 순수하게 그림으로만 읽힐 수는 없다. 그림이 개인의 표현을 떠나 사회적 의미를 지니는 순간, 그림은 이미 인문적 문화의 체계 속에 들어오고 만다. 음성과 음표의 관계와 마찬가지로 그림 또한 음표를 통한 상징적 의미가 부여되었을 때 가치를 부여받는 것과 같은 이치이다. 『우리 그림 백 가지』의 저자는 그림에 스며 있는 숨은 가치관을 제화시를 통해 독자에게 전달함으로써 그림의 인문적 요소를 드러내고 그림을 통해 동북아시아 사유 구조의 독특함과 창조성, 삶의 이치를 밝힌다.

제화시에는 그림을 그린 사람의 사상뿐만이 아니라 그림을 그린 사람의 세계관에 의하여 드러나는 표현에 대한 언급도 있다. 물론 전문적으로 앞뒤 문맥을 모두 살려 논리적으로 설명한 것은 아니더라도 직관적인 느낌을 적은 글들이 일품인 경우가 많다. 어떠한 경우에는 이러한 글들이 모여 그림의 이론이 되는 경우도 있고, 또 반대로 그림의 이론에서 계발을 받아 작가의 개성에 따라 시적 변용을 하여 써 놓은 경우도 있다. 이처럼 그림의 중요한 부분을 차지하는 그림에 대한 직관적 원리를 일일이 풀어 놓은 것도 이 책만이 가지는 가치이다.

자칫 먼 이야기로 들릴 수 있는 동양 고전의 세계를 지금 이 시대의 언어로 쉽게 풀이하고 있는 『우리 그림 백 가지』는 그림이라는 문화 현상을 통해, 현대를 사는 우리의 사유 구조로써 좀처럼 쉽게 다가가기 힘든 고전의 세계를 쉽게 건널 수 있는 뗏목으로서의 역할을 충분히 해 주고 있다. 바로 박물관에 박제되어 있는 우리의 옛 그림에 생기를 불어넣는 것이 이 책의 최대 장점이다.

작품에서 만나는 역사의 생생함

최병식 경희대 미술학과 교수

『그림, 역사가 쓴 자서전』
이석우 지음 / 2002 / 시공사

생각해 보면 한 시대의 역사가 시각적인 유형으로 전해 오는 것은 거의 티끌 정도에 불과할지 모른다. 물론 관습과 생활에서 배어지는 전통적인 유형의 유산도 있겠지만 그것은 계승적인 흔적일 뿐이다. 사실상 이러한 점에서 우리는 역사의 유추를 위한 다양한 관점을 동원하여 당시의 시대적인 풍습과 낭만과 사회상들을 추측하게 된다.

그래서 파르테논 신전을 보면서 고대 그리스와 페르시아와의 전쟁을 알 수 있고, 수호신 아테네에 바쳐진 신전이라는 점을 통하여 종교적인 배경을 유추할 수 있게 된다. 또한 콜로세움(Colosseum)을 보면서 당시 투기장의 비극과 열광을 현장감 있게 만나게 되고, 사진한 장 남기지 않았지만 조선시대 사상가이자 서예, 화가, 정치가였던 추사 김정희의 경우도 그가 남긴 〈세한도〉 한 폭을 마주 함으로써 그 고절 담백한 선비의 기개와 정신세계를 더욱 구체적으로 읽을 수 있다. 또한 피카소의 〈게르니카〉 역시 독일 공군에 의하여 바스크 지방에 무차별 폭격을 자행한 만행을 규탄하는 의미를 실감하게 되는 것은 마찬가지이다.

이석우 교수의 이번 저술은 그간 《국민일보》에 연재한 내용을 대폭 보강하여 한 권의 책으로 엮은 역사적 시각의 미술사, 미술사적 시각의 역사서로 평가할 만한 결과물로서 바로 위와 같은 시각에서의 접근을 시도한 의미를 지니고 있다. 우리나라의 미술이론 분야의 연구가 지금까지는 거의 원전에 대한 자료적 소개나 번역 등에 그치고 있었던 현실이었음을 부정하기 어렵고, 그나마 이해서로 등장한 수십 권 정도의 서적마저도 기행 형식과 간단한 해설 정도의 범주를 벗어나지 못하고 있다.

이 교수는 바로 사학자의 시각에서 보이는 해석을 작품의 한 장면 한 장면에서 실타래를 풀어 나가듯 기술해 감으로써, 대중들에게 동시에 두 가지의 유익한 내용을 이해하도록 하는 독특한 기술 방식을 선보이고 있다.

물론 지금까지 문학가에 의하여 작가의 생애를 소개하는 경우도 있었고, 경제학자의 시장 경영적인 측면의 접근 등은 있었지만 사학자의 이와 같은 접근은 국내에서는 처음으로 여겨진다. 저자가 『이탈리아 르네상스의 문화』(1860), 『이탈리아 르네상스 역사』(1867), 『콘스탄티누스대제 시대』(1853) 등을 저술한 바 있는 스위스의 부르크하르트(Jacob Burckhardt : 1818~1897)를 흠모한 이유 역시 신학, 사학, 미술사 등을 통시적으로 연구하였다는 점에서 비롯되었으며, 역시 철학자, 역사가, 비평가, 정치가로서 이름을 날린 크로체(Benedetto Croce : 1866~1952)를 존경한다는 것은 바로 이와 같은 학제간의 연구를 통시적으로 접목하려는 의지가 숨어 있기 때문이다.

저자는 제1장 '태초에 그림이 있었다' 로부터 시작하여 제8장 '길 잃은 도시, 길 잃은 현대인' 에 이르기까지 거시적으로 바라보고 선정한 제목들에서 알 수 있듯이, 우리가 서양의 명화들에서 일상적으로 지나쳐 왔던 작품 제작의 배경과 역사적 이야기들을 재미있게 서술하고 있다. 예를 들어 '무릎을 꿇은 황제 하인리히 4세' 에서 신권과 왕권의 팽팽한 대립에서 빚어진 역사적 사건을 한 폭의 작품을 통하여 쉽게 이해하도록 설명하고 있으며, 현장을 직접 방문하여 체험기적인 내용으로 담백하게 쓴 다빈치의 흰족제비를 안고 있는 〈체칠리아 갈레라니〉에 대한 설명은 모나리자에만 집중하여 온 다빈치의 작품 세계를 조금 다른 시각에서 조명하여 작가의 삶과 작품 세계에 대한 소개를 더욱 풍부하게 하고 있다.

부세의 〈퐁파두르 부인의 초상화〉 역시 루이 15세의 치세와 관련한 내용이 한 장의 그림을 통하여 이해되어지는 부분이 적지 않으며, 다비드의 〈마라의 죽음〉 또한 일반적으로 이해하고 있는 내용을 보다 실감나는 시대적 배경으로 엮어 나감으로써 흥미진진한 미술사적 이해를 시도하고 있다. 예를 들어 〈마라의 죽음〉에서는 이 그림의 주

인공인 마라(Marat)가 루이 16세가 기요틴형(단두대형)을 받는 데 앞
장섰으며, 공화국의 내일을 위해서는 인민의 적이라면 10만이라도
처형할 수 있다는 공격적인 발언을 한 민중적 정치가였다는 사실을
사전에 인지하면서 이 작품을 감상하는 경우와 단순히 반정부주의자
라는 의미에서 이해하는 정도로 이 작품에 접근하는 것은 그 현실감
에서 많은 차이를 지닐 수 있다.

저자는 조형미학적인 구도나 색채, 원근이나 화파의 특징을 논하
는 미술사가나 비평가들의 입장에서보다는 이같은 작품의 배경을 구
체적으로 설명함으로써 그 한 작품에서 느껴지는 감동을 더욱 강하
게 세례하도록 유도하고 있다는 점에서 학제간의 연구가 갖는 매력
을 십분 발휘하고 있다.

이러한 사실은 우리의 미술사적인 현주소에서 적지 않게 볼 수 있
는 외골수적인 조형 미학의 해석으로 인한 연구 성과를 더욱 풍부하
고 흥미로운 접근으로 가능케 하는 의미가 있으며, 한 시대의 작품들
이 갖는 중요성에 대한 역사적 의미를 되새기도록 하는 새로운 방법
론을 제기하고 있다는 점에서도 평가될 수 있다.

또 하나 이 책에서 특이한 점은 다소 짧은 기술상의 아쉬운 점에
우려를 하였지만, 풍부한 사진 자료를 게재함으로써 보다 현장감 있
는 관련 자료들을 섭취할 수 있도록 하였다는 점이다. 이는 출판사의
배려도 적지 않았을 것으로 보지만 지금까지 도식화되다시피 당연한
작품들만을 실어 온 서적들과는 차별화되는 다양성을 엿보게 한다.
예를 들어 〈고바빌로니아의 이슈타르 문〉에서는 베를린의 페르가몬

박물관에 있는 〈바빌로니아의 이슈타르 문〉에 대한 소개에서 박물관에 소장된 유물의 사진과 브뤼겔의 바벨탑, 도마뱀 모양의 용, 발굴과 복원 중인 관련 사진 등을 다양하게 배치함으로써 보다 입체적으로 이슈타르 문에 대한 상상과 구체적인 이해를 돕고 있어, 수록된 글과 함께 당시의 규모와 아름다운 자태를 음미하도록 안내하고 있다.

한편 이와 같은 사학자의 입장에서 본 미술사적인 신선한 접근을 시도한 이석우 교수는 서양사를 전공한 분으로서 평소 미술에 관한 번역서와 저술 활동에도 게을리 하지 않은 연구 성과를 가지고 있으며, 두 가지의 영역을 통시적으로 바라보려는 의미를 부여한 학자이기도 하다. 이에 관하여 이 교수는 스스로 "미술은 역사의 표정이며, 그것을 담고 있는 그릇이자, 역사와 만나는 직접적인 통로이다. 그래서 나는 역사를 만나러 미술관에 간다"고 말하고 있다. 그의 이같은 독백은 역사가 과거에 일어난 일을 오늘에 재현하는 것이지만 미술가는 대상을 자기의 화폭 속에 표출한다는 점에서 차이와 공통의 요소가 존재한다는 것을 말하고 있다. 그러나 분명한 것은 한 폭의 작품이지만 그 화면에 그려진 작가의 주관적인 표현이라는 내용적 감정을 제외하면 그 모든 것이 당시의 가장 대표적인 사실성을 간직하고 있다는 것이다. 그래서 라이프니츠 같은 경우는 "예술은 시대의 아들이다"라는 말을 남겼던 것이다.

이러한 시각에서 볼 때 이 교수의 역사적인 시각은 단순히 작품의 표상으로만 이해해 왔던 서양 미술사의 단편들을 보다 폭넓은 내용으로 한 시대의 필연적인 기록들로써 남겨지게 된 경위를 찾아가는 이정표와 같은 역할을 하고 있다고 보아도 좋을 것이다.

최근 유행하고 있는 '퓨전 문화'라는 말이 있다. 동서간의 문화적 접근에서 비롯된 출발이기는 하지만 미술과 역사가 만나서 이루어지는 보다 증폭된 시너지 효과를 얻을 수 있는 내용으로도 적용되어지는 이 책에서의 퓨전적인 시도가 역사를 만나러 미술관에 가는 저자의 독백과 만나게 되는 이유이다.

아쉬운 점은 신문 연재를 바탕으로 하다 보니 다소 글의 분량이 적음으로써 심도 있는 집필이 이루어지지 못했다는 점과 이와 같은 흥미로운 접근이 보다 장기적인 계획으로 구체적인 작품 선정기준에 의하여 시대를 제한하거나 집필됨으로써 짜임새 있는 구조를 형성할 수 있도록 전반적인 선별 과정을 거쳤다면 더욱 객관적인 저술로서 빛을 발할 수 있었으리라는 점이다.

그러나 지금까지 미술사적인 전문적 시각에서만 접근하려 하였던 연구물들과는 달리 보다 거시적인 입장과 역사적 배경을 요소요소에 생생하게 기술함으로써 최근 범국가적으로 노력을 기울이고 있는 학제간의 영역 넘기, 미국의 DBAE(Discipline-Based Art Education)와 같은 통합 교육이라는 차원에서도 필독서로 평가하고 싶다.

김춘미 한국예술종합학교 한국예술연구소 소장

오래된 질문에 대한 과학적 해답을 찾아서

『**음악은 왜 우리를 사로잡는가**』
로베르 주르뎅 지음 / 채현경 외 옮김 / 2002 / 궁리

『음악은 왜 우리를 사로잡는가(Music, Brain and Ecstasy)』는 음악과 관계된 제 현상에 대해 과학적 해답을 찾아가고 있는 저자의 노력을 담은 책이다. 저자 로베르 주르뎅은 과학·기술 전문 저술가이자 작곡가 겸 피아니스트로, 그동안 컴퓨터 관련 서적을 주로 집필했고, 작곡과 연주에 관한 글들을 꾸준히 쓰고 있다고 소개되어 있다. 음악과 과학에 대한 전문가적 지식을 바탕으로 오래된 질문들에 대한 답을 써 내려가고자 한 이 책은 호기심 많은 독자 누구에게나 추천하고 싶은 책이다. 500여 페이지에 달하는 내용을 처음부터 끝까지 읽으려면 좀 부담이 되지만, 어떤 질문에 대한 답을 알고 싶으냐

에 따라 골라 읽어도 되고, 띄엄띄엄 두서없이 읽어도 되는 것이 이 책의 특징이기도 해서 좋다.

오래된 질문이란 "아! 나도 그런 생각을 한번 했었어!" 할 정도로 누구나 마음속에 지녀 보았던 의문들이다. '멀리서 들려오는 오보에의 구슬픈 소리가 아름답게 들리는 건 무슨 이유일까?', '왜 어떤 화음은 행복하게 들리고, 어떤 화음은 슬픔을 자아내고, 또 어떤 화음은 고통을 느끼게 하는 걸까?', '왜 어떤 사람들은 음악을 들으며 감정을 느끼는데 다른 사람들은 아무것도 느끼지 못하는 걸까?', '뛰어난 작곡가들은 음악을 어떻게 들을까?', '왜 어떤 음악은 그저 그렇고 어떤 음악은 나를 황홀경에 빠뜨릴 정도로 좋을까?', '인간은 어떻게 그냥 소리하고 음악을 구별하는 걸까?', '나는 이런 음악이 좋은데, 왜 다른 사람은 내가 좋아하는 걸 싫어하고 다른 것을 좋아할까?', '세계의 여러 나라는 모두 다른 말을 써서 서로 못 알아듣는데, 왜 음악은 서로 달라도 이해가 되는 것 같을까?', '인류의 역사 안에 화가들의 숫자보다 왜 작곡가의 숫자가 적은 것인가?', '누구는 갈수록 음악적 천재성이 더욱 꽃이 피는데, 누구는 왜 그것이 줄어드는 것일까?' 등이 그런 질문들이다.

질문만 들어도 답을 어떻게 했을까 궁금해진다. 답은 궁극적으로 두뇌 과학적 측면에서 다루어지고 있는데, 그 답으로 가는 과정이 수많은 사례와 상황적 이해를 돕는 동물계(인간을 포함한) 전반의 이야기로 채워져 있어 독자의 읽는 재미를 더해 준다. 예를 들어 '두뇌의 어느 부분이 음악을 담당하는가?' 에 대한 답을 들어보자.

두뇌의 앞부분을 보면 감정적인 반응을 담당하는 우뇌가 더 크다. 두뇌의 뒷부분에서는 언어 기능을 담당하는 부위들이 발달할수록 좌뇌가 크다. 두뇌의 기능 분화는 그 해부학적 크기뿐 아니라 대뇌 피질의 두께에 있어서도 다르다. ……두뇌가 반응할 때 나오는 생화학 물질도 각 부분에서 저마다 다르게 분비된다. ……화성은 우뇌에서, 리듬은 좌뇌에서 더 잘 인식한다. 화성을 인식하는 기능이 리듬을 인식하는 기능보다 분화가 더 잘 이루어져 있기는 하지만, 이들 능력은 모두 측두엽의 비슷한 부분에 위치하고 있다. ……흥미로운 점은 선율을 인식하는 과정이 주로 우뇌에서 일어난다는 것이다. ……두뇌를 스캐닝하다 보면 '저기다!' 라고 소리치며 한곳을 짚을 수도 있다. 하지만 대위법이나 프레이징이나 다른 큰 규모의 형식을 갖춘 음악은 두뇌의 한곳에서 모두 처리되지 않는다.(441~445쪽)

다음 두뇌가 음악을 어떻게 듣는가 하는 질문에 대해서는 다음과 같은 답을 한다.

달팽이관에서 뇌까지의 긴 여정은 뇌의 양옆 측두엽(Temporal Lobe)에 위치한 1차 청각피질이라 부르는 피질의 작은 부분에서 멈춘다. ……달팽이관은 모든 진동수에 대한 질서 정연한 구조가 뇌간을 통과하는 다양한 청각 통로로 가게 도우며, 1차 청각피질도 이와 비슷하게 조직되어 있다. ……그리고 자세히 보면 대뇌피질은 뇌의 대부분에서 여섯 개의 층으로 나뉘며, 각 층마다 뉴런들이 나름대로 복잡하게 얽혀 있다. 이 유명한 대뇌회백질(Gray Matter)의 두께는 겨우 6mm 정도에 지나지 않는다. 그 아래로 훨씬 더 두툼한 대뇌백질(White Matter)이 분포한다. 대뇌백질은 순전히 뉴런과 뉴런을 연결해 주는 신경섬유들로 구성되어 있다. ……신경학자들은 이같은 미로 안의 질서를 알아내는 데 많은 진전을 이뤄냈다. ……우리의 두뇌는 소리들을 진동수대로 정리할 뿐 아니라 강도와 지속 시간의 대략적인 수준과 진동수와 강도 그리고 지속 시간의 변화 수준에 따라서도 소리들을 분류하는 것으로 보인다. ……그러나 우리는 피아노를 치기 위해서가 아니라 살아남기 위해서 진화했다. 피질에 첨가되는 모든 것에 만만치 않은 생물학적 비용이 따른다.(100~108쪽)

이렇게 과학적이고 근본적인 음악 인지에 대한 언급도 있지만, 한편으로는 더 많은 양의 구체적이고 시사성 있는 예가 재미있는 이야기로 엮어져 있는 다음과 같은 부분의 예도 한번 보자.

전문가들은 체스 고수들이 5만 개에 달하는 경기 패턴을 익히기 위해서는 2만 시간의 연습이 필요할 것이라고 추정한다. 10년 동안 매주 40시간씩 해야 하는 일이다. 마찬가지로 음악학자들은 작곡가들에 대해 이른바 '10년 법칙'을 이야기한다. 작곡을 최소한 10년 동안은 연마해야 곡다운 곡을 쓸 수 있다는 것이다. 모차르트도 5살에 첫 작품을 썼지만 후세에 기억될 만한 곡들은 15살이 되어서야 쓰기 시작했고, 오늘날 많이 연주되는 곡들은 거의 다 그가 20대 중반에 쓴 것들이다. 어쩌면 '20년 법칙'이 더 맞는 말일지도 모른다.(272쪽)

이 책이 제공하는 과학적인 답과 경험적 기록 및 사례들을 읽어 내려가는 동안 우리는 알게 모르게 자신이 어떤 방식의 사고를 하고, 어떤 느낌을 좋아하며, 어떤 음악적 취향을 가진 사람인가에 대한 자가 진단을 하게 되는데, 그것도 새삼스럽게 우리로 하여금 신선한 인식의 전환을 경험하게 한다. 무언가 음악이나 소리 듣기와 관련하여 궁금한 것이 있는 분들이 있다면 한번 이 책의 정보를 활용, 적용해 그 궁금증을 해소할 수 있을 것이다.

물론 이 책의 취약점은 전문적인 신경과학학자 혹은 음악학자에게 비전문적이고 피상적인 서적으로 다가올 수 있다는 것이다. 그러나 저자가 서문에서도 밝혔듯이, 이 책의 목적은 결코 새로울 것이 없는 음악과 관계된 물음들을 놓고 때론 고생물학자처럼, 또 때론 신경생리학자, 음향학자, 음악학자, 작곡가, 연주자, 사회학자, 언어학자 그리고 철학자처럼 마음을 열어 보는 데 있다. 그러니 누구라도 그 목적에 부합되는 길을 책이 인도하는 대로 따라가면 될 것 같다.

역자인 채현경, 최재천은 각각 음악학자와 동물생태학자의 길을 걸으며 결혼 20주년 기념으로 이 책을 번역했다. 책을 다 읽은 후 어떤 부부는 이렇게도 진화하는구나 하는 생각을 무심하게 하고 있는 자신을 발견했다. 그런 생각을 하게 된 것도 아마 이 책 때문인 것 같다.

문화예술정책의 현황과
경영마인드 도입을 위한 지침서

정중헌 조선일보 논설위원

『문화예술경영 이론과 실제』
박신의 외 지음 / 2002 / 생각의 나무

문화예술과 경영마인드를 다룬 이 책은 경희대 문화예술경영연구소가 교재용으로 펴낸 학술지다. 24편의 분야별 에세이를 모은 교재를 서평 대상으로 꼽기에는 다소 무리가 있다는 것을 알면서도 추천하는 이유는 문화예술경영에 대한 관심이 높은 데 비해 이론과 실제를 다룬 저서는 많지 않기 때문이다.

지난 11월에 한국예술종합학교 주최로 '대학에서의 예술경영과 극장경영 교육'을 주제로 한 국제 심포지엄이 개최되었다. 이처럼 예술경영은 이제 대학과 대학원의 커리큘럼이 되었을 뿐 아니라 미술관·박물관은 물론 공연예술극장 등 현장에 도입되어 활용되는 추세다.

국내에서 '예술경영' 또는 '예술행정'이라는 용어가 사용되기 시작한 것은 불과 10여 년밖에 안 된다. 한국문화예술진흥원이 1987년 『예술행정』, 『문화공간』, 『예술공학』, 『예술·경제』, 『아트센터』 등 6권의 문화예술총서를 발간한 것이 기폭제가 되었다고 할 수 있다.

대학에 '예술경영'이 전공으로 설치된 것도 1989년이다. 이후 이 분야의 전공을 설치한 대학이 30여 개에 이른다. 또한 정책대학원이나 산업경영대학원에서 '예술행정' 전공이 개설되기 시작했으며, 현재는 대중문화예술대학원, 예술대학원 등에 예술경영 전공이 확산되는 추세다. 이에 비해 미국은 1966년 예일대학과 플로리다대학에서 처음으로 '예술경영'을 전공 과정으로 개설했으며, 영국과 프랑스도 정식 교과 과정에 채택하기 시작했다.

1990년대를 전후로 국내에 예술경영에 대한 관심이 고조된 배경에는 급격한 문화 팽창과 문화 환경의 변화라는 변수가 작용했다. 예술의 전당을 필두로 전국에 1백여 개의 문화공간이 들어섰다. 문화산업, 예술 시장의 규모가 커지고 문화 수용 인구가 급증하면서 전문 예술경영인의 수요 또한 팽창하는 추세에 맞춰 예술경영 교육의 필요성이 증대된 것이다.

이 책의 출간 의도는 이제 문화예술에도 체계적인 경영 개념을 도입해야 한다는 것이다. 예술경영의 중요성을 인식한 전문가들이 이의 실천을 위한 다각적인 접근 및 방법론을 제안하여 예술도 경영이라는 관점을 부각시키고 있다.

책의 내용은 크게 세 개의 영역으로 구분된다. 제1부는 박물관·

미술관 경영, 2부는 공연예술 경영, 3부는 문화예술정책이다.

1부 박물관·미술관 경영에는 우리나라 박물관·미술관의 경영 현실을 진단하고 개선 방안을 제시한 10편의 에세이를 실었다. 박물관학의 의미와 함께 현재 한국에서의 학문적 실천이 어떤 방식으로 가능한지를 점검한 하계훈 씨(단국대 겸임교수)의 〈한국사회에서의 박물관학의 현황과 전망〉을 비롯해 〈박물관·미술관 건립에서 전시 전문인의 역할〉(박신의·경희대 교수), 〈뮤지엄 건축의 문화적 의미〉(서상우·국민대 교수) 등 하드웨어 분야를 앞쪽에 배치했다. 이어 〈현대미술과 큐레이터〉(김성원·동덕여대 겸임교수), 〈뉴미디어아트 전시 기획을 위한 몇 개의 조언들〉(백지숙·큐레이터), 〈디지털아트에서의 예술 개념〉(노소영·나비관장) 등 큐레이터의 역할 및 전시방법론을 다뤘다. 이밖에 〈박물관·미술관 교육 프로그램 개발의 현재〉(김령·경희대 연구위원), 〈세계의 미술품 감정 제도와 한국의 현실〉(최병식·경희대 교수), 〈한국 대학박물관의 실태와 연구직의 새로운 역할〉(오일란·경희대 연구원) 쪽으로도 폭을 넓혔다.

이중 필자의 관심을 끈 에세이는 전태일 씨(경희대 문화예술경영연구소 연구위원)가 집필한 〈박물관·미술관 마케팅의 인식과 실천〉이다. 그가 정의한 박물관 마케팅 개념은 '이용자가 누구인가를 파악하고, 박물관의 환경을 조사하여 이용자가 필요로 하고 원하는 것을 분석하여, 이들의 욕구를 만족시킬 계획을 개발하고, 이에 대한 재정·인프라·촉진 계획에 최선의 방법을 강구하는 일련의 과정'이다. 박물관 마케팅을 활용함으로써 업무 효율을 극대화시킬 수 있고,

일정한 고정 수익을 기대할 수 있으며, 박물관의 주요 기능인 교육과 이용자 만족도를 극대할 수 있다는 것이다.

10편의 내용을 간추리면 박제된 유물을 전시하던 박물관과 유한층의 전유물로 인식되던 미술관에 예술경영을 도입하고 마케팅 전략을 활용하면 국가와 지역 사회의 중요한 관광자원이 될 수 있다는 것이다. 박물관·미술관이 경쟁력을 갖기 위해서는 교육 프로그램 개발뿐 아니라 수용자 조사와 인프라를 확보해야 한다는 제안은 눈여겨볼 만하다.

2부 공연예술경영에서는 국내의 공연 상황과 시장의 문제, 재원 조성과 문화 기획의 방법론을 제시한 9편의 에세이를 실었다.

〈한국 공연예술 시장의 구조 개선의 쟁점〉(최준호·예술종합학교 교수), 〈국내 연극축제의 문제점과 개선 방안〉(박혜선·가네사 프로덕션 팀장), 〈한국 블록버스터형 축제의 안과 밖〉(김규원·문화정책개발원 연구위원) 등 공연 시장과 축제의 문제를 다룬 내용이 한 축을 이룬다. 교류 방안을 제시한 〈국제문화 교류의 세계적 동향과 국내 마켓의 확장 방안〉(김성희·경희대 교수), 재원 조성방식을 제시한 〈공연예술 재원 조성〉(박인건·세종문화회관 팀장), 저작권과 문화 현상을 진단한 〈컴백홈과 컴배콤〉(최정환·변호사) 등을 통해서는 공연 행정의 실제를 엿볼 수 있다. 〈소비자 행동이론의 공연예술 분야에의 응용〉(송희영·서울예술대학 교수), 〈문화예술경영과 인터넷 그리고 지식 사회〉(이선화·한샘디자인연구소 연구위원)도 시각이 독특하다. 공연예술 마케팅 개념으로 '소비자 행동이론'을 적용하자는 제안, 인터넷 시대에서 문화예술경영의 가능성을 내다보고 제시한 운영 방안 등은 우리 공연예술계가 참고할 만한 대안들이다.

3부 문화예술정책에서는 현재 한국의 문화예술정책을 진단하고 문제점을 해소할 수 있는 새로운 전략을 제시하는 데 초점을 맞췄다. 이진배(문예진흥원 사무총장) 씨가 〈한국 문화예술정책의 현황과 전망〉을, 정갑영(문화정책개발원 연구위원) 씨가 〈문화복지정책의 의미와 형성 과정〉을 서술하면서 개선 및 실천 방안도 제시하고 있다. 구문모(산업연구원 연구위원) 씨는 〈문화산업과 클러스터 조성 정책〉을, 이종인(문화행정연구소 소장) 씨는 〈지역문화와 문화행정〉을, 정기영(전통문화학교 교수) 씨는 〈문화재 보존을 위한 현행 법제〉를 논하면서 전문가다운 분석과 개선책을 내놓았다.

최근 한국의 문화정책은 문화산업과 문화복지 분야에 관심을 기울이고 있으나 이렇다 할 성과를 거두지는 못하고 있는 실정이다. 문화재 보존 정책에도 많은 문제점을 드러내고 있으며, 지역의 문화 편차도 극복해야 할 과제로 남아 있는 상태다.

문화예산이 정부 재정 1%를 넘어섰다고 홍보하면서 문화정책이 제 기능을 못하는 것은 정책 담당자들이 예술경영 마인드를 갖지 못한 채 구태에서 벗어나지 못하고 있기 때문이다. 문화경영자나 예술인들의 마인드를 관리들이 미처 이해하지 못하는 데서 야기되는 갈등도 적지 않다. 정책 담당자들이 발상의 전환을 하지 않으면 사사건건 발목을 잡고, 거대한 문화의 흐름을 거스르는 우를 범할 수밖에 없다.

이 책은 편의상 3부로 나눴으나 전체를 관통하는 하나의 흐름은 문화도 경제처럼 과학적인 경영을 해야 경쟁력을 가질 수 있고 문화전쟁에서 살아남을 수 있다는 '경영마인드'이다. 문화산업도 생산과 유통, 소비와 재생산이라는 관점에서는 경제와 다를 바가 없다. 따라서 시장조사, 마케팅 같은 경영 개념을 도입하지 않으면 소통되기가 힘들고 결국은 자생력을 잃게 된다. 이런 점에서 문화예술경영이 매우 중요하다는 것을 인식시키려 한 이 교재는 현재의 문제점 적시보다는 가능성 제시에 역점을 두었다는 점에서 관련자들의 지침서가 될 만하다.

21세기는 문화산업의 시대라고 한다. 여기서 필요한 것은 하드웨어를 채울 소프트웨어이다. 그중에서도 문화예술 콘텐츠의 확충이 절대적으로 필요한 시점이다. 문화예술도 이제 경제처럼 적극적으로 생산하고 소비하는 시대가 온 것이다. 생산과 소비의 원활한 유통을 위해서는 기획과 조사, 마케팅, 홍보, 재원 확보, 인프라 등 경제 활동이 뒷받침되어만 하듯이 문화예술도 콘텐츠화하기 위해서는 이같은 경영 개념이 도입되어야 한다. 이 책은 문화예술 분야에도 이제는 '예술가'가 아닌 'CEO'가 필요한 시대라는 점을 강조하고 있다.

아쉬운 점은 이론과 방법론만으로는 문화산업이나 문화예술경영이 순조롭지 않다는 것이다. 이런 점을 간과한다면 문화산업은 겉돌 수밖에 없다. 중요한 것은 경영마인드 못지않은 문화마인드이다. 문화예술에 대한 애정과 안목 없이 예술경영만 외치면 결국 싸구려 상품밖에 나올 수 없다.

세상 속에서 디자인을 사유하기

성완경 인하대 미술교육과 교수

『김민수의 문화디자인』

김민수 지음 / 2002 / 다우

『김민수의 문화디자인』은 디자인의 문제를 우리 가까이에서, 곧 우리 삶의 일상적 환경 속에서 찾아낸 책이다. 그가 다루는 '디자인적 마인드'의 대상은 통상적으로 우리가 디자인이라 부르는 사물에 국한되지 않는다. 예술과 문화의 전체, 도시와 상품과 볼거리, 전시회와 영화, 인테리어와 만화, 공공 미술품, 컴퓨터와 디자인 인터페이스, 교육과 정책 등 삶의 현재의 꼴과 분위기 전체가 그 성찰과 구수한 입담의 대상이 된다. 이 종합적 '썰 풀기'를 가로지르는 어떤 일관된 흐름 같은 것이 있다. 그것은 그가 공동 편집인으로 계절마다 펴내고 있는 《디자인 문화비평》이라는 비평지의 제호처럼, 그리고 그가 그동안 여러 지면에 써 왔던 글들처럼, 디자인을 문화 속으로 확장하고 문화의 여러 현상과 토픽을 디자인적 마인드의 성찰 대상으로 흡수해 내려는 의지다.

책 전체는 4부로 구성되어 있고, 전부 24개의 글을 실었다. 이 글들의 3분의 2 정도는 지난 4, 5년간 신문이나 잡지 등에 발표했던 것들이고 나머지는 새로 쓴 것이다.

제1부 '다이달로스는 눈물을 흘린다 / 성찰'은 창조 행위의 의미에 대한 자신의 깨달음의 경험을 얘기하고, 디자인의 의미를 우리 일상 문화의 질적 분위기와 연관지어 성찰하고 있다. 저자는 문화가 우리의 몸처럼 누적된 시간 구조를 하고 있으며, 암묵적 삶의 방식으로 작동한다고 말한다. 전통과 혁신의 연속성 그리고 문화와 디자인의 연속성과 축적의 문제가 중요한 것이 이 때문이라고 그는 강조한다. 이를테면 모든 것이 있는 뉴욕, 다문화주의의 도시 뉴욕에서 저자는 '풍부한 삶 자체가 밀어내는 힘' 그것이 디자인임을 발견한다. 요컨대 '시간의 켜'가 중요한 것이다.

제2부 '디자인, 거짓말하며 수작을 걸다 / 발견'은 세상 속에서 디자인이 존재하는 이유를, 2000년 미국 대선 때 플로리다주 팜비치 카운티의 잘못 디자인된 투표용지로 벌어진 소동 등 여러 사례를 통해서 말한다. 또한 '문화간섭자' 최정화, 영화 〈JSA〉, 만화 〈천국의 신화〉 등을 통해 디자인과 세상의 관계 맺기의 다양한 형태들을 살피면서 예술과 디자인에 있어서 상호 교감과 열려진 과정, 문화적 시야의 중요성을 이야기한다.

제3부 '사람의 디자인 / 인터페이스'는 사이버 디자인과 미디어 아트까지 포함하여 컴퓨터와 인터넷 시대의 디자인과 예술을 다루고 있다. 그 핵심적 화두는 '문화적 접점으로서의 인터페이스'란 개념이다. 인터페이스란 그가 '디자인적 생태계'라고 즐겨 부르는 우리의 삶과 문화의 전 체계를 상호 연결하고 통합시키는 일종의 지적, 미학적 융합력에 비유할 수 있다. 그는 오늘날과 같은 디지털 기술에 기반한 멀티미디어 시대에 가장 중요한 것이 인터페이스 개념이라고 말한다. 디지털 기술은 모든 매체들의 속성을 한데 녹여 형질이 변화된 다중 매체(멀티미디어)로 통합시킨다. 문자, 그래픽, 소리, 비디오, 애니메이션과 같이 과거에 분리되었던 매체들이 다중 매체로 결합되어 하이퍼미디어의 체계로 구축되는 이 공간은 잡종적(하이브리드) 텍스트성의 공간이다. 인터페이스란 이와 같은 가상공간에서 사용자들이 지닌 다양한 문화적 감수성을 이해하고 이를 의미 있는 구조로 만들어 내도록 인지적 기제를 제시하는 방식이며, 인터페이스 디자인이란 이를 통해 인간이 마음의 생태계에서 거주하는 방식을 해석하고 창조하는 행위를 뜻한다. 저자는 인터페이스에 대해서는 무관심한, '기술자' 디자이너들밖에는 없는 현실에 경종을 울리면서 새로운 통합 학문적, 학제간 연구에 기초한 디자인, 곧 인간의 언어, 사고, 행동, 문화의 접점을 찾기 위한 인문 사회과학, 인지과학, 예술 등의 학제간 네트워킹에 기초한 디자인이 필요하다는 주장을 한다. 이를 위해서는 학문의 내용이 기존의 폐쇄적인 분과 체제의 대상 중심에서 삶과 이미지를 둘러싼 문화적 주제로 전환되어야 할 필요가

있다고 말한다.

제4부 '다시, 세상 속에서 디자인하기 / 반성과 전환'은 한국 디자인의 근 과거와 현재, 디자인 교육, 디자인 정책, 관변 디자이너의 행태 등 한국의 디자인이라는 제도적 현실계의 낙후한 현실을 짚으며, 뼈아픈 반성과 변화를 촉구하는 글들을 묶었다. "디자인이 말초적 감각의 문제가 아니라 사고의 표현이라는 것, 그래서 디자인 행위와 그 결과는 반드시 지식의 내재된 구조를 취해야 한다는 것"이 저자의 핵심적 메시지다.

이 책에 실린 여러 글들을 읽다 보면 청산유수만이 아니고 사통팔달의 느낌을 받게 되는데 그것은 아마도 앞서 말한 이른바 '인터페이스'의 철학이 글마다 자연스레 스며들어 있기 때문일 것이다. 디자인은 삶을 은폐하고 미화하는 장식 행위가 아니다. 그것은 인간과 자연의 섭리, 물질의 존재, 세상의 이치를 성찰하는 철학이자, 철학과 문화의 접점을 창조하는 실천 행위다. 저자는 그것을 "마음을 담아내는 그릇"이라는 말로 표현한다. '기술적 잔재간'으로서의 디자인이 아니라는 것이다. "이 그릇이 쓸모 있는 것은 그릇 안에 마음이 담겨 있기 때문이다. 그것에는 전통 속에서 자라나 현재의 혁신을 주시하는 첨예한 마음, 사리 분별의 마음, 희로애락의 마음 같은 것을 담아야 한다. 이러한 마음이 그릇에 담겨질 때, 그릇은 단순히 사물이 아니라 비로소 우리와 일상에서 함께 호흡하고 교감하는 생명체가 된다"는 것이다.

디자인의 관점으로 우리 시대의 일상 삶 전체를 조망하는 일은 중요하고 매력적인 과제임이 틀림없다. 그러나 이것을 체계적 틀을 갖추어 하는 일은 보통 어렵고 무거운 일이 아닐 것이다. 이 책에서 저자가 취하고 있는 기동성과 가벼움과 현장성이 빛을 발할 수 있는 것이 역설적으로 그 때문이기도 하다. 1부의 끝은 '디자인으로 세상 읽기'라는 제목 밑에 신문에 실렸던 짧은 단상들을 모았는데, 특정 시점의 토픽들에 대한 저자의 명료하고 유머 있는 서술이 매우 생동감 있고 흥미롭다. 저자의 말처럼 세계의 실상이란 수많은 사건들의 움직임이 빚어낸 사건의 역사에 가깝다고 한다면, 특정 시점과 맥락을 살려낸 이러한 글쓰기가 갖는 소중한 이점도 있다고 보인다. 이 특정 시점들을 따라가고 맥락을 구성해 내는 그의 시선은 기민하고 유연하다. 이를테면 그는 지난 월드컵 기간 중 붉은 악마 응원단의 옷과 보디페인팅에서 자유자재로 변신하는 태극기가 놀라운 공간 변용의 역동성과 적응력을 보여 주었던 것을 주목하면서 그로부터 "현실과 융합하고 창발하지 못하는 모든 디자인은 죽은 상징에 불과하다"는 값진 교훈을 얻는다. 1부의 끝에 '디자인으로 세상 읽기'라는 제목으로 모아 놓은 신문에 실렸던 짧은 단상들도 이 점에서 매우 생동감 있고 흥미롭다.

김민수는 이론가이자 비평가이면서 또한 탁월한 기자에다 사진가이기도 하다. 그리고 전천후 멀티미디어 아티스트랄 수 있다. 눈과 두뇌와 기록이 함께 연동한다. 주장은 대체로 일관되어 있고 글은 호흡이 살아 있다. 적확하게 포인트를 찍었으면서도 청산유수처럼 편안하다. 입담이 도저한 이야기꾼. 도발적이고 의뭉한 구석도 좀 있는. 어떤 때는 거의 판소리를 듣는 것 같기도 하다. 좀 뻥튀길 줄도 아는 것(공격적 과장)이 오히려 맛이기도 하다.

이를테면 저자는 1998년 한 디자이너의 무모하고 어리석은 디자인 실험(수묵 드로잉과 전투기의 곡예비행의 미학적 접목!)에 희생된 우리나라 공군 전투기 한 대와 조종사의 죽음에 대하여 "전세계에서 이렇게 장렬하게 디자인을 국가적으로 지원하는 나라는 대한민국 말고는 또 없을 거란 생각이 들었다"라고 천연덕스럽게 말한다. 익살? 그러나 그것은 미술계나 디자인계를 통틀어 가장 진지하고 완벽하게 구성된 역사적, 비평적 기소장의 다만 한 부분일 뿐이다. 같은 디자이너가 서울 정도 600년 때 내놓은 기념 심벌 디자인의 발상법과 수준을 비판할 때, 그리고 이를 통해 '관제 디자인'의 역사와 우리의 디자인 공공성의 부재를 단죄할 때 그의 글은 추상같다. 비평적, 학자적 양심은 한국 디자인의 감추어졌던 부끄러운 근현대사를 비껴가지 않았고, 이미 4년 전 이로 인해 저자는 자신의 서울대학교 미술대학의 디자인이론 담당 교수직을 잃었다. 저자는 책 끝에 아직 끝나지 않은 이 사건의 스토리를 현재의 심경과 함께 실었다. 이 사건은 아직도 대법원의 최종 판결을 기다리는 중이다.

김종원 영화평론가

『서정남의 북한영화탐사』
서정남 지음 / 2002 / 생각의나무

『서정남의 북한영화탐사』를 관심을 갖고 정독하였다. 텍스트의 접근 한계로 제약을 받긴 했으나 수용 범위에서나마 충실하게 논지를 펴 나갔음을 알 수 있었다. 해방 후 반세기가 넘도록 교류가 단절된 가운데 금단의 영역으로 방치돼 온 북한영화 연구의 사각지대에서 이루어진 하나의 성과였다.

그동안 북한영화에 대한 역사나 현황, 작품을 소개한 책이 더러 나오기는 했다. 1989년 봄과 가을에 출간된 백지한의 『북한영화의 이해』(도서출판 친구)나 최척호의 『북한 예술영화』(신원문화사), 2000년에 나온 최척호의 다른 저서 『북한영화사』(집문당) 등이 바로 그것이다. 그러나 이 책들은 일본인의 글을 활용했거나, 북한 관계 업무에 종사한 신분의 특성을 살린 결과물로서 학문적인 연구와는 거리가 있었다.

이런 가운데 제한적이나마 몇몇 학자와 평론가에 의해 이루어진 눈을 끌 만한 연구가 있었다. 이효인 교수의 〈북한의 수령 형상 창조 영화연구 — 연작 〈조선의 별〉과 〈민족의 태양〉의 신화 형식을 중심으로〉(2002, 중앙대 박사학위 논문), 유지나 교수의 〈북한영화의 탈신화와 재구획화를 위해 — 80년대 후반과 90년대 전반 예술영화 내러티브 전략과 젠더 기능〉(1999,《통일논총》제17호) 등이 그 대표적인 예라고 할 수 있다.

서정남 씨의 『북한영화탐사』는 이와 같은 연구의 흐름 속에서 나온 무시 못할 결실이다. 이전보다 남북의 인적 교류가 활발해지고 관계 자료의 접근이 다소 쉬워지긴 했으나 그 자신의 남다른 집념과 노력이 없이는 불가능한 일이었다. 이 책을 보면 상당 부문 서사학의 관점에서 북한영화를 고찰, 분석하고 있음을 알 수 있다. 프랑스 낭시 2대학에서 모든 종류의 이야기와 그 이야기를 표현-전달-수용하는 서사학을 공부하고 〈영화 제임스본드 007시리즈의 서사체계 연구〉로 박사학위를 취득한 이 분야의 전공자답게 그는 이 이론을 적절히 운용하고 있다. 이야기의 소재나 모티브의 중요성을 강조하는 북한영화의 이른바 '종자론(種子論)'의 견지에서 보더라도 이같은 전공 이론의 활용은 그가 북한영화의 탐사자로서 최상의 적임자라는 사실을 환기시켜 준다.

『서정남의 북한영화탐사』는 모두 여덟 항목으로 구성되어 있다. 북한은 왜 영화를 필요로 하는가의 관점에서 출발하여 일반적 특징과 장르를 살핀 ‘북한영화란 무엇인가’(제1장)를 비롯하여 북한체제의 지배 담론인 주체사상과 형성과정, 종교성을 언급한 ‘북한영화에 가까이 다가가기 위하여’(제2장), 〈길〉(1984), 〈고귀한 삶〉(1985), 〈내 고향 처녀들〉(1991) 등 예술영화를 예시하여 주인공의 유형을 네 가지로 분류한 ‘북한영화 내러티브의 이모저모’(제3장), 서사예술의 모범적 전형인 〈피바다〉(1969)를 주제의 명료화 전략으로 내세우는 한편, 당의 배려와 영도자의 은총에 힘입어 기관차를 몰다 죽은 아버지의 유지를 잇게 되는 오누이 이야기 〈나의 아버지〉(1996)를 설화(내레이션)의 효과적인 사례로 들어 설명한 ‘북한영화의 전략과 선택’(제4장), 그리고 평양 청소년 영화창작단의 〈내가 사랑하는 처녀〉(1992, 영화문학·김규성, 연출·박승복)를 대표적인 성격 창조의 예로 제시한 ‘북한영화 인물과 성격 해부’(제5장), 신파를 피해자에 대한 동정심과 운명론적 결말을 유도하는 권선징악의 산물로서 접근해 들어간 ‘북한영화의 미학적 특징으로서의 신파성’(제6장), 김정일 지도 아래 1990년대 초반부터 범국적 프로젝트로 추진한 〈민족과 운명〉의 탄생에서 지향점까지 꼼꼼히 조명한 ‘다부작 시리즈 〈민족과 운명〉에 대한 모든 것’(제7장) 등이 이 책이 담고 있는 주요 뼈대이다.

여기에 텍스트로 동원된 예술영화(극영화)만도 〈꽃파는 처녀〉(1972), 〈도라지꽃〉(1987), 〈사랑의 물소리〉(1990), 〈흰연기〉(2000) 등 87편이고, 50여 명의 국내외 및 북한의 저술과 논문이 참고문헌으로 활용되었다.

저자는 서두에서 처음엔 북한영화를 호기심으로 봤으나 오래지 않아 상투적인 내용 전개와 결말에 식상했다고 토로했다. 제한적 소재와 동어 반복적인 주제, 폐쇄적이고 한정된 장르에 지루함을 느꼈다는 것이다. 그런데 지속적으로 보게 되면서 우리 영화와는 다른 새로운 요소들이 발견되기 시작했다. 먼저 눈에 띈 것이 '종교성'이라는 화두였다. 거기에는 고도의 전술과 전략이 숨어 있었다. 그것은 논리와 이성을 마비시키고 마약과 같은 최면에 빠져 들게 하는 광신적 종교였다. 그는 이 현상을 모든 논리를 사살하며 이성적 판단을 한곳으로만 몰아가는 '파시즘적 세뇌'라고 진단하였다.

그래서 북한에서의 영화는 유일신인 김일성교를 찬양, 전도하는 도구일 수밖에 없다. 이른바 성부(김일성), 성자(김정일), 성신(당 또는 사회주의) 등 삼위일체 교리를 설파하는 데 이만큼 효과적인 것은 없기 때문이다. 더욱이 대중(인민)이 공감할 수 있도록 우회적 환유의 기법을 차용함으로써 감정 조작이 용이하다는 점을 한 이유로 내세웠다.

특히 저자의 글에서 눈을 끌게 한 것은 신약성서 〈요한복음〉 16장을 빌어 북한의 통치 지배 이데올로기인 주체사상을 빗댔다는 사실이다. 다음의 인용은 실천적 강령과 행동 양식을 가진 김일성교가 기독교와 매우 흡사한 교리체계를 갖고 있음을 보여 준다.

"하나님이 세상을 이처럼 사랑하사 독생자를 주셨으니 이는 저를 믿는 자마다 멸망치 않고 영생을 얻게 하려 하심이라", "수령님이 인민을 이처럼 사랑하사 사회정치적 생명을 주셨으니 이는 강령을 믿고 따르는 자마다 멸망하지 않고 사회주의 낙원에서 복된 삶을 살게 하심이라."(제2장 2항목 북한 체제의 종교성 문제)

그러니까 저자인 서정남 씨는 북한영화의 핵심을 '종교성'에서 이끌어 냈다는 이야기가 된다. 영화는 김일성교를 전도하고 신도(인민)들을 감화시키는 데 가장 적절한 매체라는 요지다. 그는 이렇게 북한이 왜 영화를 필요로 하는가에 대한 설명의 방식을 빌려 전체주의 상징 조작의 허구성을 여실히 보여 주고 있다.

여기에서 거론될 수밖에 없는 것이 종자론이다. 김정일식 미학의 핵심인 이 종자론은 작품의 알맹이가 되는 사상을 의미하며 모티브의 중요성을 크게 강조한다. 궁극적으로 종자론이 지향하는 것은 당과 수령, 사회주의 제도의 우월성이다. 그것은 곧 주체사상으로 귀착된다. 그런데 저자는 당연하지만 주체사상의 모순을 지적하는 것을 잊지 않는다. "혁명과 건설의 주인은 인민 대중이며 건설을 추동(推動)하는 힘도 그들에게서 비롯된다"는 데 "인민 대중은 옳은 지도에 의해서만 사회력사 발전의 주체로서 지위를 차지하고 역할을 다할 수 있다"(철학사전·평양사회과학출판사, 1985)는 상반된 논리를 두고 비판한 것이다. 인민 대중은 역사의 주체임에도 영도자의 지도를 받을 때에만 창발성과 의식성을 발휘한다는 주체사상의 모순이야말로 북한영화에서 빼놓을 수 없는 취약적 한계라는 사실을 이 책은 환기시켜 준다. 그런데도 북한영화는 이에 아랑곳없이 동의 반복어적 구호의 주제를 되풀이하고 있다. 독자들은 이를 통해 자본주의 국가와 다른 본질적인 영화관의 차이를 절감하게 될 것이다.

『서정남의 북한영화탐사』에서 아쉬웠던 것은 영화를 지나치게 서사 중심으로 서술했고, 장르 구분에서도 우리의 경우와 대비시켜 친절하게 설명하지 않았다는 점이다. 예컨대 한두 개의 작품을 골라 서사 구조보다는 형식이나 기법의 관점에서 분석해 보여 주었더라면 더욱 돋보였을 것이다. 북한에서는 극영화, 기록영화, 만화영화 등 상위 장르와 멜로드라마, 희극영화, 공상과학영화 따위의 하위 장르로 구분하는 우리의 경우와는 달리 상하위 장르의 구별 없이 예술영화, 기록영화, 과학영화, 아동영화 등 네 부문으로 나누고 있다. 여기서 새삼스럽게 이 점을 거론한 것은 북한영화의 장르를 놓고 독자들에게 보다 구체적인 설명이 필요하리라 여겨지기 때문이다. 필자가 여기에 이른 것은 이 책의 장르 구분에서 기록영화, 과학영화, 아동영화와 함께 내세운 예술영화에 대한 설명이 거두절미된 데에 있다. 자칫 우리의 관행으로 오락영화와 대비되는 '예술성이 강한 영화'로 받아들여지기 쉬운 까닭이다. 따라서 북한에서 말하는 예술영화란 우리나라를 비롯한 세계 여러 나라에서 통용되는 극영화를 의미한다는 것을 언급했어야 했다. 서정남 씨가 이를 모를 리 없었을 텐데 말이다. 독자가 여러 층이고 수준도 각기 다르다는 점에서 괄호( )로 처리해도 됐을 말을 길게 한 셈이 되었다.

그러나 한 가지 분명한 것은 『서정남의 북한영화탐사』는 영화인은

물론 일반인에게 관심이 있어도 볼 수 없는 북한영화에 대한 실상과
흐름을 한눈에 파악할 수 있는 좋은 기회를 열어 준 역저라는 사실이
다. 책에 첨부된 사진 자료도 선명하고 다양했다.

꼼꼼하게 복원된 그의 삶과 예술

이종호 한국춤평론가회 회장

『이사도라 던컨, 매혹적인 삶』 (1, 2)

피터 커스 지음 / 이나경 옮김 / 2003 / 홍익

전통 발레의 질곡으로부터 춤을 해방시키며 20세기 현대무용의 시대를 연 '혁명적 무용가' 이사도라 던컨. 아마도 이사도라 던컨의 생애만큼 강렬하게 극화되어 있는 경우도 드물 것이다. 그만큼 그의 삶이 극적이기도 했지만 한편으로는 과장되거나 잘못 전해진 부분도 많은 탓이다. 그의 생애를 전해 주는 대표적인 책으로는 이사도라의 자서전(원제 'My Life')이 있지만 상당수의 자서전이 그렇듯 정확히 언급하지 않거나 애매하게 넘어간 부분들이 적지 않다.

그런 사정을 생각한다면, 얼마 전에 두 권짜리로 나온 『이사도라 던컨, 매혹적인 삶』은 결코 길다고 할 수 없는 50년 생애를 요정처럼, 불꽃처럼 살다 간 이 여인의 모습을 충실하게 복원해 주는 귀중한 자료다. 미국의 전기작가 피터 커스의 『Isadora, A Sensational Life』를 우리말로 옮긴 이 책은 이사도라 자신의 책에서는 다소 불투명하게 언급돼 있거나 아예 다루지 않은 부분들까지도 각종 자료를 찾아내고 정황을 추적해 가며 하나하나 밝혀 놓고 있다. 다른 예술가나 평론가들이 이사도라에 대해 쓴 글, 다른 분야 저작들에 나오는 이사도라 관련 부분을 충실히 섭렵해 태어나는 순간부터 죽는 순간까지 한시도 쉬지 않고 일평생을 격정의 파도타기로 소진했던 이 여성의 면모를 다각적으로 보여 주고 있다.

무용에 관심이 있는 사람이라면, 혹은 무용에는 관심이 없더라도 동서고금의 유별난 인생들에 대해 호기심을 느끼는 사람이라면, 그리고 특히 유별나게 살았던 여자들에 대한 관심을 지닌 사람이라면 이사도라 던컨의 생애는 아마도 최고 관심 대상의 하나가 될 터이다. 그런 이들을 위해 우선 이사도라의 생애를 간략히 정리해 보는 것이 유용할 듯하다. 피터 커스의 이 책은 분량이 많고 내용이 꼼꼼한 것이 장점이지만, 부분 부분을 상세히 언급하는 대신 당시 구미 문화예술계의 전반적인 상황에 대한 설명은 상대적으로 덜 친절한 편이어서 자칫하면 큰 줄기를 놓칠지도 모른다는 걱정에서다. 따라서 이사도라 생애의 요약은 이 책을 읽으려는 혹은 다 읽고 난 독자에게 쓸모 있을 것이다. 그러고 나서 이사도라에 대한 우리 나름의 느낌과 평가를 말해 보자.

이사도라 던컨(1877~1927)은 아일랜드계 미국인으로 샌프란시스

코에서 태어났다. 고대 그리스 정신으로의 회귀를 외쳤고 춤도 그런 느낌을 주었기 때문에 그리스계로 알고 있는 사람들이 많지만, 혈통으로는 아무 관련이 없다. 어릴 때부터 춤을 좋아해 스스로 창작을 많이 했다. 10대 후반부터 뉴욕과 시카고 등지에서 활동하다가 유럽으로 건너가 런던에서 인정받기 시작했으며 오빠의 권유로 파리로 옮기면서부터 한 차원 높은 본격적인 예술가의 길을 걷게 된다.

1903년 라이프치히에서 〈미래의 춤〉이라는 선언문을 발표하는데, 이는 그의 무용 철학과 미래 무용의 비전을 담은 것이다. 즉 고전발레처럼 신체를 억압해서 만들어 내는 형식미를 과감히 포기하고 자연 그 자체로 돌아가야 한다는 것이다. 다시 말해 몸을 생각과 감정을 표현하는 도구로 사용해 자유로운 춤을 만들어야 한다는 것이었다. 지금 생각해 보면 너무도 상식적인 말이지만 당시로써는 가히 혁명적인 발상이었다.

1905년에는 베를린에 무용학교를 설립했으며 이후 모스크바와 뫼동(파리 근교) 등 모두 세 군데에 무용학교를 세웠다. 이사도라의 명성과 인기로 인해 몰려든 학생이 너무 많아 모두 수용하기가 어려울 지경이었지만 체계적인 무용 교육도, 관리 운영도 하지 못했기 때문에 학교는 실패였다. 다시 말하자면 이사도라는 개인적으로 뛰어난 무용가였고 선구적인 예술가였으나 체계를 갖춘 예술이 아니었기에 하나의 '학파'로 자리 잡을 수는 없었던 것이다.

새로운 무용을 위한 개척정신 못지않게 그의 남성 편력도 세기적이었다. 첫 애인인 부다페스트 국립극장 배우 오스카르 베레기를 시발로 '배우의 연극에서 연출가의 연극으로' 연극사를 새로 쓰게 한 극장의 천재 고든 크레이그, 재봉틀 재벌인 패리스 싱어, 18세 연하의 러시아 시인 세르게이 예세닌 등 많은 남자들과 불같은 사랑을 나누었으며 조각가 오귀스뜨 로댕을 비롯한 당대의 예술가, 지식인, 사교계에 둘러싸여 그들과 끊임없는 우정 또는 애정을 나누며 살았다.

두 아이가 익사하는 비운을 겪으면서도 무대는 계속되었으나, 인생을 과도한 격정으로 일관하는 유형의 인물들이 대개 그렇듯이 이사도라 역시 나중에는 금전적 곤란과 무질서한 생활로 점차 영혼이 피폐해졌다. 50세 되던 해 어느 날, 이사도라는 상징처럼 걸치고 다니던 붉은 숄의 끝자락이 타고 가던 자동차 바퀴에 걸려 목숨을 잃는, 그의 인생만큼이나 극적이고 상징적인 모습으로 한순간에 세상을 떠나 버리고 말았다.

이사도라의 시대는 제1차 세계대전, 러시아 혁명, 여성해방에의 요구 등으로 대변되는 엄청난 혼란과 변화의 시대였다. 아주 어릴 적부터 춤이란 자유로워야 한다고 믿었기에 헐렁한 튜닉에 맨발로 춤을 추던(당시로써는 상상조차 할 수 없었던) 이사도라에게는 글자 그대로 '나의 시대'가 아닐 수 없었다. 사회적, 정치적 분위기는 단연 그의 편이었다. 무대예술의 인습과 여성의 굴레를 깨는 일에 너무 과감하고 파격적이었기에 자주 벽에 부딪힌 것은 물론이지만 그때마다 이사도라는 육신의 관능과 젊음의 힘으로 밀고 나갔다. 종종 무용가로서의 삶과 여자로서의 삶이 상충하는 경우도 있어, "예술과 사랑은 각자 100%를 요구하기 때문에 병행하기가 어렵다"는 고백을 하기도 했지만, 대체적으로 보아 그는 자신의 인생을 아쉬움 없이 살았던 여자였다.

화제성이 강한 인물일수록 오해와 신비화의 베일에 가려지기 쉽다. 이사도라도 예외는 아닌데, 피터 커스의 전기가 지적하고 있는 것들과 미처 언급하지 않은 것들까지 포함해서 그에 대한 오해를 풀어 보자.

흔히 이사도라를 현대무용의 창시자라고 한다. 그러나 글자 그대로 '최초로 만든 사람'은 아니다. 젊은 시절의 이사도라를 무척이나 감동시켰고 나아가 그를 한참이나 키워 준 로이 풀러를 비롯해 당시 이미 상당한 정도로 태동되고 있던 독일의 표현주의 계열 무용가들을 생각하지 않고는 현대무용을 말할 수 없는 것이다. 어느 사회, 어느 시대에나 유명한 사람이 모든 공을 차지하는 경향이 있다. 이사도라는 분명 무용의 혁명아였지만 최초의 현대무용가는 결코 아니다. 또한 고전 발레를 거부한 것은 사실이지만 그의 이념과 작품에서 거부했다는 것이지 발레를 배우지조차 않은 것은 아니다. "이따위 수업이라면 흥미 없어요"라며 발레 연습실을 뛰쳐나왔다는 기록 등은 매우 과장된 것이다.

이사도라의 무용은 대부분 즉흥 춤이라는 이야기도 상당 부분 잘못된 것이다. 자연스럽게 보이는 작품을 공연한 것이지 정말로 즉석에서 기분에 따라 춤을 만들어 가며 춘 것은 아니었다. 그는 작품에 관한 한 매우 치밀한 편이었다.

가장 아쉬운 것은 그의 춤이 분명 혁명이기는 했어도 하나의 큰 흐름을 형성해 세대를 이어 가는 어떤 유파가 되지는 못했다는 점이다. '자연을 닮은 춤'을 표방하는 철학은 있었어도 체계화된 방법론은 다소 부족했던 것이다. 물론 이사도라 개인의 '작업 방식'이라고 부를 만한 것은 있었지만 후학들이 계속 살을 붙여 가며 추가 연구를 할 수 있는 방법론으로 발전하기에는 무리가 있었던 것이다. 그의 제자들 가운데 일부는 Isadorables이라는 이름으로 불리면서 이사도라 방식의 춤을 전파했지만 넓게 보아서는 이사도라의 뿌리에서 시작해 2단계, 3단계로 상향 발전했다기보다는 추종자 혹은 아류에 불과하다고 해야겠다.

그렇긴 하지만, 역설적으로 홀로 별처럼 빛나는 예술가, 홀로 단단한 성벽에 부닥친 혁명가였기에 그의 생애가 더 아름다워 보이는 것인지도 모른다.

그래서일까. 이사도라에 대한 무용학적 측면에서의 연구는 그다지 많은 편이 아니다. 그보다는 후대의 무용가들이 그에게 헌정한 작품 몇 편이 더 눈에 띈다. 호세 리몬의 〈이사도라를 위한 춤〉(1972), 프레드릭 애쉬튼의 〈이사도라 던컨 방식의 다섯 개의 브람스 왈츠〉(1975), 모리스 베자르의 〈이사도라〉(1976)들이 그것이다.

송혜진 숙명여대 전통문화예술대학원 교수

전통음악을 바라보는 한 작곡가의 '남다른 생각' 들

『전통음악의 랑그와 빠롤』
백대웅 지음 / 2003 / 통나무

『전통음악의 랑그와 빠롤』은 한국 전통음악을 바라보는 한 작곡가의 '남다른 관점'을 담은 책이다. 이 책에는 18세기 이후부터 20세기까지 전통음악이 변모한 양상에 주목한 10여 편의 논문―〈전통음악의 랑그와 빠롤〉, 〈전통음악의 과거, 현재, 미래〉, 〈20세기에 전개된 전통음악의 양상과 미래의 전망〉, 〈전통음악에 나타난 한국인의 감성〉, 〈18세기 전통음악사에 나타난 음악 양식의 변화〉, 〈전통음악에 나타난 노래 양식의 시대성〉, 〈잡가발생의 시대적 당위성과 전개 과정〉, 〈18, 19세기 서울의 도시문화 변천에 따른 음악문화의 변화 양상〉, 〈18세기의 음악환경과 전문예능인들의 음악활동 연구〉, 〈南

道音樂의 특징에 대한 管見〉 —이 주요 내용으로 수록되었고, 이밖에도 20세기 전통음악의 전승과 미래 전망을 논한 평문 16편, 서평, 음반평, 축사 등을 모은 20여 편의 단문이 수록되어 있다.

저자 백대웅은 서울대학교 음악대학 국악과와 대학원에서 작곡을 전공했다. 군 제대 후 KBS-FM 프로듀서로 재직하던 중 전남대학교 국악과로 자리를 옮겼고, 이후 중앙대학교 한국음악과 교수를 거쳐 1998년부터 현재까지 한국예술종합학교 전통예술원의 초대 원장직을 맡고 있다. 백대웅은 KBS 프로듀서 시절 김소희, 정권진 등의 판소리 명창과 고수 김명환 등과 교류하면서 그들의 '음악 생각'을 공유하게 되는데, 이것이 백대웅의 전통음악 관점을 형성하는 데 중요한 발판이 되었다.

한편 백대웅은 1980년대부터 한국브리태니커의 '한국의 팔도소리'(1982)와 '판소리 다섯 바탕'(1982), '한반도의 슬픈 소리'(1989), '뿌리깊은나무 산조전집'(1989), '뿌리깊은나무 조선소리전집 — 판소리'(1990), '뿌리깊은나무 조선소리전집 — 산조'(1994) 등의 음반 제작에 참여해 민요와 판소리, 산조 등을 오선악보 체계로 옮기는 채보 작업에 참여하면서 한국음악의 구조에 대한 '어떤 발견'을 하게 된다.

아울러 1980년대 후반부터 철학자 김용옥, 한문학자이며 조선 후기 예술사 연구에 업적을 남긴 임형택(성균관대 교수), 미술사학자 이태호(전남대 교수) 등 인접 분야 학자들과 학문적 교류를 통해 문화와 문화사에 대한 관심을 갖게 된 이후 지금까지 『한국전통음악의 선율 구조』(1982), 『인간과 음악』(1988), 『다시 보는 판소리』(1996) 등의 단행본 저서를 발표했다. 이밖에도 백대웅은 『한국전통음악개론』(김해숙, 최태현 공저), 『오음음계의 시창과 청음』(1999) 등의 교육용 저서를 냈고, 회갑을 맞은 2003년에 들어 『전통음악의 랑그와 빠홀』 외에 악보집 『적벽가』, 『백대웅작곡집』, 『한국전통음악분석론』 등을 펴냈다. 작곡가의 저술 활동치고는 저서의 주제와 내용과 양이 방대하다.

이 책의 제목이 된 '전통음악의 랑그와 빠홀'은 1985년에 《공간》지에 연재한 글 〈음악에의 사변적 접근〉의 제목이었다. 여기에서 랑그란 'Langue', 빠홀은 'Parole'이라는 언어학의 개념이며, 이 언어학의 이론을 전통음악에 적용해 전통음악의 보편성과 특수성을 설명한 것이다. 저자는 책의 서문에서 랑그는 '음악의 이론'이며, 빠홀은 '음악의 실제'라며 간단히 정의했는데, 본 내용에서 저자는 랑그는 '음악에 국경이 없다'로 대변되는 음악의 보편성 문제를, 빠홀은 '그러나 음악가에게는 조국이 있다'라고 대변되는 음악의 특수성과 연계하여 한국음악의 보편성과 특수성을 설명할 수 있는 '이상적인 이론틀'로 사용하고 있다.

저자는 이 논의에서 "음악의 랑그는 국경을 초월해서 인류에게 공유될 수 있으나, 빠홀은 결코 공유될 수 있는 성질이 아니고, 각 공동체의 특수성이 존중되어야 한다. 그렇다면 우리가 전통음악 연구에 힘써야 할 일이 분명해진다. 우리는 지금까지 소홀히 대해 왔던 전통음악의 랑그에 대해 우리 모두가 아니 세계가 객관적으로 인식할 수 있도록 조직적인 접근을 해야 함”을 결론으로 제시하고 있다.

아울러 저자는 전통음악을 서양의 고전음악 관점에서 바라보는 사회의 시각, 서양음악 중심의 학교 교육, 음악 전통의 정(正)과 속(俗)을 구분하는 국악계의 전근대적인 국악 분류 체계 등에 대한 문제점을 지적하고 이것으로부터 벗어나는 일의 시급성과 중요성을 강조했다.

저자 백대웅이 『전통음악의 랑그와 빠롤』에서 파악한 전통음악 전승의 보편성과 특수성 등의 여러 관점은 이후 15년 동안 발표된 여러 논문과 평문 그리고 작품을 통해 지속적으로 반영되었다. 특히 〈18세기 전통음악사에 나타난 음악양식의 변화〉, 〈전통음악에 나타난 노래양식의 시대성〉 등 전통음악의 ‘양식’ 문제를 거론한 논문은 전통음악의 특징을 새로운 관점으로 다루었다는 점에서 높이 평가된다.

한편 『전통음악의 랑그와 빠롤』에 수록된 〈18, 19세기 서울의 도시문화 변천에 따른 음악문화의 변화 양상〉, 〈18세기의 음악환경과 전문예능인들의 음악활동 연구〉는 예술사, 문학사의 연구 성과를 바탕으로 판소리, 산조, 잡가 등의 음악 갈래가 형성, 발전되어 온 18세기 음악사에 대한 저자의 관심을 담고 있는 글이다.

이중에서 가장 주목되는 관점은 판소리 기원에 대한 저자의 생각이다. 저자는 기존 학계에서 ‘판소리는 17~18세기에 남도의 무속음악에 기원을 둔 장르’로 보는 설과 달리, ‘판소리는 18세기 말 경기지역의 잡가에서 나왔다. 18세기 중반 서울에서 유행하던 경기 잡가가 판소리로 발전한 것이다. 그리고 초기 명창은 모두 경기 출신이었다. 19세기 후반에 들어서야 전라도에서 명창이 나오기 시작했고, 가사도 전라도 방언으로 바뀌었으며, 그런 과정을 거쳐 전라도 지방의 육자배기 가락을 기본으로 하는 현재의 판소리가 정착된 것'이라는 주장을 내놓고 있다. 이는 '판소리는 곧 전라도 예술'이라는 통념과 반대되는 생각이어서 매우 흥미롭다. 1997년 발표된 이 논문에 대한 학계의 반응은 아직 '조용'한 데 비해 '전통음악의 역사를 잘 모르는 일반인에게는 매우 신선하며 충격적인 관점'(《한겨레 신문》 2003. 3. 22 북리뷰)으로 받아들여지고 있다.

『전통음악의 랑그와 빠홀』에서 저자 백대웅은 기존 음악계와 학계의 통념을 깨고, 비판하고, 뒤엎으면서 무엇인가 새로운 발견을 하고자 하는 '남다른 생각'을 보여 준다. '거꾸로 보기' 관점으로 전통음악의 전승사를 바라보며 새로운 틀을 찾으려는 시도와 노력 그리고 저자가 '왜'라고 묻고, 답으로 제시한 '주장'은 강하고 선명하며, 과거사를 보는 작곡가다운 '통찰'은 독자를 '흥분'시킬 만큼 강렬하다. 따라서 국악의 전승사를 연구하는 이들이 학계의 일반적인 견해와 저자의 주장을 대비해 읽으며 '생각의 균형'을 잡는 데 많은 도움이 될 저서라고 생각된다. 저자의 이러한 관점은 현대 국악계의 흐름을 형성하는 자극적인 '동인(動因)'이 될 것이라고 본다.

한편 『전통음악의 랑그와 빠홀』의 저자가 작곡가인 점에 주목해 볼 때, 저자가 전통음악의 미래에 대해 언급한 여러 대목에 많은 관심을 두게 된다. 저자는 여러 편의 논저 말미에서 '현대 한국인들의 다양한 감성을 제대로 담아내고 공감을 얻는 방향으로 나갈 필요',

'우리 민족에게 공감과 감동을 줄 수 있는 한국음악 창출의 필요'를
강조하고 있는데, 이러한 생각들을 '글'이 아닌 '음악'으로 공감할
수 있을 때, 『전통음악의 랑그와 빠홀』의 진정한 가치를 얻게 되는
것은 아닐까 하는 생각이다.

[화중유시(畵中有詩), 시중유화
(詩中有畵)의 세계를 감상하다

문정희 한국미술연구소 연구원

『시는 붉고 그림은 푸르네』(1, 2)
황위펑 편집 / 서은숙 옮김 / 2003 / 학고재

중국인들이 자랑하는 유구한 문화는 단연 문학과 미술에서 우수한 가치를 논한다. 중국을 벗어난 다른 나라 사람들이 중국문화를 이해하는 데 나와 다른 데서 그 차이점을 찾아내곤 하지만, 우리에게 있어 중국은 고대부터 한자문화권이라는 동일한 문화 코드를 지니고 있어 특히 문학(文學)과 서화(書畵)는 동아시아 지역에서 공유된 만큼 친숙한 역사적 문화의 체험일 것이다. 이러한 중국의 문화 체험을 위해 비교적 많이 찾는 것이 예술사 혹은 문학사라는 개괄적인 저서이다. 그러나 이러한 책들은 전문 지식을 위한 개괄서로서 일반 독자들이 교양적인 수준을 원한다면 별로 도움이 되지 않는다. 따라서 일반 독자를 향해 잘 정리된 개괄서들은 제목에서 '이해' 혹은 '감상'이라는 어휘를 사용하기도 하는데, 현재 우리나라의 중국서 번역은 비교적 다양하지 못하고 특히 예술 분야는 좀 더 열악한 게 사실이다. 이러한 현실 속에서 이 책은 문학과 회화라는 예술을 눈으로 감상하여 마음으로 이해할 수 있는 서술 방식으로 전개하고 있어 일반 독자들에게 쉽게 다가갈 수 있게 짜여 있다. 또한 전국시대의 백화(帛畵)에서 현대 회화에 이르는 삼천 년의 시간상에서 작품이라는 예술 형식을 빌려 총망라되어 있으니 독자는 관심 있는 작가의 특정 작품을 선별하여 읽을 수도 있고, 아니면 처음부터 읽어 내려가면서 중국 예술의 발달사를 이해할 수 있는 장점을 갖추고 있다.

이 책의 형식은 시와 그림이 함께하며, 선별된 100편의 작품으로 구성되어 있는데, 결국 각각 100수의 시와 100장의 그림을 감상할 수 있는 셈이다. 고대의 시화는 시대적 배경을 이해하는 데 중요한 역사적 고사를 인용하여 그림의 가치와 이해를 돕고 있는 반면에 시대가 내려올수록 작품이 지닌 가치 중 작가가 의도한 의미를 시각 표현이라는 입장에서 설명하기도 한다. 100편의 작품에 붙여진 제목 또한 작품의 특징이며 요점이 되는 어휘를 골라 시적으로 서술하고 있고, 작품을 설명하는 서술로 요약하여 부제도 달고 있어 독자는 그 제목을 보고 작품의 특징을 각인할 수 있다.

저자의 서술 방식은 선생과 학생의 질문으로 이끌어 가는 점도 독자들에게 강의와 같은 재미를 준다. 이는 역자 후기에서 밝힌 대로 상해방송국이 청소년과 일반인을 대상으로 제작된 방송원고라는 점에서 일반 교양 입문서와도 같은 성격도 지니고 있다. 따라서 대화 형식으로 전개되는 속에서 선생의 설명과 학생의 질문은 호기심을 유발시키는 동시에 선생은 학생의 창의력과 상상력을 자극하고 열어 주는 역할도 마련해 주고 있다. 저자인 황위펑(黃玉峰)은 고등학교 에서 국어를 가르치는 교사라는 점에서 그 대상이 학생이라는 현장 의 경험을 토대로 전달방법에 놀이성도 가미하고 있어 무척 재미있 고 쉽게 풀어 가고 있다. 특히 이러한 방식에서 돋보이는 부분은 넓 은 중국 고대예술의 범위를 박식한 지식의 세계로 이끌게 해 준다. 왜냐하면 중국의 고전에서 인용된 어휘는 역사와 문학의 지식이 없 이는 풀 수 없고, 그러한 고전은 현대에도 계속 사용되고 있기 때문 이다. 용어 하나하나에서 새로운 지식을 쌓을 수 있는 점도 이 책이 가지는 매력이 될 수 있을 것이다. 따라서 독자들은 중국 문학의 아 름다운 시어 내지 역사적 고사에 한층 깊이 있는 해석을 접할 수 있 는 것이다.

또한 이 책은 번역서인 만큼 역자의 번역 수준도 중요한 위치를 차지하고 있는데, 역자인 서은숙의 번역은 꼼꼼하면서 대화체의 원 문의 맛을 아주 잘 살려 내고 있다. 아울러 여기서 인용되는 고대시 의 번역은 그 의미 전달에 있어 숙달된 표현을 보여 주고 있어, 독자 로 하여금 이해하기 쉽고 점진적인 깊이를 읽을 수 있게 한다. 단지 아쉬움이 있다면 미술사적인 지식으로 자주 사용되는 용어들이 조금 은 어색한 설명으로 풀이되어 있기도 하다. 또한 인명과 지명 등의 고유명사가 원발음을 기본으로 하고 있으나 간혹 몇몇은 중국 원음을 충실히 따르지 않고 있다. 아울러 그 이유에 대해서 별도의 참고 사항을 두고 있지 않아 그저 통일성을 잃고 있을 뿐이다. 이 점은 독자로 하여금 고유명사의 원음을 혼동케 할 뿐만 아니라, 특히 인명은 잘못된 사람으로 착각할 가능성이 있다.

앞서 설명한 쉽게 이해할 수 있다는 것이 이 책의 강점이지만, 전문적인 미술사적인 견해를 갖고 보자면, 조금 위험한 내용도 자리하고 있다. 이는 중국미술사를 연구하는 연구자의 입장에서 작품이 갖는 가치를 규명하는 연구 방법의 성과에 따르면 꽤 편협한 입장에서 섭취한 미술사 지식에 불과하기 때문에 중국미술사를 전공으로 하는 학생들에게는 잘못된 점을 짚어 가며 읽도록 조언해 주고 싶다. 그 대표적인 예는 이 책의 서술이 제화시(題畵詩)라는 형식을 기본으로 풀어 나가고 있기 때문에 작품에 쓰인 제시를 위주로 해석하고 있다는 점이다. 이는 화가의 가장 대표적인 작풍을 이해하는 데 저해하는 요소가 되기도 하는데, 여기서 동기창(董其昌)의 〈취수단풍도〉가 그러하다. 이 작품은 동기창의 진작(眞作)인지를 떠나서 그의 화풍의 전형적인 작풍과 매우 다르기 때문에 화가의 역사적 위상이 꽤 큰 만큼 자칫 잘못된 양식의 오해도 불러올 수 있다. 이외에도 중국 대륙에서 연구된 저술에만 의지하고 있어 이와 상반된 구미 혹은 대만의 연구 성과는 별로 반영되지 않은 점에서 온 것이라 지적할 수 있다. 이는 결국 작품의 진위라는 입장에서 어떤 작품은 전혀 작가와 맞지 않은 경우도 있고, 확실한 증거로 입증되지 못한 작품에 대해 '전칭(傳稱)'이라는 정보는 전혀 없고 진작으로 간주하여 서술하는가 하

면(예:전자건 〈유춘도〉, 동원 〈소상도〉, 위현 〈갑구반거도〉 등), 전칭작
으로 전하는 작품에 임모작(예:고굉중 〈한희재야연도〉 명 당인의 임모
작)으로 되어 있는 점 등은 더 확실한 고증을 근거로 해야 한다.

아울러 화법을 설명하는 데 있어서도 작품과 맞지 않은 경우가 있
는데, 그중 한 예로 몰골법으로 설명한 작품 〈출수부용도〉를 들 수
있다. 이 작품은 사진으로만 보아도 쉽게 구륵법에 의한 작품으로 식
별할 수 있음에도 불구하고 몰골법으로 서술하고 있는 점은 상당히
큰 오해를 불러일으키고 있고, 또한 몰골법의 설명에 송대 곽약허의
말을 인용하고 있는 점도 전혀 맞지 않고 있어 저자의 미술사 지식의
수준을 드러내는 오류도 범하고 있다. 게다가 이 작품에 대한 정보를
주는 캡션에서도 작품 형식을 화권으로 적고 있는 점도 확실히 잘못
된 것으로 이는 육안으로도 화책이나 선면의 형식을 지니고 있음을
확인할 수 있다.

본 평자는 미술사 연구자로서 제시와 같은 문학적인 입장보다는
미술에 있어서 작품 하나하나가 갖는 의미와 가치에 더 중점을 두어
살펴본 바에 의하면 어디까지나 작품을 감상하는 데 그 주된 전달의
목적이 있는 이상, 작품의 정확한 정보를 우선시해야 한다고 생각한
다. 저자의 작품 선별은 통시대적인 범위 속에서 이루어졌기 때문에
그 역사적 위치를 고려한 작가나 작품을 위주로 했음을 알 수 있으
나, 시대 양식의 중요성에 좀 더 무게를 실었더라면 훨씬 깊이의 전
달에서 유익했으리라 생각된다. 적어도 저자는 미술사 연구자가 아
닌 국어 교사로서 중국문학의 세계를 시각화시켜 일반인에게 호기심

을 자극시켰다는 점에서, 궈촨충(過傳忠)의 서문에서도 밝힌 대로 문예이론과 감상 지식의 학술성을 중시하지 않았다고 했으나, 인쇄라는 매체를 통한 저술의 영역에서는 어디까지나 객관적 검증의 수용을 기본으로 하고 있어, 이는 이 책에 대단한 아쉬움으로 남고 있다. 그러나 어디까지나 저자의 미술에 관한 이론은 중국 대륙 학계의 보편적인 견해를 바탕으로 하고 있음을 알 수 있으므로 독자들은 이 점에 유의하여 열독하면 책이 지닌 작은 단점을 피할 수 있으리라 생각한다.

중국의 문학과 예술을 이해한다는 것은 결코 쉬운 일이 아니며, 또한 지식의 수양으로 익히는 일은 더욱 시간과 관심의 고무가 있어야 한다. 중국문화권에서도 대중에게 접근하는 미디어의 이용은 최근 몇 년간 활발했던 것으로 알고 있다. 이러한 전달 방식은 역으로 책을 서술케 하는 물결을 일으켰고, 무엇보다도 소수를 위한 학문에서 다수의 관심을 인도하는 쪽으로의 역할로서 현 중국의 현실에서도 긍정적인 반응을 일으켰음이다. 이에 우리나라에서도 그 특성을 고려한 출판을 기대하며, 번역서로서 접하는 중국 문예세계를 통해 이 분야에 대한 관심을 높이는 계기가 되었으면 한다.

성실한 기록과 편파적 쟁점 사이에서

이명인 영화평론가

『**한국 독립 다큐멘터리**』
독립 다큐멘터리 연구모임 지음 / 2003 / 예담

영화의 탄생은 곧 다큐멘터리의 탄생이었다. 뤼미에르 형제가 영화라는 발명품에 제일 처음 담은 영상은 공장 노동자들의 퇴근하는 모습과 기차의 도착 같은 사실적인 이미지였다. 당시 사람들이 이를 리얼리티로 분명하게 인식하지는 못했다 하더라도 기차의 도착 장면을 보고 자리를 피했다는 일화에서 알 수 있듯 재현되고 기록된 사실을 현실로 혼동했다는 것이다. 이는 어렴풋하게나마 사실의 부분적, 선택적 기록이라는 다큐멘터리 영화에 대한 인식을 뜻한다.

세계영화사가 곧 다큐멘터리 영화사였던 것과는 반대로 한국의 다큐멘터리 영화사를 정리한다는 것은 어쩌면 무모한 일처럼 보인다. 일단 영상 자체가 체계적으로 보존되어 있지 못한데다가 자료 또한 남겨져 있지 않으니 한국의 다큐멘터리 영화사가 어디에서부터 시작되었는지 지금으로써는 누구도 정확한 답을 구할 수 없다.

그러나 범위를 좀 더 축소해 본다면 비교적 역사는 분명하고 명확해 보인다. 주류 시스템이나 방송매체 바깥에서 만들어진 독립 다큐멘터리는 80년대에 그 기원을 두고 있기 때문이다. 한국의 독립 다큐멘터리는 80년대 사회변혁 운동의 적자이다.

일천한 한국의 다큐멘터리에 대한 역사를 정리하고 자료를 제시하며 더불어 쟁점까지 던져 놓은 이들은 지난 3년여 동안 정기적으로 모여 다큐멘터리에 대한 공통의 고민과 숙제를 풀기 위해 진지한 토론을 나눴던 독립 다큐멘터리 제작자들이다. 이 '독립 다큐멘터리 연구모임'은 독립 다큐멘터리에 대한 체계적인 기록물인 『한국 독립 다큐멘터리』를 내놓았다. 머리말에서 밝히고 있듯 이 책은 '한국 독립 다큐멘터리의 정치학과 미학은 어떻게 이야기할 수 있으며 어떤 가능성을 보이고 있는가? 그리고 어떤 길을 가야 하는가?'에 대한 질문의 답을 제작자 스스로가 마련해 나간 과정의 산물이다.

자신들의 현재를 바라보기 위해 이들은 우선 과거로 눈을 돌린다. 한국 독립 다큐멘터리를 되돌아보는 그 역사의 길 위에서 자신들의 정체성을 찾아보는 것이다. 80년대 사회운동의 일환으로 시작된 독립 다큐멘터리의 시초에서부터 최근의 영화제용 다큐멘터리 영화에 이르기까지 연대기순으로 기록해 나가는 1부는 각 작품 등장시기의 사회적 의미에서부터 미학적 점검에 이르기까지 폭넓은 관심을 작품에 직접 참여한 제작자들의 인터뷰를 바탕으로 꼼꼼하게 풀어 나가고 있다. 이처럼 이전에는 구체적으로 언급된 적이 없는 개별 작품에 대한 분석은 각 작품을 새롭게 인식하고 의미를 부여하는 것이며 진정한 명예회복의 길이다.

가령 최초의 다큐멘터리로만 인식되었던 1982년의 〈판놀이 아리랑〉의 경우 '의도된 영상과 현실의 불일치가 거리를 드러내려는 방식'이었으며, '상황과 해석이라는 다큐멘터리의 구조에 대한 환기와, 1980년대의 현실과 당대 현실 속에서 예술의 의미에 대한 반성을 겨냥하고 있다'고 평가하고 있다. 필자들이 볼 때 〈판놀이 아리랑〉은 당시로써는 '미학적 자의식이나 성찰과 같은 태도'를 지닌 '독특한 다큐멘터리'이다. 이처럼 역사에 대한 단순한 기록에 그치는 것이 아니라 필자들의 분명한 입장에 따라 비평적 평가 또한 포함하고 있다.

이 시기에 등장한 주요 독립 다큐멘터리는 철거 문제를 다룬 〈상계동 올림픽〉(1988)과 다국적기업의 노동자 투쟁을 담은 〈깡순이, 슈어프로덕츠 노동자〉(1989), 노동자 뉴스릴인 〈노동자 뉴스〉(1989~) 등이 있다. 이들 다큐멘터리들은 시대적 요구에 따라 필연적으로 등장하였다. 필자들은 이 작품들의 등장 의미를 꼼꼼히 짚어 내며 사회적인 의미로써의 작품을 평가하고 있다. 단순히 정치적인 의미로만 작품을 평가하는 것이 아니라 〈전열〉(1991)과 〈옥포만에 메아리칠 우리들의 노래를 위하여〉(1991)의 경우는 두 작품의 대비를 통해 다큐멘터리 영화로서 각각의 작품이 동시대 대중에게 어떤 영향력을 끼치고자 했는지 그 영화적 속성과 성격을 대중성이라는 측면에서 비교하고 있다.

이처럼 80년대 영상운동 과정 속에서 만들어진 다큐멘터리는 사회운동의 요구에 부합해 만들어졌다. 90년대로 넘어오면서 사회적 변화는 독립 다큐멘터리의 제작에도 많은 변화를 가져오게 된다. 제작 단체 중심의 작업 방식은 개인 제작 시스템으로 바뀌었고, 소재 또한 다양한 사회 문제로 분화되었다. 이 시기의 특징은 거대 담론을 벗어나 역사 속에 존재했던 사람들을 통찰하는 것이고, 제작 주체가 대상과 맺는 관계가 달라졌다는 것이다. 또한 90년대 후반으로 넘어오면서 디지털 6mm 캠코더가 대중적으로 보급되면서 다큐멘터리는 다양한 방식으로 분화되었다.

『한국 독립 다큐멘터리』의 글들은 2부에서 다루고 있는 쟁점난에서 더 빛을 발한다. 주로 90년대 이후에 나타난 새로운 경향의 독립 다큐멘터리를 대상으로 하고 있는데, 이들이 주요 쟁점으로 삼고 있으며 동시에 90년대 특징으로 삼고 있는 것은 대략 네 개의 범주이다. 다큐멘터리에서 진실 구축의 문제, 제작 주체와 대상의 문제, 여성주의 다큐멘터리의 궤적, 디지털의 도입과 표현 영역의 확장이라는 범주 사이로 개별 작품들을 통과시키며 90년대 이후에 등장한 독립 다큐멘터리의 의의와 한계를 냉정하게 짚어 내고 있다.

90년대 다큐멘터리를 분석하기 이전에 필자들은 다큐멘터리란 인식 자체에 대한 의문을 제시한다. '리얼리티가 픽션보다 더욱 매혹적이고 광적이며 조작적이다' 는 트린 T. 민하의 말이나 남인영이 '리얼리티 픽션' 이라는 용어를 사용하고 있는 것처럼 다큐멘터리에 대한 전통적인 인식을 깨뜨리고 90년대적 다큐멘터리에 대한 상황을 인식하고자 한다. 단지 하나의 관점으로만 나아갔던 과거의 정치적인 올바름에서 벗어나 이제 다큐멘터리 영화에는 다양한 재현 양식과 시선이 주어지게 되었다. 제작 주체는 무조건적인 권력을 버리고 자신의 대상과 수평적인 위치에서 이미지를 함께 만들어간다. 그리고 이같은 과정은 영화 안에 그대로 드러난다.

제작 주체의 변화는 '성찰적 리얼리티'로 나타난다. 이는 '재현의 과정을 영화 안에 드러내면서 다큐멘터리 관습이 구축하는 리얼리티에 대해 성찰하는 것'이다. 이제 리얼리티란 '재현의 외부에 존재하는 자연 그대로의 리얼리티가 아니라 재현 관습에 의해 구축된 리얼리티'라는 점을 상기시킨다. 이같은 관점에서 〈낮은 목소리〉 시리즈(1995, 1997, 1999), 〈주마등〉(2001), 〈가족 프로젝트〉(2002), 〈평범하기〉(2002), 〈고추말리기〉(1999) 등의 다큐멘터리의 의미가 재평가된다.

감독이 스스로 작품 안으로 들어가 변화를 겪어 나가는 것은 제작 주체가 대상과 수평적인 관계를 이루는 작품의 중요한 축이 된다. 이상과 같이 어떤 작품들에 우선순위와 미적 우위를 둘 것인지, 필자들의 목소리는 분명하다. 필자들은 오히려 편파적으로 90년대 이후의 다큐멘터리에 미학적 잣대를 들이댄다. 이들의 논점에 근거해 긍정적인 다큐멘터리와 부정적인 다큐멘터리가 구분되는 것이 사실이다. 그러나 이러한 편파성이야말로 그동안 거론조차 되지 않았던 독립 다큐멘터리의 진정한 미학 논쟁의 시작이라고 할 수 있다.

아쉬운 점이 있다면 이 책에 제작 주체들이 직접 집필에 참여했다는 것이다. 직접 현장에서 카메라를 들고 있는 제작자가 필자로 참여하고 있지만 제작자로서의 경험과 개인적인 관점의 글들은 찾아보기 힘들다. 독립 다큐멘터리의 정사(正史)를 쓰겠다는 의욕은 제작자들로 하여금 지나친 객관화의 시점을 유지하게 한다. 제작자들이 갖는 글쓰기의 장점은 글 속에 투영되지 못한다.

또한 90년대 후반의 작품들 경우는 감독들이 직접 필자로 참여하고 있지만 정작 자신의 작품이 포함된 글 속에서 자신들의 목소리를 생생하게 전하지 못하고 있다는 점이며 자신의 작품이 포함된 논쟁의 경우에도 참여하지 못하고 있다는 점이다. 각각의 글들은 별개의 관점에서 쓰인 듯 쟁점으로 어우러지지 못하고 있고, 감독의 입장에서 쓰인 글들이 빠진 것은 보다 활발한 쟁점의 장으로 진입하길 원하는 필자들의 노력이 제작자 스스로는 소외시키고 만 소극적인 노력으로 보이게 한다는 점이다.

한국음악을 전공한 사람의 시각으로 담아낸 현장감 넘치는 실크로드의 음악

『실크로드, 길 위의 노래』
전인평 지음 / 2003 / 소나무

낯선 나라의 음악과 친숙해지기 위해서는 새로운 문화를 아는 일이 중요하다. 미지의 세계에 대한 호기심이 이 책의 저자인 작곡가 전인평을 인도음악 전문가로 만들었다. 1985년 인도에서 현장 연구를 시작으로 20여 년간 계속된 실크로드 음악 기행으로 전인평은 낯선 나라의 낯선 음악을 국내에 소개한 최초의 인물이 되었다.

이 책은 콜럼버스 신대륙을 발견한 듯 신기한 눈길과 한국음악을 전공한 사람의 시각으로 실크로드 길 위에서 만난 음악을 건조한 사막 너머의 낙타의 슬픈 눈빛으로 담아낸 현장 음악이다. 이 책에는 고달픈 실크로드의 여정 속에서 만난 순박하고 순수한 사람의 호흡이 고스란히 녹아 있다. 저자는 파키스탄의 라호르에서는 눈물 나게 아름다운 크발리 음악을 들었고, 인도에서는 차우라시아(Pandit Chaurasia)가 연주하는 바게쉬리 라가(Bagheshiree Raga)의 기교에 매료되었던 기억을 생생하게 증언하고 있다.

이 책의 저자 전인평은 한국음악학을 전공한 학자이며, 작곡가로 70여 편의 곡을 발표했고, 대한민국작곡상을 수상했으며, 현재 중앙대학교 한국음악과 교수로 재직하고 있다. 그의 국악작품 속에서 거문고라는 악기는 매우 중요하게 사용된다. 그의 성악곡 가운데 〈달 아래서〉라는 작품이 있는데, 이것은 한용운의 시 〈거문고 탈 때〉라는 시를 바탕으로 만든 작품이다. 또한 그의 작품 중에서 거문고 협주곡 〈대화〉, 거문고와 대금을 위한 이중협주곡 〈사모곡〉, 거문고 협주곡 〈왕산악〉 등 다수의 작품에서 거문고에 무게중심을 두고 있는 작곡가이다. 전인평은 20여 편의 국악 관련 논문 외에 『국악작곡입문』 (1988), 『동양음악』(1989)과 『국악감상』(1993)의 저서도 출판하였다. 가곡집 『산거』, 거문고 독주곡집 『정읍후사』(1998)와 여러 권의 작품집도 출간했다. 그가 체험하고 수집한 아시아 음악은 〈노피곰〉에서와 같이 최근 그의 작품 속에서 아시아적 요소로 표현되었다.

이 책은 1985년 인도의 현장 연구에서 시작된 음악 여정과, 1991년과 1997년 등 방대한 여행 기간 중에 조사된 현장의 음악 이야기를 가득 담고 있다. 저자는 이 책에서 마치 여행의 무용담을 이야기하듯 음악 이야기를 구수하게 풀어 놓고 있다.

1985년 인도 여행을 시작으로, 1991년은 저자의 실크로드 음악에 대한 남다른 관심의 결정적인 계기가 된 해이다. 그는 유네스코 파리 본부의 실크로드 탐사 계획에 한국 대표로 참가하게 되었는데, 이 행사는 세계에서 모인 60여 명의 대규모 프로젝트였다. 이 행사의 범위는 투르메니스탄의 아스하바트를 시작으로 우즈베키스탄, 카자흐스탄, 타지키스탄, 키르기르스탄 등 중앙아시아 5개국이 포함된다.

그후 1997년, 저자는 다시 한 번 6개월간의 긴 여행을 하게 되었다. 이 책의 내용 중 상당 부분을 차지하는 실크로드 음악 부분은 이 시기에 현장 조사된 내용들이다. 이집트의 카이로에서 시작된 긴 실크로드의 장정은 요르단, 이스라엘, 시리아, 아랍, 이란, 파키스탄을 차례로 거쳐 쿤자르 패스를 버스로 넘었고, 마침내 중국의 서쪽 실크로드의 시작인 카슈카르에 입성했다. 그의 중국 여행은 실크로드의 중요 지점인 우루무치를 거쳐 투루판, 돈황, 서안(장안), 무한, 북경으로 이어진다.

저자의 20여 년의 고달픈 현장 연구의 여정은 이렇게 마감을 했다. 더 이상 연구가 필요 없어서가 아니라 더 이상 그의 건강이 허락하지 않아서라고 한다. 이 책 속의 글은 그냥 책상에서 책만 뒤적이며 쓴 글이 아니라 모두 현장에 직접 가서 보고 쓴 것이다. 역사 속의 음악이 아니라 꿈에 그리던 실크로드 여행과 함께 그곳에 가면 지금도 그곳 사람들의 생활이며, 위로가 되는 그들의 음악이 거기에 있다는 것을 전인평은 이 책에서 글로써 풀어내고 있다.

이 책은 오아시스 실크로드와 해상 실크로드의 두 길로 다다를 수 있는 아시아 각국에 사는 민족들의 음악과 문화를 알기 쉽게 소개하고 있다. 오아시스 실크로드는 타클라마칸 사막의 북변을 통과하는 서역북도(西域北道)와, 남변을 경유하는 서역남도(西域南道)가 있다. 똑같이 파미르 고원을 넘어 서(西)투르키스탄의 시장에 이르며, 또한 동방으로는 간쑤성(甘肅省) 둔황(敦煌)에서 합해져 외길로 되어 황허강(黃河) 유역까지 이르렀다. 두 오아시스는 국제시장으로 번영하게 되었다. 그러나 3세기경부터 로브노르 일대의 건조화(乾燥化)가 진행되면서, 북도는 둔황에서 북행하여 톈산산맥(天山山脈)의 동단, 투루판분지(吐魯蕃盆地)를 경유하여, 카라샤르(焉耆) 쿠차(龜玆) 카슈가르(疏勒)에 이르게 되었다.

이 책에서의 여정은 우리와 가장 가까운 중국과 일본에서 시작하여 가 보기 쉽지 않은 중앙아시아 여러 지역으로 이어지는데, 그 지역의 음악과 문화가 생생하게 느껴진다. 컬러 사진과 깔끔하게 편집된 책의 구성은 독자들에게 세계 음악과 문화, 더 나아가서 그 음악이 담고 있는 정신세계에 대한 지적 호기심과 흥미를 유발하기에 충분하다.

이 책을 만난 독자들은 행운이다. 우리가 흔히 실크로드라고 부르는 '오아시스 로드'는 타클라마칸 사막을 통과하지 않으면 안 된다. 타클라마칸이라는 말은 위구르어로 '살아 돌아올 수 없는 죽음의 사막'이라는 뜻을 지니고 있을 만큼 아주 험하고 거친 길이다. 저자가 직접 다녀온 그 길을 우리는 이 책을 통해 접하게 된다.

이 책의 53쪽에는 티베트의 라마교 의식 음악을 소개하는 대목이 나온다.

라마교 의식에는 참(Cham)이라는 가면 무용극이 있다. 이것은 오락을 위한 것이 아니라, 나쁜 잡귀나 악령을 몰아내는 굿과 같은 성격의 무용극이다. 이 참은 신자의 평안과 안녕을 빌어 주기 위해, 라마교 사원에서 특별한 절기에 공연한다. 탈춤 가운데는 우리나라 산대도감놀이와 비슷한 사자나 인물의 가면춤도 있다.

저자는 이 대목을 서술하면서 한국의 산대도감놀이를 거론하고 있다. 산대놀이는 백제시대에 중국의 오나라로부터 전해졌고, 백제의 미마지가 다시 이것을 일본에 전해 주어 일본의 기가쿠(伎樂)가 되었다. 티베트의 참과 한국의 산대놀이 그리고 일본의 기가쿠를 비교하는 부분에서는 한국음악학을 전공한 학자의 입장에서의 고증된 부분으로 이 책의 진가를 확인하는 대목이기도 하다.

이 책의 인도음악 부분은 저자가 인도를 20회나 넘게 방문한 후, 집필된 부분이다. 때문에 인도음악에 대한 해박한 지식이 고스란히 담겨져 있다. 다양한 리듬 변화의 특징을 담고 있는 인도음악의 장단 이론인 딸라(Tala)이론을 기술하면서 마치 우리나라의 산조음악의 장단과 비슷한 데가 있다는 지적과 함께 산조가 느리게 시작해서 점점 빨라지는 것처럼, 인도음악도 느리게 시작해서 점점 빨라지는 음악적인 특징을 풀어내고 있는 대목은 상당히 흥미로운 대목이다. 또한 열린 구조를 갖고 있는 인도 시타르 음악을 소개하면서 관중과 연주자 사이의 대화를 음악의 구조로 설명했다. 청중과 북(Tabla) 연주자가 추임새를 하기도 하고, 독주자가 무어라 응대하면 청중이 웃기도 하는 인도음악의 열린 구조는, 청중과 고수의 추임새의 참여로 완성되는 한국의 판소리와 산조음악 등의 열린 구조와 상당한 공통점을 발견하게 한다.

그러나 이 책에도 몇 가지 아쉬운 점이 있다. 저자는 실크로드의 음악과 인도음악의 매력에 흠뻑 취해 있다. 그래서 그런지 학문적으로 검증이 되지 않은 개인적인 견해를 피력하고 있다. 예를 들어 "세종대왕은 실크로드 소그드인들의 음악에서 영향을 받아 〈여민락〉을 지었다"라는 대목과 "라가(인도의 전통음악)와 '영산회상'이 닮은꼴"이라는 점, 그리고 "거문고의 할아버지는 비나(인도의 현악기)"라는 주장은 그 타당성에 대한 연구가 좀 더 깊이 이루어져야 할 부분이다.

또한 현지 가이드의 설명에 의존한 글쓰기는 위험하다. '초나라 편종 2,400년 전의 오케스트라' 부분에 등장한 편종은 증(曾)나라 제후을씨의 묘(曾侯乙墓)에서 출토된 것으로 초나라의 편종이 아니라 춘추전국시대의 증나라의 편종이다. 또한 중국 운남성 리장(麗江)의 납서고악(納西古樂) 중 백사세악(白紗細樂)과 동경음악(洞經音樂)의 두 가지 음악을 혼동하여 기술하고 있는 부분은 못내 아쉬움으로 남는다.

하지만 이 책은 독자에게 시공을 초월한 상상력을 제공한다. 강원도 아낙네 푸념 같은 태국노래가 있으며, 무병을 앓고 난 뒤 신내림을 받은 터키 가객이 등장하기도 하고, 판소리처럼 반음 꺾는 아랍음악 그리고 사물놀이와 유사한 인도네시아 가믈란 등을 만난다.

저자는 이 책에서 서양음악이 뿌리내리지 못한 인도음악의 예를 들어 자국 음악에 대한 소중함을 이야기하고 있다. 또한 타 문화권과의 비교를 통해 우리의 문화적 자화상에 대한 자성의 목소리를 던지기도 한다.

부디, 이 책이 아직까지도 서양의 예술음악이 모든 음악을 판단하는 유일한 가치 기준이라는 편견으로부터 음악적으로 넓고 열린 시각을 깨우쳐 주는 계기가 되었으면 하는 바람이다.

미학적 사유

— 탈맥락화된 '창조적 해석'

신승환 가톨릭대 철학과 교수

『**진중권의 현대미학 강의**』

진중권 지음 / 2003 / 아트북스

이 책은 벤야민에서 하이데거와 아도르노를 거쳐, 현대 프랑스 철학자들의 사유를 미학의 이름으로 '창조적으로 해석'하려는 저작이다. 이러한 작업을 이끌어 가는 주제어는 '숭고와 시뮬라크르의 이중주'이다. 저자는 근대 비판을 통해 이루어진 탈근대의 철학을 읽어 내려는 동기에서 이 책을 서술했다고 한다. 탈근대의 사상으로 '근대철학의 전제와 한계'를 읽어 내고, '근대 미학과 탈근대 미학의 반복적 대비'를 통해 철학과 미학의 변화된 패러다임의 핵심을 보여 주겠다는 것이다.

이 책의 저술 의도는 정당하다. 오늘날 조금은 쉽게 언급하는 탈근대의 논의를 미학이란 관점에서 진지하게 읽어 내고자 하는 노력을 지켜본다는 데 반가운 마음이 앞선다. 더욱이 저자는 '이차 문헌의 요약'이 아닌, '자신의 일차 독해의 결과'로 이 작업을 헤쳐 가고 있다. 학문의 식민성을 넘어서고 철학의 자생이론을 창출하는 것이 우리 학문의 시대적 과제임에도 이러한 작업의 결과물을 읽는다는 것은 드문 기회이기에 더욱 그러하다.

저자의 이러한 의도는 철학사의 흐름에서 볼 때도 타당성을 지닌다. 헤겔의 죽음 이후 철학은 '실재(實在)'를 이해하는 방식에서 커다란 전환을 이룩하게 된다. 그뿐 아니라 존재를 이해하는 사조에서도 철학의 경향은 매우 다양한 관점을 드러내고 있다. 이런 현상은 아름다움(美)을 이해하고 해석하는 학문에도 적용된다. 서구 전통 형이상학에 기반한 미학은 1750년 '감성적 인식의 학문'이라 정의한 바움가르텐(A. G. Baumgarten)에 의해 근대적 학문으로 정립되었다. 이는 라이프니츠(Leibniz)가 철학의 본래적 주제였던 진선미(眞善美)의 개념에 근거하여 이성은 논리, 의지는 윤리, 감성의 영역을 미학으로 분류한 것에 근거한 것이다. 이에 따라 미학은 그리스어 'Aisthesis', 즉 감성과 감각적인 직관 및 그 현상에 대한 학문으로 정초된다. 그럼에도 이 미학은 '열등한 인식(Cognitio Inferior)'으로 보다 높은 정신적이며 개념적인 인식의 학문을 보완하는 것으로 간주되었다. 이러한 이해에 근거한 칸트와 헤겔의 미학은 미학의 고전적 형태를 형성하였다. 고전적 미학이 근대 철학의 맥락에서 근거지어졌다면, 이에 대한 비판과 극복의 노력은 전통미학을 해체함으로써 자신을 탈근대의 관점에서 '예술철학'으로 규정하게 된다. 이 책은 그러한 관점에서 근대성과 탈근대성의 흐름 안에서 '아름다움의 철학'을 해석하려는 정당한 취지를 지닌다. 서구 전통 형이상학에 뿌리내린 이성(Logos)의 강함과, 차별의 보편성이란 폭력에 의해 매몰된 타자의 존재론적 원리를 해석하려는 철학은 필연적으로 전통철학, 근대성에 대한 해체와 초월적 극복(Verwindung)이란 근원적 동기를 지닐 수밖에 없게 된다.

그럼에도 마냥 기뻐할 수만 없는 것은 이 책을 읽어 가면서 느끼는 당혹감과 짜증스러움 때문이다. 저자의 논리 전개는 논증을 차례로 중첩시키는 방식을 취한다. 그러면서 중첩된 논증에서 조금씩 자리를 옮겨 가면서 자신이 의도하는 논의를 펼쳐 내고 있다. 문제는 이 과정에서 비켜난 논조가 곳곳에서 원래의 문맥을 벗어나는 다른 결론을 이끌어 내고 있다는 데 있다. 그것은 마침내 저자가 읽어 내는 철학자의 본래적 사유를 벗어나기도 하고, 심지어는 그에 대한 배반으로까지 확대되고 있다.

그 이유는 저자가 논의의 확대를 논증해야 할 자리에 '창조적'으로 해석한 개념과 그로 인해 전의된 의미를 대신 위치시키기 때문이다. 논증의 자리에 창조성으로 빛나는 비의(秘義)적 언어유희가 대신 자리하고 있는 것이다. 맥락을 찾고 그 의미의 적합성을 밝히기 위해서는 언어유희의 뿌리를 더듬어 가는 퍼즐놀이가 필요해진다. 독자로서는 전 철학사의 지식을 동원하여 그가 행하고 있는 비의적 표현의 배경과 전의된 개념의 흐름을 읽어 내기 위해 노력해야 하는 것이다. 그럼에도 결과는 아쉽게도 그가 근거해 있다고 말하는 원전에서의 탈피, 원전을 과잉 해석한 저자 자신의 내밀하고 자의적인 해석으로 주어질 뿐이다. 텍스트를 '창조적으로 재해석'할 자유와 그를 위한 학문의 여백은 언제나 존재한다. 그러나 그것은 철저히 텍스트에 대한 이해와 그 맥락에 따라 이루어져야 한다. 탈맥락화한 '창조적 재해석'은 영감을 줄지언정 논의의 적합성을 보증하지는 못한다.

플로티누스적으로 해석된 텍스트를 플라톤의 철학으로 읽어 낸 뒤 여기에 근거해 철학을 거꾸로 읽어 내는 것은 창조적 해석과는 무관한 독해의 오류일 뿐이다. 이러한 예는 하이데거의 사유가 벤야민과 같은 맥락으로 제시되어 그 내용의 동일성을 말하는 근거가 되기도 하고, 포스트모던 철학으로 읽어 낸 하이데거의 예술철학을 다시금 근대적으로 소급시켜 해석하는 등 곳곳에서 저자가 범하고 있는 해석의 과잉에서 드러난다. '사물의 언어적 본질'을 논증한 부분(17~21쪽)은 이런 모습을 전형적으로 보여 주고 있다. 또한 모던의 예술문화가 작품이 지닌 세계를 상실하게 만든다는 설명은 하이데거의 예술철학을 일면적으로 규정하는 해석이다.(84~87쪽) '진리의 근원'에 대한 해명을 따라가다 보면 어느덧 예술작품이 '존재하지 않았던 것을 있게 해 준다'(88쪽)는 해석으로 연결된다. 그것은 맥락에 대한 적확한 언명이 없을 때 하이데거가 그렇게 강조했던 존재의 의미를 존재자적으로 해석하는 오류를 범하게 만든다. 이처럼 해석의 과잉이 창조적 해석이라는 이름으로 엄밀한 논증의 수고를 대신하고 있으며 텍스트에 충실한 해석과 언어유희가 상충하고 있다. 그러나 그 유희는 맥락을 상실하고 떠돌고 있을 뿐이다.

또한 서문에서 저자는 현대예술의 특징을 전 철학사에 대한 맥락과 연관시키면서 '실재론과 관념론의 낡은 대립'으로 연결짓다가, 마침내 "현전의 신비주의와 해체의 회의주의 사이에서 양자택일을 강요받는 이론적 아포리아에서 벗어나는 길은 아마도 비트겐슈타인의 언어철학에 있을 것"(10쪽)이라는 단선적 언명을 하고 있다. 나로서는 도저히 이해할 수 없는 언명이다. 현전의 신비주의란 말이 지시하는 것은 무엇인가. 해체의 회의주의란 언급도 토론이 필요한 말이지만 억지로라도 이해하려면 못할 것도 없을 것이다. 그런데 그 가운데에서 양자택일을 강요받는다고 한다. 하물며 그 아포리아를 벗어나는 길이 비트겐슈타인의 언어철학에 있다는 언급에 이르면, 철학적 논증을 단념하기에 이르게 된다. 설마 실재론과 관념론이 이런 형태로 자리바꿈해 나타나고 있으며, 언어논리 분석이 그 대립을 해소하고 있다는 주장은 아닐 것이다. 그렇다면 이러한 언급의 철학적 맥락은 어디에 있는가. 그 맥락을 설명하지 않고서 선언적으로 외치는 이 언명이 도대체 무슨 의미를 지니는가? 수없이 이루어져야 할 논증을 저자는 실로 창조적으로 확대된 해석으로 대담하게 자리바꿈하고 있다. 서평자로서는 학문으로서의 철학을 포기하든지, 아니면 나 자신의 사유의 한계를 고백할 수밖에 없게 만든다.

이 책은 미학의 이름으로 현대철학의 중요한 사유를 재구성하고 있다. 이런 종류의 저작이 지니는 어려움은 개괄적이며 요약적 설명이 저서의 의도를 가릴 수 있다는 점이다. 개별 항목의 이해를 쉽게 할지는 몰라도 전체를 일관하는 해석의 잣대가 무더질 위험이 있다는 것이다. 그렇다면 이 책의 목적은 어디에 있는가. '현대미학'에 대한 개괄적 설명을 위한 강의서인가, 아니면 앞에서 말한 목적을 달성하기 위한 성찰적 철학서인가. 미학이 아니라 예술철학으로 이름되는 탈근대의 철학적 성찰을 담은 책이라면, 우선 현대철학에서 미학적 전환이라 부르는 철학사적 흐름을 지적해야 한다. 그것은 단순히 미학을 예술철학으로 바꿔 부르는 명칭의 변화 이상을 함의하고 있다. 그것은 근대성 극복의 단초를 예술적 체험에서 찾음으로써 근대와 탈근대의 대비점을 규정한다. 이로써 우리에게 필요한 탈근대적 사유의 동기와 의미를 근원성에서 정초하는 것이다. 저자가 스스로 밝혔듯이 이 책이 미학의 탈근대적 측면을 부각시키는 의도에서 쓰였다면 이런 문제들이 총괄적인 장으로 제시되어야 할 것이다. 이런 한계 때문에 이 책이 차라리 여덟 명에 이르는 미학적 사유의 대가들을 정리하고 소개하였더라면 학문적으로도 가치가 있었으리라는 아쉬움이 남는다. 진보적 글쓰기로 읽는 기쁨을 주었던 재능이 미학의 늪에 빠져 허덕이는 모습은 보기에 별로 유쾌한 일이 아니다.

오페라의 눈을 통해 본 서양문화

진회숙 음악평론가

『오페라, 행복한 중독』
이용숙 지음 / 2003 / 예담

시중 서점의 클래식 코너에 가 보면 대부분을 차지하는 것이 오페라 관련 서적이다. 다른 클래식 장르의 서적보다 유독 오페라 관련 서적이 많은 것은 오페라에는 기악과는 달리 말로 풀어서 할 이야기가 많기 때문일 것이다. 사실 추상적인 음악을 언어로 풀어낸다는 것은 그다지 쉬운 일이 아니다. 그래서 대부분의 음악 관련 서적들은 음악 그 자체보다는 그 음악이 만들어진 배경과 동기, 작곡에 얽힌 이런저런 뒷얘기로 지면을 할애하는 경우가 많다.

이에 비해 오페라는 사정이 좋은 편이다. 우선 언어로 표현할 수 있는 줄거리라는 것이 있기 때문이다. 여기에다 등장인물의 성격과 오페라의 시대적 배경, 구체적인 공연에 대한 연출과 무대장치 그리고 그 역할에 맞는 성악가들의 이야기에 이르기까지 그야말로 말로 풀어낼 수 있는 항목이 무궁무진하다.

게다가 오페라는 재미있다. 음악에 대해 전혀 문외한인 사람조차도 오페라의 줄거리 자체만으로 충분히 흥미를 느낄 수 있다. 그런 의미에서 오페라는 클래식 중에서도 가장 대중적인 장르라 할 수 있다. 시중에 오페라 관련 서적이 다른 클래식 관련 서적에 비해 많이 나와 있을 뿐만 아니라 꾸준한 독자층을 형성하고 있는 것도 아마 이 때문일 것이다.

하지만 그동안 소개된 오페라 관련 서적들을 살펴보면 여러 가지 아쉬움이 남는다. 그저 단순하게 오페라의 줄거리만 나열해 놓은 책들이 대부분이기 때문이다. 물론 오페라를 처음 접하는 사람에게는 줄거리를 아는 것이 무엇보다 중요하다. 하지만 대중에게 오페라의 줄거리를 알려 주기 위해 그렇게 많은 숫자의 오페라 책이 필요한 것일까. 제목만 다르지 내용은 거의 비슷한 그렇고 그런 오페라 관련 서적을 보면서 이런 생각을 한 적이 많았다.

그런 의미에서 『오페라, 행복한 중독』은 여타의 오페라 관련 서적과는 다른 신선하고 유니크한 즐거움을 준다. 물론 이 책에서도 오페라의 줄거리를 소개한다. 하지만 이런 줄거리가 그 오페라가 탄생하게 된 시대적 배경은 물론 그것이 현대의 우리에게 던져 주는 의미까지 다루고 있어 한층 읽는 재미를 더해 준다. 그래서 그저 오페라 줄거리를 나열한 책보다 훨씬 흥미롭게 느껴진다. 책을 집어 든 후 만

만치 않은 양(책이 상당히 두껍다)을 단숨에 읽어 나갈 수 있었던 것
도 아마 이 때문일 것이다.

이 책은 단순히 오페라에 관한 이야기만을 하지는 않는다. 오페라
라는 문을 통해 들여다보는 서양문화 전반에 관한 책이라 할 수 있
다. 이 책에서는 문학과 영화와 미술과 연극 같은 예술 장르는 물론
철학, 정치, 사회 등 인간사의 모든 것들이 오페라라는 매개체를 통
해 언급되고 분석된다. 상당한 인문학적 소양을 갖추지 않고서는 다
룰 수 없는 이야기들이 폭넓게 다루어져 있어 나처럼 인문학을 짝사
랑하고 있는 사람의 구미에 딱 맞는다. 인문학적 배경이 없는 사람이
읽기에 다소 지루할 수도 있겠지만 바로 이것이 이 책의 최대 장점이
라고 생각한다. 웬만한 교양을 갖추고 있다면 오페라를 전혀 모르는
사람도 재미있게 읽을 수 있기 때문이다. 재미있게 읽을 수 있을 뿐
만 아니라 흥미 있게 읽었던 작품을 직접 보고 싶은 생각마저 들게
만든다.

그런 의미에서 이 책은 오페라에 대한 가장 확실한 '입문서'라 할
수 있다. 흔히 입문서하면 무조건 쉬운 내용을 담고 있어야 한다고
생각하는 경우가 많다. 하지만 진정한 입문서는 그 분야에 대해 전혀
아는 것이 없는 사람이 그것을 읽고 그 분야에 대해 진심으로 관심과
흥미를 가지도록 하는 책을 말하는 것이 아닐까. 이 책은 바로 그런
책이다. 필자가 경험했던 행복한 중독의 세계로 독자들을 초대하는
책이라 할 수 있다.

이 책이 지닌 또 하나의 장점은 시공을 초월해 방대한 양의 오페

라를 다루고 있다는 점이다. 글룩의 〈오르페오와 유리디체〉에서부터 쿠르트 바일의 〈서푼짜리 오페라〉에 이르기까지 다양한 시대, 다양한 장르의 오페라를 두루 섭렵하고 있다. 우리가 잘 알고 있는 작품에서부터 잘 모르는 작품에 이르기까지 전 세계적으로 널리 공연되고 있는 웬만한 오페라는 모두 다루고 있어서 이 책 한 권만 있으면 따로 오페라 관련 서적을 살 필요가 없을 정도다.

오페라를 시대별로 묶지 않고 주제별로 묶은 점도 흥미롭다. 사실 오페라를 연대기적으로 나열해서 설명하면 읽기에 몹시 지루한 감이 있다. 오페라사를 공부하는 학생들에게는 이런 방식이 도움이 되겠지만 일반인들에게는 인간사의 다양한 모습을 주제별로 묶어서 보여 주는 편이 훨씬 재미있다. 이런 식으로 엮어진 오페라에 대한 얘기를 읽으면서 독자들은 같은 주제가 작곡가와 시대 그리고 공간적 배경에 따라 각기 어떻게 다루어졌는가를 비교할 수 있게 된다. 필자는 이런 독자들의 이해를 돕기 위해 그것이 배태된 시대 배경에 대한 자세한 설명을 곁들이고 있다.

책에 나와 있는 다양한 공연 사진 역시 보는 재미를 더해 준다. 이런 공연 사진을 통해 오페라의 또 다른 요소인 연출과 의상, 무대장치에 대한 흥미를 가질 수 있기 때문이다. 오페라는 종합예술로서 음악을 들려줄 뿐만 아니라 연극을 보여 준다. 따라서 무대장치와 연출이 음악 못지않게 중요하다. 실제 공연을 보는 것만은 못하겠지만 이 책에 실려 있는 방대한 양의 사진들은 '보는 예술'로서 오페라에 대한 흥미를 불러일으키기에 충분하다.

그 사진들 중에서 특히 1996년 브레겐스 페스티벌에서 있었던 베르디의 〈가면 무도회〉 공연 사진이 인상적이었다. 죽음의 신이 구스타프 3세의 족적이 그려진 댄스 교본을 펼쳐 놓고 있는 이색적인 무대 사진을 보면서 오페라에서 무대장치가 얼마나 중요한 요소로 작용하는지 실감할 수 있었다. 그밖에 장 피에르 포넬이 1977년도에 연출한 〈오르페오와 유리디체〉의 지옥 장면이라든가 낙서가 온 벽을 가득 채우고 있는 베르니케 연출의 〈서푼짜리 오페라〉 무대 등 다양하고 풍부한 공연 사진은 종합예술로서 오페라의 매력이 무엇인지를 느끼게 해 주었다. 책장을 넘기다 보면 어떻게 이런 방대한 양의 사진 자료를 구했을까 놀라울 정도다.

하지만 이 책을 읽고도 여전히 아쉬운 점이 남는 것은 사실이다. 음악에 대한 이야기가 별로 없다는 것이다. 이 점은 내가 다른 오페라 관련 서적을 보면서도 항상 아쉬워하는 점이다. 이 책에서 음악에 관해 할애한 부분은 마지막에 소개된 '마음을 사로잡는 아리아 한 곡' 뿐이다. 그것도 노래에 관한 구체적인 언급은 없고, 그저 이 아리아가 좋으니 한번 들어 보라고 곡목을 적어 놓은 정도다. 그것도 한 오페라당 단 한 곡만.

오페라가 비록 총체예술이지만 그중에서 가장 중요한 것은 바로 음악이다. 우리가 줄거리를 뻔히 알고 있는 오페라를 또 보고 또 보는 것은 바로 음악을 듣기 위해서이다. 따라서 진정한 오페라 입문서라면 반드시 음악에 관한 이야기를 다루어야 한다. 음악에 대해서 알아야만 오페라에 진실로 '중독'될 수 있기 때문이다. 그런데 단 한

곡, 그것도 곡목을 소개하는 정도에 그치다니, 오페라를 그리고 오페라의 음악을 사랑하는 사람으로서 아쉬움이 남을 수밖에 없다.

나는 똑같은 오페라를 감상하면서도 감상할 때마다 새로운 감동을 느끼곤 한다. 그 감동은 바로 음악에서 나오는 것이다. 사실 연기나 무대장치, 연출 같은 것은 한 번 보고 나면 한계효용체감의 법칙에 따라 그 다음부터는 처음만큼의 감동을 느끼지 못한다. 하지만 음악은 그렇지 않다. 여러 번 반복해서 들어도 들을 때마다 감동을 느낀다. 그것이 바로 오페라의 힘이다. 오페라가 시대를 초극해서 살아남을 수 있었던 것도 바로 음악 때문이 아닐까.

음악에 관한 이야기라고 하니까 '이런 장면에서 누가 이런 내용의 노래를 부른다' 라는 식의 이야기를 뜻하는 것으로 생각하는 사람이 있을 것이다. 하지만 내가 말하는 음악에 관한 이야기는 그런 것이 아니다. 이런 장면에서 이런 사람이 이런 내용의 아리아를 부르는데 그 느낌은 이렇다 하는 것은 엄밀한 의미에서 음악에 관한 이야기가 아니다. 텍스트에 관한 이야기일 뿐이다. 진정한 음악 이야기는 그 음악을 만든 작곡가의 의도를 아주 구체적으로 설명하는 것이어야 한다. 나는 오페라를 감상하면서 순간순간 작곡가의 절묘한 음악적 의도에 감탄한 적이 많다. 그러면서 생각한다. '그래. 정말로 오페라를 설명하려면 바로 이런 점을 이야기해 주어야 해' 라고. 극적인 상황에 따라 변하는 오케스트레이션의 절묘함, 아리아에서 음악과 극적인 상황, 더 나아가 어떤 구체적인 단어와 음악이 어떤 식으로 결합되는지. 그 순간 오케스트라 반주는 어떤 식으로 동참하는지.

　그런 의미에서 이 책에 음악 이야기가 빠진 것은 오페라 소개서
로서 '옥에 티' 라는 생각이 들었다. 내용이 너무 재미있어서 단숨에
읽어 버렸지만 책을 덮은 후에도 한참 동안 이런 아쉬움이 떠나지
않았다.

오동명 사진작가

『눈 · 밖에 · 나다』
국가인권위원회 기획 / 2003 / 휴머니스트

책은 훌훌 훑어볼 게 있고 꼼꼼 따져 읽을 게 있다. 사진책도 마찬가지다. "현대의 모든 상형언어 중에서 가장 완벽한 것은 바로 사진이다"라고 갈파한 사진이론가 파이닝거의 말을 조금 바꿔 이해해 보면 사진은 어떤 전달 수단보다도 가장 직설적이고 설명적이라는 애기가 된다. 프랑스의 화가 마티스도 "사진은 소중한 기록들을 가장 자극적으로 전할 수 있다"고 하였고, 영국의 동물학자 다윈도 "자신의 요구 조건에 대하여 사진이 조심스럽게 그려진 어떤 그림보다도 훨씬 낫다"며 '사람과 동물에 있어서의 감정의 표현' 에 사진을 적극 활용했다고 전한다.

[424]

하지만 사진의 이러한 특출난 특성에도 불구하고 사진의 발명과
동시에 사진이 안고 있는 문제점도 함께 지적되어 왔다는 사실을
간과할 수 없다. '단순히 모든 것을 주워 담은 지도와 같다'는 비판
과 시인 보들레르는, "사진은 그 본래의 임무를 수행해야 한다. 그
것은 과학이나 예술의 하인 — 그것도 아주 보잘것없는 하인 — 이
되는 일이다"라며 단순한 기록을 위한 도구로써 카메라를 무시했던
것이다. 사진의 가치를 누구보다도 인정하고 그의 그림에 적극 활
용했던 화가 들라크르와마저도 사진은 지성적으로 쓰여야 한다고
강조했다. 이들의 폄훼나 조언은 한편 옳았다. 사진은 선정적 내지
는 충동을 일으키는 매개 도구로 전락하고 있는 게 현실이다. 이렇
듯 사진가로서 사진의 역이용, 역효과에 대해 염려하고 있던 터에
펼쳐 본 『눈·밖에·나다』는 사진첩이면서도 흘겨보지 않고 읽혀지
도록 눈을 잡아 붙든다.

성남훈의 '혜선이 이야기'

문득 나의 실수가 떠올려졌다. 서울맹학교 근처에 집이 있어 종종
경복궁역으로 내려갈 때 시각장애인들을 만나곤 한다. "왜 그러세
요?" 그의 팔을 잡아 주던 내게 젊은 시각장애인은 두려움을 섞은 말
로 거부하는 몸짓을 보였다. "제가 도와드리려구요" 하자 그는, "괜
찮습니다. 저 혼자서도 걸어갈 수 있어요." 자격지심이겠거니 하고

잡은 팔을 머쓱하게 풀었다. 그러나 하루 내내 그 순간이 잊혀지질 않았다. 이러던 중 며칠 뒤 나는 또 역 가까운 길에서 그를 만났다. 다시 팔을 잡았다. "왜 그러세요?" 역시 같았다. 난 이번에 달리 대답을 했다. "같이 내려가려구요." 그는 이번엔 나를 거부하지 않았다. "그전에 우리 본 적이 있으시죠?" 앞을 못 보는 줄로만 알았건만 그는 나를 봤었다고 한다. "예. 그땐 제가 무례했습니다." "네에?…… 고맙습니다." 그리고 우리는 전철 계단을 다 내려와 각각 헤어졌다. 성남훈의 사진과 글에 이것이 고스란히 담겨져 있었다. "도움을 받지 않아도 되는 일은 저 혼자서 해요. 그런데 도움을 받는 것에 자격지심을 가지진 않아요." 미국의 사진가 듀안 마이클은 그의 사진에 글을 꼭 손수 적어 넣는다. 그는, "결국 전달되어야 한다면 사진만을 고집하지 않습니다. 내가 직접 써 놓은 글의 내용이나 서체까지도 전달의 한 방법일 뿐입니다. 사진만으론 부족했거든요." 글로 받은 동감은 사진으로 공감한다.

한금선의 '아주 오래된 고독'

사진 안 배경의 달력에 눈이 떨어지질 않는다. 매일 꺼내 덮고 자는 이불인데도 또 흘겨 지나칠 수가 없다. 살날이 산 날보다 훨씬 적은 노인들의 시간 끌어안기의 애착이 보이기도 하고 여백으로 처리된 공간의 허전함을 채워 주는 격리된 삶의 공간 그러안기의 애절도 보인다. 강아지라는 애완동물도 그들에게 있어선 애환을 같이 나눠야 하는 자식이요, 이웃이요, 유일한 동반자다. 먼저 간 미운 사람을 등지고 앉은 할머니의 뒷모습에선 50년 함께 했던 할아버지와의 시간도 읽혀진다. 화가 밀레도 "초상사진은 피사체가 알지 못하는 사이에 찍혀져야 완벽하다"고 했던가.

이재갑의 〈Another Korean〉

혼혈인이라는 그들의 눈을 바로 볼 수가 없다. 그들은 나를 똑바로 쳐다보고 있건만. 현실은 이렇지 않을 게 분명하다. 혼혈인 그들은 오히려 우리의 눈을 피해 살아왔고 또 그렇게 살아야만 한다. 여덟 명 중 세 명이 가수라는 직업을 가지고 있다. 전혀 듣거나 보지도 못한 가수다. 이들은 직업마저 남의 눈을 의식하고 있다. 밤무대 가수가 아닐까 싶다. 하지만 사진은 현실을 넘어 실재를 읽으란다. '잘 들여다 보세요. 다르지 않습니다.' 사진가는 눈에 초점을 맞춰 독자와 진실을 나누게 하고 있다. 이미 140년 전에 화가 드가는, "예술은 어떤 것도 우연한 것을 나타내서는 안 된다"며 사진기와 같은 눈을 가지고 그림을 그려 나갔다. 카메라 앞 혼혈인의 눈길은 우연이 아니었다.

안세홍의 〈우리 밖의 호센〉과 김문호의 〈People On The Border〉

안세홍은 그의 사진전 '겹겹'에서 중국 땅에 남아 있는 일본위안부 할머니들을 10년 넘게 취재해 오며 소외로부터도 더 외면받는 극소수자들을 따라붙었다. 〈우리 밖의 호센〉도 그 맥을 같이 한다. 그의 작업은 더 심층적으로 파고든다. 김문호의 사진은 2세들의 모습에서 통속 신파극의 국경을 넘은 사랑보다는 절대적인 삶의 현실을 드러내 놓고 있다. 사는 그대로를 특별한 사진적 장치 없이 찍은 기념사진류의 형식을 빌어 왔다. 배경의 집안은 우리네 사는 모습과 전혀 다르지 않음을 보여 주고 싶었던 게다. 하지만 두 작가의 사진에선, "다큐멘트 사진에 있어 형식미를 오히려 거추장스런 존재로 보는 고집도 있을 수 있지만……"이라며 사진적 형식이 유전적으로 이어 온 인간의 미감과 배치되어서는 곤란하다고 지적하는 원로사진가 최병덕의 충고가 연상된다. 덧붙여 형식을 지나치게 배척하거나 그것을 의식적으로 멀리한다면 사진이 갖는 메시지를 반감시킬 수도 있음을 지적하고 싶다.

박영숙의 〈또 다른 현실〉도 마찬가지다. 그들(동성애자)은 이성애자와 다를 게 없다는 의도로 평범한 가족사진이나 스튜디오사진 등으로 일반 사진과 구별하려 하지 않았지만 형식미를 배제함으로써 오히려 상대와의 사이엔 이해할 수 없는 장막만 남아 있을 뿐이다. 여기서의 사진 형식은 리얼리즘이다. 리얼리즘은 '그냥 있는 그대로'와는 구별해야 한다. 리얼리즘은 사실에 근거한다. 표현에 있어 주관은 그 다음의 문제다.

곽상필의 〈절망을 넘어선 자화상〉

있는 그대로가 아닌 더 현실적인 순간을 잡으려는 작가의 노력이 사진에 역력하다. 더 자극적인 장면을 잡음으로써 왜곡시키려는 것과는 다르다. 예측하고 예상하고 구상하며 셔터타임을 기다렸다. 그래서인지 그의 사진은 전혀 가볍지가 않다. 피사체의 무게 때문은 절대 아니다. 작가가 장애인이기에 가능하지 않았을까 싶다. 말로만이 아닌 삶으로 체득했기에 가능하다. 이래서 그 유명한 최민식의 글은 너무나 공허하다. 최민식의 사진은 소재 선택과 사진 촬영술에 있어 높이 평가해야겠지만 그의 사진을 그리 봐 주는 휴머니즘은 전혀 보이지 않는다. 휴머니즘이란 피사체를 카메라에 부지런히 담았을 뿐이다. 멀찌감치 거리를 두고 사진의 대상으로써 그들에게 접근하고 있는 사진은, 영화 〈집으로〉가 허리 굽은 할머니를 상업주의에 편승시킨 경우와 다를 게 없다고 감히 말하고 싶다.

왜 이 책의 마지막을 그의 이미 오래된 과거 사진을 담아 진정 현실로부터 눈을 돌리게 했는지 아무리 생각해도 모르겠다. 소외나 차별은 현실이지 과거 역사로 돌려서는 안 된다. 가난이란 소재는 차별과 별개로 삼아야 한다. 3~40년 전 우리의 가난은 우리 모두가 경험해야 할 생활이었다. 작금의 후진국민들의 생활상을 담은 사진과 같다. 직설적이고 설명적인 사진의 특성이 가장 경계해야 하는 것은 바로 이러한 표피적이고 피상적 대상 선택이다.

이 책을 펼쳐 보는 내내 부끄러웠다. 아름다운 소재만을 찾는 내가 부끄럽기도 했지만 열악한 환경에서도 묵묵히 사회의 진실을 사진에 담으려는 노력가들을 보았기 때문이다. 하지만 피사체를 단지 특정 소수자에 맞췄다고 인권의 문제 제기로 받아들여져서는 안 된다. 사진은 미감에 우선 의존하기 때문에 기록 사진이라 하더라도 감흥으로 이어질 수 있어야 한다. 자기주장만으로 그친다면 예술 장르에 들어가 평가받아야 함이 맞다. 또 반가웠다. 국가인권위원회에서 기획했다 해서다. 그러나 만에 하나 단순 보고서식의 전시적 효과를 노린 기획이라면 이건 무섭고 치 떨리는 일이다. 인권은 실질적이고 실제로 나타나야 한다. 기획 또한 현실로 드러내야 한다.

1930년대 대공황시대에 여성사진가 도로시아 랭게가 〈이민자의 어머니〉라는 사진 등으로 실업자 및 이민자들에 대한 국가정책을 이끌어 냈다는 사실에 주목해야 한다. 이 책에 실린 또는 다른 다큐사진가들의 노력이 현실에 반영될 때 비로소 사진은 그 역할에 충만해 할 것이며 기획자인 국가인권위원회의 소임에 충실한 것이다. 또 독자는 이 책을 통해 차별받고 소외된 이들을 진정 이해할 수 있도록 사진 하나하나 읽기를 바란다.

보이는 것으로 사진의 기능에 충실했다고 하면 이건 아주 잘못이요, 보여 주는 것으로 인권의 몫을 다하려 한다면 이건 죄악이다라는 점을 간과할 수 없는 무척 의미 있는 사진책이다.

한 권으로 읽는 한국 현대미술사

정은미 화가

『21인의 한국 현대미술가를 찾아서』
오광수 지음 / 2003 / 시공사

최근 출판계를 보면 미술 관련서의 출간이 폭증하고 있다. 경제 성장으로 윤택해진 생활에 더해진 문화적 욕구가 곧바로 미술에 대한 대중적 관심으로 이어진 것이다. 그럼에도 불구하고 보통 사람들에게 미술은 늘 어렵다. 유행처럼 쏟아져 나와 있는 미술 대중서들은 여성 잡지를 능가하는 화려한 디자인과 감각적 언어로 독자들의 시선을 유혹한다. 그야말로 미술 서적 붐, 그럼에도 왠지 아직은 갈 길이 멀게만 보인다. 그런 책들을 읽고 나서도 늘 뭔가 좀 부족하다. 심지어 미술의 기원부터 시작되는 보기에도 부담스러운 두꺼운 미술사 책을 밑줄까지 쳐 가며 읽어 봐도 늘 그 자리에서 맴돈다. 도대체 그 이유가 무엇일까. 그 답이 이 책 속에 들어 있다. 여느 미술책과 미술 평론가 오광수 씨의 책이 다른 까닭을 서문에서 단서를 찾아보자.

> 미술사가 있는 것이 아니고 미술가가 있다는 말이 있다. 관념으로서의 미술의 역사가 존재하는 것이 아니고 실존으로서의 미술가의 창조적 활동이 존재한다는 의미이다. 한국 현대미술의 짧은 역사 속에서도 적지 않은 뛰어난 미술가들이 배출되었다. 한국 현대미술의 역사는 바로 이 뛰어난 미술가들의 창조적 활동의 집적에 다름 아니다. 보편으로서의 조형 위에 개별로서의 실존이 한국 현대미술의 위상을 가늠하게 한다.

미술은 문화다. 그림에는 그 시대 그 지역 사람들의 생각과 역사가 녹아 있게 마련이다. 그런데도 우리는 서양 사람들의 그림에 더 친숙하다. 과연 우리가 기억하는 우리나라 작가들의 이름은 몇이나 될까. 서양 작가들의 이름은 줄줄이 대면서 우리나라 최초의 서양화가였던 고희동 화백을 아는 사람들이 과연 얼마나 될까.

이 책은 남의 나라 미술사가 아니다. 1970년대 후반에서 최근에 이르기까지 저자가 쓴 100여 편의 미술 관련 비평들 중 작가론에 해당되는 것만을 뽑아, 그중에서 한국미술을 대표한다고 판단되는 작가 21인을 따로 골라 엮은 책이다. '미술사는 몇 사람의 천재에 의해 엮어진다' 는 저자의 확고한 철학이 이 책의 가장 큰 미덕이다. 책의 접근 방법은 일반적인 미술사 구성 형식에서 벗어나 우리 한국 현대미술사를 실질적으로 엮어 나간 21인의 한국미술가의 삶과 예술을 통해 이야기를 풀어낸다. 보너스도 있다. 일반적인 미술사 책이 놓치고 있는 1980, 1990년대의 최근 미술의 흐름까지도 다루고 있다.

책은 크게 세 묶음으로 분류되어 있다. 주로 전통적 묵법을 기반으로 동양화의 현대적 위상을 정립한 작가들을 중심으로 엮은 1부 '전통과 변혁', 여기에는 이상범, 변관식, 장우성, 김기창, 이응로, 박래현, 서세옥 등이 포함된다. 자연주의적 입장에서 출발하여 다양한 자기세계를 펼친 작가들을 한자리에 모은 2부 '자연과 조형', 도상봉, 이중섭, 장욱진, 박고석, 변종하, 권옥연 등이 그들이다. 한국 현대미술의 표현적 세련됨의 터전을 닦은 '의식과 방법'이 3부인데, 여기에는 김환기, 남관, 유영국, 곽인식, 김창열, 박서보, 하인두, 한묵 등이 해당한다.

이 책은 물론 대중 예술서는 아니다. 그러다 보니 첫 장부터 마지막까지 현학적인 언어의 무게가 읽는 이들에게 부담스러울 수 있다. 그러나 이제 감각에 호소하는 신변잡기식의 미술에세이에 물린 독자들이라면 지은이를 따라 우리 근현대미술사 여행을 들어 봄 직하다.

저자 오광수 씨는 홍익대학교 미술학부에서 회화를 전공한 평론가이다. 1963년 《동아일보》 신춘문예를 통해 미술평론가로 데뷔한 이래 《공간》 편집장을 역임했으며, 문화재 전문위원, 중앙대 예술대학원 객원교수를 거쳐, 상파울로 비엔날레, 베니스 비엔날레, 광주 비엔날레 등 많은 국제전에 커미셔너로 참여한 현장성을 기반으로 활동력을 갖춘 평론가이다. 40여 년 동안 미술 현장에서 활동하면서, 그동안 지은 책만 해도 『한국 현대미술사』, 『한국미술의 현장』,

『한국현대미술의 미의식』, 『20인의 한국현대미술가』, 『한국현대미술 비평사』 등 다수이다. 한국 미술사 서술에 있어 독보적인 저자의 활동력을 증명한다. 이 책이 작고한 작가들뿐 아니라 현재 활동 중인 작가들의 위상을 상세히 전달하면서도 편향된 이론에 함몰되지 않는 까닭은 미술계의 마당발로 통하는 저자의 열성적인 뚝심 때문인 듯하다.

책은 미술운동의 흐름보다는 미술가의 활동에 초점을 맞추어 따로따로 구성된 작가론이지만, 저자 자신이 직접 만난 21인 각각의 작가로서의 삶의 궤적을 따라가다 보면 어느새 한국 현대미술사를 섭렵했다는 뿌듯함이 든다.

변관식이 엷은 먹에서 시작해 점점 짙은 먹으로 진행하는 반면, 이상범은 거꾸로 진한 먹으로 주요 부분의 골격을 그려 놓고 점차 엷은 먹으로 마무리해 가는 편이다.

청전(靑田)과 소정(小亭)의 운필과 묵법을 해설한 이 대목은 그림을 그려 본 사람만이 쓸 수 있는 구절이다.

억제된 톤에 의한 색채의 전면화 현상에서 나타나는 장대한 스케일 감각은 황량한 들녘에 시점을 두고 있는 북방인의 정서를 반영시킨다.

북방 출신 작가 권옥연에게서 보이는 강한 형태 의지를 견지하는 그의 눈은 날카롭다. 그림에는 한 시대의 흥미진진한 이야기도 들어 있다. 1967년의 동베를린 사건과 1980년대 초의 윤정희, 백건우 사건과 관련되어 한동안 조국과의 일체의 관계도 두절된 불행을 맞보아만 했던 이응로. 드라마틱하게도 1989년 호암갤러리에서의 개막일에 작고했다. 저자는 그를 분단 후 이데올로기 분쟁의 한 대표적인 희생자로 본다. 그리고 소박한 민족주의자이지, 결코 어느 편향된 사상적 인물이 아니었다고 강조한다.

물론 평론의 정통을 고집하다 보니 책 읽는 몰입의 속도가 느려지는 것도 사실이다. 책의 출발이 '미술사는 미술가의 역사'이며 '우리의 대표적 화가들의 작품 경향을 정리하는 것이 결국 한국 현대미술사를 정리하는 작업'이라는 점이 우선 무겁다. 그가 선택한 미술가는 우리가 살고 있는 근현대미술 속에서 살아남은 아주 소수의 특출한 미술가로 집중된다. 그가 평가하는 진정한 한국의 현대미술은 모두 전통적인 미의식을 밑바탕에 깔고 그것의 다양한 해석과 변주에 의한 창조적 작업으로 이루어지고 있다고 저자는 해석한다. 그러기에 그가 다룬 21인의 작가들의 공통분모는, 그들이 추구한 예술세계는 약간의 차이는 있을 수 있으나, 이들 모두의 예술 행적이 책의 전제를 증명한다.

그가 안내하는 21인 작가들의 삶의 궤적을 따라가다 보면, 각각의 작가가 어떤 생각과 방식으로 그가 활동한 세상을 만나고 그것을 통해 어떤 방식으로 자신의 생각을 표현하는지를 자연스럽게 만나게 된다. 그러다 보면 어느새 전통적 회화 방식과 현대적 기법의 회화의 차이까지도 공부하고 만다. 그렇다. 문화는 역사와 시대를 거스를 수 없다. 게다가 풍부한 컬러 도판은 작품에 스민 작가의 삶과 시대 상황을 자상하게 설명해 주고 있다. 물론 저자의 이런 시도에 완성도를 기대하는 것은 아직 무리다. 한국 근현대미술사는 이제 시작일 뿐이다. 하지만 미술에 관심이 있는 문외한에게 과연 '미술의 의미'가 무엇이고, 미술을 본다는 것은 어떤 의미를 가지며, 지난 시대와의 연결 고리를 놓치지 않으면서 최근 미술의 흐름까지 파악할 수 있는 발판을 제공한다는 점에서는 의의가 있다.

나는 진정한 미술평론의 생명력은 현장성이라 굳게 믿는다. 그리고 평론가가 그 작품을 만든 작가의 삶과 고뇌를 애정 어린 시선으로 바라보아야 한다고 생각한다. 직접 작가를 만나서 작품을 보고 이야기하고 같이 아파해야 한다. 반평생 보지 않고 어떻게 짧은 기간 그에 대한 평가를 내릴 수 있단 말인가. 나는 그림을 감상하면서 어느 순간 울컥하고 가슴속에서 밀려오는 감동에 벅차오를 때가 있다. 그리고 그 기분을 글로 표현하지 못하는 것을 한탄한다. 그렇다. 평론가의 임무는 바로 그 감동을 속 시원하게 글로 이야기해 주는 것이다. 또한 현장성과 더불어 갖추어야 할 덕목은 바로 뛰어난 균형 감각이다. 한국 근현대사 정보까지 골고루 담은 이 책의 장점은 서양화 시각을 일방적으로 전달하는 게 아니라, 전통화 출신의 작가와 서양화 기법의 작가를 골고루 다룸으로써 균형 감각을 유지했다는 점이다. 그러기에 우리의 시대상과 시각을 담은 한국 근현대미술사로 자리 매김할 만하다.

이 책에서 아쉬운 점은 실기에 앞선 지루한 이론 강의와 장시간 준비운동까지 시키는 저자의 태도가 감각적인 문체에 길들여진 독자에겐 답답할 것이라는 점이다. 하지만 기초 체력을 강조하는 구성에는 나름대로 장점이 많다. 한 번 훑어보고 나면 다시는 꺼내 들지도 않는 천덕꾸러기 책이 될 염려는 없다는 뜻이다. 초보 미술 감상자라는 딱지를 떼고 이제 중급의 단계로 한 발 다가서고 싶은 독자라면 기본적으로 궁금해할 만한 작가론과 이론을 두루 망라했다는 점에서 추천할 만한 책이다. 책을 다 읽고 나면 미술품을 보는 것이 바로 우리의 삶과 역사를 보는 것이라는 사실을 깨닫게 된다. 그리고 새로운 것을 알게 되었다는 기쁨을 넘어 그림 보기 자체가 그냥 즐겁게 느껴질 것이다. 각 작가들의 개성과 관계가 역사적 사건과 맞물려 생생하게 살아 있는 이 책을 읽고 난 후, 역사가 감추고 있는 진실에 마음이 떨리는 듯한 감명을 받기도 했다. 미술관에서 직접 작품을 마주하고 섰을 때엔 별다른 감흥을 느끼지 못했던 작품들이 있었다. 그런데 이제 저자의 작가론 덕에 다시 작품을 보고 싶다는 생각마저 들었다.

조선시대 회화의 백과사전

김백균 중앙대 한국화과 교수

『**나는 오늘 옛 그림을 보았다**』

허균 지음 / 2004 / 북폴리오

『**나**는 오늘 옛 그림을 보았다』는 조선시대 회화를 주제로 삼고 있다. 수많은 조선의 그림 중에서 우리에게 널리 알려진 그림들을 간추려 '산수', '인물 산수', '풍속', '사군자', '민화'의 다섯 가지 주제를 가지고 하나의 책으로 엮어 놓았다. 저자는 이들 주제에 맞추어 대략 10여 점의 그림을 선정하고 각각의 그림에 상세한 설명을 더하고 있다. 그동안 '미술'이나 그림을 나와는 동떨어진 멀리 다른 세계의 일쯤으로 여겼던 사람들에게는 동네 아저씨 같은 푸근한 어조로 설명해 주는 이 책이, 우리의 옛 문화를 찾아가는 좋은 길라잡이의 교양서가 될 수 있을 것으로 생각된다.

　이 책은 조선시대 회화를 주제로 하고 있으면서도 이전에 출간되었던 수많은 미술사 관련 서적과는 어느 정도 거리를 유지하고 있다. 저자는 옛 그림의 양식적 변화에 따른 회화의 추이를 편년사적으로 기술하는 것을 탈피하여, 보다 더 많은 지면을 그 그림이 지니고 있는 문화사적 의미의 해석에 할애하고 있다. 저자의 이러한 기술 방식은 저자가 그림을 문화재로 인식하고 문화의 일반적 의미, 즉 "선조들의 정신과 생활철학 내지는 미의식을 오늘에 전달해 주는 전통 계승의 매개체"로서의 역할에 보다 많이 주목하는 데서 기인한다. 따라서 저자는 각각의 그림에 대한 해석을 그림만이 가지고 있는 형식적 특징에서 찾기보다, "문화재가 지니고 있는 배후 세계를 깊이 이해하고 공감해 보는 것", 또 동시에 "전통문화 계승의 내용과 방향을 가늠해 볼 수 있는 바탕"이 되는 보편적 정신문화의 시각에서 서술하고 있다. 이 점은 저자의 서문에서도 뚜렷이 드러난다. 따라서 이 책의 중점은 "우리의 옛 그림을 서양의 양식화된 미술사적 시각으로 보기보다는 작품의 배후에 작용했던 동양 특유의 회화관과 한국적 정서를 이해하는 데" 있다.

　『나는 오늘 옛 그림을 보았다』는 저자의 독자에 대한 배려가 곳곳에 배어 있다. 저자는 자상한 설명을 통하여 독자로 하여금 전문적이고 잘 알지 못하는 개념을 마주하였을 때 당혹감이나 부담감을 벗어버리고 편안한 마음으로 독서할 수 있도록 유도한다. 저자는 그림의 상징적 체계로써의 소재와 그 소재의 출처 하나하나를 소상하게 설명하고, 동양회화에 등장하는 소재들의 상징성을 문화적 배경과 더불어 기술한다. 따라서 우리는 저자가 설명하는 옛 그림을 따라 옛 선조들이 지녔던 이상에 대한 추구와 이상의 형식적 표현 등을 다각적인 각도에서 풍부하게 맛볼 수 있다. 특히 신잠의 〈탐매도〉에 관한 설명의 경우 옛 선비들이 매화를 찾는 까닭과 화가의 시심(詩心), 매화 그림을 통해 반영된 옛 선비들의 유교적 윤리관에 기초한 동양회화의 정신세계 등의 이해에 많은 도움을 준다. 중국 송나라 때 은자로서 매화를 자식으로 삼고 학을 아내로 삼아 평생을 청빈하게 살면서 매화를 유독 사랑했던 임포(林逋)의 이야기는 화가들이 매화를 기리는 마음과 매화를 통해 추구하려는 경지를 비유로써 설명하는 방식을 취하고 있다. 저자는 하나의 그림을 둘러싸고 얼마나 많은 문화적 함의가 담겨 있는지를 우리에게 보여 주고 있다.

　때론 어떤 그림에 대한 직접적인 설명뿐만이 아니라, 그 그림을 둘러싼 비화도 소개한다. 서양 화법으로 그린 〈맹견도〉가 세상에 알려진 까닭, 즉 1910년대 서울 북촌 어느 집에서 우연히 발견된 그림을 당시 화단에 명망이 있었던 화가 고희동과 안중식이 이 그림을 감정하고, 고의인지 아니면 '장난기'가 발동해서인지 김홍도의 호인과 성명인을 임의로 새겨 찍은 사실 같은, 일반 독자들이 잘 알 수 없는 그림이 세상에 유전(流轉)하게 된 유통 경로를 소개함으로써 저자는 이 책을 읽는 독자로 하여금 인간세계의 게임에 대한 또 다른 반전의 즐거움을 느끼게 해 준다. 그림을 통해 추구하는 정신세계와는 반대로 그야말로 '정신세계'를 상품화하여 팔아먹는 세상사의 역설, 그 역시 인간이기에 가능하다는 그야말로 인간미 넘치는 저자의 해석이다.

이 책은 이렇게 자유롭게 서술되어 있다. 그림을 설명하면서 어떤 것은 꼭 빠뜨리지 않고, 어떤 것은 어떠한 형식으로 서술해야겠다는 법칙도 없다. 저자가 주제를 선정하는 방식이나 기술 방식 모두 '산보'의 형식을 취하고 있다. 특별한 목적도 없이 그저 길을 지나가며 소요하고 그러다가 마음에 드는 경치를 보면 그 경치에 취해 감상하듯, 그의 저술도 특별한 법칙이나 목적이 없어 보인다. 저자의 이러한 태도는 이 책이 지닌 최대의 장점임과 동시에 단점이 되기도 한다. 이러한 서술방식은 체계적이지 못하다. 저자는 조선시대의 수많은 그림 중에서 우리에게 많이 알려진 그림들을 선정해서 그 위에 문화적인 해석의 옷을 입혔다. 나아가 동양회화의 보편성 위에서 고금을 넘나들다 보니, 설명하고 있는 그 그림만이 지니고 있는 독특한 예술세계에 대한 설명이 부족해졌다.

물론 이러한 '산보'식 접근―이 책은 머리맡에 놓아두고 시간이 날 때마다 어느 편 어느 쪽이든 펴 보아도 좋은 책이다―은 자신의 관점을 미리 설정하고 자신의 관점을 입증하기 위해 그림을 논증의 근거로 삼는 편년사식 방식보다, 그 그림을 둘러싼 의미에 대하여 더 많은 것을 설명할 수 있을지는 모르지만, 백화점식 나열에 그칠 위험 요소도 다분히 있다. 그만큼 저자가 전달하고자 하는 바가 일목요연하게 체계적으로 명확해지지 않는다. 다시 말해 이 책이 저자의 고금을 통한 지적 나열의 위험에 그칠 수 있다는 것이다.

따라서 저자의 고금을 통한 박식한 지식들이 책을 읽는 독자로 하여금 그림을 통해 자신의 삶을 반추하고 원리를 규명하고자 하는 깊이로 나아가게 하는 데는 일정 정도 한계로 다가온다. 마치 백과사전처럼 지식의 나열만 있을 뿐, 그 지식들이 어디에 어떻게 작용하는지에 대한 해석이 깊이 있는 사유의 천착, 즉 그 작품의 독특한 시대정신과 연결되지 않기 때문이다. 예를 들면, 매화나 사군자, 신사임당의 〈초충도〉 같은 경우 매화가 지니는 '고절청신'한 품성이나 미물의 아름다움과 더불어 송 이후 도학의 한 방식으로 '격물이치지(格物而致知)'의 공부론을 통한 '이일분수(理一分殊)' 사상 역시 매우 중요한 동양회화의 정신을 구축하는 중요한 축이 되는데, 이러한 철학적 사유의 바탕 없이 고사(故事) 중심의 서술은 단면적 지식의 나열로 이어지기 쉽다.

그러나 이것은 저자의 의도된 기획일 수 있다. 또 다양한 계층의 수많은 독자들이 읽는 교양서에서 전문적인 깊이를 요구하는 것이 평자의 무리일 수 있다. 굳이 옥에 티를 찾자면 이러한 부분에서 상당히 아쉬웠다는 말이다.

덧붙여서 아쉬운 점을 하나만 더 말하자면, 책의 편집이 책의 질을 더욱 높여 주지 못하고 오히려 책의 질을 떨어뜨리고 있다는 것이다. 이것은 저자의 능력에 속한 부분은 아니지만, 좋은 책을 바라는 독자로서 편집인에게 하고 싶은 말이다. 『나는 오늘 옛 그림을 보았다』는 그림을 소개하는 책으로 보기에는 그림의 질이 너무 떨어진다. 이 책의 독자들은 어쩌면 전문 화집을 구비할 수 없는 사람이거나 여러 전시를 통해 원화를 보았지만, 그 그림의 더 깊은 해설을 원하는 사람들이라고 할 수 있다. 교양서라는 관점에서 더 좋은 종이나 인쇄를 바라는 것은 독자의 욕심일 것이다. 그렇다고 해서 책의 원가를 높이라는 말은 아니다. 편집자의 좀 더 세심한 배려를 바라는 것이다. 이 책의 그림은 전체적으로 원화에 비해 황색 계열이 많이 첨가되어 전혀 다른 그림처럼 느껴진다. 이러한 문제점은 종이나 인쇄술의 문제가 아니라 편집인의 성의와 관련된 것이다. 이 책이 단지 미술사를 전문으로 공부하는 학자를 위한 서적이라면, 이미 원화를 충분히 숙지하고 있는 상태일 것이므로 천연색 도판까지는 필요 없을지 모른다. 그러나 이러한 교양서는 그림을 알고 싶어하는 일반 독자를 대상으로 하고 있다는 점에서 더욱 섬세한 배려가 필요하다. 또 편집자는 전체를 볼 수 있는 원화 크기의 도판과 더불어 부분도를 함께 실어 주었다. 그런데 함께 실린 부분도가 원화 크기의 도판보다도 더 작다. 이러한 부분도에서 도대체 원화 크기 도판에서 놓치고 보지 못한 무엇을 얻을 수 있겠는가? 해마다 수많은 책들이 나온다. 독자의 입장에서 좀 더 좋은 책이 출판되기를 바란다. 말 한마디라도 정제되고 의미 있는 말들이 수록된, 읽어서 마음이 풍요로워질 수 있는 책들이 나오기를 바란다. 될 수 있으면 "아주 멋있고 아름다운 '풍속'"과 같은 상투적인 편집자의 고뇌가 배어 있지 않은 말들이 적어지기를 바란다.

재즈에 관한 모든 것

황덕호 재즈 칼럼니스트

『재즈북』

요아힘 E. 베렌트 지음 / 한종현 옮김 / 2004 / 이룸

주변에 사람이 너무 없어서 그런지는 몰라도, 난 아직까지 글을 통해 재즈와 사랑에 빠지게 되었다는 사람을 만나 본 적이 없다. 그것은 어떻게 보면 음악에 관한 글쓰기의 아주 근본적인 문제일지도 모른다. 그러니까 (음악을 듣는다는) 청각에 의존한 정서적인 행위를 (글을 읽는다는) 문자에 의존한 논리적인 행위로 매개하기에는 그 간극이 너무도 깊고 넓은 것이다. 이러한 '근본적인 한계'는 재즈에 관한 글을 쓰는 필자에게 깊은 무력감을 주기도 하지만, 한편으로는 이러한 현실 ─ 사람들이 음악에 관한 글을 별로 재미없어 한다는 현실 ─ 이 어쩔 수 없다는 자기방어의 기제로 작용하기도 한다.

그러나 조금만 생각해 보면 그 방어기제란 참으로 허약하다. 굳이 유홍준의 『나의 문화유산답사기』(창작과비평)와 같은 초대형 베스트셀러는 아닐지라도 미술 서적 가운데서 판매 부수 몇 만 부를 넘기는 스테디셀러가 심심치 않게 나온다는 사실은, 확실히 음악 필자를 비롯한 음악 출판계의 분발을 촉구하는 부분이다. 분명히 사람들 사이에서는 책 한 권을 통해 재즈(혹은 어떤 음악)를 대략적이나마 섭렵하려는 욕구가 늘 존재하는 데도 말이다.

이런 욕구를 읽고 있기 때문인지 시중에는 무척 많은 종류의 재즈 서적이 출간되어 있다. 특히 책 한 권으로 재즈를 이해하고자 서점을 찾아간 사람들은 아마도 널려 있는 수많은 종류의 재즈책에 질릴지도 모를 일이다. 그중에서 재즈의 스타일들을 역사의 흐름 속에서 정리하고 있는 일종의 개론서만도 이미 여러 종류다. 대표적으로 17년 전에 국내에 처음 소개된 유이 쇼이치의 『재즈의 역사』와 증보판으로 그 내용이 훨씬 풍성해진 마크 그라이들리의 『재즈총론』(이상 삼호뮤직)은 아마도 지금까지 가장 오랫동안 읽혀 온 재즈 관련 서적들일 것이다. 여기에 프랑스의 저명한 평론가 뤼시앵 말송과 크리스티앙 벨레스트가 쓴 『재즈』(한길사)가 번역되었으며, 아르노 메를랭의 『재즈 : 원초적 열망의 서사시』(시공사)와 사이먼 애덤스의 『재즈의 유혹』(예담)은 많지 않은 분량에 화려한 장정이 곁들여진 총서 시리즈 중 하나다. 아울러 김현준의 『재즈파일』(한울)과 최규용의 『재즈』(살림)와 같은 국내 평론가들의 책들은 90년대 이후 재즈에 관한 '우리의' 고민들이 담겨져 있는 개론서이다. 여기에 이미 절판된 제임스 링컨 콜리어의 『재즈음악의 역사』(세광음악), 에드워드 리의 『재즈입문』(삼호뮤직), 뤼시앵 말송의 『재즈의 역사』(중앙일보)를 포함하면 그간 한국 출판계는 87년 이후로, 대략 일년 반마다 재즈 개론서 한 권씩을 꾸준히 발간한 셈이 된다(여기에 다양한 에세이들과 음반 가이드북을 포함하면 그 수는 훨씬 더 늘 것이다).

하지만 불행하게도 이들 가운데 일반 독자들에게 이렇다 할 반응을 얻은 재즈 개론서는 아직 없었다. 그것은 이들 책의 결코 가볍지 않은 이론적 성격을 감안하면 지극히 당연한 일로, 재즈가 아니라 그 어떤 분야에서도 이와 같은 교과서적인 개론서들이 베스트셀러에 올랐다는 이야기를 난 결코 듣지 못했다. 뒤집어 이야기한다면, 현재의 재즈 개론서가 재즈 입문에 도움을 주기 위해서는 독자의 진지한 책 읽기와 여기에 적극적인 음악 듣기가 반드시 병행되어야 한다는 것이다.

최근에 간행된 요아힘 E. 베렌트(1922~2000)의 『재즈북』 역시 그러한 덕목을 요구하는 책이다. 농담처럼 이야기하자면 우선 이 책은 무려 760쪽에 달하고 있어 기존에 나와 있는 재즈책보다 부담스런 분량이다. 하지만 그 어떤 재즈 개론서보다 정독의 열매를 풍성히 되돌려 줄 책이다. 국내에 소개된 책들은 물론이고 아직 번역되지 않은 수많은 재즈 개론서들을 망라하더라도 『재즈북』의 가치는 분명 탁월하다.

독일인 저자가 이 책을 처음 발표한 것은 1953년이었다. 재즈의 본고장 미국에서의 첫 재즈 저서라고 할 수 있는 마샬 스턴의 『The

Story of Jazz』보다도 3년이나 앞서 출간되었으니 『재즈북』은 재즈 서적 중 최고(最古)의 고전이라 해도 무방할 것이다. 하지만 그보다 더 값진 것은 이 책에 깃들여진 이후의 노력들이다. 베렌트는 첫 출간 후 1989년까지 36년 동안 여섯 번에 걸쳐 이 책을 개정해 왔는데, 이를 통해 『재즈북』은 급변했던 그간의 재즈 흐름을 충실하게 담아 왔다. 특히 1989년 마지막 개정판에서 당시 67세의 베렌트가 자신의 한계를 인식하고(그는 서문에서 "비평가가 음악과 함께 살아가야 재즈 비평이 살아 있는 것이 된다"라고 말하고 있다) 35세 연하의 젊은 평론가 귄터 휘스만을 공동 저자로 발탁해 80년대 재즈의 흐름을 꼼꼼히 기술한 점은 이 노(老)평론가의 성실함을 역설적으로 읽게 해 주는 부분이다. 2000년 개정판을 낸 마크 그라이들리의 『재즈총론』은 90년대 이후의 흐름까지도 다루고 있지만 이미 80년대에 기술해 놓은 베렌트-휘스만의 세심한 분석과 예리한 전망에는 결코 미치지 못했다.

독자들은 이 책의 두터운 분량이 노회한 평론가의 장광설 때문이 아님을 목차를 통해 금세 알 수 있다. 앞서 열거한 재즈 개론서들이 보통 재즈의 스타일과 주요 인물들을 역사적 흐름 속에서 기술하는 데 그친 반면, 『재즈북』은 재즈의 역사적 스타일, 대표적인 뮤지션들, 재즈의 음악적인 요소들, 재즈의 악기, 보컬리스트 그리고 편성 등 재즈로 접근하는 다양한 경로들을 다룸으로써 개론서를 넘어서는 사전적인 기능마저 갖추고 있기 때문이다. 특히 미국 저술가들이 흔히 간과하는 유럽, 아시아, 남미 지역의 음악적 성과에 대한 이 책의 균형 있는 관심은, 특히 70년대 이후 이들 지역의 재즈가 지닌 역사적인 가치를 헤아릴 때 지극히 온당한 것이다. 하지만 이 책이 사전적인 건조한 문체로 일관하고 있다는 의미는 결코 아니다. 베렌트 자신도 "비평가의 본분은 비판이라기보다는 묘사 즉, 이해력을 중개하는 것"이라고 밝히고 있지만 저자의 예리한 안목과 뜨거운 감정이입을 곳곳에서 드러낸다. 예를 들어 80년대 재즈의 보수화를 미국과 유럽 정치의 보수화 물결과 관련지어 언급할 때, 그리고 재즈 뮤지션들의 월드뮤직에 관한 접근을 딜레탕트적이라고 지적할 때의 예리함을 나는 그 어떤 책에서도 발견한 적이 없으며, 소련 시인 예프게니 예프투센코의 추도시로 마무리된 루이 암스트롱 단원(單元)의 긴 여운 역시 일급 평전에서만 맛볼 수 있는 것이다.

그런 의미에서 이 책은 재즈 입문자 이상으로, 재즈를 이미 깊이 감상하고 있는 마니아들과 직업 평론가들에 의해 열독되어야 할 필요가 있다. 특히 국내 재즈 평론의 장이 일반 시문과 잡지에 한정되어 있었기 때문에 그 이론적인 기반이 상대적으로 취약했다면 이 책은 그 부분을 효과적으로 보완해 줄 수 있기 때문이다. 특히 재즈의 가장 오래된, 동시에 가장 뜨거운 의제인 '재즈에 관한 정의'에 있어서 이 책이 던져 놓은 주장은 곰곰이 생각해 볼 필요가 있다.

이 책이 재즈의 기본 요소를 1. 스윙 2. 즉흥연주 3. 프레이징 방식과 사운드로 꼽은 것은 다른 견해들, 예를 들어 그라이들리나 말송의 입장과 크게 다르지 않다. 하지만 베렌트의 예리함은 이들 세 요소가 늘 조화를 이루는 것이 아니라 때에 따라서는 서로 상충하고 있다는 사실을 지적했으며, 여기에 재즈의 네 번째 요소로 음악의 질(Quality:

옮긴이는 이 용어를 우월성이라고 옮겼다)을 조심스럽게 제시하고 있다. 그러니까 이 네 번째 요소를 끌어들일 때 얀 가바렉은 의심할 여지없는 재즈 연주자지만, 케니 G는 왜 늘 논란의 대상이 되어야 하는가를 우린 보다 적극적으로 생각해 볼 수 있게 된다. 재즈는 정말 '질'이라는 다분히 주관적인 요소를 그 정의에서 필요로 하는 것일까? 번역본이 나오기 전까지 독문판이 아닌 영문판을 읽어 온 필자가 번역에 관해 말할 주제는 전혀 못 되지만, 일반 독자의 입장에서 봤을 때 이 책의 문장은 우리말로 옮겨진 외국 재즈 서적 중에서 최상급이라 할 만하다. 단, 뒤에 실린 인명 색인에서 정작 자세하게 표기되어야 할 거장들의 이름 옆에 페이지를 누락시키고 그저 굵은 고딕체로 이름만을 표기한 것은 사전적인 기능을 담당할 이 책이 지닌 아쉬운 결함이다. 하지만 재즈 팬의 한 사람으로서, 이 고전의 번역본이 나왔다는 사실은 너무도 기쁘고 감사할 일이 아닐 수 없다. 이제 더 이상 두꺼운 사전을 옆에 끼고 이 책을 읽어야 하는 수고를 덜게 됐으니.

■ 김종원

서라벌 예술대, 동국대 국문과 졸업. 청주대 연극영화과 겸임교수. **저서** :『영상시대의 우화』『스크린 인생론』『우리영화 100년』 등.

■ 김춘미

서울대 음대 졸업. 미국 미시간주립대 음악학 석·박사. **저서** :『백병동 연구』『우리 양악 100년』(공저) 등.

■ 김춘실

연세대 사학과, 홍익대 대학원 졸업. 문학 박사. **논문**: 〈삼국시대의 금동양사여래입상 연구上〉〈삼국시대의 시무외 여원인 여래좌상고 上〉〈삼국시대 여래입상 양식의 전개—6세기 말~7세기 초를 중심으로〉 외.

■ 김태원

미국 컬럼비아대, 동 대학 예술대학원 졸업. 《공연과 리뷰》 편집인. 춤 평론가. **평론집** :『후기 현대 춤의 미학과 동향』『예술 춤 시대의 진동』 등.

■ 김현식

영국 웨일즈대 문학 박사. 한양대 사학과, 서울교대 사회교육과 강사. **저서** :『서양의 지적 운동』(공저) **논문** : 〈포스트모던 시대의 사상적 위기와 현대 역사학〉〈역사주의〉 외 다수.

■ 문정희

숙명여대 대학원 졸업(미술사 전공). 북경 중앙미술학원 미술사 박사. **저서** :『리커란 : 20세기 중국회화의 거장』(역서) **논문** : 〈중국 근대 사실주의 회화의 사실〉〈20세기 중국근대수묵의 발전〉 등.

■ 민주식

서울대 미학과, 동 대학원 졸업. 일본 도쿄대 미학예술학 전문과정 문학 박사. 미술사학연구회 대표. **저서** :『한국미학사 시론』(공저)『그리스 미술모방론』『미술의 해석』(역서)『비교미학연구』(역서) **논문** : 〈미술사학에서의 양식개념과 구조개념〉〈세기말 예술의 모험〉

■ 박순발

서울대 고고학과 졸업. 동 대학원 문학 박사. BK21 충남대 백제학 교육연구단장 역임. 충남대 백제연구소장. **저서** :『한강유역사』(공저)『한국의 전방후원분』(공저)『한성백제의 탄생』 **논문** : 〈백제토기의 형성〉〈한성백제의 대외관계〉 등 다수.

■ 변인식

고려대 국어국문학과, 중앙대 신문방송대학원 졸업. 2000년 청룡영화제 정영일 영화
평론상 수상. 제28회 오스트리아 에벤세 국제영화제 심사위원 역임. **영화평론집** : 『영
화미의 반란』『영화를 향하여 미래를 향하여』『세계영화배우평전』(전20권) 등. **논문** :
〈20세기를 산 한국예술가들의 위상〉

■ 변재란

연세대 영어영문학과 졸업. 중앙대 대학원 석사, 동 대학원 박사과정. **저서** : 『세계영
화사』(역서), 『페미니즘 / 영화 / 여성』 **논문** : 〈30년대 전후 프롤레타리아 영화활동 연
구〉〈영화 '남부군' 의 시대적 의의와 역사해석의 한계〉 등.

■ 서연호

고려대 국어국문학과, 동 대학원 졸업. 문화재위원. 한국연극학회장. **저서** : 『한국가면
극의 현장전승연구』(전5권) 『꼭두각시놀음의 역사와 원리』『우리 연극 100년』(공저)
외 다수.

■ 성완경

서울대 회화과, 파리 국립장식미술학교 벽화과 졸업. 한국영상문화학회장. **저서** : 『민
중미술, 모더니즘, 시각문화』『기계시대의 미학』『현대 미술의 개념』(역서) 『민중미술
을 향하여 ─ 현실과 발언 10년사』(편저) 등.

■ 송미숙

한국외대 불어과, 펜실바니아 주립대 졸업. 미술학 박사. 서양미술사학회 회장. **저서** :
『Art Theories of Charles Blance』외.

■ 송혜진

서울대 국악과 졸업. 한국정신문화연구원 석 · 박사. **저서** : 『한국아악사연구』『한국악
기』『국악, 이렇게 들어보세요』 등.

■ 신승환

가톨릭대 신학부 졸업. 독일 레겐스부르크대 철학 박사. **저서** : 『형이상학 ─ 예술 ─ 탈근
대주의 : 하이데거의 합리성 비판과 진리 문제』『포스트모더니즘에 대한 성찰』『하이
데거의 예술철학』(공저) 등.

■ 신영훈

중앙고 졸업. 문화재 전문위원 역임. 범련사 불일문화원 원장. **저서** : 『한국의 살림집』
『한국의 궁실건축』『우리문화 이웃문화』 등 다수. **주요 작품** : 보탑사 3층 목탑, 송광사

대웅보전 등.

■ 심광현

서울대 미학과 석사 및 박사과정 수료. 서울미술관 학예연구실장. 계간《문화과학》편집인. 문화평론가. **저서** :『탈근대 문화정치와 문화연구』등.

■ 심봉근

동아대 사학과 및 동 대학원 졸업. 일본 규슈대 고고학연구실 수학. 문학 박사. 동아시아문물연구소 이사장. **저서** :『한국청동기문화의 이해』『양산 금조총 · 부부총』『한국 남해연안성지의 고고학적 연구』외 다수. **논문** : 〈일본 야요이문화 형성 연구〉외 다수.

■ 오동명

경희대 경제학과 졸업.《국민일보》,《중앙일보》사진기자 역임. **저서** :『사진으로 세상 읽기』『설마 침팬지보다 못 찍을까』등.

■ 유마리

동국대 대학원, 홍익대학원, 파리4대학(소르본느) 대학원 졸업. 문학 박사. **논문** : 〈조선조 아미타불화의 연구〉〈조선조 감로왕도의 연구〉〈고려시대 오백나한도의 연구〉외 다수.

■ 윤세영

고려대 사학과 졸업. 일본 慶應義塾대학원 문학 박사. 고려대 박물관장. **저서** :『고분출토부장품 연구』『고대 금관 및 천마도에 대한 연구』(공저)『백제조각공예도록』(공저)『고구려의 고고문물』『사역원역학서책판연구』(공저) 외 논문 다수.

■ 윤용이

성균관대 사학과 졸업. 동 대학원 문학 박사. **저서** :『한국도자사 연구』『아름다운 우리 도자기』**논문** : 〈조선시대 분원의 성립과 변천 연구〉등.

■ 이난영

서울대 문리과대학 사학과(문학사), 일본 교립대, 미국 하와이대에서 박물관학 이수, 단국대 사학과 문학 박사, 국립경주박물관 관장 역임. **저서** :『박물관학 입문』『한국의 옛문화』『신라의 토우』『한국의 동경』『한국고대금속공예연구』등.

■ 이명인

전남대 독문과 졸업. 계간《독립영화》편집위원. **저서** :『씨네21 영화감독 사전』(공저)『한국 단편영화의 쟁점들』(공저) 등.

■ 이상일

서울대 독문과, 동 대학원, 스위스 쥬리히대. 문학 박사. **저서** :『충격과 창조』『축제와 마당극』 등.

■ 이상해

서울대 건축공학과 졸업. 미국 코넬대 박사. 한국건축가협회 건축역사분과위원회 위원장. **저서** :『宗廟』『한국의 세계문화유산』『서원』 등.

■ 이원복

서강대 역사학과, 동 대학원 졸업. 국립공주박물관장 · 국립청주박물관장 역임. **저서** :『나는 공부하러 박물관에 간다』 외. **논문** :〈조선중기 사계영모도고〉〈책거리 소고〉〈혜원 신윤복의 화경〉 외 다수.

■ 이인범

홍익대 회화과 및 동 대학원 미학과 박사과정 수료. 국립현대미술관 학예 연구원(1986~1993). 일본국제교류기금초청 '일본민예관', '동경예대 미학연구실' 에서 연구(1993~1994). **논문** :〈딜타이의 예술사상〉〈야나기 무네요시의 초기 '민예' 개념〉 외.

■ 이일

서울대 문리대. 파리대 고고학 · 미술사학과 수료. 한국미술평론가협회 회장. **저서** :『한국미술, 그 오늘의 얼굴』『현대 미술의 시각』『서양미술의 계보』 등.

■ 이종인

서울대 문리대 사회학과 졸업. 단국대 행정대학원 행정학 석사. 문화공보부 전문위원.

■ 이종호

서울대 불문과, 동 대학원 졸업. 국제무용협회 한국본부 회장. 연합뉴스 문화부장. **저서** :『우리무용 100년』(공저)『Contemporary Dance Scenes in Korea』(공저) 등.

■ 이해준

공주사대, 서울대 대학원 졸업. 국민대 박사. **저서** :『조선시기 사회사연구법』(공저)『조선시기 촌락사회사』『생활문서와 옛문서』 등.

■ 이홍우

1991, 1992년 대한민국 문학상 우수상 수상. 시인. **시집** :『한국의 마음』『나비야 청산간다』 외. **산문집** :『한국의 연륜』『공성의 피안행』 외.

■ 임동석

서울교대 졸업. 건국대 대학원 국문학(석사). 중국 대만사범대 중문학 박사. **저서** : 『조선역학고』『중국학술개론』**논문** : 〈사서집주 음의 연구〉 등.

■ 임두빈

홍익대 미대 및 동 대학원 미학미술사학과 졸업. 단국대 교수. 한국미술협회 국제위원. **저서** : 『세계관으로서의 미술론』『한국미술사 101장면』외. **논문** : 〈니체철학에 있어 힘에의 의지로서의 예술의 본질〉외.

■ 임재해

영남대 국어국문과, 대학원 졸업. 문학 박사. **저서** : 『한국민속과 전통의 세계』『민속마을 하회여행』『민속문화론』『설화작품의 현장론적 분석』등.

■ 전선자

성균관대 생활미술학과 졸업. 독일 뮌헨대 서양미술사학 석사 및 박사. **논문** : 〈디오니시우스의 미학이론과 중세미술의 추상성〉〈아헨의 카를대제 흉상〉〈프라하의 카를 4세의 십자가 성유물함〉 등.

■ 정양모

서울대 사학과 졸업. 숙명여대 대학원 겸직 교수. 문화재위원회 박물관분과위원장. **저서** : 『한국의 도자기』『이조의 도자』『한국의 불교회화』『백자―분청사기』외 다수.

■ 정영목

미국 일리노이주립대(어바나 샴페인), 동 대학원 졸업. 미술사학 박사. **저서** : 『현대서양미술사』『1870~1945』(CD-ROM 출판) 외. **논문** : 〈한국 근대미술에서의 유화의 수용과 전개에 대한 미술사적 검증〉〈서양미술사와 비평 1500~1900〉 외 다수.

■ 정영호

서울대 역사교육과 졸업. 문학 박사. 문화재위원. 국사 편찬위원. **저서** : 『국사문제 연구』『신라석조부도 연구』『한국의 석탑』외.

■ 정은미

서울대 회화과, 미국 뉴욕 프랫 인스티튜트 대학원 회화과 졸업. **저서** : 『몬드리안이 조선의 보자기를 본다면』『화가는 왜 여자를 그리는가』『아주 특별한 관계』 등.

■ 정재형

동국대 연극영화학과 및 대학원 석사. 뉴욕 시립대학원 영화학과 석사. **저서** : 『뉴 시네마 감독론』『정재형 교수의 영화강의』『초창기 한국영화이론』

■ 정준모
중앙대 서양화학과 및 홍익대 대학원 석사. 큐레이터. **역서** :『미술관 관람의 길잡이』

■ 정중헌
연세대 국문학과 졸업. 중앙대 신문방송 대학원 석사(방송전공). 연세대 언론홍보대학원 최고위과정 수료. 《조선일보》문화부장, 《조선일보》편집부 국장, 한국영화평론가협회 회장 역임. 현 방송위원회 심의위원.

■ 조용훈
서강대 국어국문학과, 동 대학원 졸업. 문학 박사. **저서** :『근대시인연구』『정호승연구』『현대시론』『시와 그림의 황홀경』『그림의 숲에서 동 · 서양을 읽다』『탐미의 시대』 등.

■ 조유전
서울대 고고인류학과, 단국대 대학원, 동아대 대학원 사학과 졸업. 문학 박사. **저서** :『한국선사 고고학사』(공저)『북한의 문화유적』(공저) 외. **논문** :〈남강유역의 선사문화 연구〉〈군사보호구역 내의 선사유적〉 외.

■ 주진숙
이화여대, 서강대, 텍사스주립대 졸업. 서울여성영화제 단편영화 및 비디오 경선부문 심사위원장 및 한국영화연구소 소장 역임. **역서** :『영화예술 세계영화사』

■ 진회숙
이화여대 음대 및 서울대 음대 대학원 졸업. **저서** :『클래식 오딧세이』『나비야 청산가자』 등.

■ 최범
홍익대 산업디자인학과, 동 대학원 미학과 졸업. 월간《디자인》편집장 역임. 서울대, 홍익대 강사 역임. 홍디자인 편집주간. **역서** :『디자인과 유토피아』

■ 최병식
경희대 미술교육학과, 중국문화대 예술대학원 졸업. 성균관대 대학원 예술철학 박사. **저서** :『미술시장과 경영』『동양회화미학』 등. **논문** :〈한국미술의 무작위적인 미감에 관한 연구〉〈言意之辯과 水墨美學의 始原에 관한 연관성 연구〉 등.

■ 최준식

서강대 사학과, 미 템플대 대학원 종교학과 졸업. 철학 박사. **저서** :『한국인에게 문화는 있는가』『한국인의 종교, 문화로 읽는다』등.

■ 한용택

서울대 불어교육학과 졸업. 프랑스 디종대 불문학 석사. 프랑스 부르고뉴대 불문학 박사. **역서** :『광인』(기 드 모파상),『하나님의 이력서』(장 루이 푸르니에) **논문** :〈A. Malraux의 소설『인간조건』에서의 서술구조―시점 그리고 읽기〉〈『La Voie royale』그 추구의 영원성 읽기〉〈앙드레 말로 André Malraux의『반회상록 Antiméoires』의 서사기법〉

■ 한정식

서울대 국어과, 일본대 예술학부, 동국대 대학원 연극영화과 졸업. **저서** :『사진예술개론』『예술로서의 자신』(역서), 작품집『나무』『발』등.

■ 한정희

서울대 공업교육학과, 홍익대 대학원 미술사학과 · 캔사스대 미술사학과 졸업. 철학 박사. **저서** :『중국화 감상법』 **논문** :〈동기창과 조선후기 화단〉〈조선후기 회화에 미친 중국의 영향〉외 다수.

■ 현경채

서울대 국악과 졸업. 대만 국립사범대에서 중국음악학 전공. KBS 1FM〈흥겨운 한마당〉등 국악 관련 방송 진행.

■ 황덕호

고려대 대학원 사회학과 석사과정 수료. KBS 1FM〈재즈수첩〉진행. **저서**:『그 남자의 재즈일기』(1, 2) 등 다수.